冰河 著

使徒

迷失者的续命游戏

百花洲文艺出版社
BAIHUAZHOU LITERATURE AND ART PRESS

图书在版编目（CIP）数据

使徒 / 冰河著. --南昌：百花洲文艺出版社，
2017.6
ISBN 978-7-5500-2228-7

Ⅰ. ①使… Ⅱ. ①冰… Ⅲ. ①长篇小说—中国—当代
Ⅳ. ①I247.5

中国版本图书馆CIP数据核字(2017)第101038号

出 版 者　百花洲文艺出版社
社　　址　江西省南昌市红谷滩新区世贸路898号博能中心一期A座20楼　邮编：330038
电　　话　0791-86895108（发行热线）　0791-86894790（编辑热线）
网　　址　http://www.bhzwy.com
E-mail　bhzwy0791@163.com

书　　名　使　徒
作　　者　冰　河
出 版 人　姚雪雪
出 品 人　一　航
责任编辑　余　茳　陈　蓉
特约编辑　康天毅
封面设计　金　山
经　　销　全国新华书店
印　　刷　山东临沂新华印刷物流集团有限责任公司
开　　本　720mm × 960mm　1/16
印　　张　18.5
字　　数　272千字
版　　次　2017年7月第1版
印　　次　2017年7月第1次印刷
书　　号　ISBN 978-7-5500-2228-7
定　　价　39.50元

目录
CONTENTS

目录
CONTENTS

第一章

坐牢，还是去卧底？

打鬼子犯法吗？

在1945年前，这是英雄。可是在2015年秋天的横店，这叫故意伤害。

那天秋暑如火，穿着锦衣卫戏装的李可正在拍冬天戏，热得像块要融化的黄油。他在片场熬了几周，心里早和戏景一样长满绿毛。剧组拍着明代戏，正要和东厂的人动手，把式摆到了生死关头，还有两个吊着威亚在天上。而李可这个男四号的一场关键戏却屡屡不过，饶是他使尽了浑身演技，仍是被导演cut掉。“你得演出一股明代老北京流氓的劲儿，给我装什么楚留香呀？再不过拎包走人！”

导演的骂声横盖片场，人群在窃窃嘲笑。李可面红如赤，羞愧难当。副导演上来指指点点，给他模仿着该演出来的样子。李可只能哈腰道歉，祈求再试一次。这活儿接得憋屈，虽是部超级网剧，他的男四号角色却是底线全无，人憎鬼厌。但他不能不接，混迹影视圈十多年，他眼下虽然生计不愁，曝光度却已然大跌，这是他半年来唯一接到的戏……而他已经三十二岁了。

抽完一根忐忑的烟，横下心的李可走进镜头，施展出比副导演示范的还要夸张的表演。导演说着“对！对！对！”摄影机在滑轨上移动，镜头正在摇向他人，而此刻的取景器里，不远处突然走过几个端枪叼烟还看着手机的“鬼子”，瞬间穿帮到死。导演一声怒骂，“啪”地将水杯砸在了地上。

李可回头一瞧，登时火冒三丈。他和剧组的愣头青们冲了过去，没骂几句就开了打。李可骑在一个兔崽子身上左右开弓，打得对方鼻血四溅，两个宫女都拉不开。在这热成狗的日子拍戏，一场戏十几遍不过，好容易快要过了却又废了，哪个心里不想杀人？

鼻青脸肿的鬼子们狼狈而逃，却报了警。警察们旋即而至，喝问斗殴缘由，他们经验丰富，几声盘问便抓住了问题的核心。谁先动的手？这人鼻梁谁打断的？戏服一脱，血染重衣的李可鹤立鸡群，导演在一边没事儿样地打着电话，其他人呼啦就不见了。明明一伙人上去打的，可就抓了李可一个，于是，他被带上了车。

在警车上，李可也没觉得兹事体大，以为只是横店剧组拍戏中偶发的狗血混战，被教育几句，掏点医药费就能回来了。自己这副侠肝义胆该会得到大家，尤其是女演员们的侧目，也会得到导演的理解，没准还成为圈中佳话。可几天过去，这一切并未发生。导演组无人问询，制片人杳无音讯。经纪公司的女经理姗姗来迟。她肯定了李可对剧组的情义，以及他的真性情、有担当，却认为他在剧组打架，违反了与公司的经纪合约，又进了局子，出来有待时日。戏不等人，对不起，他的戏只能让别的演员接着拍下去。至于前面的戏，抠脸特效已是行活儿，替换掉他只是分分钟的事。

看着女经理踩着高跟鞋离去，李可心中一万匹草泥马呼啸而过……

没多久，法院升堂，当庭宣判。李可的故意伤害行为和结果触及刑法，虽然情节轻微，仍要拘役六个月，罚款五千。判决书简明扼要，措辞严厉，红章刺眼。只是打了个假鬼子而已，怎就成了罪犯？

这不啻一道晴天霹雳。一个有望能熬成邓超、胡歌的明星，怎么能在铁笼子里关六个月呢？消息一散，他的星路必定土崩瓦解。他祈求女经理请个律师，坚决要上诉，扣光演员费也要把他弄出去。来的律师患了热伤风，擤着鼻涕皱着眉，一副不耐烦的样子。他说case虽小，却是铁案，上诉除了费钱，意义不大……

李可是个专业演员，演过不少戏，却谈不上有知名度。在各种剧中他要么被早早干掉，要不就悄悄淡出，不管演的好人坏人，都乏善可陈。扮小鲜肉已然太老，充实力派脑子不够；烂戏不想接，好戏没人问，正混着上不着天下不着地的苦逼日子。但他从来都自觉演技爆棚，每根眉毛都有戏，人也有模有样，还自学得一口相当顺溜的英文。之所以星路崎岖，是导演和制片人们眼瞎，不然吴秀波为啥头发都白了才被他们发现？关于他的表演，圈中朋友褒贬不一。有人说他有自己的一套，也有人说他毫不着调。他从经典影视作品中那些伟大的桥段模仿来的表演，总被导演们认为感觉不对，胡乱发挥，甚至脑子有病。当他急切地向对方解释这表演的出处和来历，导演们又认为他不懂规矩，自以为是，你导演还是我导演？

李可的艺名叫孟凡。这倒霉名字是第一家经纪公司替他起的，本来是给别人用的，因为急着让李可接一部戏，就把这名字安在了他身上。那公司早已倒闭，这个烂名字却难以更改。

号子里昏暗潮湿，臭气熏天。十几个号友长相各异，都是演员圈儿难找的坏人样。李可还没来得及施展演技，就被绰号“野猪”的牢头搞了个“三肿全会”——脸被打肿，腿被压肿，屁股被踢肿。他无力抵抗，四方求饶，却招致更狠的轮踹。李可不明白为何牢头对他如此憎恨，旁边便有人悄悄补戏，说牢头当年也是横漂明星，专演土匪流氓的，但演着演着人入了戏，摸了摸女二号不能摸的地方，这才到了这里。每次有新人到，他总要给来个下马威的……牢头立刻赏了这人一记耳光，让他闭嘴。李可知道在劫难逃，只能抱着头缩成穿山甲的样子，承受一轮又一轮的暴打。他在戏里曾把一号子的流氓打得满地找牙，将主人公欺负得生不如死，眼下这遭遇难道是报应？

对了，李进？

绝望之中，这个名字滑入他脑际，然而只那么一瞬，厌恶和羞愧便让他打消了念头。李进是个警察，具体啥部门李可记不清了，也可能他根本没说过。他在警界混了这么多年，定有救自己的路子。但李可又觉得李进并不会这么做，虽然他俩是前后脚离开娘胎的孪生兄弟，却一路关系冰冷，形如陌路。自小以来，这牛逼加装逼的哥哥从不会帮他这个弟弟。李进看不起李可上学吊儿郎当的样，李可瞧不上李进每天挺胸夹裆的好学生形象。李进从名牌大学毕业后进了公安系统，李可则从一个演艺学校毕业后跑起龙套。李进鄙视他这份犬马行当，他也厌恶李进那身廉价狼皮。兄弟俩虽然长成一个模样，性情却南辕北辙，如今更芥蒂如织。父亲去世时的一场决裂后，残存的兄弟情烟消云散，他俩终于顺理成章地不相往来。

那件事提起来李可就咬牙切齿的，虽然他也觉得自己有错。三年前，中风多年的父亲病情恶化，妈妈给他打电话时，他正在演一部大戏里的男五号，戏就要杀青。他耽搁了两天赶回家时，老父已去。红着眼的李进二话没说，迎面就是狠狠一拳，打掉了李可半颗后槽牙，也打碎了他们之间仅存的面子。父亲去世虽属突然，其实病体早已回天乏术，多次病危。我李可只晚回家两天，你李进就能这样借题发挥，上纲上线，至于吗？

不想这些了，号子里比影棚还凉快点，臭味也开始习惯，就当体验生活吧。为了不让他人知道，李可对警察谎称父母双亡，且无兄弟姐妹，无须通知家人。李可心疼妈妈，希望妈妈和李进这半年都不要想起他。还有他的姑娘们，她们必定会觉得他是故意失联，另寻新欢了。她们会将他在声讨中拉黑，划入人渣的黑名单，尤其是琪琪。这姑娘对他最好，长相可人，只是脾气火爆，要是半个月找不到他，定会情天恨海神无主，梨花带雨问斜阳。唉，打断一根鼻梁后果这么严重，他肠子都悔青了。

李可在焦虑和恐惧中度日如年。想想前途，他很想向李进求援。望望尊严，他情愿把这牢底坐穿。危险在与日俱增——在这里，他明显是一块鲜肉，周围满是饥饿的流氓。可是才过了一天，他们便收了拳脚，已换作色眯眯的眼神，显然有了歪盘算。李可赶紧声明自己梅毒未净，败柳之身，打个喷嚏就能让他们染上性病。众人将信将疑，不敢凑前。有人说男演员的屁股大多破败，不然怎会传出那些狗血八卦？李可也因此迎来更狠的胖揍，被打得眼黑头炸。他只能抱着脑袋强忍着，只要保住脸，还可以东山再起。卧在地上装死倒不需要演技，这招骗来了姓刘的监管。他喝退众人，让人抬着李可去医务室。李可演得手脚乱颤，口眼歪斜，却被女医生一眼识破。“再装就把你送回去！”李可赶紧央告姑奶奶手下留情。帅哥在哪儿都好使，女医生让他赖留两日，且下不为例。

那一晚在疼痛中，李可抱着被子泪流满面。

第四天，李进来了。会见室中，身着便衣的李进绷着一张悬念脸，眼都不眨地看着颤巍巍进来的李可。他并没有像电影里那样起身和这落难兄弟来个拥抱，他连动也没动一下，只轻轻弹了下烟灰。李可略微一惊，却也不意外，他真想放下姿态向李进求救，但他只是咬着牙，一声不吭地站着，装出一副满不在乎的样儿。他猜李进只会堆起令人厌恶的冷笑，歪着脖子说早知道你会有这么一天。休想！我可不受这个。

“坐吧，情况我都知道了。”李进说。这开头让李可意外，李进傲慢的样子让他厌恶。

李可坐下，不客气地拿过桌上的烟点起来。“来看我笑话的吧？”他喷了一声烟说。

李进看着桌上的烟灰，一把扒拉到地上去，抬眼看他。李可自以为猜出了七八分，李进今日便衣来此，若非幸灾乐祸，也是揣来一肚子的奚落。看到自己手腕上有青紫的伤痕，李可忙揪了下袖子，但这没用，脸上还有两块青紫，嘴唇的裂口血痂犹在。

“我不是来和你吵架的。”

“我也没这个兴趣。”李可毫不示弱。

“我看了你的案卷，没什么余地，出来后干点别的吧。”李进轻描淡写，三两句交代了李可的灰色未来。李可怒火中烧，要不是被铐着他就站起来了。他让李进少来这一套，以后做什么不用他操心。

“老娘眼瞎了。”李进打断暴怒的李可，见他愣了，李进又低着头说，“上周的事儿……她找不到你就给我打电话，我这才知道你出了事儿，被关在这儿。”

“还能治吗？”李可问。李进摇了摇头。李可很难过，妈妈患眼疾已久，到底没治了。他又拿起一支烟，这一次，李进帮他点上了。

“也没多久，出来后我来找你，和你说点事儿。”

“你要么赶紧把我捞出去，要么什么事也别和我说了。”李可赶紧抓住他的话头。

李进摇头，说这个他做不到。

那你干吗来了？混了这么多年警察，这点事你都做不到？李可气得脑袋发胀，他喊来狱警，要求回去。李进看着他离去，没有起身，也没有再说什么。李可走向号子，心里酸楚，却咬着牙不回头。他很希望李进叫住他，但是没有等到李进的声音。通往号子的铁门重重地关上，巨大的失望和汹涌的羞辱感令他满脸通红。号子里一窝狼看着这影星归来，露出稀罕和嘲笑，直令他双腿发抖。

上诉期将过，李可决定上诉，哪怕只有一线希望。

也许是李进打了招呼，接下来的一周里竟然平安无事。牢头野猪依旧对他恶言相向，却没有再拳脚相加。当李可刚觉得有所适应时，又有人来见他，刘监管说是个警察。李可心里咯噔一下，一时悲喜交加，一定是李进安排了人来捞他。他又恨恨地想，这对李进本该就是抬根指头的事儿，绝不能对他感恩戴德。

这人穿着并不笔挺的警服，帽檐上脏兮兮的，五十上下一张老脸横肉交叠，嵌着一双斗牛眼。他慢吞吞地开口，声音倒不令人讨厌。他说不是来关照李可的，让他不要多想。他怎么知道我这么想？李可急忙摇头，开玩笑地说是不是有些风流账又被人告了？这人不接他的茬儿，自称王干，是李进的上司。哦，那是他的老大了。一定是李进见了他那宁死不屈的样未能遂愿，又觉得自己弟弟坐牢，他面子上挂不住，就托了主儿来捞他。

“太像了……”这人自言自语。他给李可递了根烟，帮他点上。李可强自镇定，虽然双手被拷在桌子上，他还是把这根烟抽出了罗伯特·德尼罗的范儿。不是吹的，哥们儿对着镜子练过的。

"您找我什么事儿？"

"李进大前天晚上在江城的高速公路上出了车祸，车翻进了沟里，脑袋撞得有点重。人现在江城第一人民医院，脱离生命危险了，但还处于深度昏迷，不知道什么时候能醒。"王干说完靠进椅背，死死地盯着李可。李可呆若木鸡，连一坨烟灰烫在手上也毫无感觉。难过、震惊交替而来，他摇了摇头，一时说不出话。

"我本来不知道李进还有个孪生弟弟，他从没说过。出了这事儿之后，我看了他留下的紧急材料，他说如果他出了什么事，身后的事儿就找你安排，也让你照顾好妈妈。"王干说完又点了根烟，示意李可还要不要。李可先是摇头，又伸嘴过去叼住了。他低头看着桌上的双手，它们在手铐里不争气地颤抖着。

"我知道你难过……不过，我来找你并不只带给你这坏消息，还有个事儿和你商量，希望你能帮忙。"

"和李进说的是一回事吗？"李可本能问道。

王干面露疑惑。

"我这样子能帮上您什么？"李可夸张地晃了晃手铐，手不抖了。

"如果你愿意帮忙，我们会把你弄出去，你的案子我们来帮你抹。"王干说。李可竖起了耳朵，这场景似曾相识。王干探身过来，盯着李可的眼，像要说一个吓人的秘密。"你哥出事之前，一直在东南亚某毒品犯罪集团执行卧底任务，成绩出色，也到了最后关头。我们正准备里应外合把这伙罪犯全灭了，他这一出事儿，整个事情都要黄了。"

李可的脑袋嗡嗡作响。等等，不对，这情节好像哪个电影里有过。他明白这难看的家伙要说什么了，不要说，不要说，不要说……

"我们想让你去替李进把这事儿做完。"

果然如此。李可把头摇成了拨浪鼓："这个忙我帮不了！开什么玩笑？就因为我俩像？”

“还因为你是个演员。”王干紧跟着说。

李可面露怀疑，心想忽悠我？才不上你的当。

“不行，这是掉脑袋的事，我干不了。您还是让我在这儿待着，等候法院判决吧。”李可脖子都摇疼了。在影视作品中，干卧底的没几个有好下场，就是卧出不朽传奇来，大多也一悲壮收场。还以为李进是个治安警察，怎么去干了这要命的营生？

王干深深喘了口气，说道：“李进花了七八年心血，出生入死，已经钻到毒品集团的脑子里去了。这毒品集团在东南亚树大根深，对中国危害很大。我们还有两个同志为了支持你哥的工作牺牲了，你不帮这个忙，他们就都白死了，白干了。而且如果不打掉这个毒品集团，把它连根拔了，他们迟早会知道李进的身份，他就是跑到火星上也会被干掉的。”

得知地点在泰国，李可继续摇头。又不会泰国话，去了能干啥？

“李进也不会……这个集团的核心成员大多是华人。美籍、泰籍和中国跑过去的都有，元老中的泰国人也会说中文。”

“可我只是个演员，照着剧本演都十遍八遍不过，这两眼一抹黑，傻愣呵呵地去串真人戏？我既不熟悉他的工作，也不认得那帮毒贩子，这哪是演戏？这就是找死，一百条命也不够死的！”李可拒绝得不留余地。谁不知道毒贩江湖是个巨大的绞肉机？他这么一块鲜肉扔进去，肯定连渣都不留。

王干站起身来，戴上了帽子，好像要走，却从公文包里掏出一份文件推过来。“好好琢磨下，你有十天的培训期，我们会尽量让你熟悉和学会需要的一切……你要是想明白了就和刘监管说。你已经上诉了，如果你同意，我会去二审法院做工作。打人这么个屁事儿，改判你无罪应该没问题。”

说罢，王干扭头就走。李可张着嘴想叫住他，舌头却像冻住了似的。

出了门王干又转身，丢了一句：“过了今晚就算了，我也不来找你了。”

回到号子，李可一夜难眠。

他反刍着王干的每句话、每个字、每个表情，脑子里像灌了一锅毛血旺，烧得脑浆沸腾，目赤眼肿。同意，像是找死；不同意，上诉改判基本没戏，还得在这号子里蹲满半年。野猪显然已经看出他没有性病，刘监管也没真的在保护他，鬼知道他会不会在哪个晚上被轮暴致死，不死也会裂成八瓣梅，带着一身性病出狱。他急得拿头撞墙，心里想着：该死的李进呀，你卧底这么多年都过来了，怎么就出了车祸？你老实躺着了，让我去替你玩命？

不知为何，他又被这个诡谲而可怕的机会撩动着。这感觉前所未有，宛如要主演一部活生生的《无间道》。他做梦都在等候这样的角色，自信会比梁朝伟还要演技四射。他曾无数次在镜子前模仿着这些经典警匪片、谍战片里的表演段落，从《卡萨布兰卡》到《西北偏北》，从《教父》到《喋血双雄》，从《春天的十七个瞬间》到《悬崖》，他将各种主演的精彩表演反复模仿，在暗夜中对着镜子一次次细心揣摩。但是很可惜，他复制在角色中的表演要么无人共鸣，要么被认为是东施效颦。罕有的一次被导演竖起了大拇指，却又被拍着肩膀说形似神不对，哥们儿，你搭错线了。

辗转反侧间，几只大手从天而降，将李可牢牢按在床上。一团臭袜子塞进了他的嘴，双手被反剪过去，绳子缠绕着手腕。他的裤子像卫生纸那样被撕开了，一双粗糙的手在他屁股上拍着摸着。李可呜呜地叫不出声，挣扎全无用处，每一寸都被按得难动分毫。一只手揪起了他的头发。“今天不把你干出红烧大肠来，老子就不姓赵！”

原来野猪姓赵？李可用最后的气力扭绞着，却感到肋下挨了重重两拳，五脏六腑都像错了位。他眼前一黑，四肢便松垮下去，感觉有滑溜溜的东西淋在屁股上，据小流氓们说那是偷来的洗洁精。完了，今晚死定了，没答应王干，现在要被一群流氓干了。

灯突然亮起来，刘监管的吼声震得号子嗡嗡响。李可扭头看去，光屁股的流氓们满屋乱跑，正在溜回各自的床位。野猪拎着裤子看着监管，裤裆隆起，一脸惊讶和怒气。这畜生肯定和监管混熟了，在恼刘监管坏了他的好事。

门开了，刘监管和几个狱警走进来。“解开他。”刘监管板着脸说。

绳子被解开了。李可双臂酸疼，手腕见血，几乎被拧脱了臼。“带我走，叫王干来。”李可咬着牙说。刘监管点了点头，给他让开了一条路。野猪很是诧异，凑过来嬉皮笑脸地问：“哟，有领导看上这屁股啦？”

李可看见自己的右脚飞出去，结结实实踢在野猪的裆里。这一脚势大力沉，野猪惨叫着蜷在了地上，抽搐得如一只刚下锅的小龙虾。刘监管面无表情，扶着李可出了栅栏，说了一句：“他没走，在办公室等你呢。”

逼仄的办公室灯光昏暗，墙上挂着吓人的戒具。王干缩在一张小凳子上抽着烟。烟灰缸里的烟头尖耸如锥，快垒成小山了……见他来了，王干晃悠悠地站起来，沉甸甸的眼泡像随时都要掉下来似的。

“咋说？”他声音沙哑地问。

“我想和您谈谈条件。”李可说。

“只能二选一。”王干说，“我帮你铲事儿，你也要帮我们干活儿……帮你哥。”

李可突然感到一阵酸楚，不知道是为李进，为自己的屁股，还是必须决定去送死，可他再也不想回到身后这个耻辱的笼子里了。

“手续已经办好了，就等你吱声呢。”王干指着一份材料让他签字。李可看也不看就签了，他一秒钟也不想再待在这儿。王干收起材料，拉着他的胳膊就走。刘监管在前面引路，一路开门。他们穿过星光漫天的院子，走出了一丈来高的看守所大门。

“检察院的材料明天送来……”王干对刘监管和旁边另一个人说。他们对他点头敬礼，王干也不回礼，拉着李可走向不远处的轿车。将他推进去之后，王干塞过来一部手机。“这是李进的，我们破解了密码，给这个未接电话拨回去。他叫顾桃，是李进在犯罪集团的搭档，从昨天早上到现在，他已经打了五次电话找龙久，我们都没接。你现在得告诉他，说你大前天晚上喝多了，汽车在高速公路上打滑滚到沟里了，在医院昏了两天。是江城第一人民医院，诊断是轻微脑震荡，现在已经出院了，就是脑袋还有点疼，医生让你下周去复查拿结果。”

“谁是龙久？”李可纳闷。

“你就是龙久。李进在那边的化名是龙久。”

“我……”李可喉咙一紧。刚从看守所大门出来，就要冒充李进……龙久，和一个毒品集团的搭档打电话？

“你必须蒙过去，不然这事没戏。你就说回去要晚个十天八天的，其他的你自由发挥，随机应变。”王干说着把手机塞到了他手里。李可举着它，像举着一颗冒烟的手雷，正要骂娘把它丢回去，手机猛然响了，是这个顾桃。顾桃，这什么名字，毒贩怎么起这么妖气的名字？

王干眼神紧张，却还是一脸镇定。他按住李可的手：“别怕，你和李进的声音一样，你想想他是咋说话的，先骗过这家伙。”

“您别蒙我了，我和李进说话完全是两个调，你让我现在怎么学？”李可急眼起来，恨不得拿手机砸他的嘴。

“你学不出来，就他妈的回那里面去！”王干叫了起来，指着看守所的大门。

铃声持续，震动吓人。这是凌晨五点的横店，乌鸦还没睡醒，老猫在墙根打鼾，而李可要模仿李进，假扮龙久和一个毒贩子通话。“你不是个演员吗？这时候不演啥时候演？”王干压低了声音，好像怕电话里的顾桃听见一样。

李可抖着手指按下了接听键。

“龙久，怎么不接电话呀？两天都找不着你。”这是个沉闷的声音，慵懒随意，没想象中可怕，有点像李可家楼下卖羊肉串的老王。他的语气带着不满，这说明他们熟到了一定程度。

“对不住了，大前天晚上我喝了点酒，高速公路上开车打滑，掉沟里了，打了几个滚儿。我这脑袋撞了几下，在医院躺了两天……哎呀现在脑袋还有点儿疼。”李可掐着大腿，回忆着李进的口吻。

“我靠，这么大事儿？没系安全带吗？”顾桃的声音紧张起来。

“系了，这不是高速吗？还好被人瞅见了……现在已经出院了，就是脑袋还有点儿疼。医生说是轻微脑震荡，让我下周去复查，拿最终结果。”

“真没事儿？”顾桃说，“大陆查酒驾那么严，你还敢酒后开车？真当自己是警察呀？教授知道了吗？”顾桃又问。

李可听不懂，谁是教授？什么教授？王干举起手机，上面打着字：毒枭吴右是龙久的老板，绰号教授。“哦，我没告诉他，这点小事，算了……我要晚个十天八天回来，教授问起你就说一声，不问也别说了，省得他担心……对了，你找我什么事儿？”李可说。

顾桃说：“没啥别的事儿，托你买的东西等你出院再说吧。”

东西？什么东西？李可瞪着凑耳朵听的王干。王干耸肩，摇头，一脸无辜。李可心里骂娘，紧张得肚子都疼起来。

“嗯……你那东西……不太好买吧。”李可拿捏着字眼说。

顾桃嫌他扯淡：“几个新手机有啥不好买的？一定要买他们刚出的最新款，最贵的那个plus，国内买的中文系统好用，我答应了三四个弟兄的。”

“行，记住了。”李可长出了一口气，又寒暄了几句就挂了。他放下电话，觉得肌肉都紧张得疼着，汗水把手机屏幕湿了一大块。

“我不干了！”他扔下手机，推门下车，气冲冲地走向看守所大门。王干也下了车，却并没有叫他。李可听见王干按下打火机的声音，还有四周说不清的黎明混响。他走着走着脚步就慢了，乌黑的看守所大门越来越高越来越大，像要吞下他一样。他停下脚步，停顿片刻，回头看去，王干靠在车边望着他，一口口吸着烟，烟雾横着飘出，久久不散。

“这事我干不了！”李可冲他挥着拳头。

王干沉默着，轻轻拉开了副驾驶的车门。李可原地转着圈儿，抱着头又蹲下，觉得世界向他压来，整个人要窒息了。恐惧、心酸、痛苦和迷茫，像黑夜一样将他牢牢包裹，“走投无路”这四个可怕的字眼硬邦邦地挤进他的脑袋，挡不开挥不去。他抱住双肩蹲在地上，仍感觉不到一点温暖。他看向王干和那辆车，上了这辆车，命运将驶向什么样的深渊？影视圈折腾的这十多年不过如此，去演这么一场要命的大戏，能过吗？过不去，能重来吗？不能重来，能活着回来吗？

王干丢掉烟头，发动了汽车。敞开的车门对着李可，像嘲笑，像鼓励，像催促。李可起身，看了看漫天的星星，叹了口气，慢慢走了回去。他钻进车里，关上了门。

“咱们回江城，今天就开始练。”王干说完，一脚踩下了油门。

不可能完成的任务

第二章

李进去上大学的时候，曾问李可未来想做什么。落榜生李可压根没想好，开玩笑说如果你去做警察，我就去做罪犯。李进摇头，说他还是要多想想未来的路，不能再漫无目标，脚踩西瓜皮——滑到哪儿算哪儿……这是李可最讨厌李进的地方——永远一副高高在上的姿态。你就比我早出来两分钟，摆什么哥哥架子？装什么灵魂导师？要是在娘胎里和他较真点儿，谁先出来还不一定呢。

自那以后，李可报了一个夜大。他隐约觉得可以考虑影视圈，因为他看过数不清的盗版碟，有点名气的电影几乎无一漏网，稍有名气的演员全能认得，他甚至记得他们每一段精彩的表演。这特殊的喜好让他在朋友中颇有优势，也令他心生错觉，觉得自己或许是干这一行的料呀。王宝强都可以成为明星，自己有模有样，天赋秉异，八成不会太差。参与一些群演工作后，他自觉效果不错。可当他认真起来，自费去北京电影学院大专班培训了两年，出来后反倒无人问津。他到处向剧组投简历，演遍了路人甲乙、炮灰丙丁，从给个盒饭就去到千把块一集，再混到今天五千、一万一集，真是苦逼一路。导演和制片人认得不少，好机会却不多。掰着指头算，被抓之前这场明代宫斗大戏，角色虽low，这男四号却已是他这十多年演员生涯的顶峰。他因此演得格外卖力，希望能以配角的身份一炮而红。这是演员的好时代，他对这部戏信心满满，对自己的表演欣赏有加。只要大平台一上，身价没准瞬间飙升。可能正是这美好的想象令他忘形，演技有些走样，又遇到一个死活看他不顺眼的导演，竟是格格不入，招招挨骂，好容易放下姿态演过了，又摊上这么个事儿。唉，冲动是魔鬼，一拳毁了大好前程。

今天的境遇让他想起奥利弗·斯通的《不可掉头》。在片中，西恩·潘主演的悲催男人的情况与他颇为相似，这让他有立刻演那么一段的冲动。但他很快又想起这电影黑暗的结局，浑身泛起幽幽的恐惧。轿车驶过云雾缭绕的跨海大桥，像在天上飞似的。他的心也像是被悬在半空，他预感到要经历的事将深不见底，远比他想象的可怕，也可能远比他想象的刺激……

车上李可狠狠睡了一觉。这半个月实在太累了，没睡一个好觉。王干一口气开到江城，眼珠子红得要流血似的，一副油尽灯枯的样儿。一辆窗户漆黑的商务车候在高速公路出口，拉上他们就开向江城的北郊。王干的车被人开走，他终于可以歇一会儿了。他介绍了车上另外三个警察同事，马旭、孙鹏宇和刘剑夫。他们都和李可年龄相仿，盯着他看个不停，和导演试戏时那眼神差不多。

“太他妈像了。”马旭浓眉小眼，声音纤细，笑起来有点像卷福。

“多了颗虎牙，得拔了。”刘剑夫长相平常，像路边卖电器玩具的小贩，一说话嘴角就有点歪斜。再老一点，他就像李保田的样子了。

“肉有点松呀。”孙鹏宇细皮嫩肉的，脖子上有道吓人的刀疤。他捏了捏李可的胳膊，还蛮有力气。哎！干吗呢？李可不满地呲哒他。

“他俩说话声儿真的也一个样呀。”马旭的声音带着惊喜。

“这都是我的兄弟，也是你哥的好同志。公安里只有一位上级和我们四个知道你哥的事儿，你的事儿只有我们四个知道。从今天起，你是李进，是龙久。”王干瞪着红眼说。

“我想去看看李进。”李可没好气地说。

“过两天再说，人都躺那儿了，又飞不了。”王干说，“时间紧迫，你必须马上熟悉整个犯罪集团的所有材料和人物，把李进的事儿都装到脑子里去。”

“听说你是演员？你演过啥？”开车的孙鹏宇回过头。

“演过床戏吗？”马旭说。

刘剑夫用两根手指掀开李可的衬衫，问：“身上有疤吗？大的小的？”

李可一把推开了他：“干啥你们？注意点儿分寸。”

“他们是为你好。鹏宇怕你太出名，马旭怕你在床上掉链子，剑夫怕你身上有疤，你要是还刺了朵花儿在背上就很难办了。”王干在副驾驶上头也不回地说。

“屁眼儿算伤疤吗？”李可怪腔怪调道。

“没有就好，李进身上有七处伤疤，我会帮你手术做上去。”刘剑夫说。

“啥伤疤？”李可害怕地问。

“枪伤五处，刀伤一处，还有这次车祸撞了额头。”刘剑夫说完拍了拍他的肩膀，“别怕，我干过整形医生。”

车开到了北郊一隐秘之处，钻进一个孤零零的厂房院子。打开门口的锁链，马旭掀开了卷帘门。这是个车间样的地方，摆着各种奇怪的机器设备。四壁包了隔音棉，窗户都是四层玻璃，有睡房有厨房，一大排电脑和电子设备，深处还有个单靶的射击场。“李进就是在这儿训练的，这儿有他的所有材料。”王干说。

他们只让李可坐下喝了口水，就立刻开始商量工作计划。马旭负责让他熟悉有关这次卧底需要知道的一切人员和关系。刘剑夫要给他弄出李进才有的伤疤，拔掉李进没有的虎牙，种上一些眉毛和痣。孙鹏宇负责训练他的肌肉，模仿李进的表情、行动姿势和语调。这本不是难事，但都要在十天内完成，就难于登天。这十天也是伤口能恢复的最短时间，到时或许还有些红肿，但他们都觉得问题不大。李可很不高兴，问题不大？为什么问题不大？

除此之外，他们还立刻办了件让他害怕的事。当天下午，与李可案子有关的各相关部门都收到了一份法院通知，演员孟凡被地方公安局押送去看守所的路上发生了车祸，车辆翻下了沟。孟凡重度昏迷，现已转去江城第一人民医院救治，此案延迟审理。

李可和李进的材料对调了，躺在医院里的成了李可，而李可成了李进。

“先等等……”李可揪过王干说，“我干完这件事之后，你们会帮我恢复身份吗？”

“当然呀，我们养你一辈子呀？你放心吧。”王干说。

“那我帮你们执行这个任务怎么算钱？是按李进的工资，还是按我的演员费？”李可歪着头看大家。众人眼色游移，像是被债主大过年的堵在了家门口。

“这个……李进在毒品集团有工资和奖金，但是……”王干有点懵。

“但是什么？”李可瞪着眼珠子不依不饶。

“依照法规，李进在集团的收入早晚充公，只是我们现在没这么做。”刘剑夫说。

“充公了就穿帮了对吧？”李可说，“我不是在为你们执行任务，而是在扮演李进为你们执行任务，这有本质的区别，按他那点警察工资算肯定不合理。既然他在集团的收入不算，这样吧，如果按月算，我这几个月每月大概拍十五集电视剧，按两万一集算，就是一个月三十万。如果我的工作两个月能完成，你就给我六十万，每多一个月就依次累加。”李可掰着手指头算完，看着王干。王干的脸由红变绿，由绿变黑，由黑变白……

“那你表演的这一场大戏，我们给你将来在网上播了，让你在毒贩子圈里成个网红？”王干歪着脑袋瞪着他。

“那总不能白干吧？你这不是欺负人吗？让我去玩儿命，一个月万把块钱工资？打发要饭的呀？”李可也急眼了。

“早查过你了，你去年拍了两个电视剧，也才三十来万……”孙鹏宇哼了一声。

李可的脸腾地红了，这帮孙子！他随口翻了一倍，就这么被捅破了。“你懂啥，为了避税，我们都是大小合同还微信转账的。”

“这是逃税，那你罪可大了……”马旭故作严重地说。

“别扯这些个没劲的了……李可呀，你不是警察，只能算专案特勤，会有酬劳和奖金，当然也没多少。等事儿成了你安全了，我还能帮你申请额外奖励，只是现在我也说不好。”王干说，“你哥从来没和我提过这个。”

“那你们抬着他去呀！你们心甘情愿干这要命的事儿，我不是！”李可吼叫了起来。

“你哥遗嘱里已经说了，他的钱都归你和你妈。你要嫌少，把我的工资也全拿走！”王干也叫起来。

“还有我的……”马旭说。

“我的也给你。”刘剑夫故意把尾音上挑，摆出一副无可奈何的样。

“把我妹妹的学费留出来，剩下的都给你。”孙鹏宇说。

李可叹了口气，像噎了个巨大的豆包。这他妈还能说什么？你们这么牛逼，我他妈还能说什么？“算了，我认倒霉！”李可赌气地坐下，点上烟抽起来。王干拉起李可走去一边，细声说李进告诉过他，他在集团有工资和奖金收入，在两个公司还有股权，他在犯罪集团的收入不少，现在大概存着两百多万美金。出于卧底的安全需要，我们不要求他上交这些钱，也没问过，只让他暂时自行管理。按照规定这些钱是要上交的，但王干的想法是，李可如果能找到这笔钱，可以自行处置，交多少是他的事，不交也没人会过问。这些钱有多少，放在哪儿，是银行里还是现金，你不说谁知道？

李可怔怔地看着王干，略一盘算，李进这钱真不是小数。李可一时拿不定主意，然而讨薪的事似乎可以打住了。

“没几天日子了，你每天都得折腾两三小时，把样子练出来。你和李进的体重差了五公斤，好歹要加上去。”孙鹏宇走来扶着他的肩膀说。

“这怎么可能？”李可摊开两手，觉得不可思议。

“做不到不成，李进的肉和青蛙似的，你这个样子去，毒贩们会怀疑的。”马旭说。

“你咋把阴毛刮了？”刘剑夫问。

李可怔然看着他，心想你管得着吗？我们影视圈流行这个……

“李进可没这花活儿，老大这咋办？”刘剑夫焦急地问王干。

王干挠着头，想必并不想继续这下三路的话题，只让李可去想办法，总不能给他做手术种满阴毛吧？那不更容易穿帮？“我没办法，让他自己去和那女人解释吧，就说长了虱子好了。”王干对刘剑夫说。

女人，哪个女人？李可莫名其妙。

“李进在燧石集团已经做到了核心层，和吴右的女儿安娜相好两年了……这就是她。”马旭说着让李可看他刚挂在墙上的一组照片。这个安娜蛮漂亮的，还有那么点勾魂摄魄，可这是人妖吗？有个港片里就是这么弄的。李进这小子贼胆包天呀，竟和毒枭的女儿有一腿，卧底卧成了女婿，他可不像这么聪明的人……不对，这不是重点，李可很快明了要害，他要和这个女人上床是吗？她熟悉李进身上每一寸对吗？这女人吸毒吗？李可觉得裤裆发紧，浓浓的犯罪感和暗暗的恐惧同时涌了上来。

“放心吧，我们量过，你俩那玩意儿也像一个模子里的。”刘剑夫忍不住一脸坏笑道，“不过他们在床上怎么要我们可不晓得，只能你自个儿揣摩了。”

李可开始熟悉一切，每一张脸孔，每一份材料，每一种关系，以及每一种危险，尤其是了解吴右和李进这些年的历史。李可还要熟悉毒品犯罪作案的每一个专业细节，熟悉卧底工作的专业技能、跟踪和反跟踪方法。他看这些材料的时候刘剑夫也没闲着，用彩笔给他标记了手术位置，掐着时间把他按去一张桌子上割肉，顺手再拔掉他的虎牙。他们前天发现李进又多了两处伤疤，胸前一个窟窿像弹片造就，另一处显然是匕首划伤。李进并未汇报它们的来由，或许他已经司空见惯，不值得说。

虎牙拔了，其他牙齿也必须做到高度相似。反正打了麻药，刘剑夫不依不饶，将电锉在李可嘴里横挑竖刺。李可酸疼得眼泪横流，尖叫如一只挨宰的小白鼠。刘剑夫一边弄着一边提醒他，亲嘴儿的时候注意分寸，别让那女人的舌头太过深入，女人的舌头有着奇特的记忆，弄不好会搅出问题。刘剑夫还给他身上栽了李进身上同位置的痦子，大大小小七八个，包括蛋蛋上的一颗。这个位置独特，不能没有，又不能种，只能用文身的方式刻上……比较疼。

练肌肉本是小菜一碟，男演员常这么练。可是当浑身手术作罢，一动就疼得遍体钻心，李可苦不堪言，呀呀地叫起来。孙鹏宇踢着他的屁股，说李进就是被枪打穿了都不会叫的……李可趴在垫子上苟延残喘，你们如此惨无人道，莫非还要给我口毒品提提神？

四周安静了。李可惊讶地抬起头，见大家都沉默地看着他，马旭捏着一串小袋毒品过来。这也是训练的一部分，你必须能够鉴别各种毒品，分辨出它们的品质，知道它们的价格，你还必须控制自己不要上瘾……太过分了，你们是不是人！李可腾地跳起来，一边骂一边躲去屋角。强壮的孙鹏宇站在他身后，老鹰捉小鸡般将他推了回来。你不做，很容易送命的。

演戏的生涯里，李可用过各种枪支，大小长短都玩得转，反正搂火就得了，敌人是会自己倒下去的。此刻的他举着一把勃朗宁，极潇洒地打完了一匣子弹，靶子上却颗粒无收。见大家眉头紧锁，李可很委屈，这能怪我吗？王干教他用枪，说他和李进都是神枪手，指眼睛不打眉毛的。李可显然天赋不足，射了一个小时，手指已然生疼，也才有几颗子弹爬上了靶子。

算了，慢慢来吧。

李进在江城并无固定居所，去了泰国之后，原来租的房子就退了。每次回来他都开个五星级酒店房间掩人耳目，吃喝拉撒其实都在这个仓库里。李可也被这么安排，他想去酒店里住，却被大家拒绝。他们希望李可利用一切时间学习，只有这里才有最丰富的材料。夜深之后，大家各回各家。他住进李进在这儿的单间，深觉枯燥无聊，除了一摞摞的书和日用品，几乎啥也没有。

后几天枯燥依旧。警察们对李可的痛苦视若无睹，该吃饭吃饭，该收拾收拾，仿佛把他当成没人性的机器。吃着饭抖腿，改掉。没事喜欢摸头发，改掉。上厕所吹口哨，改掉。抽烟夸张地吐烟，改掉。总一只手插在裤兜里，改掉。喝茶的时候有响声，改掉。惊讶的时候喜欢带上肢体动作，改掉。动不动撇嘴歪头装梁朝伟，改掉。吃臭豆腐，改掉。用微信和姑娘聊天？改掉！

面对这非人的折磨，李可多次推门而出，却也无非被劝回去，吓回去，推回去。几次之后，再这么做，自个儿也觉得矫情。贼船扬帆起航，下去已是不易。

李可只能咬牙坚持，使出吃奶的力气和北漂的毅力。他在三天里记下了三十多个人的材料，练出了隐隐的腱子肉，子弹也能爬进三四环之内了。可警察们依然不满，当马旭给他穿上李进的西装与之比较时，警察们都皱眉歪头嘬牙花了。李可的脸红了。

“李进像一头狼，他像一头流氓。”王干背着手说。

看着镜子里的自己，李可承认此话有理，但用“一头”来形容他，仍让他这个以专业演员自居的人难以接受。形似神非，他总是照猫画虎成了狗。脸上就算绷出李进该有的样子，过不了几秒就弹回原形。拍出照片和视频来简直是噩梦，他自己都看不下去。李可深知，要这么几天就演到形神兼具，难如登山。在戏里他可以把一张脸弄得表情丰富多彩，千变万化，然而李进没有表情，这没有表情的表情最是难演，就像哈里森·福特的表演，不管是高兴、愤怒，还是恐惧，都是那张脸。这样的表演无法模仿，换谁都没戏。

在李可垂头丧气之际，王干按着他坐在板凳上，给他讲起李进的故事。他说从今天起，这是你的历史。

八年前，李进从治安支队悄悄转入了江城公安局禁毒大队，编制却在市局特别行动指挥部，直属上级是王干。两年时间里，王干给李进安排了管理金矿和地下赌场等各种角色，丰富他的黑社会背景。随后他被派到了曼谷，化名“龙久”。他原本的任务是打入东南亚老挝华人的贩毒团伙，了解和掌握他们的体系、渠道和核心人员，摧毁他们对国内的渠道。在警方的安排下，他进入老挝，和当地的毒贩子接上了头，以买货名义开始慢慢渗入。谁料两年过去，他根本无法深入这个封闭性极强的毒贩圈子之核心，反倒被两帮老挝毒贩子追杀。为了自保，龙久干掉了其中一个帮派老大。在此情况下，李进提出卧底进这个老挝帮的头号对手——燧石集团——的内部，以期在此找到新的机会。王干同意了他的计划。化名为龙久的李进找了个毒贩子介绍人，得知他干掉了老挝帮一个大毒贩，龙久毫不费力地进了燧石集团下属的行动队，成了集团行动队中的一名队长。

此后一两年，他在真刀真枪的考验中开始发力，带着小队把老挝帮收拾得够呛。江城警方对李进寄予厚望，鼓励他继续往上走。在警方的帮助下，龙久带着小队东征西讨，帮燧石集团稳定了“金三角”三条重要的运输线，大大提高了渠道的安全和效率。这个成绩引起了集团元老徐森的注意，是他建议将龙久提拔到区域负责人的位置上。那时的徐森在管理广东地区的业务，经过几番考察，龙久被任命为泰国西北部区域的临时负责人，主要任务还是对付老挝帮。他开始兵强马壮，做得却步步扎实。老挝帮看着铁板一块，实则散沙一盘、内斗激烈。他在其中逐个击破，有的被他打得不敢回来，有的坐进班房熬一辈子，还有不少被他赶去了大陆，连人带货成了王干的瓮中之鳖。经过他持续的凶狠打击，两国边境处最强大的老挝帮竟然被他打得名存实亡了。做到他这样成就的卧底实属罕见，王干面上有光，集团元老们也对他颇有侧目。在三年前与老挝帮一众毒贩子的清算战争后，表现出色的龙久再次得到提升重用，成为三支行动队的头目，同时负责泰国西北部全部渠道的安全和保卫……那时的他似乎离进入核心只差一步。

干掉了老挝帮的燧石集团，一跃成为东南亚最有实力的毒品集团之一，接下了原来老挝帮对大陆的走货渠道，成为对大陆危害最大的境外毒品集团之一。在此之前，李进从未见到过集团的老板、绰号“教授”的吴右。

今天的燧石集团实力雄厚，既有白色的商业帝国，也有纵深到亚太地区的毒品网络。它每年生产和销售的毒品占了整个东南亚的小两成，仅仅高纯度海洛因的年生产量可能就接近两百吨。为了不让警方掌握证据，燧石集团上下各层设有严格的防火墙，制毒、运输、贩毒、收款、洗钱、投资都有专人负责，且互不交叉，相互隔离。一条线出了问题，绝不会牵连出平行结构和上层结构的人，更不会牵扯到吴右本人。

龙久开始向集团元老、现在的总管何翰汇报。这是好事，却带来了新问题。王干小组发现有人在大陆调查龙久的全部资料，要不是他们早就为李进安排了从出生到现在的一切假材料，还真会就地穿帮。但问题也在这里，他们准备的这些材料太丰富、太真实了，一个个有模有样、有根有梢。而与之相关的各种人却要么在大牢，要么人间蒸发，能证明龙久历史的人其实都是警察乔装的临时安排。龙久这无懈可击、却又似在非在的背景让何翰十分警觉，而不过他这一道关，根本不可能接近集团的核心层，也不可能成为核心管理人员。李进拿不到最核心的情报，警方就无法对燧石集团构成致命的打击。

进退两难之下，王干征询了李进的意见，回来还是继续卧下去，他有权自己定。李进考虑了几天后，决定继续卧下去，寻找机会。他要扳倒这一伙毒贩子，因为他觉得燧石集团比老挝帮的危害大了数倍。

而这并不容易。燧石集团壁垒森严，虽然龙久又通过两次行动证明了能力，却仍然得不到更高的提升。何翰宁可失去这个干将，也绝不让疑点尚在的他进入核心层。除了薪水的增加和威名的散播，他在燧石集团的前途似乎渺茫。俗话讲“进了班子没进圈子，等于没进班子”，李进就是这个状态，卧底有点变味了。王干已经在考虑B计划，干脆打掉该集团能打掉的东西，抓些能抓的人，让李进回来算了。而这个时候出现了一个意外转机。在一次偶然的保卫工作中，万分危急的情况下，李进挺身而出，力挽狂澜，救了吴右的女儿安娜。

这一场意外的生死之战，让李进在燧石集团的卧底工作有了质变的飞跃。在安娜的坚持下，他既成了集团的行动队总管，也成了吴右和安娜最信任的保镖。龙久具备了跨越多部门的职权能力，具备更大的话语权和知情权。燧石集团核心层的动向、意图渐渐开始被警方知晓，他的卧底工作终于可以给中泰警方联合铲除这个庞大的犯罪集团提供可能。

意外之上，还有惊喜。因为龙久在这件事中的表现，安娜对他产生了巨大的好感，拉开架势就扑了上去。在吴右的默许下，他们竟然走到了一起。龙久既攒足了基层军功，又经过了最重要的考验，还和安娜成了情侣，简直是个“无敌三响炮”。毒品界已经将他看成了吴右的准女婿，甚至接班人。这何止是进了班子，进了圈子，简直是坐到人家炕头去了。李进的情报说明，“教授”吴右认为燧石集团已经具备了影响亚太毒品市场的能力，想召集整个东南亚和环太平洋地区的毒枭会议，为向整个亚太区域输出集团和东南亚同行的毒品建立新的渠道，加强各地政府保护资源的交流。这是东南亚毒品界的重要会议，肯定会在近期召开，而它的具体执行和保卫工作很可能落在李进身上。

王干说了半天，终于喝着水停了下来，定睛看着发懵的李可。说这就是李进的价值，也是你的。李进出生入死熬到了这个位置，难呀。他既是东南亚这个毒窝的大葫芦，又是警方能海底捞月的那张牌，可偏偏这个时候翻了车……唉，还是太不小心了。

李可听得脑袋发烫，脑补着李进这些年经历的一切。这比当演员艰难百倍，仅有演技是远远不够的。一场戏演砸了，可不是挨导演骂的问题，必是小命休矣。

“您觉得我干得来？”李可问。

“我觉得没用，得你自己觉得。”王干又点起一支烟，“我们翻了翻你的底儿，知道你想做个好演员。我们也觉得你是个好演员，这场最牛逼的戏演好了，以后啥戏演不了？”

可如果被戳穿了，他能怎么跑？李可对这个问题非常在意。王干皱着眉抽了一口。“要是这样啊，没法跑。”他的语气一点也不像开玩笑，“你就不能被戳穿……他们可能会觉得你有点怪，撞得脑子有点不着四六，甚至健忘了。但是很难猜出你是另一个人，谁也不会往那方面想，你们太像了呀。”

李可后背发凉，脚底出汗。“王队，你还是把我送回看守所吧，我宁可被他们爆了，再挨一顿打，可那也能活下来。”

王干好像知道他要这么说，一下弹飞了烟头，站起身说：“你和李进的身份已经对调，现在想回也回不去了，二审法院判无罪的是病床上那个。除非我们将来给你开证明，否则你回不去……你现在是李进，不去也不行。”

“我他妈只是个演员！”李可挥着拳头站起来。

“我们不说，谁知道？”王干偏着头，棱着难看的眉毛，“医院里插管子躺着的是李进。你不去，毒贩子察觉了，来宰的也是你。”

“你这不是害我吗？”李可瞪着眼两手一摊。

“这是你的决定，没人强迫你，字也是你签的。”王干按着他又坐下，“抛开你哥和我们的事儿，瞅瞅你那日子。明年三十三了，往上走老明星多的是，往下看小演员比地里的萝卜还多，你算啥？假戏能演，真人戏就不能？你觉得你是个好演员，就把这场大活人的戏演下来吧。”

真扯淡，这是一码事儿吗？就算送不了命，染他妈一身毒瘾回来，人也废了！李可怒冲冲瞪着王干，肚子里火气乱撞，他真想一拳打扁眼前这张横肉脸。

“你想多了，吴右严禁核心人员染毒，这是一群不吸毒的毒贩子。”王干说。

这戏没法演

第三章

去年此时，李可正在上海车墩拍一部谍战大戏。该剧大咖云集。他是男五号，戏不到三十场。因和男一号、一块当红小鲜肉演员有几场漂亮的对手戏，片酬虽低，他还是欣然加入。这年头人脉重要，要珍惜这个蹭粉的机会。

李可扮演一位保护男一号的地下党员，这个年轻人是城防司令的儿子，却已经被悄然发展为中共党员。他们接头时都被军统捉了，李可为了让他的身份不暴露，承受了残忍的酷刑，说了弥天的谎言。按照剧本，男一就坐在他的眼前看着，还要带足愤怒和鄙夷。李可将自己的角色演得悲壮无比，但轮到这一场对手戏时，他面前只坐着一个文替，是个从影视基地门口揪来的农民。“他人呢？”李可惊讶。这是一人一句几分钟的对手戏，李可却要面对这个傻不楞登的家伙和一块提词板独自发挥。

导演让他别管。小鲜肉男一号只有四十五天档期，能用替身的戏全用了，不能用的等着用特效抠脸，省钱呀。李可不干，说我演的是要死的人，情绪要酝酿，要传递，没有俩人的交互，这不是隔山打牛吗？他的抗议显然无用。于是，浑身捆满铁链的李可只能一遍遍对着空气悲壮着，惨叫着，怒骂着。当导演说OK了、换下一场，剧组呼啦啦搬着机器撤了。灯关了，浑身是“血”的李可独自在黑暗中……点起一支烟的时候，他觉得自己像个傻瓜。

这场大戏演完，他都没跟这个小鲜肉说上一句正经话，更别说互加微信。片子播出后反响还不错，他的角色也得到些称赞，然而仅此而已。脸如僵尸的小鲜肉的身价翻倍，李可的待遇却还原地踏步。

训练还剩两天。

伤疤手术非常成功，刘剑夫这整容医生真不是盖的。拍出照片来，二人身上的伤疤几无差异。大量的维C和营养品让伤口恢复很快。孙鹏宇开始陪李可进行格斗训练。面对曾经是警队散打王的孙鹏宇，摆出动作戏花架子的李可只有挨打的份儿。虽然拳拳到肉，孙鹏宇也没有手下留情。当李可鼻子被打破后，急眼的他抡出了劈头盖脸的王八拳。孙鹏宇颇为惊喜，架起双臂承受着他的暴打，喊着："再狠点，再狠点，再狠点……"

李可猛地飞起一脚，结结实实踢在他的裆里。

"你他妈的……你演戏也这样吗？"孙鹏宇抽搐着倒在地上。

马旭用了几个小时，陪李可看李进留下的燧石集团的结构图。它全然不是国产电视剧里那种标签化的贩毒团伙，而是结构复杂的跨国集团。在这个集团结构里，你看不到毒品的影子，只有各种清白透明的普通商业。马旭特别指出，燧石集团真正的核心业务是研发、制造和批发毒品，所得的收益大多通过集团下设、控股，甚至毫无关联的公司们将钱洗进正常渠道。再加上BVI（英属维尔京群岛）和Cayman（开曼群岛）的公司之隐秘性，警方很难掌握燧石集团的贩毒收益到底是多少，流去了哪里。就算打掉了几个窝点，破坏了几条渠道，拆掉几个走账公司，也无法关联到企业上层结构和人员。

"开这么多公司，挣这么多钱，干吗还要贩毒？"李可纳闷地问。

马旭也认为疑问很多，可他还没见过金盆洗手的毒贩子。他让李可特别注意图上的玛丽基金。吴右的女儿安娜现在是负责人，该基金成立九年以来一直大量对外投资。投资和捐赠目标除了一些新兴产业公司，也包括一些医疗科技公司、大学、医学实验室、全球性慈善机构、区域性社会科学研究机构等。警方统计了一下，九年以来它累计已投出去三十多亿美金。一部分是吴右自己的钱，一部分来自于集团收益，其中大多数是长线投资，有的显然不计回报。不说贩毒，要说吴右是东南亚大慈善家，毫不为过。马旭用小棍敲着吴右的照片，像要戳破它似的。

在马旭纪录片语气的讲述中，李可颇为不解，他所理解的毒贩都是美剧《毒枭》里的巴勃罗或者成龙电影《超级警察》中猜霸那样的，天生粗鄙，心狠手辣，叼着雪茄在丛林出没，周围满是举着冲锋枪的保镖。而吴右却像个大学教授，还把钱都这样败家了，是什么意思呢？马旭说这是吴右编织出的假象，用以掩盖他的贩毒营生。李进确定燧石集团核心收入仍是毒品，毒品业务仍在扩张。吴右是美国籍，却受到泰国政府内势力有意无意的保护，很难对他实施抓捕。他在中国的记录几乎空白，警方只知道他生于1957年，1982年偷渡去了美国，这名字是在美国起的，他与老婆育塔雅也是在纽约认识的，她的美国名字叫玛丽，在美国东部黑帮江湖中的绰号却是“血腥玛丽”。警方对这个女人的资料掌握并不多。和玛丽的相识似乎是吴右事业的转折点，相识几年后他们结了婚，1990年在纽约生了安娜。1997年底，他们一起去到泰国，那是东南亚金融危机的爆发年。

将企业大本营移到了曼谷之后的两三年中，吴右用大笔资金抄底了不少好资产。中国警方多次请求泰国方面一起行动，联合调查和打击燧石集团，却又不能完全相信他们，不敢把李进的存在相告。联合行动遥遥无期，李进也只能静卧在吴右身边等候机会。他的公开身份是集团下属一家实业公司的总裁，这家公司做一些最基础的贸易，以贸易手段吸纳下游公司的现金，再输入集团上游产业洗白。李进虽然可以参与集团公司会议，但重大决策依然由吴右、陈虎、何翰、徐森、戈萨五个元老私下议决。他并不能够参与决策，只有在事关执行层面，才能和元老们一起商议。

这些大事都和毒品有关。

“泰国警方在我国的压力下，愿意在合适的时候实施联合突击行动。菲律宾在全民反毒，毒贩的东南亚大环境其实对毒贩们越来越差。吴右要开的这次会议，很可能是要确定集团向亚太地区和中国发展。警方如果错过这次机会，不知又要等到什么时候。”马旭说，“吴右不是一般的毒枭，伪装得严丝合缝。我们相信李进的情报，但要用行动证明这些罪行和吴右及其整个集团的关联。”

“我跟你说呀，吴右就是成了菩萨，骨子里还是毒贩，没人性的毒贩子，你千万别被他们的样子哄了。”王干说。

为避免细节处穿帮，李可苦练着李进“龙久”的签名，一天两百遍下来，四位警察搭档都真假难辨。刘剑夫准备了好几套李进的右手五指指纹薄膜，在需要按手印的时候，李可事先将薄膜贴在相应的指头上就好。现在他和李进血型一样，指纹也一样，除非检验DNA，的确很难有人会怀疑他不是龙久。刘剑夫对此信心满满。

李进学过一阵子泰语，后来觉得必要性不大。集团元老们除了泰国人戈萨中文稍微蹩脚，其他人精通中文。吴右在美国开过中文学校，他喜欢用中文交流。出乎大家的预料，李可的英文相当好，甚至超过李进。他们对此刮目相看。李可红着脸说他就是盗版片子看得多，又在网上学了外教英语课程，因为他觉得自己早晚要去好莱坞演戏的……

李进留下了海量的材料，是他悄然整理的。包括龙久的职责、管理的内容、全公司各类人员的档案、权限、汇报关系和照片，以及和外部各种毒贩、客户、生意圈朋友的情况和名录等。材料有中文也有英文，李可一一消化。李进的记录如此详细，这得花多少心思？此外，李进为了方便，经常在无人的夜里对着手机口述情况，将遇到的事、要执行的计划和燧石集团的动向一一存下。将这些录音秘密发来后，李进会格式化这个手机，再扔掉换个新的。这么多年下来他录了上百段语音，都严格保存在马旭那里。

马旭让李可每天听这些录音，把握李进说话的语气和节奏。这些录音是对李可帮助最大的活资料。他边训练边听，开始还不太习惯，慢慢地就觉得像李进在耳边讲述一样。李进的困难、惊喜、困惑、失望、孤独、危险、害怕、自责，甚至发泄，都一句句传递到李可的身上。

“昨天，我和吴右的女儿安娜在一起了……我也不知道怎么搞的……吴右看来没意见，但是我很紧张。离他们更近了，需要注意的事更多了。未来？我也不知道，走一步看一步吧……”李进的声音有气无力，似乎喝了酒。李可听到这里，放下了手中的活。是的，他也离吴右和安娜很近，这是最危险的距离，容不得半点行差踏错。

枪法的提升非一日之功，比枪法更重要的，是要建立李可开枪的感觉、杀人的感觉。李进是一流枪手，卧底中枪战频繁，他的用枪能力早已远超在警局时的水平。李可也必会面临开枪杀人，演习和实战虽然是两回事，但他不能拿着枪手就发抖。“别管尿裤子还是脱裤子，谁都有第一次，李进也是这么过来的。”王干说着换起衣服，竟也是一身伤疤，胸前还有个枪眼儿。“这一枪看着好悬，是毒贩子打的吗？”李可指着它问。

“不是，这是我一个兄弟打的。”王干穿着衣服，一脸神秘地说，“为什么要把枪法练好？干我们这一行，有时候打敌人，而有时候甚至要打兄弟。”

李可不懂，正待再问，李进的电话响了，是吴右女儿安娜。

众人立刻噤声，马旭打开了录音，举起OK的手势。李可看着手机，压住乱跳的心，接听。

“笨久，你在哪儿呢？”安娜的声音不软不媚，不愠不急，说不清是哪儿的口音。李可一愣，想必这个“笨久”是安娜给龙久起的爱称。

“在江城呀，这几天忙，忘给你打电话了。”这是王干教他的，李进常这么说。

“少来，我不给你打，你永远不会给我打。”安娜虽略有嗔怒，可是听得出她不介意。

“我过一周就回去了，顾桃和你说了吗？”李可继续说着台词。

“你让他转告我干什么？你自己不会打电话呀？我才不管你啥时候回来……咱俩存照片的网盘密码是多少，我想进去找找在苏丹的照片。”

李可一脸惶恐，看向众人，他们纷纷摇头。李可张着嘴举着手机，舌头像被火钩子烫了。又不是神仙，谁猜得出这毫无线索的密码？“嗯……我也好久没用了，一时想不起来呢，你试试密码找回吧。”李可只能咬牙胡说，完了，不穿帮才有鬼。

“逗你呢，我知道是我的生日。”安娜咯咯地笑起来。

你大爷的！李可差点骂出来。他一把捂住了手机。

又胡说了几句，李可松弛下来，叼起根烟定定魂魄。这要命的小娘们，看我到了泰国怎么收拾你。“有什么东西要我带的吗？”他压出李进的腔调。

“别忘了把你兄弟带回来就行了。”安娜一本正经地说。

兄弟？什么兄弟？李可又是一身冷汗，莫非是在说他吗？李进什么时候说过他还有个兄弟？马旭在旁边冲他不耐烦地摆手，指了指他的老二。李可恍然大悟，女流氓！亏她还说得这么一本正经。“放心吧，它也饿坏了。”李可绷着嘴巴说。

“下个月我要去伦敦，给剑桥一个学院实验室捐款，还要建立基金的欧洲分部，你能陪我一起去吗？”安娜问。

李可略一考虑：“我当然想，但还得听教授的。”

“那你就别提了，知道你去不了。”听得出安娜的失望。

李可咽了口唾沫，李进的女人不好对付呢。王干示意他尽快结束，他对他俩的情话并无兴趣，更怕人还没去就在电话里穿了帮。两人又闲扯了几句，安娜挂了电话。一桌子人诈尸般笑了起来。李可肚子里枪挑刀刺，这些没心没肺的家伙还笑得出来？“没想到你应变得这么好，这超出我的预期。”王干欣慰地说。

“你的妞憋坏了呢。”刘剑夫一脸坏笑。

“是他嫂子。”王干正色道。

李可立刻意识到这严重的问题：李进定是睡过安娜了，相好两年多下来，想必已是睡得轻车熟路，姿势丰富。自己替李进回去了，安娜把他当成了李进，他该怎么办？学着李进睡她？能睡吗？该睡吗？怎么睡？不得不睡怎么办？我不想睡她而她想睡我怎么办？谁能告诉我李进是怎么睡她的？传教士还是蜡烛油？观音摘桃还是老汉推车？睡完了她要是发现自己是个冒牌货怎么办？李进是不是阳痿？喜不喜欢戴套？这姑娘有什么独特癖好？到底谁喜欢在上面？

李可的问题摧枯拉朽，刀刀要害。这帮家伙一个个都冷下了脸，抽烟放屁嘬牙花，没人应茬儿。“你们眼不见为净是吧？”李可耸着肩膀说。刘剑夫立刻指着他……好的好的我明白，李进不耸肩膀。“你们肯定是这么想的，为了完成这个任务，我应该、也必须去睡安娜，还要让她察觉不出问题。李进要是哪天醒了，你们全当不知道这回事……他要是拿枪要毙了我，王队你可得把话说明白，我是去替他完成卧底任务，不是趁他躺着趁机睡了嫂子。”

“这种裤裆里的事儿……只能你自己把握，我们不好说啥。李进和她是真是假，到什么程度，我们确实不知道，还有……”王干低下了眼皮，“今天医院那边儿说，李进醒来的机会……不大了。”

王干这句话凝住了空气，也冻住了李可的脸。他的后心好像顶了一支枪，呼吸一下子艰难起来。警察们纷纷看着别处，孙鹏宇揉了揉鼻子，眼里泪光闪闪。

“我能去看看他吗？”李可问。

“今晚就去。”王干说，“现在继续训练吧。”

整整一下午的各项训练，李可再没说一句话。他举杠铃，负重深蹲，引体向上，平板支撑，推轮胎，持刀格斗，射击，看毒品犯罪视频，看每个罪犯的材料，熟悉曼谷的每一条街道，熟悉李进在曼谷的居所、车辆和常去的餐厅。他以从未有过的耐心和毅力坚持着，当他的嘴唇咬出血的时候，训练结束。马旭继续给他播放李进的语音留言。李可擦着汗低着头，用扬声器听着。李进说起了父亲的病情：“我觉得老爷子今年过不去了，我这边现在任务太紧，刚取得吴右的信任，不能出半点漏子……”李进的声音有些难过，但他还是汇报起后面的工作：马上要接管元老徐森在泰国的业务，很多事需要研究学习。老挝帮又在找他算账，出门总是要多一只眼。吴右最近频繁地和日本人接触，还不知道是在谈些什么，需要调查。何翰对他敌意未消，任何动作总是被他盯着……

"唉，我还是想我爸了……"李进停止了这段录音。

李可睁开双眼，眼泪一下子喷涌而出。他忙捂住脸，低下头，泪水蹿过指缝洒落在地上。一只手扶住了他的肩膀，拍了拍，是王干。又是一只，是马旭。然后是剑夫和鹏宇。李可终于哇哇大哭，颤抖成一团脆弱的泥巴。他们也不说话，只是扶着他的肩膀，静静站在他的四周，站在越来越暗的黄昏里……

"孟凡"因为感染，被保外就医进了江城第一人民医院的特护病房，由一家文化公司支付医疗费用。这一切都是安排，看上去毫无瑕疵。李可随王干、马旭到达医院已是晚上十点，除了急诊和病房，楼道里人声静寂。戴着帽子、口罩和墨镜的李可随二人上了电梯，来到六楼角落的一间ICU病房。

李进躺在靠窗的床上，身上导管遍布，身边挂着尿袋，面罩下的脸浮肿着。呼吸机一下下收缩着，说明他的生命依然旺盛，只是心电图似乎过慢，每跳一下都很艰难。李可在门口迟疑着，他双腿沉重，不敢走向那张病床。这一幕让人不敢置信，半个月前李进还坐在他面前，绷着那张牛逼的脸，如今竟横躺成一根呼吸、撒尿都不能自主的木柴，靠一堆机器维持生命。再上次见面就久了，那是两年前在妈妈的住处。李进那天说每天在处理上访，事务繁杂，李可还讥笑他做狗光荣。那天他俩给妈妈做老鸭粉丝汤，一个弄菜一个弄料，兄弟俩像陌生人，也不怎么说话，妈妈问一句答一句。妈妈问李进有没有女朋友，李进摇了摇头，她叹了口气去餐厅摆桌子了。哥儿俩在阳台上点起各自的烟，三言搭上两语，也都是些让人尴尬的废话。

在床边站定，李可摘下了墨镜和口罩，浓烈的消毒水味儿涌进鼻孔，压住了他的难过。李进额前的伤口和他的一样在痊愈。王干摸着李进的头发，脸像要绷裂一般。这让李可别扭起来，恍惚间不知谁是李进，谁又是李可。昏暗的病房放大了什么，李可发现自己握住了李进的一只手。恨正在消散，而新的什么并未填充进来。他真想对着李进的脸大喊几声，可他也想就这样握住李进的手，什么都不说。

"咚咚咚！"身后的玻璃发出巨响。他们都吓了一跳。这反常的声音让李可害怕，他本能地回头去看，王干却一把扳住了他，说："戴上墨镜，走！"

这是命令。王干将他推向了门口，李可戴上墨镜后还是忍不住回头看了一眼。是琪琪！她正在敲着厚实的钢化玻璃，一脸愤怒，她一定是找不到这特殊病房的入口。李可大惊，没想到琪琪会来看“他”，她不是在横店拍一个穿越剧吗？怎么跑到江城来了？他一直以为琪琪视他为可有可无，只是喜他人帅器大活好还不粘人。她出现在这样的深夜，令李可升起巨大的感动。王干不容置疑地将他推向电梯，他听见她在对着医生怒吼，她只是想进去看一看“他”，但这是ICU，并不允许，而且病人是保外就医，探访要有手续。医生对她解释刚才这几位说他们是来会诊的专家。“专家戴什么墨镜？是瞎子吗？”你看，她根本不信。

进了电梯，马旭宽大的身体挡在身前。电梯门慢慢合上，王干回头问：“这是谁？”

“琪琪，我女朋友。”李可说。

“从今天起不是了，和她断绝联系。”王干说。

李可闷声片刻，点了下头。“你还不明白，她发现了你的秘密，非但自己会陷入危险，你和李进也死定了。”王干的脸在灯下很是狰狞。

“别让她接近李进，她会发现不同的。”李可说。

“这女孩子难得，我要是躺下了，未必会有姑娘来瞧我。”马旭回头说。

“我也没想到。”李可苦笑着，琪琪的吼声依然在耳。

人只有在落难之时，才会发现谁是朋友。李可显然一个也没有，好失败的人生。琪琪的出现让李可惭愧而欣慰，也让他看到一抹希望。他们虽然交往了一年多，只在一起滚床单，并没有住到一起。李可深知自己的秉性，不到演出几个像样的角色来，他不会爱上任何一个姑娘。很多演员也是如此，真的成了腕儿，他们也难以爱上什么人了。那时的他们只爱自己，只关心钱和粉丝大数据。

虽然绯闻不少，李可自认风流有度。琪琪和他相识在去年同一部戏里。那日下戏晚了，琪琪没有领到盒饭，撅着嘴在板凳上发呆，握着半个凉面包要啃，李可见了，就把自己的盒饭给了她。琪琪笑得可爱，对他好感爆棚，而他只是恰好要和狐朋狗友们去吃火锅。琪琪还挺主动的，一来二去，两人就滚到了一起。姑娘不仅好看可爱，还对他的演技颇为赞许，这让他感到巨大的满足。他对两人的关系并无长远打算，拍戏的日子东奔西跑，你天南她海北的，一个月难见一面，指不定哪天就一拍两散、各有新人了，这在影视圈都是寻常事。刚才那一刻让李可明白，琪琪是真的把他当一回事了。

这十天效果非凡，李可显然壮了一大圈，马旭说他练得眼睛里都是荷尔蒙。李进的录音听完了一遍，留下的材料也基本着重看完。他熟悉了每一张重要的脸，熟悉了燧石集团的方方面面，甚至学了几句泰国话。“龙久”的签名他已经基本掌握，龙久的各种密码和住址、车号、生活习惯他都熟记于心。最后一天下午，训练停止，王干要请大伙吃饭。他们买来各类食材，支起个坑洼的铜火锅烧起来。王干掏出了两瓶茅台，马旭买来了走地鸡、鲜切羊肉、猪脑和牛百叶。他们说这是惯例，李进每次回来或是回去之前，他们都会在这儿大吃一顿，把酒言欢，四个警察据说一次都没有缺席过。

在各种战争题材电视剧里，首长送战士们去死之前，都要喝大碗的酒，还务必要把碗夸张地摔碎，以示决然。老梗虽然俗套，但是观众爱看。桌上火锅渐旺，酒杯朴实无华，酒是好酒，几杯下来，桌上已悲情弥漫。他们拍着李可的肩膀，说着鼓励的话。马旭一遍遍重复着李可的紧急联系方式，提醒他如果害怕就咬一下舌尖，或是挠一下生殖器，这是他总结出来的有效方法。剑夫让他要对自己的伤疤有信心，因为它们的确会不断变化。鹏宇说他一定要坚持锻炼身体，不为防穿帮，也是为了真有什么事可以灵活面对。可他们的话并没有让李可放松下来，他握着杯子的手轻抖着。王干想必看到了，就告诉他一个稍微宽心的情况。

“不止你一个在这个集团里卧底，但没有谁到了你的层级。你没有必要知道他是谁，他也没有必要知道你。只在特别有必要时我们才会让你们认识。”王干说。

“李进知道吗？”李可问。

“知道这事儿，可他不知道是谁。去年下半年牺牲了一个。他叫陈明博，是燧石集团货物运输组的一名负责人，向戈萨汇报。陈明博和几个搭档护送一批货物去云南，过边境时遭遇一伙劫匪，唯独他逃脱了。他跑回了曼谷，向集团汇报了这件事，然后牺牲了。”王干又给他倒了一杯酒。

“怎么牺牲的？”李可没有去端酒杯，这悬念令他害怕。

“上面儿认为他回来得太蹊跷，怀疑他与打劫者串通。”马旭说。

“其实他们并不确定，陈明博也确实没有与对方串通。他知道跑回来有被误会的风险，但为了任务，他还是回去了。集团元老何翰建议干掉此人，吴右默认了……一颗子弹打穿了他的头。”王干端起杯看着。

“你们没有通知李进保护他吗？”李可惊讶道。

“没机会，也做不到……”王干摇了摇头，“打死他的那个人，就是李进。”

落地请杀人

第四章

那一刻气氛压抑，这个卧底警察的结局让李可深感不安。王干说他们一直没有让李进知道这是个同志，怕他无法承受、影响任务。之所以告诉李可，是让他明白这份工作的复杂性，也让他知道不是在孤军奋战。为了让李可不暴露，王干希望联络尽量减少，除了电话和特别设定的联络方式外，绝对禁止用短信、微信、电子邮件等通讯方式联系工作。李进装着微信，却从不用它说与工作和集团有关的事，只是在几十个订阅号里，有一个是和王干他们秘密联系的工具。那是个旅游公众号，警察需要见他，就会有相应的旅游产品广告进来。他需要联系王干或其他人，就可以找机会拨打广告里留下的电话，或者回复一些重要信息的代码。

“李进前些天来找过我，说我妈眼睛瞎了，她一个人住在南京……”李可低着头，后面的话欲言又止。

“我们已经知道了，有人在照看她，不是我们的人。”王干说。他这话令李可惭愧，他也没有经常去看妈妈。

“睡个好觉吧……你离开这儿之后，是李进、是龙久，不再是李可。任何时候、对任何人都要记住，包括你妈。”王干说。

“我可瞒不了她。”李可说着摇头，妈就是瞎了，一下子也听得出来的。

“完成任务之前你和她最好不要见面，这是为她好。”王干说。

“不能让她知道……”李可自言自语道。

“李进去找你，说了什么？”王干歪着头问他。

“没说什么，我们……”李可突然警觉起来。李进要说的事，和他的工作有关吗？“他说他不能帮我，让我待满六个月出去干点别的。”

“他去找你没告诉我们……”王干说，“不让我们知道你也是对的，他一向很谨慎。”

马旭拿出了以龙久名字做的全套医院病例，还有几张X光和头颅CT的片子，告诉他李进伤情的同时，马旭建议他可以在毒贩子们面前表演失忆。头颅CT显示，李进的脑部有一处淤血点，正好在属于记忆的区域。医生说这一块可能影响记忆，然而很多人也会没事。

第二天一早收拾齐备，李可带上了李进的东西。他们送李可到了高速边儿。李可打了一辆车去机场，王干等人在车里冲他挥过手，车就开走了。李可看着他们离去，长呼了口气，钻进了车。心在怦怦乱跳，脑门在微微发烫，他像第一次试戏那样紧张。手机震动，像一条偷袭他的蛇。顾桃发来了短信，问龙久具体的航班号，他和小庄会来机场接。

李可在脑海中检索着。小庄是李进招进集团的行动队员兼司机，二十八岁，香港人，以前是香港某黑帮的杀手。小庄身手好，只忠于“龙久”。

李可换了登机牌，过安检，一路畅通，龙久的护照毫无问题。他坐在头等舱靠窗的位置，满心喜悦……这是他第一次坐头等舱，却绷出自然的样子，要了一杯苏打水，因为李进会这样。舱门关闭，李可闭目凝神，想休息一会儿。一阵香气钻进鼻孔，他本能地睁眼找去。衣裙一闪，一位美女落座身旁，身高腿长脸好，干练性感，是见过世面的那种美女。美女的香味撩得他心痒难耐，要在平时，他可能会使出套路和她搭讪，戏演多了，总不想放过各种机会。但这次他装看不见，因为李进不会。飞机起飞了，他脱了鞋，盖上毯子准备睡觉，浑身劳乏，他需要养精蓄锐。

“先生一个人呀？”她倒先来了，说话声音很好听，化的妆也很职业。

“哦，是的，你也一个人吗？”李可只能直起身来看她，看不出她的职业，从衣着和包、皮鞋、项链来看，这妞日子不错。

“是呀，我去曼谷找闺蜜，她今天生日。”美女笑起来，露出一嘴好看的牙齿，“我叫Lisa，您怎么称呼？”

“哦，我叫龙久。”李可和她握手，很软。

Lisa和他天南海北地聊起来，说李可长得像个演员。多新鲜呀！李可谎称自己是个商人，在东南亚做点药材生意。她说常去曼谷，有时间可以约着吃饭喝酒。李可摇了摇头，说自己太忙了。王干提醒过他，最好不要和任何陌生人聊天做朋友，弄不好会要命。唉，这什么差使呀？毫无乐趣可言。

旅途漫长，Lisa要了起泡酒，他俩一杯杯喝起来。这无非就是个漂亮妞，李可喝着喝着，嘴巴开始自由发挥。她凑得也越来越近，他看到她耸起的乳沟，猜这是那种专坐头等舱钓男人的姑娘，有一把撩汉子的本事。看眼下这架势，是要润物细无声地搞定他。只要李可表示出兴趣，再次见面，关系就会突飞猛进，长驱直入。

但是不可以。

他们聊着喝着，套路往来，各种精彩。几个小时过去，飞机缓缓降落。李可觉得腰背酸疼，舌头发干，想着该结束这只过嘴瘾的聊天了。Lisa突然探过来，捉住了他一只手。李可吓了一跳，以为她按捺不住，想要趁飞机落地前提升关系，他正想推开，她却趴在耳边说起来：“龙哥，铁头让我转告您，今天的谈判您只要高抬贵手，二百万美金就打到您指定的账户上，以前的事也一笔勾销。”

李可呆若木鸡，看着离自己只有三厘米的这张漂亮的脸，吓出一脊背的冷汗。什么铁头？这是谁？她说的又是什么事？什么叫一笔勾销？为什么王干从没提过？李可不知该怎么回答，怔然片刻，他只能淡淡地笑了一下。

“还有，您和传说中一样帅。”Lisa松开手，靠进座位闭上了眼。飞机在地上一蹦，开始刹车，剧烈的风噪声擦过，他的身体随飞机一起颤抖。他咽了口唾沫，决定远离这可怕的女人。窗外，绿色的曼谷呈现眼前，他在心里提醒了自己三遍：你是李进，你是龙久。该动脑子的时候，老二最好老实点。

飞机停稳，乘客开始下机。Lisa起身拿了行李，返身对李可微笑道："希望还有机会见到您。"

"你真的叫Lisa？"李可站起来说。

她贴过来在他耳边，"您叫我Lisa就好，我不是铁头的人，只负责传这句话，他付了我费用。您以后若有需要，随时可以找我。"说着她塞来一张名片。李可微笑收下，冲她点头。别信这个女人，他想。

Lisa踩着高跟鞋先走了。李可慢悠悠下了飞机。机场陌生，到处挂满国王的巨照和各种万金油广告，路人有奇怪的肤色和味道。窗外的阳光定非常猛烈，不然保安不会穿着深色的长衣，还戴着可笑的头巾。他去厕所里撒尿、换衣服、在右手无名指戴上安娜给的定情戒指。他坐在马桶上大口喘气、抽烟，提醒自己现在要面对什么。步步惊心的未来，每个毛孔都要全神贯注。一会儿就要和顾桃、小庄见面，卧底演出将正式开始，而这场戏只能一条通过。李可看着镜子里的自己，怀疑有增无减，恐惧像这城市的温度般升腾着。这张脸能否蒙混过关？他不知道，但他不得不走出去。货到地头死，没了回头路。

走出机场楼，曼谷的热风迎面扑来。阳光岂止猛烈，简直像刀子一样锋利。李可一眼看到停在路边的黑色奔驰G55，车号他早记下，这是龙久的座驾。顾桃戴着墨镜，身着深蓝色宽肥夏西装，里面是件深绿色的T恤，正耸着肩膀靠在车边抽烟。这么热的天怎么穿这个？他明显的肚腩有些下坠，脸上的肉也一样松垮。这张三十七八岁的面孔相当大众，可谓肉眼凡胎，北京老城区里一抓一大把。只是它挂着某种不容挑战的倔强，以及好像什么事都无所谓的轻松。略微罗圈儿的腿下，他那双胶底皮鞋磨秃了头，脚边扔满了烟头。旁边戴着头巾的清洁工正恨恨地瞟着他，他连瞅都不瞅。顾桃看见了李可，咧嘴一笑，冲他招手。车上跳下一个梳着马尾辫的年轻人，肌肉把小衬衫绷得紧紧的，他笑着跑过来帮李可拉行李，这就是小庄。

"老大辛苦了，脑袋还有事吗？"小庄拉起他的行李。

"没事了。"李可心里发毛，不想和这直勾勾看着他的小伙多聊。顾桃就在不远处站着，虽然像个刚按摩完的懒汉，却让他汗毛倒竖。别看他其貌不扬，这家伙杀人不眨眼，枪枪夺命，以前在国内是个医生，怎么混到泰国的毒品集团来还是个谜。顾桃是集团行动队的总头目，向主管该部门的龙久直接汇报，也有向吴右直接汇报的权力。李可不知道他和龙久关系亲密说的是哪一种，这让他非常警觉。越是亲密，对方越知道你的特点，也越能看出你的破绽。

顾桃微笑摘下墨镜，和他拥抱。“你要再不回来，我就去江城看你了。”顾桃说着帮他拉开了车门，“怎么样，脑袋没事吧？”

“我脑袋硬，把钢化玻璃都撞碎了。”李可笑着说，还夸张地摸了下头。虽然做了一万种准备，李可却没想到第一句话是这个。“撞得我有点懵，我要是忘了什么你可别奇怪。”这半句是他临时琢磨出来的，说出来又有点后悔，干脆说撞得部分失忆了不是更好？

“那曼谷可就炸锅了。咱集团的头号干将，枪林弹雨都过来了，都要成老板女婿了，一个小车祸把头撞烂了，太丢人。”顾桃说着将他推上了车。

“没告诉安娜吧？”李可说。这是一句准备好了的。

“你多给她打打电话，省得她老问我。”顾桃钻进了后座，关上了门。

“你又买了新车呀？”李可故意四处打量着，进入了“失忆”表演，而且自信演得很像。在小事儿上抛出诱饵，大事儿上就可能蒙混过关。顾桃和小庄面面相觑，这不是你走前刚换的车吗？李可摇头，我怎么不记得？顾桃看着他的脑袋，老兄，看来你撞得真不轻呀？李可摸着头，哦哦地做出一副又记起来的样子。他拿出了医院开的片子给顾桃看。顾桃对着阳光瞅着，吸了口凉气，要说情况呢不算严重，但又确实有个淤血点，还在记忆区域，可能对记忆有些影响，回头我还是要带你去医院再复查……我靠，你不会忘了家住哪儿、安娜长什么样吧？

“教授怎么样？”李可忙微笑道。

“有点感冒，熬夜熬的。”顾桃说着伸过手，“我的手机呢？”

“哦对了……”李可从包里掏出来五个去了包装盒的手机，“配件都打包了，回头给你。”

“这事儿还能记得，看来没大事儿……又能给兄弟们发礼物了。兄弟就和姑娘一样，时不时给点小东西，干活就卖力。”顾桃打开了一个琢磨起来。

“现在去见教授吗？”

“他让咱俩先去办件事。”顾桃头也不抬地揣起手机，“铁头开出条件了，想要三个省的代理权。教授让咱俩去和他谈谈。”

“现在？”李可纳闷道。

顾桃点头说是。李可明白了，Lisa说的就是这件事。“三个省？”他故作犹豫。

“你打了他一枪……这事儿你还记得吗？他想要三个省，早知道我再帮你补一枪……不过也想不到呀，太阳穴上挨一枪，子弹还在里面，这兔崽子竟然没死。”顾桃冷笑着说。“他向何总表态，说这一枪可以不计前嫌，只是希望拿到福建、浙江和山东三个省的代理权。”

“那教授什么意思？”李可相当吃惊。李进打了这个铁头一枪？还在太阳穴上？这人还没死？那他不是要恨死李进了？哦，他恨的应该是龙久，是现在的他。

“他还没说，过一会儿会有命令吧。”顾桃说着拍了拍李可，“脑袋还晕着，刚回来就要去办事，辛苦啦。安娜问起来你可别把我卖了。”

李可微笑点头，心里一团乱糟。一下飞机就要去和龙久的冤家谈判，决定几个省的毒品代理权。没剧本没台词，也没导演说戏，没人告诉他怎么谈，他更不知道谈什么，而对方脑袋里还有“他”打的一颗子弹。警察兄弟们，你们咋没告诉我这一档子事呢？

“烟还抽得那么凶……你的肺怎么样了？检查结果出来了吗？”这还是王干教给李可的话。李进留下的信息说，顾桃是个老烟鬼，肺部检查出一个肿瘤，还没有确定是良性还是恶性。

“有什么事儿？医生都会小题大做。肿瘤其实不是敌人，是人体把我们体内的问题特殊化处理的一种手段。你要是非要干涉它，没准还适得其反。”顾桃说，“我要是把烟戒了，这肿瘤就会觉得不习惯了，反而就能出幺蛾子。我在大陆当医生那会儿，哪个主任不是老烟鬼……”

李可玩笑着让他闭嘴，他可没心思和他扯淡。开车的小庄脖子后面有个伤疤，是枪眼儿，从左到右的贯穿伤。这可怕的东西让他恐惧，要面对的事准备全无、凶险未知，李可真想跳车逃跑。这就是影视剧里那种黑帮谈判吧？一言不合拔枪互射，杯盘碎裂中枪声大作、脑浆四溅，就连服务员和无干人等也会倒霉地身中数弹。想到此李可浑身哆嗦，一阵恶心翻上嗓子眼儿。他对小庄说空调开小一点，小庄纳闷回头，没开空调呀，你们抽烟我开着窗呢。

妈的!

顾桃拍了拍李可的肩膀，说明天就得带他去医院，先去脑神经科，再去骨科，有必要再去趟精神科。李可说是在飞机上被空调冻的，现在还没缓过来。走了这么久攒下一堆事，回头再说吧。看着顾桃和小庄，李可心里又略“踏实”了些。这是两个杀人无数的黑帮骨干，他们在，应该没什么危险吧？

“带枪了吗？”李可忍不住问。

“不能带，要相互搜身的。”顾桃说，“放心啦，铁头想拿命从我们这换钱，还得求你帮忙，不会乱来的，你打他那一枪成了缘分。”

李可点了点头，一身的鸡皮疙瘩奇痒无比。“教授什么意思？”他问。

“他会告诉你的。”顾桃笑眯眯地看着他。李可紧张起来，说错了什么吗？他突然明白这可能是毒贩子的规矩，有些事再熟也不该问，有些事能说也不该说。顾桃可能知道吴右的想法，也接到了明确的命令，但是吴右并不希望他现在就知道，于是顾桃只能礼貌地把答案藏在微笑之后。他虽然是行动队总管，但级别低于还负责其他业务的龙久。但是向龙久汇报具体工作，并不等于一切都要告诉他。如果这命令来自于吴右，更是绝不能告诉他。这是燧石集团的职场政治，毒品江湖的潜规则，一个动作都不能错，而王干他们并没教过……很多事看来要从头学起。

穿过曼谷市中心没多久，车来到一处典型的泰式餐厅和会所，看地图似乎离李进的住处不远。李可下车四顾，心里阵阵发毛。几条丑陋的野狗卧在椰子树下的影子里，呆呆地看着他。门口站着些不像黑帮电视剧里的人，人形齐整，各在一边，想必有“自己人”，也有铁头的人。三人下了车，慢慢走向房子，两边的人都向他俩点头致意。李可戴起墨镜向前走，对这些尊敬故意视而不见……戏里都是这么演的。顾桃更是如此，叨逼叨和他说个没完，却是和眼前无干的事。

“我劝你呀，还是早点娶了安娜，兄弟们也吃一颗定心丸。安娜这么喜欢你，教授也信任你，兄弟们也服你，还不趁热打铁？这事早点定了，里里外外也能安分很多。太子一日不立，朝无片刻安宁呀……你就说那个林苏，和安娜哥哥长、妹妹短的，人看着老实巴交，可为啥我就觉得他肚子里琢磨着别的事儿呢？”

李可哼着哈着，纳闷这一脸悍气的家伙怎么如此婆妈，这大大毁掉了毒贩们在他眼中的狠绝形象。门里出来一个光头猛男。他穿着黑底金边儿的圆领衫，面容凶悍，肌肉结实，一条红蓝宝石相间的金链子绕在脖子上。他让李可一哆嗦，可这人远远地就喊了一声“萨瓦迪卡！”然后双手合十，叫起了龙哥。想必这就是被龙久在脑袋上打了一枪的铁头。差点被“我”打死，如今竟如此热烈地欢迎我？毒贩们的世界搞不懂。铁头引着他俩进了门口。手下彼此搜完身，再往里走，就到了会所宽敞的内庭。这个时间不是饭点儿，全无餐客，舞台上却有泰国歌舞的表演。乐者穿着奇怪的装束盘坐在地，敲打着李可从未见过的乐器。简单到乏味的节奏中，浓妆艳抹、穿着金缕华服的舞者在慢慢蹦着，手指翻来翻去，分不清是男是女。李可看了眼顾桃，他却仰着头背着手，看着树上结着的奇怪果子。

穿过主厅，沿楼梯上了三楼，他们到了阁楼后的露台。露台巨大，一条长桌上刀叉齐备，开了瓶的红酒正在倒进漂亮的醒酒器。从这里掠眼看去，夕阳将落，湄南河弯曲而去，曼谷城云水相映。而李可无心欣赏，只小心瞥着周围环境。对面还有两个铁头的随从，长得都和横店看守所里的那些人差不多。他们没有堆出刻意的笑，结实的肌肉在霍霍跳跃。这顿饭不好吃，尤其是在一个高处的露台上……

顾桃却毫不在乎，一屁股坐在李可的左边开始点菜。小庄坐在了李可右边，棱着眉毛盯着铁头的随从。铁头坐去了对面，打开一盒雪茄，挑出两根咔咔地剪开递来。“这是我刚买的好货，几位尝尝？Cohiba长矛款，我帮朋友订了二百万美金的货，自己也留下了一批，够抽大半辈子的了。”

二百万美金……李可想起了Lisa的话，这个扣儿在这里勾上了。他微笑接过，点着、吸上，脑海里扫过各种电影片段，挑出了周润发在《喋血双雄》里的表演。他跷腿夹烟地靠进椅背，弄得目光游移、身姿潇洒。他很快发现这有点过，担心偏出李进的轨道，于是又坐直了，煞有介事地看着雪茄，点了点头：“确实不错……伤口还好吗？”

铁头哈哈大笑道：“伤口当然好了，就是子弹还在里面。医生说取出来比留在里面还危险，我就没让他们把脑袋劈开。老兄呀，你这一枪是缘分呀。伤好了之后我就琢磨，你说拼死拼活的有啥意思？咱们还都是华人。你打我一枪，我给你一刀，有啥事不能喝个酒解决的？这颗枪子儿随时会要我的命，我就每天吃喝玩乐，还搞女人，搞了一个又一个，可我就是不死，还精神头越来越足了。以前我经常偏头疼，现在头也不疼了。龙哥呀，你这一枪是给我治了病呀。”

李可抽着雪茄，掂量着他话里的意思。没有谁会这样热爱差点把他打死的人的，这个铁头若不是为了钱，定是要和龙久拼命的。因为并无其他宾客，菜上得很快，眨眼就是一桌子。小庄低头吃着，眼都不抬一下。李可觉得该说点什么，可他实在不知说什么是对的、什么是错的。顾桃总说吴右会告诉他们怎么谈，可是为何没有呢？

二百万美金……

李进会拿这笔钱吗？不管他拿不拿，对李可却是两回事。高抬贵手、拿了又怎样呢？猛然升起的贪婪像被窝里按不住的小猫，瞬间让他热起来，刺得他浑身酸麻。不行，这是错觉，这笔钱是一块有毒的饼。李可提醒着自己，拎不清其中利害，就别胡思乱想、随便张嘴。

“呀，后来我就想，你打我这一枪其实不是害我，而是帮我。我以前管你们要几个市都不敢开口，现在我可以要几个省，因为你们一定会相信我呀。我这么一个时刻都可能嘎嘣死了的人，就是要最后折腾一下。什么山头呀，帮派呀，我真的已经厌烦透了。”铁头笑着示出钱包里的全家照，说又娶了第五个老婆。李可微笑着点头，看着那一照片婆娘和娃，不敢多说半个字。

“龙哥，教授什么意思？你既然来了，总得给我个说法？”见他哼哈没完，铁头声音渐冷，脸还在笑着，眼里却发出吓人的光。李可见过这种眼神，比这凶恶的也见过，可那都来自于老戏骨的戏……铁头点出了正题，他歪着头，嘴里的雪茄冒着枪口般的烟。铁头在等龙久的答案，但是这个长得一模一样的假龙久没有回答他，谁他妈的也没告诉他该怎么说。

“你别急……让我抽完。”李可不知道这句话从哪里蹦出来的，它确实从嘴里说了出来。他还夸张地吐出一口，挤出熟练的笑。他的腿并得像初次约会的女人，紧张中尿意泛起，小腿肚子阵阵生疼……还抽个屁的雪茄。

果然，铁头的脸色闪电般切换了。李可觉得他真是入错了行，这是块演反派的好料。“我就知道龙哥够意思。你是爱憎分明、有情有义的人。这一枪你没打死我，就一定会给我个说法。”铁头起身给他倒着酒说。

服务员上菜迅速，眨眼就是一桌子。“他刚到机场就被我拉过来，你别不懂事儿。”顾桃吃着菜轻松地说。他这副高姿态令李可羡慕，如此气定神闲，像真来吃饭似的。李可立刻从他身上开始汲取营养，复制着他身上的镇定和从容。

“桃哥说得在理，酒满上，满上。”铁头说罢又要给他倒酒，这家伙根本无心吃饭。

“你坐下，我们聊事情。”顾桃毫不客气地板着脸。李可侧过脸去问了第三次：“教授什么意思？”

顾桃没有再躲开这问题。他捂着李可的耳朵，轻轻说：“我点的菜里有一道叫菠萝鸭，就是桌上那只离你最近的鸭子。鸭肚子里有一只上了膛的枪，教授就是这个意思。”

知道什么叫平地惊雷吗？

李可脑袋里轰然一声，眼前又一亮，再陷入全黑。耳朵里电闪雷鸣，肚子里兵荒马乱。这是让我杀人吗？让我把手伸到一只热乎乎的鸭子里，掏出枪，对着他们三个脑袋一人一枪？李可没看过这样的电影，也没见谁这么写过。刚下飞机才几支烟的工夫，就要让他亲手击毙三个毒贩子？

他好想念横店看守所那个菊花将爆的夜晚。

铁头猛地站了起来，可能是顾桃和李可耳语的举动激怒了他。“龙久，别那么不痛快，你从大陆刚飞回来，我可是刚从火葬场爬出来。你给个痛快话，福建、浙江和山东这三个省能不能给我？你们每年捐出去那么多钱，就不能给我们这些江湖兄弟多少赚点儿？我脑袋里这颗子弹，难道值不了三个省的代理权？”铁头指着脑袋哇哇喊着，眼珠像要掉在桌面上似的。

紧张中，一口浓烟呛进了肺，李可咳得翻江倒海。“铁头，看来这一枪没把你的脾气打掉呀。”顾桃冷笑道。他拍着李可的背，看着他。李可知道他在等什么。那只烤焦的鸭子歪着头对着自己，似乎在等着他伸手。

“龙久，你们玩儿我是吗？”铁头瞪着眼说。

“我俩都很饿，你就不能让他吃两口再说？”顾桃依然冷着脸，手伸去鸭子掰下了一条腿，递给了李可。他似乎很生气，和铁头嚷嚷起来。铁头却没有再买顾桃的账，他骂骂咧咧拿起手机，一拉一扭又一拉，手机竟然变成了一把古怪的手枪。它又黑又扁，圆珠笔粗的枪管嵌在其间，乌黑黑地指着李可的头。

美剧里都没见过这个……

李可的下身一阵热乎，有东西顺着西服裤管儿下去了。他心跳如重鼓，脑浆子都在跟着一起震动。顾桃摊着手和铁头争吵，而李可一句也听不见，也想不出任何可用的表演桥段。怎么演？演什么？被枪指着头的戏在哪儿？小庄坐在原处，藏在桌下的右小臂紧绷着，右手一只餐刀似乎随时会掷出。李可很想做点什么改变这可怕的局面，没用，他被这支奇怪的枪定在了座位上，生命都像停住了……他第一次被一把真枪指着头。

“砰砰砰！”三声枪响，声音大得可怕。李可眼前又一黑，本能地捂头，身体一阵痉挛。完蛋了，三颗子弹将穿过他的身体，或许还有脑袋……

可是这并未发生。李可睁开眼时，面前的鸭子屁眼儿冒着青烟。顾桃的右手还在鸭肚子里，左手夹着雪茄。铁头瘫坐在椅子里向后仰去。他的一只眼被打碎，鲜血糊满了胸前的宝石金链子。另外两人也是或倒或趴，他们的血和脑浆溅满了阳台上的花朵。空中飘着淡红的血雾，逆风吹回来一些，不冷不热地糊在李可的脸上。楼下舞台上的歌舞声并未停歇，好像还大了不少，李可知道这是安排。

三枪在鸭肚子里连发，顾桃瞬间打穿了三颗脑袋。他左手的雪茄烟灰此时掉了，在桌面上碎成一摊，融进了流过来的脑浆中。

李可的下面开了闸一样哗哗的，像要把浑身的汗都尿出去一样。还好脚下是木格，尿液估计渗去了楼下，还好穿了黑色的长裤，还好今天飞机上喝了很多水而且在机场撒了个尿、没有那么大的尿臊气……

“你怎么了？和他逗什么？他真开枪了怎么办？”顾桃擦着手，一脸无所谓的样子。外面突然又枪声大作，李可下意识地缩起脖子。“是弟兄们在处理铁头的人，我们早安排好了……”顾桃揣好手枪，“这兔崽子，挨了一枪却没长记性，本来是把人情牌，非要演成逼宫戏，可惜。”

李可尿完了，他并不觉得耻辱，只觉得一阵放松。为了掩饰，他将一杯冰水打翻浇在腿上。小庄赶紧递来了纸巾。这家伙在顾桃开枪的时候一动不动，只在右手灵活地旋转着那把餐刀。幸好他只盯着眼前的三人，没看见地板上那条渗下去的小溪流。顾桃拿出他的新手机开始拍照，他凑近几颗血肉模糊的脑袋。“嗯，像素很不错，反应很快。”这个变态佬呀！拍了几张后他的电话响了，他接起后递给了李可，说道：“你没听电话？教授问你呢。”

李可恍然想起，刚才手机一直在裤兜里震着，而他竟吓得忘了。接过电话，他咬了咬舌尖，仔细听着。

“忙完了吧，安娜准备了晚饭。”吴右的声音低沉和缓，透露着一种奇怪的威严。

“好的，这就过来。”李可几乎字字咬着李进的口吻。吴右“嗯”了一声，挂了。

“小庄，这家伙没死呢。”举着手机拍照的顾桃指着铁头说。李可又吓了一跳，铁头的身体果然在微微摇晃。真是奇怪，太阳穴里一枪没死，从眼睛打穿了后脑勺，这家伙还没死？李可吓得站不起来，生怕铁头后仰的头抬起来再瞪着他。

小庄慢慢起身，走了过去，站到铁头的身后俯身去看。刀光一闪，他手里的餐刀扎进了铁头的另一只眼。铁头剧烈地晃起来。小庄拿过大烟灰缸，将进去一小半儿的餐刀敲着，当！当！当！直到只剩半根烟那么长的一截。铁头不动了。“拿枪指我老大的头？再给你一条命也活不了了。”咣啷一声，小庄扔下了烟灰缸。

“走吧，去教授那儿。”顾桃系上西装扣子说。

李可挣扎起身，一阵海风吹来，差点摔倒在地。为了掩饰失态，他强迫自己进入一段叽叽喳喳的表演，是《低俗小说》里萨缪尔·杰克逊的一段。他显出一副早有预料和百无聊赖的样子，甚至夸张地伸了个懒腰。眼前的鲜血、脑浆和尸体令他反胃，他咬着舌尖劝说自己，这是戏。满桌的狼藉只是道具组弄出来的，横流的血只是染色的糖浆而已。

“你说，这家伙真的敢向我开枪？就用这么一个玩具？这么一个娘们儿都不怕的小东西？”入了戏，他便自如起来，不屑地指着铁头的尸体，“我不是不想杀他，可让我把手伸进个鸭肚子里去，热乎乎腻乎乎油巴巴的，没准还塞着几根葱，真恶心。再有这种事儿，能换道菜嘛，你给我上一锅米饭也行呀？”

这段打趣味十足的表演让李可肌肉放松了，眼前发亮了，微笑也浮上了脸。这是奇怪的感觉。看着小庄欣赏的表情，他知道演过去了——进入表演，进入角色和台词，管它身边发生什么。他必须要入戏，进去了，恐惧会离他而去，难题也可能迎刃而解。

“怎么你还被撞出毛病来了？你用奶油蛋糕糊死那个老挝佬的时候，也没见你说腻呀？”顾桃挤着眼睛看他。出得门来，一伙人正在往冷冻车里扔尸体，有几个在对李可点头。李可认得这是龙久主管的行动队骨干们。铁头带来的人也全部被干掉了。顾桃说这酒楼是戈萨名下的，铁头并不知道，所以才有这番周密安排。李可跟着顾桃上了车，夸张地捂着脑袋，说他被顾桃那几枪震得有点头疼。

“鸭肚子里放把枪，从屁眼儿打出去，亏你想得出来……”他摸着头点起了烟。好了，表演该结束了，李进应该不会这样没完没了。他调整着情绪，肚子里做起新的功课。一会儿和吴右该说什么？汇报什么？又该用谁的表演来过关？

还有安娜……

虎口的表演

第五章

夕阳挂在地平线上，温暖的红色流满了湄南河。车沿着河岸曲折前行，开向位于曼谷然那华东部的一处吴右居所——1号别墅。顾桃还在说铁头的事，后悔没拿走那支奇怪的手枪。李可无心和他聊这个，吓尿之后的身体空空如也。面对吴右的恐惧又渐渐满格，这令他手脚冰凉。能否通过下一个考验，他毫无成算，也没有合适的表演计划。晚霞美若梦境，晚风和煦沁人，而李可只看到浓郁的血色，嗅到分明的血腥。它们铺天盖地压着他的眼、他的心和他的身躯，让他记起一部电视剧里黑帮老大的台词：卧底只是廉价的蚯蚓，他会和上钩的鱼一起死去。

1号别墅是离吴右集团总部——巴拉根大厦最近的住处，它坐落在湄南河西岸，占地小三十亩，周围密林围绕，中间藏着一栋不起眼的三层别墅。这只是吴右在曼谷多个住所的一处。房子防卫森严，却看不到几个保卫。据李进的情报，这里无处不在的电子眼和暗处的枪手构成了严密的保护网，房子周围甚至埋有感应跳雷。进入第二道铁栅栏时，一个面相吓人的家伙在此迎接。李可认出这是阿俊，吴右的贴身管家。顾桃和李可下车，对阿俊合十问好。阿俊肃身冷脸，合起的手掌像锋利的刀。据说他是泰拳高手，拳台上打死过人。除了私宅防卫，阿俊也处理着一些吴右直接下达的命令。他不介入集团业务，和其他人私交寡淡，李进刚进集团核心时一度误认为他是个哑巴。

阿俊说吴右让他们去别墅旁边的酒窖，何总也在。李可搓了搓手，觉得这顿接风饭的气氛应当是温暖舒适，很多有钱人都喜欢在酒窖里招待朋友，那可不是杀伐之地。他突然很饿，肚子咕咕作响。看来自己开始适应这样的紧张，否则吓也吓饱了。

下沉式酒窖的门低于地面，下了十几节台阶，顾桃敲着厚厚的木门。小窗口开了，一双精亮的小眼睛朝外看了看，门开了。门后这张脸上宽下窄，颧骨高耸。他是迈克——吴右的司机兼贴身保镖，和李可年龄相仿，是中泰混血。李进的录音中说他也不知吴右为何会看上这个人。迈克只给吴右拉开过一次车门，吴右就让何翰把他叫来给他当了司机。这理由无人去问，吴右自有他的道理。迈克人高马大，勇猛有加，最大的特点……好像是不怕死。

迈克对龙久这位行动队的老领导尊敬有加。他用生僻的普通话嘘寒问暖后，带二人走下酒窖。钻过第二道隔温门，酒味和木头香味扑面而来，还有悦耳的钢琴声。巨大的酒窖内，瓶装酒堆满了四壁，封闭在落地玻璃构成的恒温室之内，下面是数不清的橡木桶。酒窖中还摆放着很多橡木空桶，层层叠叠地挡住了向内的视线。让李可大开眼界的是，满当当的酒之外，地窖尽头的书架高高耸起，排满密密麻麻的书，在柔和灯光的照射下呈现出浓烈的文化气息。再往前走了十几步，转过最后一排橡木桶，李可陡然吓白了脸、止住了步。射灯之下，在这典雅舒适的酒窖中间，吊着一个血肉模糊的人。一个穿着休闲麻衫的中年人坐在不远处的书桌边。灯光的暗影里，缓慢的琴声中，这人衔着小烟斗，戴着花镜，捧着一本书看着。他的烟斗升起细细的烟，缭绕而上，最终消失在铁链垂下的射灯之上。

这就是吴右。

不远处的钢琴边，一个精瘦的、穿着黑色西服的中年人背对着这边，正在琴键上舒缓地演奏着。李可觉得曲子很耳熟，却从不知道名字。琴声时而流畅自然，时而沉稳而克制，隐隐透出一种无以名状的孤独。这可不是一般的琴艺。一个在弹琴，一个在看书，一个吊在半空死活不知，周围是两个强壮的打手，手里还拎着滴血的皮鞭。这诡异的场景让李可牙关打颤，这像极了谍战戏里营造的环境反差，却又完全不同。

“越是这种时候，何总弹得越好。”顾桃似乎司空见惯道。

李可这才想起，弹琴的是何翰，燧石集团三号人物，位高权重的元老。这么个毒贩子，弹琴却有着如此之高的水准，难怪他的外号是“钢琴家”，据说他很少给人演奏。他照片上的脸识别度很高，无论谁看到，都会觉得和这人结过梁子。他们向前走去，新鲜的血腥气和红酒的气息糅在一起，令李可紧张加剧。他回想着李进在录音里的语气，思考着这场戏的演法，思考着在吴右面前该有的表情。见他们来了，吴右放下书，对他们轻轻摆手，又指了指何翰。李可和顾桃会意，小心翼翼地走去。李可不知局面深浅，也不知道吊着的那个人是谁。他们冲吴右点头致意后才坐下。吴右给他们轻轻倒上酒，然后转过身，叼着烟斗，闭上眼听着何翰的琴声。

何翰的身体微微晃动着，手指在键盘上跳跃。他后鬓斑白，手指细长，琴边是半杯红酒，旁边放着一副枪套。李可如坐针毡，身体僵得和橡木桶一般。他不知该看哪里，不知面前的一切意味着什么。琴声的每一下跳跃，都让他心惊胆战。他的眼珠子悄悄乱瞥，捕捉着周围的信息。吊着的人血葫芦般悠悠转着，脚下一大摊血，更多的血在顺着脚尖下落。吴右放在桌子上的书是《九三年》，维克多·雨果的名著。顾桃眼眉低垂，跷着二郎腿，烟在二指间已经熄灭……这家伙竟然刚坐下就睡着了。

李可的目光还是回到了吴右身上。他仍闭着眼，叼着烟斗一动不动，像一尊久坐在此的蜡像。李可逼着自己放缓心跳，集中精力。他要马上开始一场非生即死的表演，不能有片刻的惊慌。于是他也闭上了眼……眼帘垂下，钢琴声便大起来。在这紧张的静坐中，李可突然想起来，这首钢琴曲他在电影《沉默的羔羊》里听过，霍普金斯扮演的杀人狂在杀害两个警卫之前听的就是这段。这把李可吓得又睁开了眼。看着何翰的后背、吊在空中的血人和闭目享受的吴右，李可知道自己在阵阵发抖。

琴声终于停了。

何翰喘了口气，起身端起酒杯，回头，对大家轻轻一笑。吴右微笑着睁开眼，端着酒杯站起说："何总，这段《哥德堡变奏曲》，你弹得越来越有古尔德的味道了。"

"太过奖了，这哪能比……"何翰也拿起了杯，不好意思的表情在脸上一闪而过。

李可急忙起身，还捅了下睡着的顾桃。顾桃懵懂站起，拿着酒杯，一起与他们碰。"真是罪过，有幸听何总的弹奏，我竟然还睡着了。"顾桃红着脸说。

"要不是听见你们来了，结尾我可以弹得更好些。"何翰说。原来他都听见二人在了。

"这几天你太累了，何总不会怪你的。"吴右对顾桃说，"我也好久没听何总弹琴了，要不是你们来得慢，我俩喝得枯燥，他才不会给我弹呢。"

何翰冲李可点头，却盯着他脑袋上那块淤青。李可不寒而栗，忙对着吴右说出肚子里演练了无数遍的第一句话："顾桃说您感冒了，没事吧？"

最难的台词，往往是最简单的那句。

"没事，喝两杯就好了。"吴右说着一让，示意他们坐下，给他们一一倒酒。李可再度端起酒杯，看向那个吊在半空的人。人已经打烂糊了，根本认不出。

"现在感觉怎么样？"何翰擦着手，指着他的额头问。

"哦，现在觉得没事了。"李可说。他注意着自己的语调，李进的录音他听过不少了，学得应该还算像。

"车都翻了几个跟头，你其他地方没事？"何翰纳闷道。李可摇头，心里有点瘆得慌，这人犀利仔细，得小心。

"开车要小心。你要知道，每年车祸死掉的比吸毒死掉的多无数倍。"吴右举起酒杯，也看着李可额前那块做出来的淤青。李可忙举杯相碰，并表示歉意，说下次一定注意。吊着的人突然哼唧了一声，大家都向他看去。李可咬着嘴唇，不知该如何开始这个话题。这人是谁？该问吗？不该问吗？

吴右看着吊起的这人，端着酒杯说："我今天又翻到这本《九三年》，随便看看。每当我对人性感到乐观或者悲哀的时候，都会想起这本书。"吴右指着他，"自从龙久把这个卡卢拉招进来，集团应该待他不薄。而他还是出卖了我们，为了那么小的一点利益。"

"他……怎么了？"李可不由得问。他听见"卡卢拉"这名字了，但仍不知这人是干吗的。他又不能让吴右等人觉察，吴右这话说出来，表明这个卡卢拉和"自己"关系密切，竟是李进的手下？真见鬼，李进的所有材料里没提过他。

"卡卢拉是铁头在我们这里安插的奸细。他把我们的很多事告诉了铁头，包括那三个省代理的不同价格和年销量。"何翰在一边说。

吴右回头看着李可，说："是何总查出来的，他已经招了。"

李可脑子飞转，隐约想起了李进的材料里有他，是李进招进行动队办杂事的。卡卢拉是"我"招进来的人，而这个人是铁头的卧底。"我"对此失察，却是何翰查出来的，那么"我"应该对此表示歉意。李可正要躬身开口，吴右摆了摆手："你不必有愧，这很正常，何总也不是针对你，是在清查一批人时发现的。"说着，吴右举杯示意，四个人又是轻轻一碰。李可点头，意识到吴右是在去除这件事在二人之间可能的罅隙。"他来的时候也是干净的，只不过后来被买通了。你看，没有信念的人，忠诚就是无根的草。"吴右说。

李可屏住呼吸，字字细听。李进尤其在材料里指出，集团元老中何翰对他敌意最甚。现在看果真如此。他趁着李进回江城的时候，挖出他招进来的一个人是奸细，也没打招呼就告诉了吴右。元老当然有这权力，论职属关系，他是龙久的直属上级。趁龙久在江城剁下这一刀，又阴又狠。但吴右几句话、两杯酒就抹平了这事儿，这是一份显然的保护和关爱。按照电影的套路，"他"必须表个态。顾桃喝着酒，始终一言不发，好像这一切与他无关。

"铁头已经死了。"李可说。

吴右点了点头："卡卢拉毕竟是你招进来的人，你决定吧。"

这想必是吴右的客套，也是给"他"的台阶。李可虽然害怕，此刻却心里清亮，绝不该让这个人活下去，而他也不想就这样决定这个人的死。“还是听您的。”李可说完，对何翰也微微一躬，“多谢何总了。”何翰点头不语，吴右抿酒不言，顾桃静静地抽烟。李可明白光说这句还不够，应该做点什么。于是他放下酒杯，挑了孙红雷在《征服》里的一段，脑补了每个动作和表情后，吸了吸鼻子，系着西装扣、迈着外八字走到卡卢拉面前，歪仰着头看着他。他伸手拍了拍卡卢拉血青的脸，学足了孙红雷的语气：“做什么不好，做卧底？”

顾桃突然在身后笑起来，笑得李可一身冷汗。回头看时，顾桃又止了笑。吴右一脸疑惑。何翰无动于衷，眼神幽暗无底。说错了什么吗？表演有什么问题吗？李可的腿抖了起来。

“你忘了他听不懂中国话？你和他说这个？”顾桃挑着下巴说。

天哪！

李可差点晕过去，一张脸刷地红了，根本管不住。他赶紧定住神，进入又一段表演，要立刻随机应变，化被动为主动。他纳闷地摸了摸脑袋，走了回来。何翰皱起了眉头，吴右却未动声色。顾桃便对吴右耳语，八成在说他撞了头的事。吴右点头，没说话。

“听说铁头也在收买你，你没有答应。”何翰扬着脸问。

李可心头一跳，一个桥段跳了进来。“是的，不止一次，但我觉得不用把拒绝别人的每一件小事告诉您和教授，而且早晚我们会干掉他。”前半句是《教父》中汤姆·黑根对迈克尔的话。吴右放下了酒杯，说道：“后面的事迈克办吧，饭要凉了。”

何翰起身说：“你们先走，我看着迈克办完事。”他冲迈克抬了抬下巴。迈克会意，和一个保镖走去酒窖后面，推开了沉重的两扇木门。外面敞亮起来，门外是个下沉式的庭院，足有五米之高的玻璃拱顶。院子里一个方方正正的大东西用黑布盖着，也不知是什么。他们掀着黑布的角，将它揪了下来，下面豁然露出一个大铁笼子和里面的一只……

老虎！

如果面前有一面镜子，李可会看到自己那张吓歪的脸，他没有瘫倒已是万幸。顾桃的表情和他差不多，看来这情景对他也是意外。

“忘了告诉你们了，这是动物保护组织拉来的孟加拉两岁公虎，放我们这儿养肥了再放回森林。”吴右说，“这是珍稀保护动物，在动物园里得了抑郁症。”

迈克和另一个保镖放下了卡卢拉，拖着他直奔老虎笼子。李可魂飞魄散，形若僵尸，如果他还有尿，一定会隔着裤子飙射而出。他猜想过自己会遇到和看到无数种吓人、要命的事，却猜不到这个。卡卢拉醒了，声嘶力竭地喊着、挣扎着，这自然无济于事。悠悠醒来的老虎见了血，忽地站起来，虎眼放着饥饿的光。李可咬破了舌尖，用了十分气力克制着。关节和牙齿都在咔咔作响，手指快抠进掌心的肉里。他很想闭上眼，不去看这可怕的一幕，但又必须瞪眼看着，万一是吴右刻意的安排呢？顾桃那张脸也白成了纸，嘴里的烟已经燃尽，烟灰冷成长长的一截。

“你俩什么没见过，还怕这个？”何翰略微笑了下。

“算啦，我们走吧。顾桃也回去吧，辛苦了。”吴右冲何翰点头，便向门口走去。李可忙跟他而去。身后卡卢拉的叫声越来越大，瞬间又小了下去。“咔咔”的碎裂声刺耳传来，李可知道那是什么。他看着吴右的身影，感到这个瘦削身躯里可怕的力量。吴右并未回头，只捏着那本《九三年》，迈着轻松的步子。李可咽着唾沫，可总也咽不干净……透彻全身的恐惧席卷着他。就要转过那排高高的橡木桶时，他忍不住回头望去。何翰坐在笼子边低着头，举着烟若有所思。笼子盖上了黑布，什么都看不见了。

“安娜要埋怨我了，你可别说被我耽误了这么久。”吴右拍了下李可的肩头，差点把他拍倒在地。

顾桃去了。吴右和李可踏在寂静潮湿的草地上，走向不远的别墅。蟋蟀在叫，蚊虫在飞，路灯延伸到树林的深处。“虎穴”，李可的脑海里浮现出这两个字。

“何总没错，你也没失职，这事儿过去了。”

“真是惭愧，以后我加倍注意。”李可擦了下汗，长出一口气。

“你干吗那样说卡卢拉，忘了你自己是谁了吗？” 吴右语气不满。这让李可当即懵了，完全不知所以，脑子里连个线头都找不着。这是真的批评吗？酒窖里那些无所谓的话，吴右是说给何翰和顾桃听的？可是，这句话是啥意思呢？

“我……”他嘟了一嘴，觉得还是能不说就不说。吴右沉默起来，背着手不徐不疾地走着。李可不敢走到他前面，也不敢走在后面，就慢半步地亦步亦趋。但吴右这样和他说话，李可反而从刚才的惊惧中脱离出来，他最害怕那无声的压力。脑子在全速运转，四周空无一人。灯光在地上打出一个个光环，像散去的戏场。

“我们对待叛徒一定要比仇敌更彻底，你知道为什么吗？”吴右头也不转地问他。

“因为他们的危害更大。”这句话本能地冒出来，李可不知从哪里搬来了这句台词，他觉得它一定没错。

“这是其一，还因为这可以让我们保持彻底的清醒。”吴右举起手里的《九三年》说，“这本书你是看过的。朗德纳克侯爵为什么要当众处死那个看似有功、实则有过的水手？因为他们即将面临生死攸关的战斗，要去完成重大的事业，对错误容不得半点仁慈。我们也是如此，更别说一个叛徒……本来卡卢拉可以不死，提前向你认个错，顶多是轰出去。但既然到了今天，何总指出了这事，特意关系到了你，就要用最严厉的方式结果他。”

李可听懂了，这场老虎吃人的戏是做给何翰的。然而李可并不完全相信吴右的话，这是试探吗？“以后我会很小心，不让您为难。”他说。

“难的不是我，是你。”

“我明白……”李可说。

“大事总是毁在细节上。你既要防范敌人手里的刀，更要察觉朋友不说的话。卡卢拉跟你一年，说了什么你要注意，他没说什么你更该小心。”吴右眼都不眨地看着他。灯影昏暗，李可看不出他的眼神。

随吴右走进别墅的门，门口站着僵尸般的阿俊，对他们躬身致意。客厅里灯光明亮，李可的心情渐好起来。“笨久，你怎么才来呀？”一个女孩子声音在楼上叫起，没那么热烈，还带着些埋怨。她出现在楼梯口，穿着淡紫色的丝绸连衣裙，却叉着腿，光着脚，端着一支……双筒猎枪。这当然是安娜，而他想不到她会这个样子出场。那支双筒猎枪将李可定在当场……哦对了，她喜欢射击，是打飞盘的神枪手，别紧张，她不是想打你。

安娜拎着枪快步走下，裹着一股明显的火药味。她个子不低，不像想象中那般娇小。“我等着你帮我看看这支新枪呢，我觉得它不如上一把好用，后坐力不实在，我说不出它哪儿有问题……”安娜说罢，就将这只大枪塞进他的怀里。李可赶紧接住这可怕的东西，一边摸，一边搜罗着可供胡说八道的字句。安娜却制止了他，纳闷地摸着他的额头说：“你这脑袋是怎么了？”

影视圈混迹多年，李可见到的漂亮姑娘不少，可是穿着连衣裙、端着双筒猎枪的还是第一次，更别说旁边还站着一个刚把人喂了老虎的毒枭。他绽出一个自然的微笑：“在江城不小心碰了下，没事。”这话说得轻松漂亮，可能有吴秀波的范儿。安娜的眼里既有担心，又含责怪……她还没有发现这个龙久的不同，也不知道“他”车祸的严重程度。

“撞得不轻不重的，留不下疤，没意思。我倒是希望你有一道牛虻那样的伤疤，那多帅……比如在这儿就挺好的……”安娜说着撩起他的头发，似乎在设计伤疤的走向和位置。李可捉住她的手，笑着牵着她走向餐桌，说道：“爸爸说你亲手做了饭菜？”

“就做了两个，其他都是厨子的。我还做了汤，可汤已经凉了。”安娜顺手把枪插在了墙上的枪套里，麻利如西部片里的女匪。餐厅的一面墙上挂着十几把双筒猎枪，上面是安娜参加各种射击比赛的照片。看着这一墙东西，李可反刍起安娜的材料。拥有泰、美双国籍的她从小酷爱射击运动，还获得了一些各类民间比赛的奖牌。她挽起了李可的胳膊走向餐厅，这感觉并不陌生，真的像在演戏。

“凉了再热嘛，反正不是给我做的。”吴右呵呵笑着走进了餐厅。这是典型的中式风格餐厅，没有半点泰国风情，别墅的风格也是中式的。除了偶尔看见一两个泰国的老妈子，这实在不像是泰国的地方。墙上挂着中国名家的字画，书柜和香案也是中国的古物，只是并非华贵，普通的老家伙而已。香案有个小小的雕塑，不知是什么，不像是泰国的佛像。

“山鸡汤再热可就不好了。我亲手打下来的，趁热乎炖了，吃不到新鲜的是你们没福气。”安娜说着捅了下李可的腰眼儿。李可一躲，问她怎么打下来的。“回来路上我看见几只鸟在半山腰飞，想也没想就停了车……距离远了点，不然全轰下来了。”她得意地做了个射击动作。李可听得一惊，万一哪天她发现自己不对劲，就像《史密斯夫妇》那俩人在别墅里对轰起来，这可怎么干得过？他正想说句打趣的话，安娜突然问吴右：“爸爸，老虎喂过了吗？”

“你何叔叔刚喂过了。”吴右淡淡地说。李可浑身打了个冷颤。“你要是回江城不老实，我就把你喂了老虎。”安娜说。李可心里一紧，差点跌倒在地。这父女温馨如一幕亲情剧，李可夹在中间恍惚起来。这场景和氛围的切换太过剧烈，就是做梦，能梦出刚才的经历吗？

三人坐在桌子的一侧，吴右居中，李可在左，安娜在右，酒已倒好，菜也摆满了桌子。见安娜跑去厨房热汤了，吴右举起杯说：“刚才没喝好吧，再喝点？”

李可忙举起碰杯，一口酒下去，平静多了一分。吴右看着安娜消失在厨房口，脸凉了下来。李可堆出些自然的笑，正想迎上几句漂亮话。而看着吴右这张脸，他又不知是否合适。

吴右放下了杯，扭过脸，他紧接着的一句话，让李可险些把刚喝的酒全吐出来。

“王干对你有什么新安排？”

毒枭的问题，我听不懂

第六章

霹雳！闪电！铁头的脑浆，老虎的牙齿，安娜的双筒猎枪……随着吴右这句话说出，这些东西如出膛的霰弹般轰过来。李可真想扔下酒杯就跑，跑到哪算哪，安娜拿他当山鸡打也认了，放老虎咬也认了。他能够想象到下了飞机可能去杀人，可能去看别人杀人，可他绝对想象不到这一切都熬过去了，这一晚好像要平静结束的时候，吴右能问出这么一句话。这到底怎么回事？这话什么意思？李可放下酒杯，它没有从手中掉落已是奇迹。继续装失忆？不行，风险太大，这事好像没法装。他不敢看吴右的眼，脑子里像爆了颗原子弹，那些精心准备的表演桥段呼啦啦地坍塌着。他掐着虎口，强迫自己镇定下来。指尖在微微颤动，前列腺又阵阵发痒……他觉得人要瘫掉了，脑袋要烧掉了，一口酒下去就自燃成一堆灰烬了。

这句话包含了以下几层意思：首先，吴右知道龙久是警察，也知道王干的存在。第二，他知道是王干安排“他”卧底在集团里的。第三，他知道王干在“他”这次回京中一定有着安排，因此他问有什么新安排。第四，关于这个安排，“他”需要向吴右说明白。综上，李可得出两个必然的结论，李进已经告诉了吴右他是警察，是王干安排在这边的卧底。有没有告诉他自己是李进，吴右这句话还听不出来。

不对，还有另外一种可能。吴右觉察到了“他”的不对劲，可能是龙久的不对劲，也可能是这个很像龙久的人的不对劲，这是一句让他无处可逃的测试。如果他说有这样那样的安排，就等于承认了“他”是警察，他没准会被喂老虎。如果他装糊涂，教授你什么意思呀？我听不懂呀？什么王干呀？而李进早已向吴右交代了他的一切还获得了信任，这句话反而会证明他既不是龙久，也不是李进，他还是会被喂老虎。

苍天呀！

李可要疯了，脸皮绷得爆裂一般。他捏了把脸，鼓足勇气看着吴右，极速思索着可以救命的答案，以及可以混过去的表演。他在卡卢拉面前的表演显然搭错了。其他人觉得古怪，吴右很可能已生怀疑。烛光摇曳，檀香轻飘，吴右的眼神是真诚的、温暖的，这给他的判断提供了依据：李进很可能已经变节。不知为什么他告诉了吴右他是警察，而这并没有令他毙命，反而还获得了信任？李进定是把王干的每一次安排都告诉了吴右，这一次也不该例外……按照这个推理，李进已经是吴右在中国警方的反卧底，而王干等人仍视他为同志、兄弟、战友，还对此一无所知。

李进你这个畜生，背叛了兄弟们，还把我搭进来！

李可从可怕的推理中恢复过来，不行，等等。李进的事回头再说，自己的命危如累卵，一句话说错就废了。也不知过了多久，李可抬头，镇定地对吴右说：

“没什么特别的安排，就是让我继续收集我们对大陆的走货渠道的事。”

“他有没有怀疑你……”吴右问。

“没有，他还请我喝了茶。”李可没有说酒，一个脑震荡还没好利索的人，是不应该喝大酒的。

“这不证明他没怀疑你……他们和泰国警方已经开始联合办案了吗？”吴右瞪着他说。

“他们一直和泰国警方有联系，是否联合办案、有没有具体针对我们，这个我并不是很清楚。”这是掐住李可脖子的问题，天知道他为什么能秃噜这么一串出来。

“他知道你和安娜的进展吗？”吴右扭开了头。

“知道，我告诉他不管怎么样都要放过安娜，她不是警方的目标。”真不知道哪一句会出错，这感觉太要命了。

“你是对的，不要让安娜陷入其中。关于你是李进的情况，我回头会和她说清楚，也会在一个合适的机会告诉元老们。”吴右点了点头，正要再问，安娜回来了，端着一煲冒着热气的汤。

李可松了口气，有满腹狐疑，却不能问一个问题。看来除了吴右，其他人还不知道龙久的真面目。在他人面前、安娜面前，他还是龙久。

“汤来啦。”安娜将锅放下，烫得抖着手。她帮李可和吴右盛汤，偶尔瞟他一眼，带着一丝爱慕。这姑娘不是很喜欢表达情感，李可想，这是影视剧中一种人设的演法，收敛得越深，越能在关键情节中将情感迸发有力。吴右瞬间切换了话题，聊起这一锅山鸡汤的配料和火候，说这锅汤只能给“你”来补，完全不适合他这么内虚的老人。

李可这时才有心情细看安娜。她并非出挑的漂亮，单说五官，每一处都不算影视圈一流标准，鼻子有点大，眼睛有点开，嘴唇有点薄，凑在一起竟让人舒服。她不那么美白甜，不撩不骚不媚，反而带着浓重的书卷气，很有知性女子的味道，这非常奇怪。李可所理解的毒枭女儿，应该是胸大腿长浓眉大眼那种，电影里都这么安排，一个个弄得像夜总会小姐或是经典外围，就是为了让观众产生一种可以炮灰了断的隔离感。安娜的动作干净利索，精确适当，自然的装扮中，有着一般女孩子没有的某种锋芒和自信，仿佛一切尽在掌握。她的眼神，李可在一些谍战片中见过，比如《碟中谍5》里那个女主角。

“海明威说过，吃野味的时候一定要小心，因为铅弹会崩掉你的牙……”她给他盛了一碗汤说。

“牛虻也被崩过牙吗？”李可学着李进的口吻喝起来。

“你好像松垮了点，和走的时候不一样。”安娜歪着头看他。

当然，他还比李进轻五斤呢，这姑娘眼真毒。李可忙说这些天吃睡都不好，也没锻炼，自然就松弛了。她又指着他的脸，说他的眼窝有点深陷，眼袋好像小了。姑娘，你有完没完？李可坐立不安，怕被她看出更多的破绽，就频频举杯，吴右一杯杯接了。为了少说话，李可低头夹菜，停在眼前的是一盘叉烧拼盘，血红的叉烧让他想起刚才酒窖中血葫芦般的卡卢拉。他眩晕起来，眼前从红到黑，从黑到白，再到一片炫目的光。他觉得座位在摇晃，血液在停滞，喉头在痉挛，上下在颠倒，一阵剧烈的抽搐在胃里泛起，他抱过旁边的垃圾桶狂吐起来。

安娜忙过来扶着他，吴右却只是站起了身。安娜扶着他的头，拍着他的背。他的胃像破溃的堤，竟吐得一发不可收拾，越吐越狠，越吐越多，把在江城的饭都吐出来了。他直吐得冷汗淋漓，还在死命想着如何解释、如何继续眼下的表演。

“他太累了，需要休息。”吴右说。

终于吐干净了……离开那一桶腌臜，他红着脸接过安娜递来的纸巾。“对不起，可能是飞机上吃坏了东西。”

晚餐无须继续了。吴右让人赶紧送他回去。李可求之不得，最好的脱身办法竟是呕吐，为什么进门前没想到呢？安娜和吴右一直送他上了小庄的车。她摸着他的脸颊，说明天会去看他。李可摸了摸她的手，对她依然陌生的脸庞微笑。倒后镜里，灯光将这对目送他离去的父女在地上拉出长长的影子，像安娜那把双筒猎枪。他回过头，黑黢黢的河岸扑面而来，他深感已经堕入黑暗之中，将在每一个明天之前的夜晚忐忑不安。

“老大你没事吧？脸很白。”小庄回头问。

“没事，估计是受了凉，吐了。”他说。

“也可能是脑震荡后遗症。我以前也受过这伤，被人棍子打的，养伤日子里吐了好多次。没事的，过一阵就好了。”小庄递过来一个东西。

李可接过，是个好多条胳膊的佛牌。

“这是我女朋友求来的四面佛。我要了两个，给你一个，放钱包里可以保佑你平安。”小庄解释道。

李可微笑了下，伸手接过，用不用再说吧。

“老大，我每次杀完人都会觉得胃不舒服，不吐干净就没法睡觉。”小庄说。

李可看着小庄脖子上的枪眼儿，胃里又翻腾起来。

李进的住处在曼柯廉，是湄南河东岸一处昂贵的复式小公寓，由集团付费。芭蕉树和椰子树围成的道路宽敞安静，路灯上挂满了摄像头，还有不少保安巡逻。到了门口他有点头大，门上是个指纹锁，而他并未准备李进的指纹，指纹薄膜还在小庄拉着的箱子里。正发愁间他感觉门楣上蓝光闪耀，一束光打在脸上，咔嗒一声，门开了。

李可轻吁一口气，推门而入。屋内简单雅致，窗明几净，全不像他想的那么复杂。客厅规规矩矩，几双鞋整齐地排在门口。厨房一尘不染，餐厅饭桌上的一盆鲜花还在盛开。他接过小庄递来的箱子，让他回去早点休息。关门之后，他擦了把额头的汗，开始四处打量。二楼是卧室和书房，卧室里除了一个落地衣柜，也是糊满了墙的书架。怎么这么多书？衣柜里挂着十几件白色或黑色的衬衫和深色西装，内衣都整齐叠在下面，还有一排黑灰白的T恤和运动服，下面放着一排深黑色或者深棕色的皮带。领带也多是暗色。这些衣服虽然色调偏深，但质地和做工都极好。李可不相信李进有此品味，想必是安娜的影响，甚至她对他的着装一手包办了。旁边的格子里有些女士的衣服和内衣，也都精致雅气，定是安娜的。

李可坐下，打开一盏壁灯。它照亮了半个屋子，将他的影子投去了墙角，黑黢黢有点吓人，好像要随时扑过来一样。李可抖着手点起一支烟，从下飞机到现在，只有这根烟才有烟味儿……好一场噩梦呀。

他脱了西装，走去穿衣镜前看着自己。这张脸和昨日有显然的不同，它充满了惊惧和不安，仿佛七魂已经少了六魄。镜子边有半瓶威士忌，他打开盖子仰头就是一大口。胃里火烧火燎的，他觉得身体又是自己的了。

门外无须守卫，锁了门，所有的门窗就被激光探测器保护起来，一俟有人尝试侵入，门窗便会钢条闭锁，发出剧烈的警报。这是李进之前口头对大家说明的。再喝下两杯热水，胃仍在隐隐作痛。虽然满屋子看了几遍，垃圾桶都看了，他仍觉得处处不安。他怀疑每一盏灯、每一面镜子的安全与真实，担心床下藏着可怕的东西。看来看去，他累了，酒也开始上头，他终于被迫接受这一切。他将自己甩上了床，蒙着被单蜷成一团。疲惫呼啸而来，每一寸筋骨在隐隐作痛。他从没有拍过这么累也这么要命的戏，今天只算将就过关，而这并非他演技出众，只是老天爷让他和李进长了同一张脸。

一夜噩梦，梦里无处可逃。

李可在一个激灵中醒来，身上的鸡皮疙瘩连成了片，冷汗淋漓，床单湿得水洗一般。天在放晴，心却还阴着。这是凌晨五点的曼谷，黎明即将到来，他喘着气，昨天的经历自动反刍……那不是梦。他晃悠着起来找到手机，没有来电，也没有任何与人有关的微信和短信。他对昨天的表演自不满意，对今天可能的考验毫无信心。当昨天的一切又历历在目，他觉得现在必须要做点什么。

他点开微信，在众多的订阅号中找出那个旅游订阅号，在一个特殊旅游产品下回复了一个产品号码：C，这是要求迅速和警方见面的信号。很快，该公众号回复了一大串，是关于这产品的图文介绍，最下面有三个电话号码可供查询，中间那个号码的前四位和后五位互换，就是他可以拨打的泰国号码。

他穿上李进的运动服跑出了住处，沿着河边跑向两公里外的一个杂货店。早晨竟有细雨，空气中氧份十足。他不紧不慢地跑着，时不时拿出手机来看。这是马旭教的防追踪方法，黑屏幕上可以看到后面有没有人跟着。沿着河边公路，李可很快跑到了叫Fargo的二十四小时杂货店。他买了一瓶咖啡和几块面包，吃着走向里面的一台投币电话，拨出了那个电话。对方是一个女子的语音回复："请您稍候。"他挂了电话，他只需要在这里吃早餐，就会有人来此见他。

十分钟后，一个同样像是跑步的人进了餐厅，也买了早餐坐在李可的旁边，是马旭。他肯定是坐之后的航班到了曼谷。"什么情况？"马旭轻声问。

在他到来以前，李可已将昨天的情况在脑子里编成最短的话语，其中的核心是李进的变节。当他跑在路上的时候，新的纠结从天而降。李进正躺在医院里生死不知，王干等人若知道李进变节，无非两个结果：醒来的李进会被立刻逮捕，死去的李进也将身负骂名。

那么，在这种情况下，自己是谁？这成了个严重的新问题。好处是显然的，他可以拎包回去。卧底这事扯淡了，任务完不成怪不得他。坏处也是显然的，拎包回去后，王干会兑现承诺将他的案底抹去吗？他也不大有把握……

喝下一口滚烫的咖啡，李可心乱如麻。

“见到了吴右，我表现不好，不知道他有没有怀疑。”他轻轻说。

“如果他怀疑你，你已经死了。”马旭说。

“昨天一下飞机，吴右就命令我去杀人，顾桃开的枪，我吓尿了。”

“能理解，杀的是谁？”

“铁头。李进以前开枪打过他，他想要三个省的一级代理，还收买了李进的手下卡卢拉。”

“还有呢？”

“然后我去见了吴右和何翰，当着我的面，他们把卡卢拉喂了老虎。然后我和吴右、安娜吃了晚餐，饭桌上我就吐了……”他说完这话仍心有余悸，还好，早餐吃下去了。

马旭看了看他，又转过头道：“真是难为你了，有这两茬，你会很快适应的。”

李可摇了摇头。且不说他觉得随时可能穿帮，初见吴右与何翰的过程中，这些人的智识和品位，让他有着巨大的被碾压感。如此下去，怕是蒙混不了几天。马旭听出他的畏缩，鼓励他说第一关其实已经过了。王干让他告诉李可，开始是最难的。你相信自己是，他们就不会怀疑，坚持住！

几次话到嘴边，李可又把李进的事咽了回去。一来这事还没弄清楚，只是揣测。二来这事说出去，不管能不能醒来，李进都会名誉扫地，他将来醒过来还怎么活？说出李进这个情况不仅无助于化解眼前的危险，还可能让自己陷入不可预知的新险境。

“还有吗？”马旭问。

“就这些了。”李可铁了心，干脆地说。

“以后不要动不动紧急呼叫，容易暴露，除非你有危险需要保护和转移，或者有实质性的重要情报。要尽快弄清楚毒枭大会的时间、地点和参加人物，这是你最重要的任务。越早结束它，你也就越早能够脱身。”马旭擦着手，往四周看着。

李可点了点头，马旭便走了。没有再见，没有新的任务指示，这个中国警察消失在曼谷的晨雨中。

李可挠头发愁不已。该怎么办？他既不能告诉王干，也不能去问吴右。这让他进退两难，难道要继续李进在警方的反卧底？李进骗了王干，他只能继续帮着骗下去？可李可又觉得冤。李进在自己面前摆出那副正义凛然的样子，背后却干着人鬼不分的勾当，凭什么？

他还睡了毒枭的女儿！

窗边的电视上放着熟悉的画面，竟是打着泰语字幕的中国电视剧《潜伏》。余则成的女朋友被打死了，他魂不守舍地在她身边痛苦着，而门外还等着怀疑他的敌人。旁白舒缓地描述着他的心情，悲痛、恐惧和难以置信，在孙红雷的脸上完美地呈现着。他大口地喘着气，憋回本该汹涌的眼泪，给爱人盖上白布，出了门。面对假惺惺关心他的特务李涯，余则成从满眼的恨到挤出自然的微笑：“李队长，千万别为这事儿有负担，千万别……”

李可目不转睛地看着画面，深深提了口气，将要凉的咖啡一饮而尽。

我也可以。

安娜突然打来电话，吓得李可从座位上蹦起来。安娜甜脆的声音传来，问他怎么样。李可说正在跑步吃早餐。她轻轻一笑，说从没见过你昨天那个样子，心里有什么鬼？李可被她说得周身发麻，他轻声否定，只说最近太累，又吃了不好的东西。安娜连连哼了几声说不信，你一去江城就失踪，别以为我不知道你干了什么。

这简直让人毛骨悚然。安娜若知道李进在江城的秘密，不管是身份还是女人，这都足以让自己陷于危险。“你又把我当小孩儿哄。”安娜的声音冷下来，耳机里传来马桶的冲水声。李可眼珠翻滚，这是女人的多疑心思。他必须把事说圆，否则祸不旋踵。“我在江城第一人民医院待了一周多呢，而且要拿检查结果回来，就晚了。”李可咬着牙说。

“什么？你出了那么大的事儿？”安娜惊讶道，“不是说没事吗？”

“本来不想告诉你。汽车打滑掉沟里滚了两圈儿，我的脑袋撞了几下，有点脑震荡，在医院昏了两天，输液、吃药、拍片子，医生不让走。”李可拿捏着说，“中国的医院你知道的，不让你把钱花光不让你走，其实那时候我已经觉得没事了。”

安娜瞬间转作了担心，李可只能把情况说得再细点。安娜对他道了歉：“过些天我又走了。你不能和我去英国，我就好好陪陪你吧。”

李可无法拒绝。李进和安娜在一起，是因为感情，还是因为任务？不管是哪一种，对李可来说都是火坑。他这个假龙久两眼一抹黑，连李进对她的真情假意都不知道。面对安娜，看来远不止是睡或不睡的问题。剧本都没有，这戏怎么演？这姑娘糊弄不得，轻慢不得，随意不得，假戏真做很不易，假戏假做是找死，这可如何是好？

李可出了杂货店，跑向住处的方向。一夜疲惫，跑得有些气力不支。停下来时，他突然觉得周围有隐隐的不对劲……身后远处，好像有个人在跟着他。这人穿着灰色的套头衫，跑在后面两百米处。他刚才就跑在自己身后，现在跑回去，他又在李可身后两百米。李可害怕起来，加快了速度，屡屡举起手机看着后面。那人缓步跑着，不远不近地跟着。

紧张中铃声又响，吴右的电话又钻进来，搅得他心惊肉跳。吴右让他在家等候顾桃，和他去验一批货。说铁头既死，他的帮派已树倒猢狲散，他的地头上还有一批货，有从集团进的，也有他们自己造的烂货，这些货还没人敢接。白江是越南帮里唯一认燧石集团的，这个区域让他去填上正合适。你们去验一下成色，价格大概齐就转给白江。如果他懂事儿，铁头想要的三个省代理权，集团也可以考虑给他，如果他不懂事，就不要提了。

“福建、浙江、山东？”李可纳闷。

“是的。卡卢拉的事就是白江告诉何总的，我们要有所表示。”吴右说。

“这个回礼不小。”

“这不是你给我的建议吗？怎么现在又问我了？”吴右有些纳闷。

李进，你这个叛徒。

吴右说本来这事不该叫他再去，但戈萨要开会去不了，只能他和顾桃去。又说这样也好，白江以后会和你打交道多，第一面你要收服他。

挂了电话，李可也跑到了门口，回头看，那个套头衫不见了。顾桃坐在他房子的台阶上抽烟。这家伙据说从来不会迟到，因为他有过一次可怕的经历，迟到险些送了命。他纳闷龙久啥时候有这习惯了：“不是早晨起来都做仰卧起坐和俯卧撑吗？”

“昨晚在教授家丢人了，喝了几口就吐了，最近身体不好。”李可说着带他进屋，给他倒茶。

“可能还是和车祸有关，我还是要给你查查。”

“不用，就是最近太累了，飞机上还吃坏了东西。”

“吃坏东西？你吃了火药都不会吐的。”顾桃在屋里溜达着，“哪天咱俩去寺庙里上上香吧，手上沾血太多，老做噩梦。”

“你还怕这个呀？我以为你做梦都在杀人呢。”李可笑着穿上衬衫打上领带，李进的衣服真合适。

“你忘了我以前干啥的吗？”顾桃回头问他。

李可眼珠转着：“你不是干过黑医生吗？”这调侃的话应该没错，他对此了解不多。

“你真是脑子撞坏了。”顾桃一哂道，“不是和你说过吗？以前我是个骨科医生，专门对付脊柱。”

“真的假的？我一直以为你开玩笑呢。”李可真的很惊讶。

“我是正牌的医学院毕业的，有时候想起来也和做梦似的，今天我在干这个。”顾桃说，“你以前是干什么的来着？”

虽然做了不少功课，李可并不知道李进以前是怎么对顾桃说的。是一个版本吗？有什么真的假的小秘密吗？吴右肯定知道，哦对了，马旭给他的材料里曾经提过，龙久以前帮人管过金矿和地下赌场，后来打伤了人还欠了钱，这才跑路到了泰国。“我以前帮别人做金矿的，在江西山里挖金子。”

“那不少赚呀？”顾桃歪着头，话语里带出“那为什么来干这个”的意味。

“赚得不少，花得也多，各方面都要打点，后来环保和质检控制得严了，老百姓也搞不定了，大老板就不干了。”

“那你看看我这块金表是什么成色？上周刚在古董市场淘的。”顾桃说着掏出了一块金灿灿的怀表，递过来。

李可暗吸了一口冷气，哪他妈的懂这个？王干他们没教过呀，生活中也毫无这经验。没办法，他接过怀表打开看了看，实在看不出门道。怀表古旧，走针粗壮，这是古董吗？壳体是纯金还是镀金？李可的肚子里各种不适，正要胡说，突然看到袖扣锋锐的边缘，就悄悄用它磨了磨壳体的边缘，这一磨，露出了下面黄暗色的东西。“应该是镀金，壳体是铜，金子还行吧，及格的18K。”

顾桃惊讶地竖起大拇指，收起怀表，他想有空拉他去古董市场转转，这就挨不了宰了。李可无所谓地点头，18K还是24K，鬼知道呢？顾桃见他穿上了西装，起身从怀里掏出一把手枪。他这个动作吓了李可一跳，让他差点去拔套里的手枪。顾桃将枪口倒转递给了他。这是保莱塔最新款，弹道稳，精度高，顾桃说比那把美国撸子适合他。

“送给我的？”李可纳闷接过，利索地拉了拉枪栓，煞有介事地看，又放在耳边听弹簧，抠出一颗子弹掂分量，子弹头略微发尖。他点着头说：“穿透力强，对付防弹衣的？”这不用学，美国片儿都这么说。

顾桃称他内行，不管是钢片儿、陶瓷还是软质防弹衣，遇到这钢芯弹都没用。李可谢了他，心里幽幽地怕着。毒贩们用的枪都差不多吧，什么狠就用什么，才不管什么禁止武器公约。李可将它插进枪套。顾桃送礼上门，可能是感谢给他带了一堆手机，也可能是因为别的。此人来集团的时间比李进早，他俩真正的交往却是去年。他们如何成了好朋友，又到底是不是好朋友，李可满是疑问。

验货，还是验我？

第七章

马旭教过李可两个小时的验货，各种毒品他都见过记过。只是那天李可的鼻炎小发作，屎都闻不出味道，学习并无成效，色泽和颗粒特征也已忘得七七八八。他并不对今天的事儿头疼，顾桃这老毒贩不能不懂吧？他还是想快速恶补一下，便偷偷在手机视频网打开了《无间道》。哦，梁朝伟把一根小管儿吸进鼻腔，仰头闭眼做拧眉状，吸溜一会儿睁开眼，伸个大拇指就OK了……多大点事儿呀。

“你这次回来看着就有点紧，也难为你了。”顾桃说。

“什么？”李可纳闷。

“一个何总，一个安娜……你要是娶了安娜，教授会把更重要的业务交给你管，何总和戈萨这些元老不会那么高兴，你这接班人不好当。”顾桃头也不抬地说，“徐总以前支持你，未来我看也未必，自打你接了他本地的业务，他就不那么热乎了。”

“你听到什么了吗？”李可本能地问。

“何总上周问我你为什么失联了两天，我说不知道。徐总前天打电话给我，问你做得怎么样。我怀疑他们每天二十四小时都在琢磨你，要不咋能发现卡卢拉的事？”顾桃说，“也真是的，他们为何都给我打电话？”

何翰是李可非常担心的人，除了那张瘆人的脸，情报说明他的阴险狠辣更甚于吴右。这个情况他问顾桃有没有告诉教授。顾桃摇头，他觉得教授自有分寸。他的表情略有诧异。李可纳闷他为何要对他说这些，可这话似乎不该问下去了。

“那就让教授去琢磨吧，咱们把事做好就行。”李可伸了个懒腰，又说，“要看的这些货你了解吗？”

“我怎么会了解，你又不是不知道我从来不碰毒品。”顾桃惊讶道，说他只知道铁头虽然嚣张，却不是什么大毒贩子，自产的有好有坏，五花八门，就是集团的货，这家伙大多也会掺假卖向国内、印度和非洲。李可这才想起材料中说顾桃确实不懂毒品，也不碰渠道，基本只负责杀人。而李进是懂货的高手，点个烟泡，他大老远都能闻出成色。

好吧，那看来验货完全是我的事喽？李可一阵慌……嗨，没事，也就那么几种，又不是没被培训过，蒙也蒙个八九不离十。

车驶下高速公路后，三拐两拐便钻进了丛林，在不断出现的岔路中拐来拐去。道路阴窄，高大的椰子和芭蕉树遮天蔽日。李可已经分不清东西南北，身上渐感凉意。顾桃干脆在后座上睡着了。李可打开手机地图，竟没有信号，他知道自己记不住路，小庄也是拿着手机在找路。“马上就到了，这一顿找，藏得挺深呀。”小庄说。

车开到一个破房子前，两条拴着链子的狼狗立了起来，冲着他们嗷嗷张嘴，却只发出奇怪的弱小声音，和凶恶的样子全不匹配。“舌头拔了，声带也烫掉了，狗能咬人，但不会因为叫声暴露这里。”顾桃见李可纳闷，指着狗说。

三人走向房子，门开了，出来一个漆黑如炭的人。李可认得这是顾桃的手下，行动队一组的队长蓝桑坤，从小就是毒贩子。顾桃左右看着，轻轻问着泰语。蓝桑坤带他们进了屋子，来到后面的院子里，一个白净细弱的男子坐在里面看着手机，他看上去也就二十来岁，戴一副学生气十足的眼镜，打着一颗耳钉，穿着干净的白衬衫。他对顾桃和李可双手合十，看来认识。

年轻人就是白江，越南华人，看着文质彬彬、弱不禁风，李可却丝毫不敢小看此人。就是他向何翰密报了卡卢拉的情况，借刀杀人干掉了铁头，既取得了吴右的信任，又占了铁头的地盘，相当阴险。白江热情地握着李可的手。李可异常警惕，想着黑社会老大见了江湖小流氓该怎么演。版本太多了，但是不难办。他绷起嘴角，没有摘下墨镜，只冷冷对他点头。

“我的手下被你发现问题，你为什么没先告诉我？”李可语气冰冷地说。他应该这么说，白江这小子其实这事做得不地道。

“我打您的电话了，您关机了，后来才知道您在大陆，我觉得这事不能拖，就告诉了何总。”白江略表歉意。

哄谁呢？这是青春剧里情侣间的套路。“去看货吧。”李可扭过脸说。

他们又向院后的屋子走去。屋子里像几十年没住人了，百般破败，老鼠乱钻，国王的照片在地上碎成几截。顾桃的硬皮鞋踩了一只老鼠，这倒霉小动物叫得撕心裂肺。往里走，蓝桑坤掀开了一道门帘，拉开墙上一扇假窗，带他们走入一个钻下去的洞。一人高的洞又长又阴，每隔十米有一盏小灯照亮，走了几十步出现岔口，走入其中一条，过了百步又是一个岔口，继续走。顾桃问：“有完没完？带我们兜迷宫来了？”蓝桑坤在前面抱歉回应：“再走几步就到了。”走在中间的李可害怕起来，悄悄把手枪顶上了火，在这地道里要是被前方一支枪射击，三个人可就串了糖葫芦。白江满不在乎地在夹在中间，这小子看着文弱，心得多大？

钻出洞口，又是茂密的森林，前方搭着几个墨绿色的迷彩帐篷，从空中想必是看不到的。蓝桑坤引着他们来到一个帐篷下，说样品都在这儿。李可点头，牛逼地背起手，走到蒙着一块绿塑料布的长桌子前。喽啰们掀去了塑料布，长桌子上琳琅满目，放了几堆不同颜色不同状态的毒品，每一堆后面有个小箱子，里面多多少少放着些和样品同样的货？

李可眼前发昏，看着那一堆堆或白或青或黑的东西，头大如斗。这哪里是验货，这分明是验我呀。

“您是高手，您看吧，我就不看了。”白江看来是个懂事的。

李可咬着舌尖在桌子前走着，走过来，走过去，又走过来。蓝桑坤和白江陪他走着，边走边看他的脸色。蓝桑坤手里捏着根小吸管儿，随时准备递上来。

走了三个来回，李可似乎明白了，也就桌子上这些货，加起来一二十公斤吧，照顾桃的话讲，没什么好货……必须吸点什么了。李可暗咬牙关，瞅着桌子上最白的一堆东西，要过吸管，分出一小撮粉末，准备学着梁朝伟那样吸一下。“龙哥……”蓝桑坤好像要制止他。李可忙伸出一只手让他闭嘴，有话等我表演完了再说。

李可拿出了十二分演技，忽地一下就吸进去了，他仰头皱眉挤鼻子，演得自己都要high了，正想装作回味眨巴眼的时候，一股痒从肺里到鼻腔撩了起来……这好像不对，没见哪部电影里的毒贩子吸完之后会痒。李可根本忍不住，一个个喷嚏打了起来，打得涕泪横流，惊天动地。蓝桑坤拍着他的后背，顾桃皱眉歪脖看着，白江一脸懵逼。蓝桑坤用蹩脚的中文说：“龙哥，这是……辅料……要往咱们的……4号货里掺的……辅料，是麦精粉……”

你大爷的。

李可心里骂娘，面皮肿胀，喝了口水终于喘过气来。鼻腔里像钻着蚂蚁，可好赖忍得住了。“我当然知道是这个，就是想看看这辅料怎么样……”

蓝桑坤吓出一脑袋汗来，一个劲说明白，并拿出一张纸给他说：“量和价……”李可煞有介事看了看这张纸，基本看不懂，因为这只是一张满是代号和英文字母的表格。想必李进仔细，书写标准可能也是李进定的，货物清单弄得和谍战剧里似的，有密码本的人才看得懂。除非懂的人看明白告诉他，比如马旭。但是眼下，这点货到底值多少钱？李可犹豫了下，想开价，又马上意识到这太容易穿帮，连计量单位和成色类别都不知道，怎么开价？白江微笑着站在一旁，捻了捻李可刚吸过的东西。这家伙懂行，不能再表演了……

李可突然灵机一动，对白江说：“教授既然派我来，就是信得过你，我也不一个个验了，总共也没多少，你就都拉走吧，算是教授和集团给你的回报，咱们来日方长。”

白江睁圆了眼，一副难以置信的样子，他点点头，很郑重地对李可说：“教授对我如此信任，龙哥做事如此大气，我明白，明白的……”

李可点头，对自己的聪明很是欣赏。“你若懂事儿，铁头想要的那三个省的代理权，我们可以考虑给你。合作条件你仔细想想，想好了再向我们汇报。”他又拍了拍他。

“我一定懂事，谢谢龙哥！”白江对他鞠了一躬，一张脸兴奋得通红起来。

行了，表演到位了，要赶紧脱身。李可说还有别的事。上车之后开出了一段，顾桃才探身过来，对还在兀自得意的李可说：“乖乖，你这礼有点儿大吧？”

李可一愣：“没多少吧？”

“龙哥，这不是你定的规矩吗？验货的时候只是把样品和填料样品验一下，货都要藏在别的地方，桌子上五六种样品，我估计总货量怎么也有小两百公斤吧？”小庄头也不回道。

兔崽子，这么多？李可眼前一黑，这件事儿，办砸了……

“你肯定有你的理由，我就没说话。”顾桃说，“白江这小子，看着是懂事儿的人呢。”

李可被他们说得脑袋发晕，像吸了一袋子冰毒似的。这可怎么向吴右交差？他在心里估算，一公斤普通海洛因在缅甸的批发价大概是六万人民币，就算是一百八十公斤，好货烂货折中也大概是这个价，这些货运到中国境内的批发价就翻四五倍，纯利少说也在三千万以上，这份大礼就被他这样轻飘飘地送给白江。他越想越后悔，多问一句会死吗？

一路忐忑中，李可和顾桃回到集团大本营——坐落于素坤逸核心区的巴拉根大厦顶楼区。这是曼谷核心商务区非常显赫的城市综合体大楼，主体大楼五十五层层，包含一家五星级酒店，与周围四栋公寓构成一个整体。巴拉根大厦拥有一流的建筑标准、丰富的商业环境，处于便捷的立体交通网之间。集团总部在大厦的最顶上五层，以一个避难层和下边的酒店和商业楼层隔开。吴右的办公室在顶楼，其中有一间装修精致的房子，围在一个阳光花园里。集团干将的办公室和休息室都在下面几层，龙久的在五十一层，这里有吃有住，只是平时并不都住在这里，除非要天天开会。这五层楼有直达楼下的独立高速电梯，不与下面的五星级酒店、写字楼和商业区交叉。这个极其高调的办公地点，其实成就了一种最为安全的存在。燧石集团科学的结构和防火墙设计，可以让核心人员们不用偷偷摸摸藏起来办公，这是他们的王国，谁都看得到，但谁也进不来。

在泰国公众心目中，吴右是干净的成功商人，他的燧石集团大名鼎鼎。燧石集团的白色生意规模巨大，业务布局亦高度国际化，将其毒品生意掩护得严严实实。吴右与泰国政界和警界高层关系密切，警方都知道他最大的营生是贩毒，但也投鼠忌器、不敢大举启动调查，只能坐视燧石集团变大乃至大而不倒。直到这几年，燧石集团的毒品生意开始触及到其他国家，迫于别国的压力，泰国警方才同意启动多国联合行动。而各国警方各怀心志，各有利害高低，联合行动谈何容易，前面的两次都是雷声大雨点小，不了了之。

他俩走进五星级酒店的后门，来到集团电梯。顾桃按下了指纹锁，进去之后，每个人还要刷一下自己的卡。电梯飞速来到顶层。曼谷城一览无余，李可有点眩晕，不知是电梯太快，还是眼前的会议让他担心。

今天是集团例会，集团元老和骨干们先后到齐。会议室竟是个空中小花园，种满了花花草草，还飞着一些好看的鸟。此处爽朗舒适，窗边视野极好。李进的情报说明，吴右的这个空中花园有着电磁屏蔽，任何电子设备都无法工作，集团重要的会议多在这里进行。燧石集团的绝对核心由五个人构成，虽然都说中国话，却基本都是泰、美双国籍。除了教授吴右，元老们是“绞肉机”陈虎、“钢琴家”何翰、“大厨”徐森和“笑面屠”戈萨。陈虎是集团的二号人物，第一元老，为燧石集团奠定今日江山的顶梁柱。李进见过他几次，说这是个势不可当的人物，在美国养伤已经几年，暂没有负责总部管理。何翰是二号元老，吴右最重要的参谋，燧石集团目前的总管，也是龙久的直接上级。徐森是三号元老，却是跟随吴右时间最长的人，是当初和吴右到美国时一条船上的偷渡客。他有着极好的生意头脑，现在主要负责粤港澳地区，之所以排在陈虎和何翰后面，只是军功上弱了些。四号元老戈萨是吴右老婆育塔雅的亲哥哥，做具体事的稳当人，对东南亚毒品市场和各方人脉最熟悉。别看他总喜欢笑，杀起人来可一点也不含糊。泰国本地毒贩们见了他，甚至比见了何翰还要害怕。

财务总管卫风华位置很重要，却不属于任何一层。这个泰籍华人又矮又胖，像个富态的学者。他是个毕业于名牌大学的会计师，曾是泰国最大的一个毒品帮派财务总管。这个集团被燧石集团干掉后，何翰去接管他们的全部业务，枪都顶在脑门上了，卫风华仍然拒不交出该集团的账本。吴右认其风骨，就劝服收了进来。卫风华手下的财务部有几十号人，将集团公司和各关联公司的财务管理做得井井有条。

再往下，第三级的龙久是核心干将，垂直领导行动队总管顾桃。顾桃负责的行动队有四个队长，二十几个常驻行动队员负责集团的安全和保卫工作。如果需要应对江湖的大规模战斗，集团立刻可以为行动队召集过百雇佣队员。这些人平日各有自己的营生，接受集团的接济和帮助，有开发廊的、种香蕉的、贩毒的、养鳄鱼的、当导游的和刑满释放犯等等，个个都是有经验的狠角色。一俟燧石集团需要，他们就立刻放下手边的事，汇集到龙久的行动队中来，为集团的安全浴血拼杀。

大家纷纷入座。李可不知道该坐在哪里，电视剧里黑帮的座次都很讲究的。他见其他人纷纷坐下，好像并无什么规律。陈汉坐去了吴右的对面，卫风华倒是挨着吴右坐了。李可见吴右的左边还空着一张凳子，就走过去要坐。此时他听到顾桃咳嗽了一声，本能抬头去看。顾桃使着眼色，让李可坐在他和何翰之间的位子上。好在大家都没注意。李可对顾桃心生感激，坐下后对他轻轻点了下头。

“我就是怕你忘了。那位子是陈总的，谁都不能坐。”顾桃在他耳边说。李可恍然大悟，这个重要的信息竟然忘了。吴右左边的椅子是陈虎的，只要在公司开会，这张椅子就是空着也要留给他，这是吴右特意强调的。“老天爷，我快成你的保姆了，你快跟我去医院吧。”顾桃轻轻地说。

“教授，你这些花草树木养得真好，连鸟都不舍得飞走了。”徐森坐下就点起了雪茄，呵呵地赞叹着。

“人们常说人非草木，孰能无情？我却发现其实草木远远比人有情。你对它们好，精心呵护，它们就长得很健康，很绚烂，招来鸟儿们共处，让你心情更好。”吴右点起烟斗，满意地望着大家。

寒暄之后，开始说正事。鸟语花香里，吴右听了李可的汇报，得知他把这批货送了白江，他看了清单，没表态，只是给大家传看。李可的心提到了嗓子眼儿，看着顾桃闷着头喝茶，想着万一在座的毒贩发起难来，他会不会帮自己说话。何翰看完了单子，也没说话，传给了徐森。徐森瞅了几眼，抬头说：“有点儿……太大方了吧？其他人知道，会很不平衡。”

徐森的声音夸张上扬，带了质疑和挑衅。李可不敢说话，唯恐在座的问出专业问题，那可就一泻到底了。

“一百八十公斤的货，六成是我们赊给他的4号货，四成是铁头收来的烂货，不管在泰国还是缅甸，这一百八十公斤货的批发价都在一千二百万元上下。”卫风华说。

原来这么多……卫风华来的时间和李进前后脚，说话却带了元老的味道。没办法，这是惹不起的财神爷。

“龙久一向谨慎，这么做，肯定有他的想法。”吴右微笑地看着李可。

怎么想的？因为我看不懂呀！因为我傻逼呀！还以为就那么一二十公斤，说出来你们还不撕了我？李可装出一副冷静的样子，舌头却在嘴里打抖。“我觉得，钱只是一方面，在这件事上人比钱重要。白江帮我们找出奸细，有功，现在他力量薄弱，要接铁头的地盘，我们得给个姿态。这个区域的稳定和白江的效忠，好处不是一天两天的事，也不是几千万的价儿。毕竟他是越南帮中唯一支持我们的，是我们分化越南帮的最好杠杆。”李可也不知道这些话哪里来的，其实他想说的就是：别他妈小气，花钱要算大账，就这意思。

吴右点了点头：“嗯，不错。这下白江成了越南帮的头号敌人。”

徐森没有反驳，一副无所谓的样子。戈萨笑着说飞鱼帮头目“黑鱼”已经知道了这事，很不高兴。此人原本想接管铁头的地盘，得知我们抢先给了白江，相当不服气，问为什么不让老朋友接手？这个泰国人的中文也很顺溜嘛，不像王干他们说的那般蹩脚。黑鱼是谁？材料里提过这个人吗？

“不要理他。”吴右摸着鬓角说，“白江是怎么和我们建立信任，又是怎样接管了铁头的地盘，黑鱼早晚会知道。让他们不要在一个区域走货，这俩迟早会干起来。”

“以前他卖铁头的货，现在被我们一家兜底了，他等于断了货源，不跳脚才怪呢……要不我把他捉了扔到鳄鱼潭里去吧？”戈萨说着，仍是一脸笑。这笑容像固化在了脸部肌肉里，说着这么狠的话居然也笑得出。

“你也是老江湖了，稳一点。”吴右略显不快，“黑鱼缺的不是货，是铁头的地盘和地位，他拿这个说事，你倒当真了？”

“龙久，你对黑鱼的事有何高见呢？”何翰突然问李可。

李可正在苦思冥想，被问得猝不及防，一口茶水险些噎在喉咙里。他好容易想起来材料里的黑鱼，泰国名是沙马，中国名邓超……没错，就是这个如雷贯耳的名字。这家伙在曼谷蹲过若干个监狱。也就这么多，龙久有没有见过他、杀过他，李可并无印象。他心思飞转着，脑海里飘过各种电影桥段，在哪呢在哪呢？徐森阴阴地看着他，顾桃嚼着牙签，戈萨又在笑，吴右静静地抽着烟斗，手边的水杯冒着热气。何翰在对面拧着他标志性的川字眉……他为什么这么问？

“我觉得呢，的确对黑鱼要表示一下，更要警告一下，要让他明白，他想要的东西我们可以给，但他不能来抢，不然和铁头有什么分别？我们可以给他几个低级别地区去做，价格可以优惠，他接了好好做。做好了，可以考虑给他更好的市场；他不接，我们也不亏欠他，江湖上名声不亏，还可以试出他的真实意图。如果他和白江想的不是一回事，早晚和我们要干起来，这也是一招缓兵之计。”李可轻轻地说，这是几个电影桥段里的组合拳，是《雍正王朝》《满城尽带黄金甲》和《教父》。

吴右点头：“难得你这么想，我还以为黑鱼打了你那一枪，你会急着干掉他。”

李可一愣。黑鱼打过李进一枪？怎么不是李进打别人就是别人打他？他满世界都是仇家吗？李可想起剑夫给他做伤疤的时候说过，李进最新的那处枪伤是几个月前的，而他并没有和大家说此来历。

“那就这么办吧，把安徽给黑鱼，如果一年内他把这个市场做起来，好的省可以再谈。”吴右点着头说。

顾桃似乎有点不放心：“黑鱼迟早是个祸害……”

“不要赶尽杀绝，那样就没人敢和我们做生意了，大家基本都是华人，毕竟和别人不一样。干掉他容易，我担心是他背后的人。等白江养熟了，黑鱼如果太过分，可以让白江去做，别过我们的手。”吴右说。

句句扣在要害，真是老谋深算。看着吴右的脸，李可心生赞叹，难怪李进……算了，别这么想，会把自己也引到坑里去的，还是要盯紧任务，早脱身早完事。这一桌子坐着的都是要把牢底坐穿的人，你一个落魄演员，犯不着和他们天长地久……幸好不知道黑鱼打了李进的事，不然，这个答案还可能不合吴右的意呢。

徐森说粤港澳地区市场很好，集团的货很受欢迎，可当地的客户们觉得供应量太少了，希望集团提高在当地的供货量，并同意他们代理其他海外地区。吴右听完，未置可否。何翰便说这个待会儿我们几个说吧，先说龙久他们的事。

徐森面露不快，只是立刻又换了脸，拿出雪茄来抽。按照李可看到的材料，他应该此时汇报管辖范围内的具体工作，这是他背得滚瓜烂熟的材料了。这是李进的日常工作细节，竟是隔三岔五都要见一见毒品界的朋友的。谁的关系好，谁的关系差，谁和集团合作顺畅，谁的心里藏着祸端，李进都写得清清楚楚，问题也说得简单扼要。李可有个好记性，想记住的东西几乎过目不忘，就像他看的那些片子一样。这让王干他们也非常惊讶，玩命地给他塞。当时李可还非常抵触，现在看来这都是必要的工作，不然今天这个会，过不去。

“龙久做事有分寸，越南各帮派敌友难分，要注意处理好关系，既要保护白江，又别让越南人都冲我们来。”吴右抽着烟斗说。

李可松了口气，看来混过去了。这让他觉得事情有点容易，见大家没说什么，他想起自己来的任务，未经深思熟虑，嘴一张就出去了。“大会的事，教授想怎么安排？”李可问。

吴右没有看他，十几秒过去了也没说话。他的沉默让李可紧张，是问错了吗？不该问？还是别的原因？何翰等人的表情并无异样，看来都知道这件事。那么，问题在哪？

“这事再议吧，先稳一稳再说。”吴右说，“你早点走吧，安娜在找你。”

致命的床戏

第八章

回住所的路上安娜来了电话，说她还在射击场，让他顺路把她一起拉走。小庄拉着他直奔射击场，说安娜小姐真是有毅力，往往一练就是一个下午，上千发子弹的训练量他都受不了，那可是双筒猎枪呀！要不是老板的女儿，真应该吸收她到集团行动队来，这是真正的神枪手呀。李可就扮起老道，说打飞盘和打人完全是两种心态，不一样的。

“我第一次杀人一点都不紧张，还有点兴奋，一枪就把对方的头打爆了，老大你呢？”小庄突然问。

“哦？我？我第一次……没那么带劲儿……”他磕磕巴巴应付着，生怕小庄听出什么，“我不知道那个人死了没有，朝他开枪的时候，我是害怕的。”李可知道自己是在说未来。他隐约觉得，他的第一次杀人可能很快就会发生，而他没有做好准备。

安娜的训练场是专用的，为了她的安全，吴右个人为她买下了一个小射击场，进行安全改造后，让安娜和她的教练在此训练。李可走进训练场时，枪声依然震耳。飞盘一对对飞向夕阳，被安娜精确的射击打成一团金灿灿的彩雾。

“笨久，这枪我总算用惯了，它的击发比上一把快，我调了提前率，果然更准了。”安娜兴奋地又装上两颗子弹，咔吧一合，把枪递给了李可，“你试试。”

这可千万不能胡来，双筒猎又沉又生，他担心放一枪都会顶坏肩膀，于是说：“今天有点晚了，咱们走吧，你看这一身汗，这一下午怎么过来的？”

安娜看了表，胡乱收拾了东西，拉着他跑向小庄的车。“菜市场！”她兴奋地喊道。

曼谷的菜市场和江城郊区也差不多，只是东西便宜，应有尽有。安娜轻车熟路，买了不少好食材，李可拎在手里甚是滑稽。小庄跟随在后，对李可微笑，看来这不是头一次了。家门口竟站着两个厨子，是安娜从酒店里叫来的，进了家他们就进厨房忙活。安娜径直上了二楼，钻去了浴室，说这一身臭汗可要好好洗洗。

李可深感不妙，敌人来者不善，这顿晚餐里他才是主菜。关门谢客肯定不行，吃完轰走更是大为不妙。那事好像应该发生也必须发生，如果不发生，卧底工作便多了危险；若发生了，更严重的在后面。前面是狼，后面是虎，往哪边走都好像不行，而决定这一切的是他中间那条腿。

李可愁容满面，在一楼踱来踱去，要是不怕丢人丢命，真想发一条微信朋友圈寻求良策。屋里开始飘满了饭菜香味儿，二楼浴室里哗哗作响，他感到身体在慢慢变化。女人可以不睡，睡了就得一直睡，睡着睡着你不睡了，后果是最严重的。李可满心算计的时候，安娜从二楼款款而下，穿着……丝绸睡衣。这一定是她刚带来的衣服，衣柜里没有。

“笨久，基金的账上又多了几千万美金，我现在发愁怎么把它们投出去呢。”穿着睡衣还在说生意，这究竟是什么样的女子？李可打量着她，去除Bra的身体若隐若现，各种好看，他有了反应。

“真好看，你是让我吃饭还是吃你？”他绷出李进的微笑。

“我和你说正经的呢，笨久。”她走过来看着李可，一只手慢慢勾住他的脖子，胸突腿热的。李可慌作一团，还要放松自己接着。这就开始了？切换得这么快？他血流加速，客气地抱着她，下意识地弓着身体，缩后那蠢蠢欲动的家伙。她并不允许，而是牢牢贴住了，带着必须如此的坚决。她的嘴唇撬开了他的嘴，灵活却有力，像要钻进他肚子里似的。

这活儿我熟，但李进是怎么做的？

李可一分一寸拿捏着，按着她的指引回应着，就当是在演戏，在演戏……妈的，这本来就是演戏。

“我放枪的时候，总会想到你在我身上的样子……”安娜在他耳边说。

这一晚看来在劫难逃……不行，万万不能，李进会杀了他的。他们有关怨恨的前史也有类似的一件事……

看着她结实的胳膊和颤动饱满的胸脯、纤细有力的腿，李可渐渐发现了她的迷人之处。这不是个一般的女子，形象之外，她有更出色的角度，平时不太可能遇得着。李可不太相信那个死板的李进有着打动这样一个女子的魅力。

厨师摆好饭菜，端上了汤，开了红酒，就收拾东西离去了。满桌美食，烛光幽幽，对面的安娜分外迷人。二人晚餐欢快，情绪荡漾。李进常和她搞这些前戏吗？李可对此怀疑，因此不敢过度，他认定这是为了将“他”推倒的女人心思。有些东西可以演习，有些东西却只能实操，棘手至此，真是进退两难。影视作品中，这事一发生，后面八成会出现命案。

安娜蹦豆子似的和李可说着基金的事，噼里啪啦没完没了。说一个以色列公司研制出攻克小儿骨肉瘤的靶向药，日本一家公司正在研究提取乌龟染色体中的长寿基因，都需要钱，也都在她的名单之上。她说起这些来魅力十足，姣好的身材随话语起伏着。李可不得不承认她令自己冲动着，给谁谁扛得住？他见招拆招，将龙久的样子精心表演，而这又会给安娜提供刺激。安娜说她还准备投资一家瑞士医药研究所，他们研制出了可以让男人的性高潮延长五倍的无害药物。

“我带回来两颗实验药，想不想试试……”安娜笑眯眯看着他，两眼隐隐喷火。李可的脸呵呵笑着，皮下僵硬难当，总不能说亲爱的我们一起玩会儿手机吧？亲爱的我今天大姨夫来了不方便？

“你去洗个澡吧，我来收拾。”见李可吃完擦嘴，安娜起了身。李可上楼钻进浴室，对镜发慌，急出一身热汗。他脱去衣服，看着镜中的裸体，对每一处制造的伤疤也开始自疑。那根青龙如何解释？如何能瞒过眼观手把加舌绕的安娜？它真的和李进那根没甚区别吗？骗人？哪里会那么凑巧？海参都不会长重样的，这定是王干等人的胡言。

不对，这个流氓问题先放一边，还是要想如何逃过此劫。李可在浴室里抓耳挠腮，外面的安娜放起音乐。这曲子他耳熟，叫Assassin’s Tango，是电影《史密斯夫妇》里的那段二人探戈舞曲，琪琪也放给他听过，皮特和朱莉就是在拍这部片子时滚上床的。这是情调套路，还是安娜的习惯？空气中暗潮涌动，杀机四伏，他禁不住心猿意马，知道只要从浴室出去，一团烈火就会将他烧成灰烬。剧烈的紧张席卷全身，他转圈抓狂，不小心碰翻了洗脸池上的花瓶。一下没捞住，吧嗒一声，它在地上打碎了。

“笨久，你没事吧？”安娜在门外喊道。

一道闪电击中了李可！他明白了，在她就要推门进来的那一刻，他果断地拿起一块碎瓷，在小弟弟边上轻轻一划。一串血珠滴下，李可啊呀叫了起来，捂着下身缩成一团。长这么大，才知道鸡鸡受伤是这么疼……

安娜推门而入，惊得白了脸，不由分说扒开他的两腿，又拿开他紧捂的双手。看着那流血的东西，安娜捂住了嘴。好吧，就让你看吧，反正它沾满了血，缩成一只软瘫小虫，看不出它真实的样子了。“你什么时候把毛剃了？”安娜惊讶地问。什么？竟是这个问题？没见我流着血吗？安娜又俯身下来，一只手捧着他那儿，像捧着一只刚孵出的小鸡。

“在医院昏睡那两天出了湿疹，护士帮我剃了。”李可终于想出了办法。

她搀着他出了浴室，擦干他身上的水，又用纸巾擦去那里的血，凑在眼前仔细端详。一道细细的口子仍在渗血，她赶忙去拿来了酒精和棉球——她怎么知道放在哪里？安娜一边埋怨李可不小心，一边用棉球擦着伤口。它软回了初始模式，血也止住了，那道小口子清晰可见。

“真要命，怎么那么凑巧呢？Sorry亲爱的。”李可装作无比的遗憾，叉开双腿呈现他无论如何不能干活的样子。

“你没事就好。”安娜说，“伤口很浅，应该没事，不用去医院，你别乱动它就好了。我今天来了姨妈，也没想和你怎么着……”

你大爷的，怎么不早说呢！

李可心中窝火，差点抬起脚来踹她个跟头。害得我差点挥刀自宫，你还没想把我怎么着？那搞得这么春情大发干吗？“好了你躺下别乱动了，不充血就不会流血，阴茎的细胞活力是最强大的，自我恢复能力很强。你躺一会儿，我去收拾一下就来陪你。”

说罢，安娜去浴室收拾碎花瓶了。李可气得挠墙，真想掏出枪来放几下，以泄心头之恨，可他只能叹一口气躺进枕头，看着天花板自认倒霉。干就干了，哪那么多纠结，这不是任务吗？李进不是醒不来了吗？

李进？他的眼前浮现起李进在病床里的样子，想起王干他们陪他的那个下午，叹了口气。

安娜一头汗地回来了，她吻了他的脸，将音乐声调小后躺在了他的身旁。她轻轻抚摸着他的痛处，笑着说你要想来也可以，反正我也流着血。李可忙抓住了她的手，说她乘人之危，管杀不管埋，他要不是急着洗澡收拾她，才不会被那个破花瓶伤了。

“我欠你，这个再记一笔。”她抱着李可的腰，头枕在他的胸前。他的鼻子里全是她好闻的味道，让他本该遐想的味道。他的脑子里全是李进，竟没有丝毫冲动。李可轻抚着安娜的头发，看着她在身边沉沉睡去，心里升起一种怜爱。她爱的李进醒不来了，而他是个赝品，如果有一天她知道真相，会是哪一种伤心呢？会用双筒猎枪轰他吗？李进，你是为这个女孩子而变节的吗？

“走了半个多月，你怎么变了个人似的？”安娜半睡半醒道。

李可鼓着嘴望着天花板，身上一阵发麻。他推了推她，小心翼翼地问她手机里还有没有他们的视频，想看一看。安娜不解，迷迷糊糊拿过了手机给他，让他自己看。李可戴上了耳机，翻看着安娜的照片库和视频库。这里有她和李进海量的内容，车上的，海边的，厨房的，射击场的，餐厅的，足有两年的内容。视频中的李进轻松自如，眼神里满是爱意，也有一些李进在严肃地打电话的画面被她偷偷录下来。他们的合影亲密而和谐，李可从没见李进有过这样的脸。李可又看看安娜，她睡着，呼吸轻微，眼帘低垂，半露的胸令人迷醉，修长的双腿紧靠着他。他悄悄将一些视频和照片发去李进这个手机上，又偷偷删去记录。他需要仔细揣摩，演出一个活生生的龙久来。

这只是一方面，演得再像，有些事还是不能做。自己把弟弟弄伤了，这也就是一周的事，届时她的姨妈走人，再有如此场景又该如何？把弟弟砸上一烟灰缸？

算了，得过且过吧。可是吴右没有说毒枭大会的安排，要是今年都不办了，他怎么办？万一婚结了，没准孩子都得整出来，那画面太美不敢想象。李进如果活过来，见了这孩子是叫侄子还是儿子？她定是对吴右和李进他们做的事情都不甚了解，不然不会一句都不提。

好疼。

早晨醒来，李可发现安娜正趴在他两腿之间琢磨着，吓得差点蹦起，然后是一阵疼痛。安娜用棉棒又在给他消毒，那东西直不棱登地指着她的脸。这个不用解释了，谁都懂这是怎么回事。“它怎么好像小了一圈？”安娜说着又抹了抹，“别动，给你消毒呢。”

这不可能！李可差点叫起来。下面凉飕飕，硬邦邦的，李可只能说：“可能昨天流血多了点。”她呵呵一笑，说已经结痂了，你只要不乱起来，几天就会好了。李可深呼吸，穿上裤衩，拍了拍她的屁股。她却顺势趴了上来，压在他身上，吻他的嘴、他的脸、他的额头、他的下巴、他的眼睛、他的鼻子、他的胸、他的腹部和他的肚脐眼……他不能僵尸一样无所反应，于是开始表演，把她压去身下。再表演，吻着她同样的位置。再表演，她的身体如此美好，李可听见她好听的喘息，感觉到她明显的火热，真想……

可是好疼。

吃早餐的时候吴右打来电话，他并没有像李可想的那样问安娜在不在，而是直接告诉他去个地方，与顾桃一起随何翰去“血蛇”的地头开会。李可赶紧穿衣服出门，安娜又揪住了他，淡淡地看他，像《色戒》里的王佳芝看着易先生。

“怎么了亲爱的？”李可忐忑问道。

“没事，我只是觉得，你不像爸爸看的那么简单。”安娜亲了他的嘴唇，“你就像一个谜，你不要告诉我谜底，我享受这样的揣测，但我对你特别有信心。有你在，我的理想可能用另一种方式可以实现，集团也早晚有一天会走向阳光。”他微笑，吻她，李进在很多视频里的样子他已经烂熟于心，知道该如何表演。

“你的理想是什么？”李可抓住话头，赶紧失忆起来。

安娜定睛看着他：“爸爸和我说你的脑震荡引起了一点失忆，看来是真的。”

李可倒不急于知道答案，小庄拉上他直奔开会地，说他这一晚上肯定睡得很好。李可见他脸上青了一块，就问怎么回事。小庄摇头微笑，说就是碰了一下。这可骗不了李可，那是拳头打出来的。他想了想，觉得要把龙久对他的感觉延续出来。“你有什么事一定要告诉我……”他收住了后面的话，李进没那么多废话。

“明白的老大，哎哟……”他突然把车把一打，车在路肩上颠了一下，急刹车停下了。小庄捂着右肩膀，一脸痛苦。

李可惊讶地看着他道：“靠边停下，先和我说清楚。”

小庄擦了擦汗，回过头来，面带愧意：“老大，对不起，我惹了一帮越南人，他们在找我。”

小庄惹的是越南老船帮，在泰国搞妓院的。他要带走一个喜欢上的女孩，给了钱这帮越南人还不放人，他就弄死了两个，把姑娘抢走了。小庄脸白起来，想必肩上是枪伤，他说没事儿，只是破了点儿皮。

对方并不知道小庄的身份，小庄也没敢说，怕给集团和他惹麻烦。李可的脑袋飞转着，如果是李进，他会怎么办？他让小庄先不要露面了，女孩子也藏起来，不过是一群老鸨，不会太难对付。

“对不起老大，给你惹麻烦了。”

李可沉思，这是英雄救美呀，李进可能就是看上他这点。“对方头目是谁你搞清楚，到时候我和戈萨老大说一下，无非还是钱的问题。”

“对方的头目……已经被我打死了。”小庄怯怯地说。

李可吸了口凉气。这可麻烦了，弄死一个黑帮的头目，还是越南帮的，在这么个时候，这可和弄死一个喽啰是两码事。他陷入犹豫，真的要管这事儿吗？有这个能力吗？真见鬼，当李进可真不容易。看着小庄那紧绷的样子，他知道这事“他”这个老大兜定了，而他……很喜欢这种感觉，而且他将这种老大的担待感演得淋漓尽致。“这事儿你应该先告诉我，本来没那么难，可现在你弄死了人，还是他们的首领，就难办了。集团现在这么多事，不能有任何闪失。”李可将脸绷得比陈宝国演警察时还要严肃。

小庄的脸红成一片，想必又惭愧又感动。李可觉得很爽，又感到戏有点重了。他忙将话题放轻松，看不出你还是个情种呀？姑娘人怎么样……老大们都这么做。小庄的脸果然活起来，像个酒桌上想敬酒的小鲜肉。李可又作势替他开车，小庄当然死活不让。

李可微笑点头，看着他的肩膀渗出隐隐的血。这是“他”的人，未来可能会很有帮助，要学着用他。李可日渐觉得，他的卧底工作绝不是做个蒙混过关的演员那么简单，而是要学会李进真切的本领，虽然没那么容易。他独特的身份提供了这种可能，只是每一项都要做得无懈可击，不能有任何破绽。

小庄按顾桃的指令将他送到一个黑乎乎的房子前。门口停了七八辆车，周围保镖林立。这么多车？李可吃了一惊，毒枭大会就这么悄悄开了？真要命，那我来干吗来了？他疑惑地下了车，走进那所房子，穿过长长的走廊，让几个保镖搜了身，进入了一间会议室。何翰坐在中间，周围是七八个奇形怪状的人，顾桃也在，却并不见吴右。见李可来了，顾桃让开了他在何翰身边的位置，示意他坐过去。

“今天的见面，教授委托我和龙久与大家聊聊。”何翰对众人示意。李可忙双手合十，给在座的行了泰国的见面礼。

“知道，铁头是他杀的。”一个络腮胡子的家伙斜着眼说。这就是黑鱼，他令李可起了一身鸡皮疙瘩。什么？铁头怎么是我杀的，不是顾桃吗？李可看了眼顾桃，顾桃的头轻轻一歪。明白了，江湖上，这笔账算他的，因为这是个令人生畏的“好名声”，你只有干掉一个毒枭才会成为一个毒枭。人虽然是顾桃杀的，这顶“桂冠”顾桃却不敢碰，它只能留给“他”。

果然，其他人看李可的眼神里带了畏惧和尊敬。他看了看黑鱼，又看了看何翰，知道还轮不到他说话，也不知道说什么，于是他坐下来，要了一杯苏打水。他回想吴右上午的电话，确实他没说会来，在这个会上，何翰应该会代为转达吴右的意思。

“一个月不见，龙久兄别来无恙。”一个梳着背头的中年男子眯笑着说。李可想起这位就是李进材料里说的南海会头目，绰号“血蛇”，只向南亚卖海洛因的狠角色。当年吴右率众对众多老挝帮一战，他们站在燧石集团这边，也因此拿到了集团一级代理权，是龙久管理区域内最重要的合作伙伴。李可忙伸手和他握住，感谢他对自己和集团的支持，并感谢他提供开会的地方。

“大家好久没碰面了，教授本来想来的，不巧他感冒了，不太方便。”何翰说。

“教授身体贵重，通气的会他就不要来了。我们老大让我代为转告教授，我们缅刀帮今年仍然可以超额完成原材料供货，希望贵集团生意兴隆。”一个颧骨奇高的家伙端着茶说。李可不记得这个人，却知道这个缅刀帮。缅甸是最重要的罂粟种植地、鸦片生产地，也是燧石集团的海洛因原材料主供应商。缅刀帮的头目朗坤是金三角举足轻重的毒枭，据说和吴右私交很好。

“多谢贲隆先生，也请代为教授转达对朗坤先生的问候。”何翰对他举起了杯。

李可喘了口气，见黑鱼恶狠狠地瞪着他，就冲他淡淡一笑。这是谈大事的场合，这小子不会对他怎样。既然众毒枭都没有接他的话，血蛇还对自己尊敬有加，说明这事并不严重，至少不会影响大局。这些家伙都是生意人，明白这个道理。

血蛇撸起袖子，开始给大家泡茶。“我们都是教授的好伙伴，听他一呼百应的，你们吩咐就好。”一个面皮白嫩的老家伙堆着笑说。李可一眼扫去，他的档案在脑海中翻过。这是飞龙帮的头目“孔雀佬”，是李进在老挝最先收服的一个毒贩子，看衣着和气质，他像个鹤发童颜的基佬。孔雀佬的旁边坐着个胖子，很好认，这人绰号“孙和尚”，穿得也跟和尚似的。孙和尚控制着泰国众多的夜总会和地下赌场，也控制着很多慈善机构。他们自己也生产各类毒品，但主要依靠燧石集团供应，是燧石很重要的合作伙伴，吃货的大客户。孙和尚与吴右不同，他那些慈善机构名不副实，捐点什么就会从别处搂回更多。据说他喜欢搞小男孩，江湖名声不好。

见众人纷纷点头称是，何翰点出正题：“和大家已经通报过一次，我们集团想开一次会，邀请亚太地区的十多家大客户派人前来。教授说能请他们来并不是我们集团面子多大，而是大家在东南亚确实做得出色。这几年大家又合作融洽，相安无事，拧成了一股绳，连南美那些家伙都敬我们三分。只要保持这个态势，估计很快连欧洲都会和我们做生意。大陆常说稳定压倒一切，我们也觉得如此，稳定才能发展壮大，这是这次大会的前提……”

除了黑鱼歪头撅嘴不表态，众人都频频点头，真情假意先不管，何翰这番话说得很赞，谁听了都该点个头的。李可瞟着何翰的脸，还以为他不爱说话呢，这不也出口成章吗？

“话是这么说，可你们为何要破坏这种稳定，乱杀我们的兄弟？”黑鱼打断了他，“动手之前也不和大家打声招呼，说明原因。让一个大陆来的外人去干，干完了就把铁头的地盘收了，还给了越南人，这怎么稳定？你们这么厉害，还和我们谈什么？”

这家伙真是豁出去了！李可倒吸一口凉气。黑鱼极其无礼的质问，把他这个“外人”也捎带了进去。这小子够狠，一句话得罪两个人。李可看了眼何翰，他那张脸上什么表情也没有，真是好定力。

“你既然说了，那我就向你解释一下。”何翰点了支细雪茄，不紧不慢地说，“首先，龙久在我们集团已经五六年了，位置很重要，在我们集团不是外人，对大家也不是外人。第二，铁头早对我们有所挑衅，半年前就对我们动过手，所以被龙久打了一枪，这大家也都知道。第三，本来在大家调解之下，这事儿应该过去了，铁头却依然得寸进尺，他先是买通了我们下面一个人，成了安插的奸细，又狮子大开口，要出我们不可能给的条件。这些也都罢了，他还在谈判桌上用枪指着龙久的头，逼着他给出条件。这事儿我忍不了，你们谁能忍，可以告诉我。”

何翰环视众人，他们或面面相觑，或低头喝茶。李可随着他的目光四周看着。其他人似乎眼熟，但真想不起来。黑鱼却没有服，冷笑着梗起脖子说道：“大家制定的议事规则，遇到这样的事儿不是要商议吗？要举手表决吗？你们就那么确定那人是他的卧底？有证据吗？铁头是死过一回的人了，你们没有给他任何交代，给谁谁不急？人杀了，还把铁头原来的货一把给了白江那兔崽子，这让大家怎么想？铁头该死是他的事，你们已经违背了跟大家的约定，大家怎么再相信你们？”

图穷匕见了……相较铁头，黑鱼的狠绝毫不逊色，竟在调动同行们对付燧石集团，当面挑战何翰。这股劲来得太猛太愣，会议的气氛陡然紧张起来。一大堆黑帮电影的画面涌进李可的脑袋，这是该撕逼的时候了，桌子底下说不定粘着一排手枪。他真的去摸桌子下面，没有……

“吴右张口和平闭口友爱，可招招都这么不讲理，有几栋大楼就了不起吗？”坐在黑鱼旁边的人说。

“你们的话有点过了吧？敢这样说教授，胆子不小。”缅刀帮的贲隆咬着牙说。

何翰盯着黑鱼旁边的这个人，脸色未变，眼神却杀气四溢。李可真担心他掏枪杀人。何翰竟然没有发作，只是冷冷地看着这个参谋，眼都不眨地看了几十秒。这无声的压力让黑鱼和他的参谋都脸白起来。何翰慢慢伸手入怀，掏着什么东西。在座各人吓了一跳，还以为他要掏枪干活儿。何翰掏出来的只是一张纸，是蓝桑坤给李可的那张单子。

“黑鱼，如果有一天你发现我们在你身边安插了奸细，可以随时处置，也不需要向我们出具证据。这是铁头那批货的单子，你们说得没错，这笔货金额不小，但我们这六成货本来就是赊给他的。我们是给了白江，却不是白给。白江上午对我们表了态，他愿意把这个区域的利润和我们集团四六分成，这是我们所有的一级代理中，条件要得最低的一个。教授让我告诉大家，未来三年，我们这六成利润也不会独享，我们愿意和在座各家均分利润，就从这一百八十公斤的货开始。”

李可心中激动，原来他对那批货的傻逼白送，竟成了好事……白江真是个懂事的毒贩子，这是投桃报李，真是给吴右和自己面子呢。他感激地看着何翰，也没想到这个人如此大气。龙久伤了他的侄子何雄，他还这样护着“自己”？宽宏大气和残忍阴毒同时集中在这样一个“钢琴家”毒贩身上，这等角色自己怎么能对付？

黑鱼看了这张纸，听完何翰的话，闭了嘴。血蛇严厉地对黑鱼说：“黑鱼，你要真是信不过教授，这一份你就别占了，以后也别和大家一起玩了，怎么样？”

“就听教授的安排吧。”黑鱼又看着李可和何翰，“两位老兄，我说错了话，改日登门赔罪。”

李可正想欣然接受，却见何翰脸色铁青，忙把舌尖上的话咽了回去。

“你也不用登门，大家都很忙。你的参谋刚才说教授的话，我不能接受。你要是真心赔罪，就把这件事当着大家的面处理一下吧。”何翰淡淡地说。

黑鱼的参谋瞬间脸白如纸，他看着何翰，又看看黑鱼，乞求般嘟囔着嘴。众人冷冷地看着黑鱼，一言不发。

“敢胡说八道，就不敢留下舌头？”赍隆眯缝着眼说。

金三角的缅刀帮加了磅，黑鱼倍感压力，又颇觉为难。看着何翰死神般的眼，他无奈扭头，对这参谋说：“趴在桌上，把舌头伸出来……”

大颗大颗的汗珠从参谋的头上流下来：“老大，是你让我……”

黑鱼却不容他再说，一把将他的头磕在桌面上。一颗断牙从他嘴里蹦出来，参谋疼得咧开了嘴。黑鱼抄起血蛇面前的茶刀，伸进参谋嘴里一挑又一扎，刀尖穿透了他的舌头，黑鱼将茶刀往下狠狠一按。在参谋的惨叫声中，黑鱼将他的脑袋重重向后推去。噗嗤一声，人躺下了，一截血糊疵拉的舌头被钉在了桌面上。

黑鱼拱起手，对何翰致歉。李可看着那截血红的舌头，双耳在嗡嗡作响。顾桃叼着烟看着这边，一点都不惊讶。

“有了新参谋后，你最好先教会他如何尊敬教授。”何翰说罢，对黑鱼端起了茶杯，黑鱼赶忙举起。

其他人也纷纷举杯。

李可终于松了口气，没事了。

在李进留下的材料中，何翰比吴右小五岁，吴右在唐人街混到第四年、与黑人帮派开战的时候，何翰加入了。从那时起，他就是吴右忠实的伙伴和好参谋，在多次与其他团伙的火并中层出好计，是纽约华人黑帮中的阴谋大师。吴右与纽约各类黑帮的地下战争打了整整一年，何翰战功赫赫，还周密稳重，从没有被警方抓住过把柄。燧石集团有今天，他功不可没。徐森将龙久引进了集团，却是何翰遏制了龙久继续上升，将他锁死在一个可控的范围之内。从毒贩的角度来说，何翰的谨慎完全没错，他对龙久的怀疑是对的。龙久救了安娜，废掉了何雄，上位到集团核心圈之后，他和何翰的关系却降至冰点。何翰几年来处处盯着龙久，是李进在卧底工作中最担心的人。

这一刻，李可算是开了眼。李进对何翰的描述，没有半句夸张。

晕死过去的黑鱼参谋被抬了出去，人估计死不了，这辈子却成哑巴了。几个老妈子进来擦了桌子，拿走了舌头。李可斗胆示意墙角也有些血迹，血蛇说她们都是聋子，听不见的。

“再换一套茶具来……”血蛇对门口示意。

“何总，会议的日子教授来定，我们一定配合。但眼下有些棘手的问题我觉得需要解决，不然我们心里没谱。”孙和尚说了话。

“您请讲。”何翰手一让。

“大陆那边的公安最近活动很频繁，据我在那边的眼线说，他们已经掌握了这边不少渠道的情况，搞得我们这三个月不敢走一包货，黑鱼一批货还被灭了。泰国警方迫于中国警方的压力，正在把我们的渠道进行压缩，也保不准他们在筹备大的行动。这个隐患不除，开这个会有危险。”孙和尚说。

李可心里咯噔一下，看来毒贩们也不只是闷头发财，耳目也灵通得很。可是，他们如何对抗警方，尤其是中国警方呢?

“孙老，我不太明白你的意思，泰国警方我们可以有所影响，大陆却是两码事，这您应该知道。”何翰说。

“是的，我们影响不了他们，但可以打乱他们的节奏，干掉其中关键的人。”孙和尚说着，原本温和的眼发出了凶光，“大陆几个南方警局没法得到泰国警方的合作，据说在单独悄悄行动，想阻止我们的货进入大陆，还派了一些线人到我们的组织里。泰国警方我们不敢碰，大陆来的有什么所谓?龙久兄这么利索的人，还不是手到擒来的事儿?干掉其中一两个头儿，打乱他们的节奏就行了。不然任他们胡来，教授头疼，我们也都没好日子过呀。”说着，孙总从怀里掏出了几张相片给大家传看，“就这几个，都是大陆南方几省禁毒大队、支队的主要负责人，我们调查过的。”

李可拿起照片一张张看，前面的三个都不认识，最后的一个吓得他险些叫出来。

是王干。

恐怖的钢琴家

第九章

“不能这么做。”李可脱口而出。

他突兀的话凝固了空气，众人眼神各异，好像他就是该暗杀的人。何翰也略显疑惑，他在等李可说下去。李可知道这话没过脑子，险些惹祸，必须设法挽回。他定了定神，像电影《巴格西》里的主角小臭虫那样潇洒歪头，点起烟，打火机往桌上一磕，抬起头来，已是镇定自若的样子。

“我毕竟和大陆公安过手多年，熟悉他们的体系和特点。这样的联合行动不是一个人能左右的，上上下下的汇报关系不允许。各局之间虽然职能一致，却往往目标各异，未必真的想联合行动。如果真的想，我们干掉几个领头的，未必能打乱他们的部署和节奏，却会推动他们走向真正的联合。只要是共产党的政府，一定会把这事干到底。这样一来，本来只是个噱头的联合行动，反倒成了他们必须要干的事。他们会打掉我们的代理商，封锁我们的渠道，派遣大量的线人和卧底过来，暗派人员来东南亚抓人。诸位请相信我，他们经常这么干。”李可慢慢地说着，用李进沉着的口吻，却带出了自己的流畅感。倒也不是他多聪明，电影《落水狗》里面的蒂姆·罗斯就是这样忽悠那些流氓的。

众人沉默。李可一个个看着，带着一脸强烈的自信。血蛇和孔雀佬在点头。孙和尚瞪着李可，像共产党员被他出卖给了军统似的。孙和尚指着王干的照片，“这个人是江城警方禁毒大队队长，还是五个南方分局联合缉毒组的副组长。根据我们的情报，他已经派了不少人渗透进了东南亚，尤其是泰国。这个人危害太大，一出手就让我们损失惨重。得罪共产党是很严重，可就这么任人宰割，问题就不严重吗？咱还要不要干活呀？”

见孙和尚如此坚持，何翰点起了烟。李可还没说完，只要知道说什么，他就知道怎么说，更知道怎么演。戏到位了，这些毒贩子就会“配合”他的表演。他灵光起来，稳妥进入了角色，将这事的利害和风险言简意赅地总结了，还甩出孙和尚想让燧石集团背锅此事的小算盘。最后话锋一转，说今天的会还是讨论该讨论的问题，这件事还是从长计议。

“如果我们去做呢？”孙和尚揪着他袈裟般的衣袖说，“我们做，大家一起扛。”

“孙总说得……也有道理。”孔雀佬一下子变了立场，“我们要办这场会，也要给亚太的合作伙伴们一个信号，我们有能力保护自己和渠道。在开会之前动手，大陆警方必然会忙乱那么几天，他们派来的内线也可能断了联系。孙总既然愿意担这事，这口锅大家可以一起背，但你们要给句实在话。”

李可有点急眼，演得也正热乎，正要反驳，何翰轻轻按住了他的胳膊。“那一年你们干掉了几个曼谷警察，国王震怒，之后几年，全市场的业务量下降了七成，然后就是江湖的分裂和火并。老兄，你就是那时候趁机捞上来的吧？”何翰冷冷地看着孔雀佬。

何翰满眼杀气，而李可并不知何翰说的是哪件事。孔雀佬在这样的逼视中垂下了眼：“你们只要能让大伙开这个会没危险，我一定参加。”

“我们一定做到。”何翰一字一句地说。

会议结束了。关于亚太会议的时间和地点，毒贩们将静候燧石集团的通知。李可终于明白为什么吴右不来出席这个会议，因为他信任何翰，这位凶狠的“钢琴家”对付这些毒贩已是牛刀杀鸡。毒贩们想杀掉王干等大陆缉毒警察这事，吴右自然不会答应。散会之前，何翰意外地宣布了这次会议的防卫工作以龙久为主。李可暗自高兴，却又不露声色。

回公司的路上，何翰看着窗外，顾桃在副驾上一动不动，墨镜后的脸瘫软着，似乎睡着了。李可并不知道这气氛意味着什么，既然让他负责亚太毒枭大会的防务，就该告诉一些具体的任务要求，成立一个班子去完成。何翰宣布这件事之前，他有没有得到吴右的任何指示？也许他们早跟李进说过？

“感谢您认可我处理那些货的事。”李可终于憋出一句话。

“不用感谢我。”何翰冷冷地说，“我个人并不同意这件事，我还是觉得有些草率了，但这是教授的意思。向大家当场宣布分钱的事，也是他的安排。我会执行他的命令，也会保留我的顾虑。”

李可只能点头，不知这句话该怎么接。

“何总，孙和尚他们真的去杀那个警察怎么办？”顾桃头也不回地说道，他根本没睡呢。

“那是迷魂药，孙和尚不敢，除非王干在我们集团派了卧底，对大家和这次大会有严重的威胁。”何翰说。

李可低着头看着手机，眼前有些发黑，脚心却一阵酸麻。

到了公司大楼，他们准备上电梯时，正遇到下来的徐森。徐森和大家寒暄，说刚陪教授喝完茶，一会要回香港。徐森突然问李可有没有空，想和他喝杯咖啡。李可不能拒绝，又不知能否答应。何翰便说你们去吧，有事再叫你。

李可随徐森走出了大门，来到公司附近一个做水果生意的小店。店虽小，却很干净，卡座里甚是私密。一路上他搜索着一切信息，演练和徐森的对话。这是提拔他进入燧石集团行动队的伯乐，曾经力挺他的主管元老。虽然因为龙久太过出色，已经上升到向何翰汇报，对吴右负责。以李进的性格，他对徐森决不会因此有半点怠慢，反而会更加谦恭。

于是李可站着，对徐森恭敬地鞠了一躬，徐森忙站起来让他不要如此。“我不敢在众人面前对您这样，怕其他人心里有想法，在私下场合，您就别拒绝了。”李可说。

他的话显然打动了徐森。徐森欣慰地点头，拍了拍他的肩膀：“你到了今天，我真为你高兴……但其实也为你担心。责任大了，压力大了，琢磨你的人就多了。”

徐森和他坐下，为他要了一杯鲜榨芒果汁。“刚和教授到美国的时候，我第一次见到鲜榨芒果汁，馋得舌头都要掉了，我和教授身上的钱都给了蛇头，剩下的只够买一杯芒果汁。可我们又很饿，是买汉堡包还是芒果汁，真是纠结呀。后来教授见我馋，还是买了芒果汁。我俩一人一口地喝了，杯子都恨不得吃了，觉得这才是美国味儿，然后就饿着肚子去蛇头说的地方找工作……后来又到了泰国，我才知道美国的芒果汁就跟垃圾似的。到今天我还喜欢喝泰国的芒果汁，喝不腻呢。”

李可赔着笑，知道这都是热场子的废话，客气归客气，别当真。“您还顺利吗？在前天会上您好像要说什么？”李可问。

徐森没有回答，只是定睛看着他，喝下一大口芒果汁后，他慢慢地说：“龙久呀，这几年你是玩着命上来的，年轻人我也见得多了，能做到你这样的，太少了。我一直少问你一句话，你在大陆做得好好的，干吗要到这儿玩命干这个？”

李可心头一紧，但并不慌乱。“大陆看着热闹，挣钱其实也很难，正经生意难，违法生意更难，我还因为金矿的事被通缉了一阵子，去年才撤销了。”李可说，“我是个随遇而安的人，也是个自己成不了事儿的人，必须有人引路。在泰国遇到了你这个好大哥，我就想干干看。没有你的指点和支持，我哪儿能到今天。”

徐森又要了一杯芒果汁——他也太爱喝这果汁了，难怪那么胖。“我们那个时候想法简单，虽然自己要打打杀杀的，其实很开心。白天拿枪干活，晚上举杯喝酒。现在集团做到这么大，一层层壁垒森严，教授还抱着他的信仰不放，事情其实越来越复杂了。”徐森问李可还要不要果汁，李可摇头，肚子里满是疑惑。徐森的话似乎超出了该聊的范畴，如果不是龙久，和外人说这话，没准会惹一身祸吧？这说明徐森和龙久前史默契，关系非同一般，而到了哪一步，李可只能慢慢体会。还有，吴右的“理想”安娜也说过，这是什么？

“龙久，你的目标到底是什么？”徐森的脸色沉下来，“做教授的继承人，还是也想自立门派？还是有别的什么想法？今天算咱们私下交心，离开这桌子就当没说过。”

李可绷住了喉咙，不知徐森为什么问这些。他是自己在问，还是替吴右在问？这是交心，还是考验？“我原本没想那么多，那时想混到哪算哪，后来救了安娜，事情变得不太一样了……您和教授都有恩于我，我挣到了钱，还有了安娜，我需要报答你们。”

徐森点头，手指在杯子上摩挲着。“老弟呀，当你真的接了那个位子，才是真正的开始。”他又侧过头，“教授和你说过老家的事吗？”

李可懵了，什么是老家？吴右和徐森的老家？“提得不多，我也不方便问太多，您知道我越是离教授和安娜近，其实越是谨慎。”

这个答案看来很合适，徐森又点头，李可觉得该乘胜追击，逼着他说点什么。“‘老家’您常去吗？”这问题一语双关，力求无害。

“每年我们几个元老都要去一次，这是规矩。龙久，什么时候教授说你可以去老家了，你在他那儿才算真正过关了。我今天给你句心里话，我建议你永远不要去老家，你要是想和安娜过好日子，就不要去。做我们这一行的，最好不要有信仰……”徐森探身道，“我希望你能明白，不管你遇到了什么情况，我都愿意尽全力帮你，就算是你出了问题，也可以让我帮你，这是我给你的承诺。”

李可完全听不懂他的话，正要再问，徐森却站起身来。一个人前来找他，恭敬地说：“徐总我们该走了。”

徐森要赶飞机了，他说这人叫老白，是他在香港的参谋。徐森握着李可的手，一言难尽的样子。他们拥抱，寒暄，道别。“老白，你是不是以前见过龙久？”徐森突然问这个老白。

“没有，没见过。”老白说。

李可一惊，定睛看这个人，没见过，材料里也没印象。“我这张大众脸不是那么容易混的吧？”他打趣道。

“哈哈，世界很大，也很小。龙久，欢迎你随时来香港找我。”徐森说。

李可看着徐森宽大的身躯远去，不知该如何消化这一脑袋的东西。徐森留下奇怪的故事和线索，还留下了沉甸甸的包袱，李可一时茫无头绪。这个“老家”从没听王干等人提过，看来并不是徐森和吴右离开大陆前的籍贯老家，那又是个什么东西呢？

何翰来了电话，说教授让他上楼去。李可急忙赶去，来到集团大楼的顶层。何翰、顾桃和吴右在喝茶，旁边还坐着个年轻人，李可认得是帮着安娜管理基金的林苏。见他来了，林苏站起来，冲他点头致意。李进对这个年轻人的材料描述不多，只说他是吴右在美国收养的一个孤儿。唐人街第二场战争中，吴右的好伙伴被人灭门，留下了一个在医院养病的孤儿，这就是林苏。吴右将之收为义子，在美国抚养长大，让他上最好的学校。学至沃顿商学院毕业后，又让他进了华尔街一家著名投行锻炼。四年前他正式来到泰国，成为安娜在玛丽基金的副手。安娜从小和他熟识，将他当作知心的兄长。林苏也很称职地做了这个哥哥，对安娜的事情倾尽全力。他和所有人的关系都很不错，自己的生活也阳光健康。这该是个人畜无害的人，李可想。

“林苏说安娜最近不太高兴，你多陪陪她吧。”吴右张口就说。李可惶恐点头，不知他为何说起这个。

“安娜喜欢艺术，你多带她看看歌剧、音乐会、艺术展什么的。她的业务做得不错，但常有人在背后或者公开场合指摘甚至攻击她，她心里也委屈。”

捐钱还捐出麻烦来了？李可纳闷地坐下。吴右给他倒茶，说接受你施予的人往往会成为你的敌人，这就是人性。林苏只能帮她把基金管理好，并不能帮她抵挡这些明枪暗箭。

林苏声音细细的，见龙久坐下了，就起身告辞，说基金还有很多事。吴右又叫住了他，让他回头单独向龙久汇报一下基金的情况，省得安娜总埋怨龙久不关心她的事。林苏走后，他们继续喝茶。吴右靠在长椅上，似乎在养神。两只鸟在树枝上吵闹，何翰嫌它们烦，丢过去一块橘子皮，鸟扑棱棱跑了。

“潜在的危险没有消除，会不能开。”吴右睁开眼说道。

李可有点糊涂，那为何还让何翰宣布呢？还把自己定为防务负责人？

“给黑鱼十个胆子，也不会是今天的样子。除了缅刀帮，那几个老家伙八成和他都在勾连，表面上看着在训斥他，其实底下都有交易，把黑鱼当枪使，试探我们的底线。我开这个筹备会的目的不是为了开会，就是要看看他们在底下干什么。”吴右闭着眼说。

李可不解，吴右是怎么判断出来的？只凭何翰的描述？为何他一点都看不出来？李可又失望了，莫非毒枭大会仍是吴右挖出的陷阱？开会不是目的，开出他想知道的内容，增强东南亚毒品市场的控制权才是他的目的？未来开不开会还要两说？这真糟糕，你一天不开会，我不是就要多卧一天？你这辈子不开，莫非我就干一辈子？还有，毒枭们真的会凑在一起开会吗？开会这么高调的事儿是影视圈的人干的，这年头电话、微信都这么方便，为啥毒枭们要凑一起开会呢？想到这里，李可觉得像被卖了猪仔，却还要装出享受的样子。王干他们告诉自己的事，难道都是真的吗？

“上周我查了，黑鱼和孙和尚走得很密切。孙和尚建议我们干掉王干，八成是挖个坑给我们跳，到时候众口一词，里应外合，让我们处于泰国和大陆警方的夹击之中。”何翰说。

何翰的话也让李可吓了一跳，原来他一直在调查这件事，这不是龙久该干的工作吗？这个筹备会前后，自己竟然被蒙在鼓里？

“没有提前告诉你，是因为你回大陆这些天发生了很多变化，对这些事态的判断我也不是很确定，直到黑鱼要明抢铁头的地盘。没有孙和尚这些人撑腰，他不敢这么干。”吴右拍拍李可的肩膀，可能是怕他有想法，“白江暂时是我们的人了，你要用好他。”

吴右说完拧了拧额头，又换了话题。眼下是做局的时候，倒不那么累人，真到了要为地盘和渠道的控制权打仗的时候，大家都是没觉睡的。

“我听您吩咐。”李可轻轻地说，“可是，王干他们……”

吴右突然按住了他的手腕，动作不大，手上却有力道。李可立刻明白自己差点说错了话，“他”是王干派来的警察一事，只有吴右知道，而这是绝密，不能让其他人感到一点迹象。他面露愧色，而这不是表演，真是羞得脸红，心也嘣嘣乱跳。

越是如此，他对吴右和李进之间发生了什么越是好奇。一个大毒枭知道了一号干将是警察派来的卧底，非但没有干掉他，还在其他人面前藏起了他，还允许他和自己的女儿恋爱、甚至结婚。而这个警察也没把这事告诉派他来 的公安领导和其他人……这是什么情况？李可第一次听到这么分裂的剧情人物设定。

“黑鱼的参谋，今天……”李可强行拐弯，把话掰进了吴右需要听的内容。

“他不留下舌头，何总就会留下他的命了。”吴右微笑着说。

“孙和尚我去办吗？”顾桃问。老板面前，他的问题永远这么简单。

吴右说对付孙和尚不能急，要分阶段。这个慈善家号称信佛，底下却淫乱不堪，泰国虽然这方面开放，孙和尚好的那一口却太恶心。把这事给他做实了公开出去，很多关系会暂时躲开他，到了那个时候再下手。顾桃看着李可，说皮肉市场他可不熟。李可本想回绝，要说国内演艺圈外围，李可还略知一二，这是泰国，一个连女人和人妖他都分不清楚的地方。但他不能摇头，因为他是龙久，必须有办法。

“我想想办法。”他说。

吴右让何翰和顾桃先去了。见他们出了门，吴右拉近李可说：“以后你再也别提王干的名字。”

“对不起……”他赶紧承认错误，“是我不小心。”

“如果让别人知道了，就算我相信你你也待不住。”吴右瞪着李可，眼神非常严厉，“我不会让你去干掉王干，陷你于不义。你要是个无情无义的人，我也不会如此看重你，还把安娜托付给你，还要提醒你多少次？”

李可只能频频点头，觉得自己该热泪盈眶了，这话怎么听着那么温暖贴心？

吴右让他告诉王干这个信息，以体现他的价值。集团对孙和尚下手的时候，他也可以把孙和尚的国内渠道和一些干将的信息提供给王干，让警方替集团除掉他。李可这下全懂了，原来吴右是这么想的，真是老奸巨猾。他再度点头，还想说句什么时，安娜进来了，说要看看吴右养的兰花。看着安娜那热辣的眼神，李可一眼便知是来捉他的。

吴右哈哈一笑，起身带他们来到西边角落，这里的兰花开得非常茂盛，层层叠叠，花香沁人心脾。安娜说马林斯基芭蕾舞团来了曼谷，要龙久明天陪她去看。李可忙在一边赶紧百度，看看这个马林斯基是什么司机。安娜按着他的肩膀，撒娇道："不去不行！"

女儿随父亲，安娜闪亮的外表下，藏着一种很难让人拒绝的东西。不行，要读书，要搞得文艺一点，关键时候看来这可以救命。李进买了那么多书，想必也是为了这个。

手机上收到那个公众号发来的旅游广告信息，他扫了一眼，是王干等人发出的秘密联络信息，翻译过来是：急事，能否今晚见？

好巧呀，李可正想给他们传递信息。他赶紧找个理由和吴右道别，与安娜吻别。回去的路上，李可问起小庄女朋友的事，顺便问起孙和尚的各种事儿他是否了解。小庄对这老流氓早有耳闻，因为他女朋友就是这行当的。李可让他去了解清楚，并注意别让他女朋友卷进去。到了家后，小庄掏出一个牛皮纸袋子给他，是关于他女朋友那件事的越南人材料。小庄一脸感激，说老大费心了。

"以后有事，能谈就谈，不要动不动就下手。你既然挑了这个行当的姑娘，也要明白这行当的规矩，再烂也是规矩。"李可学着丹泽尔·华盛顿某部黑帮电影里的台词。

小庄毕恭毕敬地点头。李可很奇怪这个能单挑黑帮的年轻人脑子里每天在想什么，一出手就干掉人家的头目，这可不是一般的狠。而李进能把这样的人收服，又用了什么样的手段呢？他纳闷为何小庄非要这个行当的女孩子？满泰国那么多漂亮姑娘却不找？

"她有了我的孩子。"小庄笑了笑，随即开车离去。

孩子……琪琪前一阵子说想给他生个孩子。看着地上摇曳的灯影，李可想她了。

谁在救我？谁在杀我？

第十章

李可回到住所洗了个澡，看看表还有时间，就打开电脑继续做功课。为了避免遗忘，他将这几天经历的事做了简单的文档笔记，然后深入了解了接触到的每个人的全部信息。他决定每天都要这样做功课，像李进那样，才能在危急时候过关。每见一个李进曾经很是熟悉的人，都不能露出马脚，还要避开不可能回答的问题。还好，截至目前，平安无事。

直看到头晕眼花了，他关掉电脑，换了便装，揣着枪悄悄出了后门，步行离开别墅。一路他左看右看，躲在阴影里观察，确定没有人跟着后，走进公共电话亭拨了那个号码。接听的是马旭，他一句废话都没有："两条街外，曼乐电影院，买七点半的《星球大战》，找戴白色帽子的人坐下。"

李可挂了电话走向电影院。曼谷夜晚温热，只穿着几片布的姑娘时常从眼前晃过，这真是个不错的地方。他肚子饿了，就在路边买了个汉堡包。服务员会说中文，指着他白T恤上一处滑稽的污渍笑个不停。这衣服必须扔掉，容易引人注意。电影院小得可怜，一共就两个厅，可不像江城的影院动不动就七八个厅还IMAX。他买了票钻进放映厅，一百多个座位只坐了十几个人。一个戴白沙滩帽的男人坐在最后排，李可走过去，正想问有没有人，他抬头看向李可，是王干。

他把李可吓了一跳，他怎么来了？王干按下他，警觉地四处看着。电影开始了，《星球大战》的标志性音乐响彻了全场，他塞给李可一个耳麦，说话时彼此听得很清楚。“月底前我国的一位领导人要访问东南亚五国，我们需要在他去之前做点事，让领导们能够给东南亚各国政府施加压力，促成战略级的反毒联合行动，你需要提供几个可以打掉的进出中国的毒枭情报给我们，我们要用行动证明我国警方的力度。”

“是谁来？”

“还不知道。”王干声音大了点，震得李可耳朵发麻。

得知吴右准备干掉孙和尚，让他和顾桃负责，王干大为惊喜——孙和尚可是条大鱼。李可说这家伙提议干掉你和其他几个缉毒联合小组负责人，来破坏警方的联合行动节奏，吴右没有同意。王干不禁冷笑，说这一点也不新鲜，每年他都听到类似这样的消息，想干掉他的人太多了。他更关心毒枭大会什么时候举办，在哪里举办。

“总说要开，就是什么都不定，他不说我也不好问。”李可压低声音说，“吴右心细如发，太警觉了，我一句话不敢多问。”

“嗯，你是对的，要有耐心。还有什么情况？”

“我需要学习，上次去验毒差点穿帮，帮顾桃鉴定金表差点穿帮，我是说李进会什么我就要学什么，不然随时都可能穿帮。”

“嗯，你有这个意识就好，他们仨总会有一个在这里支持你。”

李可很高兴，至少多了两个可以保护他的人。王干又说起麻烦的琪琪，她非要去李进身边伺候，因为在ICU时间太长了，医院也仍以取保候审不许非亲属探望的理由挡着。他们准备把李进转去武警医院，王干担心她和其他人乱说，事情会越来越麻烦。李可十分感动，问能否告诉她真相。王干摇头拒绝，说女人一定会坏事的，他们在考虑找个事儿把她抓起来，暂时让她顾不了李可。她每次都冲医生和工作人员嚷嚷，就快要动手了。

“不行，我不同意！”李可气红了脸。你大爷的，我在这里给你们玩命，你们在后面抓我女朋友？

“我们也是为她好！”王干声音又大起来，“如果他发现那个人不是你，你想想会出什么事？那时候不抓也得抓。”

“我不干了。”李可赌了气，摘下耳机，起身要走。

王干又揪住了他，示意他戴上耳机。屏幕上声音巨大，王干罕见地面露歉意，说：“实在不行，我们假装让你死了，她再来就告诉她你已经烧了，再给你在公墓里弄个假墓碑。”

“凭什么呀？以后我回来她还以为我是鬼呢，这不行……”李可觉得事儿可以先放放，“她也不至于天天去，让你们公安部门下面的影视公司给她个女二号去演，不就解决了吗？

“还真没想过这办法。”王干点头，“还有什么困难？”

“安娜。”李可不假思索地说。不等王干开口问，他就将来这里第一天到现在与安娜相处的危机统统说了出来，就差脱下裤子给他看老二上的伤了。“我在她这儿早晚穿帮，她招招不离后脑勺和下三路，我不出事就是活见鬼。”

“要不我们把她也抓起来，等她去国内的时候。”王干说。

李可当即反对。王干诧异地看着他。李可知道他又要说什么，无非为了他好任务好，但有个东西让李可拒绝王干这么做，那个东西叫良心。她很无辜，抓她没理由，而且说不定因此生出一堆变化。

王干瘪着嘴，让李可自己解决，他帮不了这个。“我要是真的替李进睡了她，李进万一醒过来，我只能掏枪自杀了。”李可叹了口气说。是的，他承受不了这个结果，虽然王干说过李进估计醒不过来了。

“我觉得他想得通……”王干说。

想得通个屁！你知道李进已经是毒贩了吗？李可真想把李进变节的事情告诉王干，最后还是决定不说，说出来没有任何好处。他看着银幕上的哈里森·福特，决定还是要把一个正义的李进扮演下去，让他成为英雄，让自己心安……算了，别扯淡了，什么让自己心安？你这么做，只是因为他是李进。你虽然恨他，却没办法做对他不好的事，就算你们早已形同陌路，还是做不到。

“李进和你说过吴右的信仰吗？”李可问。

王干摇头表示不知，惊讶地看着他，像影院里见了鬼。李可觉得说多了，就说吴右曾和他提起过他的信仰，而并没有向他解释。王干面露疑惑，对他这么一句没头没尾的话也没有追问下去。李可将白江藏毒之处的位置截图给王干看，郑重告诉他那里有一百八十公斤毒品。王干摇头笑着，说：“你就不懂了，你们前脚走，后脚那些毒品就转移了。”

告别王干，李可突然觉得无处可去。来到这灯红酒绿、充满热带风情的美好之地，他没有享受过丝毫的平静。他决定随意溜达一下，喝喝芒果汁，吃吃小菠萝，在街头随意游荡一阵。他沿着一条热闹的街走去，打开谷歌地图，他确认方向没错，这条路可以兜回住所附近的街道。他边走边看着路边的小摊儿，让自己放松下来。路边的人奇奇怪怪，只是多友善和蔼，和江城南边儿那条百货街并无区别。只是人声如鸟，卖的东西也截然不同，仔细浏览还蛮有趣的。漂亮的镯子、彩色的石头、精致的配饰、彩色的香皂，还有些奇怪的男女用品和熏香。李可随手挑了些买了，拎着袋子准备回家。

这条街并不长，三扭两扭竟到了头，探进一处狭窄的胡同。李可看着导航正在琢磨方向，突然觉得身边人影渐暗，脚步啪嗒，几个男子前后逼了过来。从眼神看，来者不善。果然，有两个掏出了明晃晃的匕首。李可先是一愣，我操，有人敢抢我？他很快腿又一软，人家抢你怎么了，横店还有人抢你呢，还真以为自己是黑社会大佬？枪就在怀里，可他竟不敢伸手去掏。掏出来会怎样？一枪一个撂倒？他们有枪吗？他们看见你手抖会一刀捅上来吗？身边零星有人经过，却并不侧目，仿佛他们是空气一样。路边的一个店主抽着烟看着他们，巨大的眼袋一动不动。拿刀子的家伙慢慢靠近，眼露凶光，一身肌肉霍霍跳着，皮肤黑得像鞋油。他可能猜出了李可是外国人，伸出左手在空中拧了拧，做出数钱的样子。的确，是要钱。

李可急忙伸手进怀，当然是掏钱。就在他要掏出钱包的时候，对面这家伙哎哟了一声，刀掉在地上，捂着流血的右臂晃悠着。另一个一愣，举刀朝他刺来。等等，这是怎么了？我没做任何事呀，为什么要扎我？李可正要躲闪，却看见这家伙也捂着胳膊摔到一边去了。一颗子弹穿过他的胳膊，击碎了他脚边的地灯。他捂着胳膊，慌张看了眼前方，扭头跑进了巷子。

有人开枪！

李可惊讶回头，却什么也看不见。路边的店主们呼啦啦也不见了，就剩下路中间呆立的李可。他四顾茫然，谁开的枪？是在帮他还是打他？李可这才反应过来，迅速抱头钻进了一个小店。店主却不让，哇啦哇啦叫着，推着他往外走，看样子不想让他连累。李可只能再钻进别的店里，就这么一个个店地钻着，终于跑到了另一条路上。他狂奔出路口，打了辆敞篷三蹦子，连说带比划地说清了自己的住处。坐在车上他也低着头，如一条受过惊吓的狗。

他不明白这是怎么回事，回到住处仍惊魂未定。他回忆着刚才的场景，身体时而冰凉时而火烫。当情绪平复，身体才恢复正常。他放起了一段音乐，定下神之后，他好像知道自己该做什么。他脱去衣服，在地板上做起了俯卧撑和仰卧起坐，一组之后再一组，一直做到精疲力竭，就趴在床上准备睡去。下面一阵火烧火燎的，掏出来一看，伤口已经愈合，而它蠢蠢欲动，这是他最担心的问题。锻炼使他精神了些，时间还早，他打开电脑，翻看加密云盘里的加密文档，继续熟悉李进和这个毒品世界的一切……

这一觉还算踏实，窗外静悄悄的，晨曦在慢慢散去，昨天的一切像是被睡掉了。他深吸着清冽的空气，盘算起今天该干的事，顺手弄了早餐。安娜买来的东西装满了冰箱，而他只做了一碗荷包蛋面，点了一抹香油。吃着面他看起了小庄给他的材料，还好，不是泰语或越南语，都是英文。这帮越南人看来是职业老鸨，好几条街的色情生意都是他们的。和国内不同的是，这种生意在泰国遍地开花，相当普遍。小庄的女朋友叫Angela，人长得蛮好看。李可仔细研究之后，觉得这仍然是钱的问题。当然他不能再出面去帮小庄恫吓对方，不定捅出新的篓子来。这事必须动用龙久的社会资源来解决，李可毫不犹豫地想到了一个人。

白江接到他的电话没多久就到了，李可在不远处一个酒店咖啡厅里见到了他。白江穿得像一个台湾小正太，戴着蓝色的墨镜，走进这个地方再合适不过。他热情地与绷直腰、抽着烟的李可握手，坐在一旁等李可说话。李可很套路地嘘寒问暖，得知集团处理铁头的那批货他已经拿到了，就拍了拍他的肩膀，等着他说感激的话。

“龙哥有什么事，吩咐我一声就好。”果然，这家伙懂事。

“的确有件事想麻烦你。”李可客气地说，趁热打铁，这多好。

“您请说。”白江喝了一口水说。

李可掏出牛皮袋，将越南人的材料给他看，告诉他事情的原委。一个好兄弟惹了事，这帮老鸨正在追杀他，控制了这个女孩子。白江如今有燧石集团和六家有影响力的毒贩支持，在越南帮里应该有些门路。李可想让此事画上句号，不知他有没有办法。

“有办法。”白江干脆地说，“我去办吧，您等消息。”

“能彻底了掉？”李可不太相信。

“可以。”白江毫不含糊。

李可没想到此事解决得易如反掌，这就是大集团的好处呀。白江说这毕竟是一群老鸨，老大死了未必是坏事，老二没准巴不得。一个妓女而已，为她把命丧了真是不值。他没有说怎么去办，李可也不问，他知道这是江湖的默契。

白江把事情应下来就去了。李可也不敢久留，想了想决定回到巴拉根大厦处理事务。他可不想让人以为自己除了杀人、品毒就是摆酷泡妞，还有很多paperwork呢。对不同渠道的客户进行梳理和管理是龙久的主要任务，进出的资金虽然无实际意义，但它们如何安全地离开这个公司，龙久肯定要弄得清清楚楚。李可用李进的密码权限登录了燧石内部网。他只能在电脑上查看，拷贝和发送会出现记录，看得懂看不懂的，他把认为重要的都做了笔记，或是拍下了照片。他不知李进有没有把这些材料交给王干，反正他是要交的。

李可看到燧石集团在普通商业领域的庞大产业。十多年来，燧石集团在各个行业的投资平均增值已近二十倍，却并没有在各领域选择套现退出。燧石集团的毒品生产和进销存体系是以代号方式存在的，李进曾经说明过这一点。这些被标注为各类药材的产品有的确实是药品，而说不定哪一单里的药品就会换成板块处理后的毒品。集团旗下有木材公司、化肥原料公司、医药公司、物流公司、糖业公司和远洋船业公司，毒品就通过这些正常的商业体系流转，十单正常生意里也不一定走一次毒品，而说不定哪一次货物的出口中就有那么一百公斤的毒品藏在树干里、化肥里、原糖里，甚至船体之下。没有准确的情报，海关的抽查基本无用。燧石集团的渠道隔离墙又十分到位，签合同的不知哪里出货，出货的不知何时填货，填货的不知运货的是谁，运货的不知接货的是谁，而负责往货里面掺入毒品的人和这些环节一概不交叉。迄今为止，李进都不知道集团中是谁在具体负责各个环节，他们也很可能是向吴右或何翰单线汇报的。

李可惊叹吴右的毒品版图之大：环太平洋地区的纵深早已实现，新的渠道开始深入北欧和俄罗斯，中国多半的省都在这个体系之下。它销量惊人，只是在这些材料上，你根本看不出和毒品有什么关系。李进负责的业务虽大，却不在纸面上，更多的工作是与何翰、戈萨等一起维护着集团在江湖的地位，并处理集团安全问题。这半年中，李进开始接触毒品网络的初级生产环节，知道了一些毒品生产基地，也知道了大概的毒品产量。这些生产基地都在当地腐败官员和军方的保护之下，他国无法对其形成有效打击，本国政府睁一只眼闭一只眼，真的遇到了打击，它也不会和集团上层有任何关联。

李可想起王干的话：无数人死于毒品，一人吸毒，全家皆废。吸毒者在高度年轻化，中学生也开始成为客户。这东西是邪恶的无底洞，李进为什么会变节呢？李可想得头疼，忆起所在几个剧组的事，不少导演艺人抽大麻，甚至“溜冰”，仿佛不抽不是艺术家，抽完了就high，high完了就睡。拍戏之前来一口，悲欢离合全都有。它的确可以提高演员的high点，李可现在终于明白，幸好没有掉进这个坑，这是真正的地狱。

直到精疲力尽时，他意外看到了集团收入分配材料，是李进上个月就该看的一份材料。装材料的信封上盖着电子蜡封，说明这是一份只有他才可以打开的文件。打开后略一浏览，李可大吃一惊，这是龙久的收入报告，今年前三季度的收入就有二百四十万美金。

这是怎么回事？简直不可思议。李进的钱怎么这么多，王干不是说只有二百万美金吗？可这笔巨款王干没提过，李进留下的材料里也没有，钱在哪？他捋着这份材料看下去。李进接收这些钱的账号，是某跨国银行在曼谷本地的一家分行，户名是龙久。李可打开手机，找到了李进留下的银行APP。账号要凭密码才能登陆，他自然不知道密码。他又看了一下银行规则，登时傻了眼，大额转账和提现需要在银行营业部，并需要凭护照、指纹和签名才可以支取这些钱。

他很快又翻到龙久前几年的收入记录，全加起来，大概九百八十万美金！

李可静坐沉思，这笔巨款还只是李进的日常收入，若是有负责公司的股权，又不知是多少。李进是不是看中了这些钱而最终成了吴右的人？可能性不大。李进要这么做，只要一暴露就无法再回国，再也无法见到妈妈。李进不是这样的人。

李可又让顾桃叫来行动队的四个队长，这是他每个月甚至每周需要主持的会议。李可早就把各队长的材料研究通透，会上只让他们汇报，提醒注意事项，其他的话都让顾桃去说。开会没什么难办的，因为他们对“自己”异常尊敬，以前的龙久是靠硬邦邦的战绩收服和管理着他们的，他是站在李进的肩膀上在做事。

傍晚渐近，李可想起还要和安娜去看戏，停下了手头的活儿，搜索起马林斯基芭蕾舞团。这是俄罗斯顶尖的芭蕾舞剧团，他记下了关于它的主要信息和这次演出的首席舞蹈家的名字，嗯，应该够忽悠的了。李可穿上西装出发，特意没有让小庄来接他。楼下地库里有龙久的一辆奔驰500，他开着它去接安娜，驶向曼谷剧院。安娜穿了一身天蓝色的晚礼服，在门口的阳光下容光焕发。这真是有趣的女孩子，她要做什么事，就立刻会变成做那个事的样子，这样的女子令李可心仪。她如此地爱着“他”，他却不能碰。

他俩坐在侧面的包厢里，灯光一暗，李可觉得他们悬在了半空，像两只挂在树枝上的笼中鸟。李可绷直了身子，怀疑看台上一定有人认得安娜，也可能会认得“他”，会窃窃私语这是那个大毒枭的女儿和她的未婚夫。舞剧枯燥乏味，细胳膊细腿儿地蹦个不停。李可的眼皮开始打架，脖子在坍塌，正是偷偷睡一觉的好时机。当他正要坠入梦乡，一副柔软的嘴唇滑过嘴边，撩醒了他。睁开眼，安娜的脸近在眼前，在黑暗里像发着光，她像下凡的天使呀。李可心里一荡，不由扳过她的头，将她压向黑暗的深处，像沉入舒服的沙丘，坠进儿时的摇篮。他深深地吻着她，一切变得不由自主，他抚摸着她的身体，她的秘密，他知道自己开始对那些危险之地着迷，因为她，好像值得。

“笨久，我想你了……”她说。

“我也是……”

散场之后，李可觉得像是做了一场梦，说了拦不住的胡话或真话。看着满含期待的安娜，他知道今晚将城池失陷，而他不再像个土拨鼠那样六神无主，既然早晚要来，那就来吧。肚子里有个魔鬼怂恿着他，这是上天给的机会，让他报复李进在精神上对他的鄙视和践踏。装逼遭雷劈，而他就是那道雷，反正那么久没有姑娘了……但是，肚子里有把刀刃指着李可的心肝。李进恨你是为了什么，你忘了吗？你这个混蛋！

车开向曼柯廉的河边。安娜一路靠着李可的胳膊，她哼着刚才的芭蕾舞曲，似睡非睡，柔软如一只乖巧的猫。李可希望今晚一切美好，因为明天又不知魂在何处。

安娜是李进的阳光、救命草，或许也是他的。

车没油了，李可开进路边一个加油站，下车去自助加油。安娜在车里摆弄着iPad，不知是什么让她哈哈大笑。她望着在摆弄加油枪的李可，抛来罕见的媚眼。

好像哪儿不对？李可的后背一阵发凉。他本能转身，四周望着，加油站空无一人，只有前后不远处两辆车发出低低的轰鸣。它们的玻璃漆黑如墨，前车似乎不想走，后车似乎不想进来。各种电影中的桥段涌进李可的脑海，《邦尼与克莱德》《教父》和《赌城风云》，在这样的场合遭人伏击，他会被打成筛子。李可头皮发炸，他紧紧绷住自己，不敢妄动一下。手机在车里，没法呼叫支援。他用余光扫描着前后，猜测当他把油枪塞进汽车时，弹雨就会飞来，那是攻击的最佳时间。他迟疑片刻，知道必须当机立断，因为车上还有安娜。他轻轻放下油枪，看了眼安娜，猛地侧身去了油柜的一边，同时掏出了手枪。

“安娜！”他大喊一声。

安娜惊讶抬头，看着举枪欲射的他。这一刻，前后两辆车里钻出了六七个人，举起了枪。

他们先开枪了。

乱枪激射，火光闪烁。一颗子弹从李可耳边飞过，刺耳地砸在油柜上。李可也扣下了扳机，当然是瞎打的。他挥着手让安娜趴下，想趁机跑向汽车。安娜被这场景惊呆，竟要开门让李可上车。他当然想，但做不到。两边弹雨如织，根本没机会。李可缩在两栋油塔的中间，一边一颗子弹地抵挡着他们。他们想必知道龙久是谁，并没有急于冲来，这可是要命的神枪手。李可两边应付，对自己的冷静颇感惊讶，也许是因为手里的枪，也许是因为以前经历的事，也许是因为车里的安娜。

枪法显然不济，他明明瞄了一个梳辫子的家伙的头，两颗子弹过去，全部打了空气。一颗飞来的子弹捎过肩膀，那里像被猫狠狠挠了一下，伴着火辣辣的疼。袖管湿了，他知道是血。

“笨久！”安娜在车里大叫。李可一阵感动，又一阵难过。她关心的人，并不是我，而是李进、是龙久。

“开车走！我掩护你。”他冲安娜大喊。此刻的李可真的不是在演戏，虽然戏里都是这么演的。

“你快上车，我们冲出去！”安娜大喊着。

一颗子弹射在汽车挡风玻璃上，噗嗤钻了个洞，安娜吓了一跳，抱住了头。电影里毒贩的车不都是防弹的吗？李可咬牙，开了一枪后奔向车门，几颗子弹打在车门上，一颗擦着他的鼻梁掠过，带着凶猛的风，吓得他赶紧退了回去。李可已无法进到车里，虽然只有三四米的距离。“趴下，不要动，不要动！”李可大喊着。安娜趴下了，拿起了电话，她定是在呼救吧？李可两边看着，躲着。完了，走不了了，他和安娜都走不了。杀手们似乎也明白了他的问题，这家伙马上要子弹告罄。弹雨飞来，他们慢慢向这边逼近，冲锋枪手们躲在一墙轮胎货架后面。李可被两边来的子弹封在两个油塔之间，他抱着头缩起来，想不出任何办法。要死了，这可怕的念头占据了他。

两支冲锋枪响起来，倾泻的子弹覆盖了安娜的头顶，将车顶篷打得稀烂，碎裂的玻璃洒在安娜头上。李可换了弹夹，刚开了两枪，立刻被转过来的弹雨锁死在加油机后面。子弹就要击穿油柜，汽油开始泄漏。完了，没机会了。

他的奔驰车突然号叫起来，飞快地撞向前方。李可大惊，举枪看去。安娜低身开着车，撞倒了枪手藏身的轮胎货架。轰然声中，两个冲锋枪手躲闪不及，被重重地砸在下面。沉重的奔驰车惯性巨大，弹起来骑了上去，又撞停在一排油桶上，冒出浓浓的白烟。

“安娜！”李可痛心而羞愧，他刚要冲过去，身后的枪声骤然又大了起来，好像多了两支枪一样。一个杀手猛然跌在眼前，前额流出殷红的血。这家伙看来正在趁他不备摸过来，却被一颗身后的子弹爆了头，很快又倒下了一个。李可探头看去，只见一个穿着套头衫的男子手持双枪从后杀来，几乎一枪一个。两个枪手正在逃窜，仍被他的子弹一一击倒。

这人眨眼间射倒五个敌人！枪法和勇猛皆匪夷所思。情况已了，不远处两辆车拐了过来，这人朝李可点了下头，快步跑向了加油站的后面。这是谁？为什么这么厉害？又为什么这样帮自己？李可惊魂未定，冲去拉开车门，将挤在气囊和一堆杂乱东西下的安娜拉了出来。她并没有受重伤，只是前额有一块撞伤，撞得晕乎乎的。“亲爱的，没事了。”李可抱起她，心里满是怜爱。

两辆车冲进油站，戛然而止，一辆是李可的G55。小庄和顾桃跳下车快步跑来，顾桃抬手将压在架子下一个没死透的脑袋打穿，让李可赶紧扶着安娜上车。小庄也杀气十足，朝另外几个地上的家伙补了一枪，确认每个人都已毙命才上了车。

“笨久，你受伤了吗？”醒转的安娜摸着李可的脸，她这样子让他熟悉，所有的电影都是如此拍法。“亲爱的你疯了吗？前面全是汽油桶！”李可捧着她的脸喊着。泄漏的汽油烧起来，几个油塔烈焰熊熊，燃烧的油枪火蛇一样飞舞着。他搀起安娜上了顾桃的车，车后的加油站火光冲天，炸成一团耀眼的火球。李可看也不看身后的一切，他只紧紧抱着害怕的安娜，看着她的脸，吻着她的额头。

是她救了我，还有那个神秘的人。

“幸好我俩离得不远，接到了安娜的电话。”顾桃说。两辆车高速飞奔，一路不停，一直开到了1号别墅。吴右站在门口瞪着双眼，身边站着凶神般的阿俊和七八个保镖。李可扶着安娜下了车，可她并没有奔向父亲，而是又扶着李可。她的眼里满是心疼，可她的手不留神正好掐着李可的伤口，李可疼得一下子跌倒在地。

再扶起他的人是吴右，也是一脸关切。“爸爸我没事，笨久他受伤了。”安娜说。

“龙久厉害，除了被安娜撞死的，杀手都被他干掉了。”顾桃说。

好吧，看来大家都不知道还有个神秘的枪手帮了他，那么就……端着？李可窃喜。“不知是谁派来的，不好使。”瞧这台词多牛逼。

“是越南人，我认识他们的刺青。”顾桃说。难怪他一上来就干死那些没死的家伙。

“顾桃快给他进去包扎，流了不少血了。”吴右说。

血？李可扭头看向左肩，只见西服袖管已经湿透，一溜血线弄红了吴右的白裤子。这么多血？我的血？李可脚一软，晕倒在地。

靠，还有谁演得比我更好？晕过去之前，李可满意地微笑了一下。

神秘的守护者

第十一章

醒来时，顾桃立在眼前，满手是血。那张脸吓坏了他，而阿俊的脸紧接入画，让他不要害怕，是顾桃帮他缝合了伤口。顾桃说伤口无碍，比你肩膀那个小多了。

肩膀？哦，那个伤口是做的……

安娜呢？李可问顾桃。“她也受了惊吓，看你没什么事，阿俊给她吃了药睡了。教授陪着她呢。”顾桃说，“以后出门，还是带上小庄好些，你虽然厉害，一个人还是太危险了。”

嗯，记得了……不对，李可突然想起，那些杀手是那个手持双枪的套头衫干掉的。这人并非只在这次出现，他想起第一次和马旭相见的上午，这人就远远地跟着他，也定是这人击退了打劫他的人。他是谁？为什么这样做？又为什么救了自己就走了？大家看来对此一无所知，王干也从没提过这个人。

李可活动了一下左臂，疼归疼，没什么大不了，枪伤原来不过如此。他的晕倒也不该是流血过多，是被吓的。顾桃显然信了安娜的表述，这也可能符合龙久的人设特点。“怕安娜有事，我太紧张，让你们见笑了。”李可说。

“最近还是少外出吧，教授说这事怪他，特别时期，还是大意了。”顾桃说，“以后不管谁想刺杀你，都得好好掂量下后果。”

“他们是冲我来的，还是安娜？”李可竟立刻开始思考这个问题，他自己都觉得意外。身残不忘忧国，这是一个好黑社会的底子呀。

“还不清楚，越南人为什么要对付你也需要查清楚。大会之前，我们要非常谨慎。”顾桃说。

“越南人……”李可自言自语。是哪里出了问题，惹了这帮亡命徒？顾桃让他不用操心，教授让他回江城去躲一躲，休养一下，这里有兄弟们，不会有事，安娜自是有人保护。而关于反击的事，何翰已经在安排了。

李可垂下头，明白吴右的真正意思，回江城迅速和王干接触，处理孙和尚的事。这事不能让顾桃知道，于是他只是回江城“休养”。在李进留下的材料中，吴右集团遭受威胁和攻击时，一般是让陈虎和何翰予以凶狠的反击。陈虎指挥，何翰带领行动队执行。他们罕有失手，甚至干过几次斩草除根的狠事。李进如今虽然负责了行动队，但是世易时移，集团这几年没有再现生死存亡的危机，谈不到大规模的反击。

吴右不在别墅里，没人告诉他去了哪里。李可到楼上房间看了安娜。她熟睡着，如受惊的小猫。李可吻了她的脸，心里飘过一些遗憾，今晚本该是那个样子，却变成这个样子。他又感到有些庆幸，又可以躲开一阵子了。回家路上，李可看着开车的小庄和闭目养神的顾桃，暗暗叹道：撇开这个行业的罪恶性不论，这都是有情有义的兄弟，若有一天他们需要向自己开枪，他们会下手吗？如果自己必须向他们开枪，下得了手吗？

回到住处，顾桃带人进屋去检查，让李可在门外等候。小庄给他点了一支烟，略带歉意地说以后还是时刻给你当保镖的好。李可微笑摇头，你要时刻都在，安娜和我还怎么过活？李可悄悄地告诉他，已经有人在办他的事，不会有他人知道。小庄十分感动，他相信龙久的能力。

“如果你女朋友在这边不太方便，可以让她到大陆或者香港去待一阵儿，不然你也太紧张。”李可说。

小庄欲言又止，还是告诉他一件吓人的事。他说徐总这次过来，和越南的胡狼帮老大“水王”有接触。李可吸了口凉气。这是小庄的女朋友发现的，她去一些熟悉的夜店打听孙和尚的事，碰巧看到了徐森与水王的一次悄悄会面。李可心里打鼓，不知道这意味着什么。胡狼帮是被燧石集团差点打烂的毒品集团，龙久是此事的直接负责人。徐森背着集团和他去见胡狼帮老大，这事好像非常严重，甚至关乎这次对他和安娜的刺杀。他不能将此事立刻告诉吴右，情况不明贸然说出，弄不好在元老之间制造罅隙，这对自己绝无好处。

顾桃临走时给了他个新手机，让他到了大陆用这个。看着他们开车走远，李可坐在台阶上抽烟，懵怔，反刍今天的每一步。“死里逃生”这四个字姗姗来迟，让他几乎瘫在台阶上。横飞的子弹，奔流的脑浆，安娜飞车撞人的样子，神秘枪手那个奇怪的点头，汽油泄露的味道，这些事真可怕。小庄说的话他也不知如何与今天的事挂钩，以后睡觉要睁一只眼，不能忽视每一个身边的人，他们每一个有意无意的信息或许都会对他帮助良多。李可给马旭发去信号，告诉他明日回江城。马旭发来了旅游推销信息，这算是知道了。

李可起身，和守卫在外的保镖们道晚安。进了屋，他费力地脱去衣服，一级级踩上楼梯，正要横去床上，突然觉得左侧身体一阵发冷……屋角有人坐在暗影中。完了！李可眼前一黑，似乎听见手枪撞针击发的声响。一颗无声的子弹就要飞来，击穿他的后心，或是脑壳。

“别动。”那人说。李可扭过身，却看不见他躲在暗影中的脸。黑乎乎的人影轮廓下，一支枪发着乌黑的光。“坐在床边，手放在我看得见的地方。”此人声音虽小，却锋利如刀刃。李可乖乖坐在床边，不知这人要将他怎样。顾桃不是刚搜过房子吗？这个说中文的家伙哪来的？

“把左脚的鞋脱了，还有袜子。”

这什么套路？要干吗？李可战战兢兢脱着，一句也不敢说。枪在西装里，另一把在枕头下面，于是李可看了眼枕头。“我已经拿走了，你别琢磨了。”这人说。

这是行家里手，最好听他的。李可脱去袜子，光脚踩在地毯上，脚心发虚。“左脚抬起来，抬高点。”他说。这太变态了，到底要干什么？李可不敢质疑，只能费劲地抬起这只脚，举到半空。

那人慢慢站起身来，举枪走进灯下。被灯光照亮的脸棱角分明，英武而黝黑，眼瞳像泰国的蓝宝石那么漆亮，眉毛也浓得像染过。他大概三十出头，身材修长，肌肉结实，和李可差不多高，一身孔武，像剧组里那些武行。李可记起来了，这就是那个两次救了他的命的套头衫。

“你是谁！”这人倒先开了口，“不管你是谁，你不是李进。”

“我是李进。”李可脱口而出，继而后悔万分。真是此地无银，把自己卖得干干净净，因为他应该说“我是龙久”。

“那你说我是谁？”这人冷冰冰地问。完了，此人一剑封喉，李可再无招数。

“我想不起来了，在江城我被车撞了一下，有些失忆。”李可知道这不好使，但是……

枪口顶在了他的脑门。“给你一分钟说清楚，不然就打死你。”

黑洞洞的枪口，孤立无援的境地。李可举手投降，却聪明地留出心眼儿。他咬着牙让这人先说自己是谁，为什么帮他，再告诉他这一切的原因。可这人并不中计，拉了下枪栓。“好吧好吧我说。”李可瞬间软了，“我是他弟弟李可。”

“他出了事？你来替他执行任务？”这人问。哟，看来他知道李进是警察？这人慢慢退了回去，坐下，枪口依然抬着。

李可点头：“他出了车祸，在医院昏迷不醒。警察找了我，我就替他来了。”

“他的小学是在哪里上的？几岁毕业？”

“五塔寺小学，他得病休学了半年，所以十三岁才毕业……”李可不假思索地说。李进曾得过一次严重的肺炎，在医院里折腾了半年才出去。

那人慢慢垂下了枪，点起支烟，低头沉默着，过了一阵他抬起头，眼神温和起来。“他现在怎么样？”

“还没醒……医生说可能醒不来了。”

此人把枪放到一边的茶几上，低头抽烟。看来暂时没有危险了。“请问……你是谁？”李可问。

“我是你哥哥的朋友，在整个泰国，只有我知道他是卧底在吴右身边的警察。”此人说，“前一阵子非常紧张，胡狼帮一直想杀李进，我就在暗中保护他。今天果然是这样，我要是不在，你和安娜今天就完蛋了。”

李可深以为然，便问越南人为何想杀他。这人耸着肩膀，说想杀掉他的人太多了，这不奇怪。他和李进平时虽然很少见面，但都有联系。龙久来了这么久也没有发出信号，他已经很意外。龙久突然开始早晨跑步，在胡同里被几个拿刀的流氓吓到腿软，在加油站被人围攻却一枪都打不着，这哪里是李进？

好吧，李可承认自己枪法臭，这不是没时间练吗？

此人建议他快点滚蛋，离开泰国：“李进的事你干不了，这是找死，你能活到今天我已经很奇怪了。”

“我当然不想干，这不是没办法嘛？警方也说了，如果我不来，他也会有危险。吴右很可能会杀了他。”李可说。

此人点了点头。既然如此，有什么困难你可以跟他说，他或许帮得上，或许帮不上。因为他毕竟不是李进。

这不废话吗？是李进还要我来干吗？“我已经死过几回了，领教了，我没办法。”

“除了李进，没人知道我的存在，你是唯一的例外。我也会保护你，直到你完成任务的那一天，到时候，你带我去看李进。”

“那……怎么称呼你？”李可问。

“我叫旺苍，中文名字叫秦朗，你就叫我秦朗吧。”他倒没有拒绝透露姓名，李可还挺意外的。

看着这个奇怪的人，李可不知该不该完全相信它。既然已经被他戳穿，似乎也没有别的选择。他暗中盘算，觉得还不能告诉秦朗关于李进变节的事，这会影响秦朗对李进的判断，也可能会影响他对自己的保护。李可说有很多东西要学，但没法在江城学那么多。比如射击，检验毒品，还有泰国的各种事情。”

秦朗倒不觉得这是难事，说他可以教。他缓缓走到李可身边，又举起了枪。

干吗这是？干吗这是？李可浑身哆嗦起来。秦朗指着李可的头，眼神冷冷的："李进还可能醒来，你要是敢碰安娜，我一定打死你。"

李可鸡啄米般点头，庆幸昨晚没有机会和安娜滚床单。"你不能什么都替他做，懂吗？别忘了他是你哥哥。"秦朗说着，用枪口戳了戳他的脑门。

"他要是醒不来了，我怎么办？"

秦朗收起枪，看着他，扭头就走。下楼之前他又回身，扔给他一个硬币大小的东西，说："我住得离你不远。这个东西你按下去，就说明你遇到了危险，我会根据你的定位尽快赶到。"

"你刚才……为啥要我脱袜子？"李可对这个依然好奇。

"李进的脚底有水母留下的伤……"秦朗说。李可想起来了，在他身上做伤疤的时候，剑夫认为脚底板的这一块毫无必要……险些害死人呀。

"那你为什么这样保护李进。"李可追到了楼梯口问。

秦朗理都不理他就走了。李可光着脚坐在床头，眼前一阵眩晕。这叫什么事儿呀？还让不让人活了？ 肩膀好疼，心里好乱。李进啊，你可把弟弟害苦了。

第二天，小庄来送李可去机场，开了那辆防弹的G55，他说这是顾桃的命令。在机场安检处李可看到了马旭，他们装作互不相识，上了一趟飞机。马旭在经济舱，而李可在头等舱……当警察的真苦逼。当李可想补一个觉，又见Lisa款款而至，喷了另一款好闻的香水。他们俩都吃了一惊。她噗嗤又笑了，声明这次是个巧合，真的。

管你是不是巧合，李可提起了十分精神。她带着香水味坐在他旁边，等飞机起飞时就悄悄靠过来，"铁头的事儿我都知道了，以后我跟您混吧？"

"你最好不要说你认识我，见过我。"李可故意冷冷地说。

Lisa对他这句话不以为然，她强调能活到今天，生意还做得不错，自有她的办法。讲信用是第一条，不该问的事她一概不问。她也从不会归于哪一方，但龙久不太一样，她觉得已经迷上他了。这家伙，戏好呀，不进影视圈可惜了，李可想。“那你可以先帮我办一件小事。”他说。

“什么事？”Lisa乖巧地问。

“坐到那边去。”李可抬了抬下巴。

“好。”她愉快地答应，拿起小包和毯子，坐到了对面窗户边上的空位里，蒙上毯子开始睡。唉，胸大心也大，这女人算一绝。

李可不敢入睡了，环顾着头等舱七七八八的人，总觉得人人非善类。飞机到了平流层，灯熄了，他在黑暗里惴惴不安，提醒自己这次回江城的任务必须完成。他的箱子里放着孙和尚的众多材料，要把它交给王干，让江城警方将孙和尚的各类渠道全部捣毁。而在泰国，孙和尚将会随着一些材料和视频的披露身败名裂，他会被赶出原有的势力范围。

黑暗里的Lisa飘来隐隐的香味，也许她将来真的可以帮自己做点事。见她醒了，飞机快要降落，李可决定试一试。他招手让她过来。“怎么了龙哥？需要我做什么？”她问。

“替我做事，只做该做的，多一句不要问，多一句不要说，明白吗？”李可绷出严肃的样子说。

“明白，我给您传铁头的话的时候，您不已经验证了吗？”

这倒是事实，只是他不明白她干这个能赚几个钱？还可能搭上警方的怀疑。Lisa靠过来贴着他的身体说：“您需要我做任何事，我都可以，只要你付钱。江湖上都知道我的信誉，没人为难过我。”

“需要的时候我会给你打电话。”李可微笑着拍了下她的手背。

飞机降落了，李可等着Lisa先走才下飞机，马旭也不能和他同路。李可打了一辆车，直接去了酒店。这是李进常住的地方。进了房间，他开始盘算这些日子的工作，首先当然是和王干接触。他换了衣服，打车到一个加油站等到了剑夫。他拉着李可去老地方，王干已经等在那里。

“辛苦了，进哥。”剑夫开着车说。

李可不知道他是口误还是故意的，只能“嗯”了一声，这真好笑。剑夫说大家准备了火锅等他和马旭，干爷还拿来了好酒。又是火锅……不过李可很想吃，真是馋死了。也许每一次李进回来，他们也都是这样吧？

“我哥怎么样？”李可问。

“还是老样子，医生也没个准儿。”剑夫说，“我总觉得他哪一天就醒过来了。”

车开进了训练厂房。王干和马旭、鹏宇果然在准备火锅。李可不知道为什么他们可以如此，这和他以前理解的警察工作截然不同。他们好像是编外的一样，除了那次把他从看守所里捞出来，就再没见过王干穿警服。这个空间也令他纳闷，难道只有他们几个知道这地方？这地方又热又潮的，这是谁挑的？

相见拥抱，大家拍着他的肩膀。王干那一下刚好拍在伤口上，疼得他差点倒了。他们这才知道李可受了伤，忙按着他坐下。李可也确实该换药了，干脆就脱了。他的枪伤让他们震惊，才走了半个月，就来了次枪战？李可潇洒抽起了烟，说万一哪天我哥醒了，别忘了给他这儿也做个手术。见他们面露关切，李可又说：“没事，七八个人想干掉我，把我和安娜堵在了加油站，都被我干掉了。”

众人目瞪口呆。鹏宇显然不信：“被你干掉？就你那枪法？”

李可耸着眉毛，认为自己属于实战选手，反正没一个活着跑掉的。给他换药时，李可一声不吭地抽烟，鹏宇说他演得酷极了。李可倒没觉得这是表演，他不能告诉他们秦朗的事，没有任何好处。王干似乎信了，点着头：“你一进门儿，我就像看见李进回来了……”

先说事儿，再喝酒。李可拿出了孙和尚的材料，说出了吴右的计划。李可也乐见其成，那家伙反正不是好人。“打掉他的渠道不难办，最好让他来大陆，这样就好控制了。”马旭说。

“这个我有办法。”李可肯定地说。

天使的眼泪

第十二章

孙和尚也是条大鱼，不管吴右怎么想的，这会是江城警方一次大的收获。这个功劳，是李可的。

说完要紧的事，火锅便烧开了，满屋辣味四溢。大家拉李可入座，上来就是三杯。前三杯是和王干，他说：“真高兴你活着回来了……”大哥你会不会说话？还没喝就多了？“第二杯，我们天天为你担心……”嗯这个我懂。“第三杯，我们知道你一定可以完成任务……”好吧，山东人喝酒不讲理，我就不和你掰扯了。三句话把李可前后都堵死了，你和李进也是这么说的？

然后是马旭、鹏宇和剑夫各三杯，也都掏心掏肺的，各种慷慨和感叹。警察都这么能喝吗？都这么能忽悠吗？这不赶上导演和制片人了？四人一轮，眨眼就是半斤呀。李可赶紧吃肉吃面，让自己缓缓。他们问起他卧底中的惊险故事，李可绘声绘色地说起上了飞机直到今天下了飞机之间的各种惊心动魄和九死一生，他们也听得眼睛发直。当然，李可隐去了不该说的部分，略微夸张了其中的一些桥段，没办法，毕竟是个演员嘛。当他说到验毒的那一场戏吸了麦精粉时，他们几个笑得比火锅还要沸腾。臭警察们，你们就没想到我差点穿帮被弄死吗？

“李进可没有你这应变的能力，他是一天天熬过来的，你这是见招拆招、凌波微步呀。”鹏宇说着又敬过来一杯，这小子，估计酒量至少一斤多呢。

“我这哪里是应变，都是踩着西瓜皮过地雷阵，也就是他们想不到这梗，谁会想到我吸麦精粉是因为不认得呢？”李可说得兴高采烈，喝完这一杯还没压口水，剑夫的酒杯又端过来了。

“你的老二没事了吧？你要是不小心把自己阉了，我们给你多少奖金也补不回来呀。”

“你们还是给我开个性功能丧失的证明吧，我下次见安娜之前先自撸三管儿，硬不起来她也就没办法了。”李可哈哈笑了起来，却笑得有点难过。

“你千万不要掉以轻心，吴右就是对你再好再信任，一旦发现你的问题，也肯定是不会手下留情的，这一点你要很清楚。”王干撸起了袖子，大眼袋颤悠悠的，“对了，你有没有感到李进有什么问题？”

“哦，李进呀，他问题可大了……”说到这儿，李可咬住了舌头，停了下来。怎么回事，王干为什么问出这么一句？他浑身的酒汗一下子凉了起来，突然明白这一顿酒既是接风，也是套路，还有坑。王干在担心李进是否变节。

这是考验！

“李进在那边道儿可深了，不少人见了我都点头哈腰的，集团里除了吴右和元老们，都得叫他龙哥，他真混得有料。”李可赶忙换了话风。

“我是说，李进有没有和吴右走得太近？吴右就一点没有察觉？”王干举着杯咄咄逼人。

李可点头肯定。当然走得近，要不然怎么会让安娜和他相处，但吴右没觉得有什么问题。李可说得轻描淡写。

“那他为什么让你把孙和尚安排在大陆出事，他怎么知道‘龙久’有这个能量？”王干说。

坏了，忽略了这个问题，李可不留神把吴右让他办这件事的潜台词抖了出来。“把孙和尚交给大陆公安去办。”这是他刚才说的原话。“他可能是觉得李进以前开金矿的，这条道上的人肯定也有吧？”李可说。

王干举着杯沉默着，僵硬的脸像凝固了一样。“李进要是有了问题，我们都得死。”王干凶巴巴地说。他的话吓白了李可的脸，他们听出什么来了？还是查出了什么？莫非警方在集团卧底的其他人说了什么？他的杯子要端不住了。

“他要是真有问题，我们就不能在这喝酒啦！”王干哈哈笑起来。四个人的杯子又凑了过来。这话是玩笑还是警告？这一杯喝下，李可的心脏扑腾扑腾的。妈的，都不是善茬，这卧底当得辛苦，荷包蛋两面煎，哪边都不能火大，也不能漏汁，这分寸真不好拿捏。李可干脆装醉，酒是不能再喝了，明天还要训练呢，还要去看李进呢。

得知李进最近还好，每天有人帮他按摩翻身，避免肌肉萎缩和褥疮，李可颇感欣慰。他不能总是放在特护病房，已经挪到普通病房了。琪琪神通惊人，竟找到武警医院去看他了，好在李进变化较大，她尚且疑心未起。李可愧意盈身，自知亏欠她太多，那时候撩着骗着睡着，没把她太当回事，想不到她竟把自己当作了唯一。

“我能和她见个面吗？”李可说。

“不行。”王干吃了一口猪脑说。

“我现在已经是李进了……”李可说。他们放下筷子，都盯着他的脸，李可知道他此刻像极了李进。

“你要以李进的身份见她？”鹏宇问。

“当然，我能瞒过安娜，也可以瞒过琪琪。”他斩钉截铁地说，“妈的我也是个人，这是我的妞！”

电话突然响起，是安娜。在座皆惊，立刻噤了声，剑夫拧小了火锅。

“笨久，你走了也不和我说一声……”安娜语气失望。

“走得急……”

“你的伤怎么样了？”

“没事了……”

“下次给你打一针纳米抗生素，我们投资的实验室已经研发出来了……”她说，“以后你再受了伤，不会出现感染。”

李可惊讶地听着。警察们都低眉抽烟，耳朵竖得和兔子一样。

“我好担心你。”安娜似乎难过起来，李可的心软了。

“我会小心的，每一次不都没事？”他只能这样哄她。

“出一次事都不行……你看你身上多少伤了？”

“就是没有牛虻的质感呀。”他笑道。

“傻瓜，我那是瞎说的……”安娜的语气温柔起来，“你亲我的样子和以前不一样了。”

不一样？怎么不一样了？哦，当然不一样，我哪知道李进怎么做的？李可沉默着，等着她的下一句话。

“在剧院包厢里这次，你从没有这样对我。”

哦是的，在剧院包厢里，他动情地吻她，抚摸她。他很想在那里脱裤子就开始的，谁会有机会在马林斯基芭蕾舞团表演的剧院包厢里嘿咻呢？安娜膨胀着，湿润着，那美好的样子令李可记忆犹新……那不是李进的风格。

“看来这一关你过了。”马旭说。

酒后喝茶，他们一直陪着李可，将其他的细节和情况也都一一道来，设计了孙和尚的抓捕方案。至于他为什么有办法将孙和尚弄回国内，李可并没有告诉他们理由。他想留一点空间，并相信能够控制。秦朗的事他也隐去了，这是属于李进和他的秘密。他说了那次被越南人刺杀的事，当他又说七八个人都被自己干掉之后，喝了大半斤白酒的鹏宇把头摇得拨浪鼓似的，说：“吹牛逼，这事你吹牛逼，不然你现在拿枪打靶试试！”

好吧，李可承认牛逼吹破，因为和顾桃、吴右都是这么说的，自己都要信以为真。当李可说到安娜开车撞杀手的壮举，警察们也瞠目结舌。王干让李可继续训练枪法，关键的时候能救命。夜深了，大家醉意甚浓，他们几个明天还要上班，而李可却可以睡个懒觉。

他们分手告别。李可回到酒店，泡在温暖的浴缸里，他倍感舒适，觉得像演了一出好莱坞大戏，在生死一线中演技爆棚、光环在望。他成功地变成了李进，后面是能不能成功做好自己。考验仍未结束，危险如影随形，他该比之前更加谨慎。只是，毒枭大会能解决所有的问题吗？那么鹰视猿听的吴右，那么狠绝的毒贩们，还有那么好的安娜。

浴缸里的李可浑身燥热，痊愈的小兄弟淘气地钻出水面。掐指一算，自从做了演员，他从没有隔过这么久没有姑娘。他实在不想撸一把草草了事，已经是龙久了，可以有他的方法。李可闭目遐想片刻，一个华丽丽的名单从脑子里滑过，可一个也不能叫，不能让影视圈知道他的存在。他拨给了Lisa，问她晚上有没有空……

这家伙疯了吗，和一个只在飞机上见过两面的毒贩之间的传话人上床？可李可却有十足把握，也不知道为什么，反正他相信这女子的职业操守和她看他时的眼神。

Lisa香喷喷地来了。面对坦然的她，李可倒有些尴尬。红酒倒好，先说正事，李可让她给孙和尚传递几句话，他想私下和孙和尚谈谈在大陆的合作。Lisa一口答应，她也给孙和尚办过类似的事。信息经纪人是个奇怪的角色，这种事不能电话说，不能发微信，口口相授最为安全，当然中间的传话人要有这个信用，Lisa显然如此。她问明白他这句话何时传达后，就和李可干杯喝酒，聊起毫无意义的其他事。看着前凸后撅的Lisa，李可浑身发热，酒没喝完，他就把她抱上了床。

“抱我上床的人都会爱上我。”她笑着说。

这一晚的事无非是五千个方块字。李可弹药充足，炮声隆隆。她惊涛骇浪，雷电交加。当他们终于决定偃旗息鼓，天色已微微发亮。他想支付额外的费用，Lisa却说她自己其实占了便宜。她洗澡，穿衣，收拾成他最初见她的样子离去。他并没有和她吻别，她也没有给他回头一笑。关上门之后李可开始大睡，今天谁也别来烦我。

手机响了。

李可烦躁地抓过来，竟是吴右。他赶紧起身。这是早晨，他该很疲惫还是清醒？昨晚和王干喝酒的事说还是不说？各种纠结浮上来。不对，必须说实话，这瞒不过吴右，他需要知道自己和警方接触的任何信息。

“教授早。”李可还是装出刚刚苏醒的口气，“起得这么早？”

吴右也不寒暄，让他打开给他的新手机。据说每次回国，吴右都会给他一个新手机，只用一次，回泰国后，这个号码就报废了。

换了电话，李可将昨晚和王干等人的会面概要讲述，说王干愿意收拾孙和尚，这也是大功一件。吴右并无欣喜之意，却问他有没有可能把王干变成自己人。李可语塞，眼珠乱转，不知吴右在想什么。

“我觉得可能性很小，王干是个……好警察。”

“看机会吧，就像你一样，大家缘分要到。”吴右说，“时间长了你知道，这世界上的事，不能用绝对的邪恶与正义来区分，角度不同，标准就不同，结论当然也不同，写在纸上的东西就更不要信。”

“嗯，我明白。”李可狐疑顿起，吴右这云山雾罩的什么意思？他说在警局里王干并不是那么受到重用，二十年才做到大队长，仕途和收入都不怎样，他在里面并不合群，也没有太大的野心。

吴右罕见地呵呵笑着，说有些人的欲望是钱，有些人的欲望是权力，而对有些人，欲望只是一口气。你就说我们，其实对挣钱已经没什么兴趣了，为什么还在做？因为这个世界需要我们，我们也需要这个世界。毒品害的是人，拯救的却是人类。

李可听不懂。

吴右似乎困意来了，打了个哈欠道：“安娜和我吵了一架，你知道为什么吗？”

李可苦笑了下：“因为我来江城没和她打招呼。”

“她会习惯的……”吴右说，“你以后要更加注意藏匿自己的行踪，我们真正的危险并不在政府和警方，而是在江湖里。”

李可看着渐亮的早晨，困意全无。李进在成为核心人物之前，不知结下多少江湖仇怨。这些事不会慢慢消失，只是会慢慢发酵，随着时间的推移，变成时刻会致自己于死地的陷阱。这和吴右说的其实是一个意思。

吴右说：“何总昨天教训了胡狼帮，他们的一个存货仓库被烧掉了，两个重要人物陈尸街头。”

李可非常震惊，就这么两天工夫，何翰已经出手了？吴右显然没觉得这是件大事，话锋一转，他开始说真正的大事。

“这次去江城，还有一件事需要你去办。”吴右说。李可浑身一颤，这是吴右今早真正想说的话。“杨彪和你不太熟吧？”吴右说。

杨彪？李可立刻开始在脑海中搜索此人。这是燧石集团的运货组一个小头目，负责几条渠道的走货，他直接向何翰的体系层层汇报，只有在运货时才与行动组打交道。这人和龙久没有什么交集，他这次去泰国，集团里也没打过照面。

“是何总的人，我和他交往很少，不了解。”他说。

吴右说这个杨彪很可能是大陆警方的卧底，不知是否来自于江城。上半年有两个在云南的运货通道被警方埋伏，几百公斤毒品在与代理商交货时被人赃俱获。戈萨查了几个月，很可能是这个杨彪向警方透露的。这话让李可又是一怕，这难道就是王干说的其他卧底？得知杨彪竟是何翰招进来的人，李可又纳闷。吴右表明何总还不知道杨彪的问题，他会在一个适当的时候告之。这是个不那么重要的人，有七成的把握就可以除掉，他不想惊动集团内部。

原来吴右让他回江城是为这件事？他装作深思熟虑，提出可让警方把杨彪故意暴露，他就不用回去了。吴右对此否决：“这个人必须干掉，马上做，既要给代理商一个交代，也要阻止大陆警方派更多的人来。”

吴右轻描淡写的话让李可心惊胆战，什么意思，他想让我去做？

“顾桃后天会去江城，安排好了之后会和你见面。不要再让杨彪回来了，也别让王干他们知道。”吴右说完，停顿了一下，好像知道李可要说什么似的，“如果这个警察不是王干的人，你就和顾桃一起处理吧。”

“王干知道了怎么办？”李可额头冒汗，这不合逻辑，吴右为什么让他去做这件事？

“让顾桃开枪就好，你可以对王干说并不知道当时的安排。”看来吴右早就想好了，他不该再问。

“何总找出我下面人的情况，您让他处理没问题。他的人您直接让我们去做掉，他会有意见吗？”他觉得这话挺漂亮的。

“这是我的事，你别担心。”吴右说完，挂了电话。

李可喘了口气，掏出烟来抽。他总是后知后觉，陷入“吴右原来是这个意思”的窘境，浑身起鸡皮疙瘩，这太让他感到被动。告诉王干吗？李可头疼起来。不说显然不行，说了，又能怎么办？算了，睡不着了。马旭来电说顺道接他去仓库，李可便穿衣下楼，去餐厅里吃早餐。喝着咖啡，他盘算着眼前这一坨坨事情，看着眼前的牛角包发呆。

“哟，孟凡呀？你怎么在这儿呀？”一个声音从旁边喊过来，吓得李可直冒汗。他本能地扭头一看，是上一部戏的第二制片人刘浪，对面还坐着个花枝招展的女人。这小子怎么在这里出现？虽然只做了些狗血青春剧和鲜肉宫斗剧，这人却是圈里老炮，人还算仗义。李可和他无甚交情，那次和别人斗地主来了狠，身上的钱和微信账号的钱都输光了，就让他给自己转了两万块。

这笔钱他还没还。

没等他说话，刘浪已经冲了过来。他对“孟凡”大为光火，说：“你丫手机关机了，人也找不着，问谁也不知道，怎么回事呀？你丫就为两万块钱搞人间蒸发？”刘浪坐在他面前，手指梆梆地敲着桌面，一脸蔑视。李可头大如斗。这可怎么办？接这话就是孟凡，还钱是小事，传出去就惹来一堆大麻烦；若装作不认，刘浪会以为他故意要人，眼前就会没完。算了，两害相权取其轻，不能认。

“您认错人了吧？我不知道您说的是谁。”李可作势看了眼自己身后，咬着后槽牙说。

“别操你大爷了，你化成灰我也认得。为这点钱你丫犯得着吗？赶紧还钱，也没多少我就是觉得膈应，要不然我可告诉老方了。”刘浪不耐烦地说。老方是李可之前剧组的总制片人，和李可认识多年，也知道他在看守所里蹲号子。

“我确实不认识你，我也和你说不清楚，不然你可以报警，或者我叫警察过来。”李可装出愤怒的样子。刘浪果然不干了，站起来就要骂人。李可情知这戏演不过去，却完全无计可施。此时两个人推开了刘浪，让刘浪出示身份证，说他们是警察。李可定睛一看，是穿着便衣的马旭和鹏宇。他总算松了口气，谢天谢地，这事儿有救了。

刘浪很是诧异，看了二人的警官证后，摊着手莫名其妙，还指着李可说你们应该抓这个骗子。鹏宇揪住刘浪对面的女人，让她也出示证件，并询问二人的关系。这脸蛋潮红的女人显然慌了，说和刘浪在餐厅里才刚认识。马旭冷笑一声，让这二人和他们走一趟，我们怀疑你俩在搞卖淫嫖娼。

太牛逼了……

刘浪脸色泛白，支支吾吾，要给自己的律师打电话。这俩警察才不管，直接将他们揪了出去。刘浪被带走前狠狠地瞪着李可。李可装没看见，继续吃他的早餐。吃完了他赶紧溜回房间，为刚才的事忐忑不安。刘浪兄弟，对不起了。这酒店不能住了。他退了房，收拾行李下了楼，订了不远处的另一个酒店。折腾死人了，还是睡会儿觉吧。

又是电话，是王干。“上午先别去仓库了，去看李进吗？”

李可戴着口罩和墨镜，随王干来到病房。李进还像上次见到那样躺着，脸瘦了不少，脖子上露出松弛的大筋。“虽然每天都有按摩，但不能替代锻炼，他的肌肉在萎缩，其实各方面也都有衰竭。”王干说着摸了摸他的额头。“受苦了兄弟……”他说。

李可的心紧成一团，也摸了摸他的额头，又握住他的手。“我爸就是这么躺着走的，在床上躺了一年，各器官衰竭，死于各类并发症。”李可捏了捏他的手。曾经那么有力的手，现在像团棉花。“你知道吗李可，我总觉得他听得见我们说话。”王干说。

李可惊讶地看着王干，然后俯低身体，在李进的耳边说：“哥，听得见我吗？”

李进没有反应。

李可叹了口气，对王干说：“给他最好的照顾吧，拜托了。”

王干让他放心，说早上的事知道了。幸亏马旭和鹏宇赶到，而且一眼看出那对男女有问题，不然就麻烦了……他提醒李可再也不要去餐厅吃早餐。

“那他俩真的被抓进去了？”李可还是很愧疚。

“抓他们干什么？骂了一顿就扔在路上了。”

李可说了吴右早上的电话内容。王干听完沉默了几秒，他没有说这个杨彪到底是谁，只让李可下午到仓库训练。

又看了李进几眼，李可准备松手离去。可他突然觉得手里一紧，李进好像握住了他，这只是一瞬间的事，当他再摩挲那手掌，它又恢复了松垮的样子。是错觉吗？李可走一步回头看一眼，李进静静地躺在那里，并无任何不同。出了病房的门，他们拐向电梯口，迎面走来拎着塑料袋的琪琪。王干一把揪住了他的胳膊，李可明白他的意思，但刹那间来了脾气，猛地挣脱了他。他转身跟在琪琪身后走去。王干凶巴巴看着李可，李可却不管不顾，跟着琪琪又回到李进的病房外。

“是琪琪吗？”

琪琪回过头来，惊讶地看着他。李可摘下了口罩和墨镜，对她微笑。“你……李可？”她捂住了嘴，眼睛瞪得葡萄似的，还没等他说“不是”，她已经一头扑了过来，呜呜哭着抱住了他。

这姑娘，就是这么个爆款。

他拍着她哭了一阵，慢慢推开，让她仔细看，李可还在病床上，眼前的是他哥哥李进。琪琪一下子止了哭声，一副活见鬼的样子：“你……可是……你真的不是李可？”

李可微笑着拉着她走到病房前，指着李进说：“你看，那是他。”

于是她又哭了，这姑娘……护士来给李进换床单和衣服，李可见情况不妙就说：“我陪了他好一阵子了，让护士先照顾他，我请你下楼喝杯咖啡吧，我知道你常来看他。”

琪琪看了“李可”之后，乖乖地和他来到医院对面的咖啡厅，一路上有机会就瞅他的脸，恨不得摸上来似的。他每次都对她微笑，这微笑不是他的，也不是李进的，是李可自己编出来的，他清醒克制，决不会露出自己原本的那副玩世不恭流氓成性的样子。果然，琪琪看了他几次，眼神就变了。

“你们是孪生兄弟？”她终于问出了这句话。

“是的，李可没和你说过吗？”他故作惊讶。

“他从没说过他有哥哥，更没说过还长得一样。”

“我们的关系不是很好，我总是说他不务正业。”是的，李进就是这么说他的，这是对文艺工作者的歧视。

“他倒不是不务正业。”琪琪说，“他演戏其实挺好的，认真点早晚能成腕儿，可是他脑子里总是有乱七八糟的事，不大专心，也没有耐心。”

琪琪！才见“我哥”第一面，你就要开始批判，抖出我的老底吗？就因为他长得和我一样，你就要把我卖掉吗？女人呀！李可气呼呼地想。

“李可要是知道你这么在意他，会很感动的。”李可绷着脸说。

“他不会的，我也不是做给他看。”琪琪说，“喜欢他的姑娘不少，我还排不上号。”

琪琪的话让他一阵脸红。李可原以为她并不知道别的女孩子的存在，因为她从未提起。她和他在一起时只是温柔地存在，帮他看本子，帮他挑角色，给他找来对标作品中相应人物的表演技巧……原来这些她都知道？

“但是他出事了，只有你来看他。”李可捏着自己的脸说，心里一阵伤感。有一阵他特想知道他喜欢的那个二线演员姑娘是怎么想的，知道“他”植物人了之后，她难过吗？想过来看他吗？还是仅仅伤心片刻就和别人上了床？

咖啡馆里冷清无人，冷气开得过大，李可凉得起了疙瘩。他带琪琪到窗边一个位置坐下，这里有温暖的阳光，窗外有盛开的月季。他们点了各自的咖啡，得知她还没吃饭，李可给她要了一份丰盛的早餐。“我已经吃过了，你吃吧。”他说。

“果然不是李可，他从不吃早餐的，因为起不来。”琪琪说完呵呵直笑，阳光下的她煞是好看，没有经过刀斧修整的脸圆润自然，眼睫毛忽闪着，虽然眼袋略显肿胀，皮肤也不是那么好，他仍觉得好看。她瘦了，这一阵子真是受苦了。

“我这个弟弟呀，其实从小就比我聪明，就是人不太稳当，也爱慕虚荣。”李可拣着自己的缺点说，“打架的时候他躲在后面，领奖的时候他都冲在前面，要糖吃的时候干脆就背着我，还说是我让他去要的。其实我说他也有点冤，这家伙从小就是个好演员呢。”

琪琪哈哈大笑起来，嘴角面包渣乱飞着，问道：“那你们这对活宝为什么关系不好了呢？”

她问到了李可淡忘多年的事，是啊，他们为什么关系不好了呢？“我大学快毕业的时候，他已经开始演戏，演了个什么……《铜扇公主》？反正是个怪怪的电视剧。那一年我们俩的发小姑娘从国外回来，我们俩都喜欢上了那姑娘。于是一起开始追，我知道他在追，他也知道我在追，彼此都劝不退对方。他那时候已经开始跑龙套，演一场戏几百块，运气好一个月能赚好几千。我那会还只是穷学生，每个月的生活费都紧巴巴的，喜欢的书都舍不得买。那个姑娘好像是喜欢我，他使出浑身功夫也没招那姑娘待见，于是他使出了歪招，装作是我去约了那个姑娘，和她过了第一夜。”

琪琪愣住了。她费力地咽下一口面包，看着手里的咖啡杯发呆。“我知道之后非常生气，我装作不知道，也没有找他麻烦。我想姑娘既然知道了也没找我，而是仍然和他在一起，我就希望他们可以好好的在一起。后来听说她嫁了别人，李可又有了别的姑娘，我非常生气，打了他。那以后我们的关系就没那么好，这些年过去了，见面也是客气，彼此都没再提那回事。现在回想起来，那姑娘我也不是那么喜欢，只不过是初恋嘛，印象很深。”

这都是实话，当年他是干了这么一件很不要脸的事。李进在他左脸打了狠狠的一拳，让他肿了小半个月。虽然李可试图多次修复关系，李进始终冷脸拒绝，他对李可职业的厌恶可能也源自这里。当然，李可也觉得李进反应过度，以此为原点画了一个巨大半径的圈，将对他的一切不满都加倍砸回去，不放过任何一个羞辱和打击他的机会。李可不知为何要将这些告诉琪琪，说完之后他如释重负，像个坦白罪行的匪徒般等候着她的裁决。

“两年前，我和他在一个剧组拍戏而相识，我知道他是什么样的人。他聪明机灵，自由不羁，很难想象他会对一个女孩有责任感，但我还是忍不住和他在一起。”琪琪并没有直接回应他，“尤其是一次我在剧组发烧了，他蹲在我旁边一晚上给我擦着汗，给我轰着蚊子。我醒来的时候看见他蹲着睡着了，手里拿着毛巾，脸上都是蚊子包。我那一天就发誓，不管他怎么对我，我都会对他好。我相信他爱过我，虽然不是那么长久。他心地善良，他爱我的时候一定也是用心了。我也知道他和我不会长久，可我没想到……”

琪琪捂着嘴哭起来，眼泪掉进了咖啡里。李可心疼不已，给她递过纸巾。她擦着，抽泣着：“我也相信李可是爱你的。也许他醒来的时候会明白这一切，会和你一直在一起。”李可按捺着自己，不去抓她手。

“可是医生说他很可能再也醒不来了……”琪琪呜呜地哭着。她的样子勾起了李可心里的酸楚，令他顿时泪如雨下。他握着双拳克制着自己，眼泪打湿干裂的虎口。泪眼中，他看见阳光在她的头顶映出了彩虹，琪琪恍若天使……

琪琪见他也哭了，擦着泪说对不起。他多么希望时光静止，然而这谈话无法继续了，他生怕舌头抖出真言。早餐将完，他让琪琪不用总是来看“李可”，他已经安排好人日常盯着，“李可”会得到最好的照顾。琪琪问起他的职业，他说在东南亚那边做生意，大概一两个月回来一次。李可要了她的电话号码，也给了她一个只有自己用的泰国本地号码。琪琪愉快地记下了。

“我现在感觉到了，你不像他。你和他一样帅，但是比他踏实多了。”琪琪又笑了。

真是这样吧？只有装在李进的躯壳里，他才有这样的效果吗？李可沮丧着。她对琪琪大老远跑来江城看望“李可”的情意表示感激，再次劝她不用一直如此，毕竟她还有戏要拍，也别让北京的家人担心。琪琪说这没什么，她最近一直在横店拍戏，离这里并不远。

和琪琪分开之后，他立刻给王干去了电话：“让‘我’假死吧，这姑娘太受罪了！”

王干虽然有过这想法，这次却又否定了，他觉得一动不如一静，再把李进转到部队医院藏起来吧。

李可又回到房间准备睡觉，他拉上窗帘躺下，看着吊顶的天花板，脑子里全是琪琪的脸。看着看着，那张脸又变成了安娜。你这个混蛋！他骂着，不知是骂着李进，还是自己。

如何设计一场完美的刺杀？

第十三章

杨彪不是江城公安局的人，而是省厅在那边派的线人。他以前是个在聊城混的黑帮人员，经常从东南亚介绍毒贩来聊城和江城。他被抓后和警方达成了条件，由省厅某领导单线委派去东南亚做了线人。他并不是刻意进入燧石集团，也没有想在这里长干。王干和省厅领导核实过了他的身份，说江城警方得到曼谷方面的线报，燧石集团的一个叫杨彪的人逃离了该集团回到了江城，他很可能遭到各毒品集团的追杀。按照规定，王干本来不该问，省厅领导也不该说，但涉及到杨彪的生命，省厅领导就不能不说了。杨彪前几天感觉有些不妙，于是违抗命令跑回了江城。他已经正式申请停止线人生涯，打算拿上警方的奖励，隐姓埋名离开江城。

“他的感觉是对的。”李可说。

线人杨彪两年来为警方也做了不小贡献，他早就提出来回国不干。心不在了，人就容易露出马脚，李可不明白戈萨是怎么查出来的，吴右又是如何做出判断的。仓库里，马旭在墙上挂上了杨彪各个角度和全身、半身、特写照片。几个警察刚才合计了一下，杨彪干脆早点离开江城，躲起来，让龙久和顾桃找不到人，也就不需要完成这个任务了。

“吴右会怀疑的。”李可本能地说，“虽然是杨彪自己决定结束线人卧底，吴右却可能不这么想，甚至会怀疑是我将要杀他的计划告诉了警方，而且……”李可想起吴右和何翰、戈萨、徐森的那些脸孔，心有余悸地说，“只要吴右下令杀他，他不管躲去哪里，都可能被找出来。”

“那还能怎么办？吴右可是命令你和顾桃干掉他，你怎么干？”王干说。

是呢，这可没法演戏，而重要的是，不管是不是戏，不能为了他而暴露龙久。李可看着杨彪的照片，一个大胆的计划出现了。

“如果是假刺杀呢？我们拍戏的对这个熟极了。”他说。

这个计划几乎是本能地蹦出了李可的脑子。这可能得益于他在剧组常和编剧聊天，帮他们一起现场改本子。李可建议安排一个可控的刺杀场景，他和顾桃在那里执行，这场戏必须由李可来开枪。给杨彪的身上穿上爆浆内衣，他用空包弹。他人可配合遥控爆浆，在杨彪胸口和后背爆开。现在的影视科技非常发达，没人会怀疑这是假的。李可边说边比划着。这安排如果顺利，杨彪会被“打死”，不然吴右不会善罢甘休，逃得了这次，早晚还会派人干掉他。这办法有风险，但是一劳永逸，也对杨彪好。王干等人互相瞅着，大家觉得听上去似乎可行，能否骗过吴右那帮毒贩呢？李可自是不敢打包票，他觉得把戏演好就没问题，要做到天衣无缝。让杨彪从此隐姓埋名，直到他回来、或者干掉了吴右再露头。

“拍电影，玩的就是以假乱真的事儿。”李可说。

王干显然被打动了，但这个做法必须得到杨彪的配合，而他因此会知道刺杀他的龙久是警方的卧底。这涉及李可的生命安危，为了保护杨彪，冒这个险，值吗？杨彪毕竟有前科，万一为了钱或者保命而出卖了龙久呢？

经过仔细考察，杨彪应该没有叛变的嫌疑。在王干纠结要不要和他谈这件事的时候，杨彪忧心忡忡地主动对省厅领导提出，他已经感觉到燧石集团要杀他，希望为他转换身份，他要跑到北方甚至藏到农村去。他说只要吴右或者何翰下达了对他的处死令，活下来的几率不大。

省厅领导将此事告诉了王干。王干遂向省厅领导建议，他可以派两个警员假扮黑帮杀手，装作杨彪在江城的黑帮仇家对杨彪进行假刺杀。杨彪被本地黑帮先打死了，燧石集团也不必再派人来杀他。这既能掩盖杨彪逃离泰国就被毒贩们认定是警察的事实，也能避免燧石集团对他穷追不舍。假刺杀过后，杨彪可以换了身份证远走高飞。王干没有对领导透露这个假刺杀其实正是由吴右派来的龙久和顾桃实施，他不希望四人组外的任何人知道龙久是个卧底。杨彪也不会去和燧石集团任何人核对，燧石集团也不会对外宣称是他们处决了杨彪。只要顾桃和李可行动时戴上头套，对杨彪和省厅领导而言，“刺杀”杨彪的只是江城黑帮仇家的两个杀手，哪来的不用管。而对于吴右而言，对杨彪的刺杀是龙久和顾桃完成的。消息从江城传到曼谷，也是杨彪被黑帮的人干掉了，不会有令吴右等人猜疑的细节。

这是个三明治般的经典谍战悬念设计。

李可对王干挑着大拇指，真是老到。老大哥呀，你真该去做编剧，你这做戏能力，行价肯定过十万一集的。

马旭建议找个酒吧让杨彪每晚都去，约见他的狐朋狗友，或者独自郁闷，在酗酒中思考未来。李可或者顾桃“因此”发现杨彪总是晚上在这里，二人就可以安排在这里刺杀。

“我家人就开着个酒吧……”鹏宇红着脸说。

众人吃惊，从没听他说过呀。鹏宇说是他妈妈开的，好多年了。他带大家去酒吧看景，这酒吧不在闹市区，而是在江边一个僻静之处，人流尚可，逃跑方便，众人都觉得十分满意。鹏宇会在那天让管理人员全部休息，他和马旭、剑夫会临时充当酒保，如果不够，可以再让禁毒大队的同事们来一些帮忙，力保现场不会失控。

王干反对，让那么多人知道这个安排不好。禁毒大队会演戏的不多，也难保不被顾桃看出端倪。只要杨彪配合好，他们几个控制好局面问题不大。李可和顾桃现场杀人，周围宾客觥筹反而更加逼真，也没人敢拦着他们。李可开枪之后的现场交给他们，一辆救护车会带杨彪悄然离开。

李可和马旭、鹏宇、剑夫演练着刺杀的步骤。他们打算让杨彪坐在靠里的一个座位上。李可会戴上头套，走近离杨彪五步之内连开三枪。杨彪身前身后会爆出六个血点，都在上半身要害。顾桃估计在十步开外掩护，他是如此相信龙久的能力，不会太仔细看刺杀的过程，而是会盯着现场的其他人不要乱动。李可完成刺杀后，他们会从前门原路出去，上车逃离。

“如果顾桃非要开枪呢？或者是吴右让他开枪？”鹏宇问他。

“不可能，吴右和我那样讲，就是想让我开枪。”李可斩钉截铁地说。

剑夫弄来了爆浆衣和遥控器。排练是成功的，天快黑的时候王干接到电话，杨彪的单线省厅领导同意这个假刺杀计划，杨彪本人也同意了。

李可对“刺杀”计划胸有成竹。这仿佛是一场可以完美操作的街头表演，除了他和杨彪，以及藏在酒吧监控室里的四个警察，其他人都是不知内情的群众演员。他们去该酒吧便衣踩点，悄然彩排，确保行动万无一失，然后李可走人。鹏宇等人再叫来杨彪一起排练。从今晚起，杨彪每晚都会来这个酒吧独自喝酒，且每次都坐在这个位置，一边喝，一边扮出对未来无限担忧、又无人倾诉的愁苦状，每晚半瓶威士忌。顾桃一定会发现他这个规律，然后告诉龙久。

回到酒店的时候，李可接到了Lisa的电话。她已经到了泰国，问什么时候需要她传递信息。李可惊讶于她的利索，让她先开价，他再想想。Lisa说酬金是两万美金，李可同意。她说一定完成，让他告知传递的内容。李可问她是不是办完了事就回来，她说我听你的吩咐，只要你需要，她随时出现。

李可向吴右通报了此事，吴右表示满意。吴右没有问李可怎么向孙和尚传递信息，李可却觉得有必要主动说出来。他告诉吴右，那是一个信得过的传话人。看来李进的确有这样的人，吴右表示放心。

“徐总最近有些问题，你发觉了吗？”吴右突然说。

李可在电话这边一愣，徐森那张笑眯眯的胖脸浮上眼前。他和自己在水果店里的话犹如在耳，小庄汇报的情况也还热着。他不知道说了有什么后果，于是他否认。“我还没看出徐森有什么问题。”

“徐总的账目有问题，粤港澳市场账目不对。”吴右说。

“是收入减少了吗？”

“不是减少，而是突然增多了。”吴右说，“他解释是在香港提价了，出货量也变大，但是总量和他说的数依然对不上，我怀疑他在走别人的货——越南人的货。”

这是很严重的“经济犯罪”。替别人，尤其是替越南人走货，这个问题不小。原来徐森是为这个和胡狼帮老大见面。把别人的货夹在公司的货里卖出去，表面上集团可以增加走货提成收入，实际上会毁掉了集团的供应原则，而更重要的是，这件事徐森是瞒着吴右干的，还是和集团的潜在敌人在合作。这是为什么呢？徐森不了解吴右吗？胡狼帮？在加油站刺杀自己的不就是胡狼帮吗？这事难道和徐森有关？

吴右让他回来之前去趟香港，名义上是去视察，了解一下徐森和他身边的人，看看出了什么问题。李可对此颇感头疼，真的没完了，一件事接一件事，他真的成了李进了？也许这就是李进的常态，任何难处理的家事，都是李进去探摸清楚。可这对于李可，无非是多了又一个穿帮的可能。黑社会处理老臣一向棘手，无数宫斗戏里都拍过。“教授，徐总是你几十年的朋友，我……”

“这个世界，不能以是不是老朋友来决定如何做事。”吴右看来早就想好了，“他没问题最好，有问题的话，不会是小问题。”

“是。”李可应道。

“杨彪的事，你们决定谁动手了吗？”吴右果然问了这个问题。

“我来吧，总要有第一次。”这句台词是他精挑细选的。

“我不勉强你，他毕竟是个警察。”吴右说。可这是套路，李可懂，吴右看来不知道杨彪只是个线人，不是警察。

“这是我应该做的。”李可说。

下午才去仓库进行训练，好容易有点空闲的时间，李可开始百度自己。搜了半天，关于演员孟凡的消息完全没有。他的离去并没有在影视圈掀起一点波澜，除了剧组里的几个伙伴和他经纪公司的老板，无人在意他的遭遇。他们不会去医院看他，交情没到，到了也没啥用。李可想起前年秋天，一个当武替的哥们拍戏的时候把脖子摔断了，高位截瘫。李可只去医院看过他一次，后来听说他持续萎缩，在病床上了无生趣，就在一个雨天嚼了舌，痛苦了一周才死。

唉，那么壮个人，死的时候缩成了小龙虾似的。听到那个消息李可挺难过的，因为他再没有去看过这个哥们。不是不想，也不是很忙，就是……怎么说呢，这就是悲凉的人世吧……

王干说李进再次转院了，这一次琪琪是找不到了，找到也见不到，因为是比较严格的取保候审指定医院。好吧，那就不会有一个人去看我了？李可想起这些，真是满心难过。

警察们都说李可大不一样。马旭拿出他一个月前的照片和现在比对，李可几乎不认得那个娘炮了。镜子里的他眉头紧锁，眼神总像是在捕捉着危险。脸还是那张脸，眼已不是原来的神。李可抓紧一切时间训练，将毒品的种类功效彻底搞明白了，现在的他隔着塑料包都能看出毒品的成色。别管是青皮、黄皮还是黑皮，3号还是4号海洛因，一鼻子就能闻出来。根据这些识别方法，他判断出燧石集团的主力产品——白天使4号，是浓度达到60%的一等货。

除了常规训练，他还给自己加了课——表演强化。他找出各种黑社会电影里的桥段，香港的日本的美国的韩国的，甚至还有马来西亚和印尼的，他反复揣摩着那些坏家伙的样子，让他们和李进的样子渐渐靠近、融合。渐渐地，李可的脑海里有了一个清晰的样子。

等等，他是谁？李可的脑海里打开了灯。黑色的背景里，白色的照灯下，一张凶狠的脸走进光影，拎着一支冒烟的手枪。

是他自己。

李可睁开眼睛，愣住了。夜色又笼罩了窗外，他看着坐在桌边抽烟聊事的四个警察，决定早点离去。他和他们不一样，他和李进也不一样，他活在别人的卧底任务里，却必须在自己活命的节奏中。

李可并没有回酒店。江城繁花似锦，人流如织，夜空繁星灿烂，却没有一寸属于他。作为李进，他只有王干、马旭、孙鹏宇和刘剑夫四个工作伙伴，连朋友都不算。作为李可，他就像游戏里的一个替身，网络中的一个镜像，庄周梦蝶中的那只蝴蝶，他在这没有一个熟人。

李可来到江边的The Corner—— 一家曾和琪琪游玩时常来的酒吧，去年夏天他们几乎每周都会来这里。影视圈的人都不屑来这么寒酸的地方：它阴暗昏黄，酒客稀少，座椅陈旧，鸡尾酒巨难喝。但它有李可喜欢的音乐，有老科恩和四兄弟合唱团的经典老歌，有他和琪琪最好的时光。李可要了一瓶高地威士忌，不加冰块地开始独饮。烈酒如火，每一滴都辣着他、烧着他，像一下下锤击，敲着牢笼里的他。熟悉的歌声里，瓶中酒越来越少。当老科恩的In My Secret Life轻轻唱起，他禁不住泪如雨下。

李可捂着脸无声哭泣，怜悯着天地间孤独的自己。最在意他的三个人，一个昏迷不醒、生死未知。一个动情面对、扮作不识。还有个妈妈对此一无所知。

一只手突然揪开了他的胳膊。他一惊，只见流着泪的琪琪正在仰视着他。她看着他的样子和以前一样，她的嘴唇还如记忆中那么美好。他不知她是在看他还是在看李进。灯光划过她圆润的脸，他闻到同样的威士忌味道和她伤心的气息。李可明白了，她在这里想他，也许经常来这里。

李可很想说些什么，只是字句都嚼碎在牙关。半醉的琪琪泪落不停，好像就要一下子扑进他的怀里。"李可？你为什么会在这儿？你为什么在这儿？"她简直酒气冲天。酒保探过头来告诉李可，说她不能再喝了。李可还没想好怎么说，琪琪已经醉得难以站立，悲伤和酒精在摧毁她。她一头倒在了他的怀里。

李可抱着她，痛苦和怜爱升腾着……

李可不知她住在哪里，带她去酒店的路上，琪琪始终靠在李可的胸膛，细长的手指抓着他的手。他给她安排了另一间房，让她和衣而卧，却又不放心离去。琪琪倒头便睡，打着微微的呼噜。李可看着她，真想爬上床抱着她。他只是给她盖好被子，吻了她的脸颊。思前想后，他睡去旁边的沙发上。沙发上又软又凉，可他歪头看着琪琪的脸，竟有了这狗血日子以来的第一次美梦。

醒来时已是中午，而琪琪不见了。他身上盖着琪琪的被子。他掏出手机，想打给琪琪问几句什么，又慢慢放下了。她一个字都没留下。

李可看着空空如也的大床，微微一笑……

医生杀手

第十四章

顾桃给李可打来电话，说杨彪常去一个酒吧，地点很理想，可以安排在那里干活。

李可不知道他是怎么找到杨彪的，但这并无意外。顾桃在行动队的位子，绝不是只会杀人就能得到的。他赶紧问了枪支情况，好让剑夫准备空包弹。顾桃说会给他用那个保莱塔97型，当地朋友已经准备好了。李可忙发给了剑夫。顾桃建议今晚同去踩点，顺便喝一杯……这小子胆子真够大的。他还说昨天与江城的医生朋友们喝了一顿，在他们眼里，顾桃只是个在泰国行医的骨科大夫。

“这次你要动手吗？”顾桃问。

李可微笑：“按教授说的办吧，别忘了带上两个头套。”

一切安排停当，李可和顾桃在饭后到了鹏宇妈妈的酒吧。他们戴着墨镜，找了个阴暗的角落坐下。顾桃点了一瓶日本威士忌，二人边喝边聊。顾桃说江城是个好地方，四季花红柳绿，空气也好。李可却说没觉得那么好。华灯之下，这世界的角落大同小异，反倒是曼谷更让他觉得安宁。看着乱七八糟，可那里的人们心里装着教义和善意，比中国的城市更让他放松……

真虚伪，他恨死了曼谷！

杨彪一个人来了，坐去了李可等人给他指定的位置。从门口到他的位置，杨彪根本看不到黑暗角落里的李可和顾桃，更别说他们戴着墨镜。顾桃远远地看着他，说你看这人长的样子，一眼就知道是个卧底。李可看着杨彪喝着闷酒的表演，突然有点羡慕他。假刺杀之后，他就可以远走高飞了。他又有巨大的后悔，这么好的一场戏，竟然用给了这个没有任何交情的杨彪。万一有一天他这个“龙久”也想逃离燧石集团、不让吴右下追杀令，这个方法就不能再用了。

再大的戏，好梗也只能用一次。

明天你是打头还是打心脏？顾桃这句话把他的神思拖了回来。李可肚子一紧，说看心情吧，这么个小脑袋小身板的，一枪就废了。顾桃笑了，明天你离近点开枪，我在后面帮你盯着周围，谁敢动就给他一枪。

“没必要伤及无辜吧？”李可说。这个以前救死扶伤的医生，现在竟以杀人为乐吗？

“放心，我其实最不愿伤及无辜。”顾桃又干了一杯，“我杀的第一个人就是无辜的，其实他只是去串门的，到现在我还记得他那双眼睛。”说着顾桃咳嗽起来，咳得剧烈不堪。李可给他递了杯水，问他肺里的瘤子什么情况。顾桃摇了摇头，说医生认为那东西是个良性错构瘤，没什么问题。

“那就好……和我说说你弟弟吧？”李可突然很感兴趣。

顾桃非常放松，一点不像来踩点准备杀人的，而像只是来和李可喝酒的。他和弟弟从小被伯父养大，弟弟小他六岁，父母都在一次车祸里死掉了。他发奋学习考上了重点医科大学，后来做了骨科医生。他拼命赚钱，收红包、开飞刀为弟弟攒学费。弟弟学习很好，喜欢当代艺术，是个很有才华的画家苗子。顾桃建议他去国外学绘画，弟弟竟然考上了纽约大学。顾桃十分高兴，亲自送他去了纽约，让他别担心钱，争取留在美国。弟弟是争气的，大二时的油画作品就获了学院内部年度奖。顾桃每年都去看他一次，他自己也当了主治医生，外块开始变多，再混几年当个副主任还是没问题的。他觉得自己和弟弟都未来在望，准备找个女人结婚生孩子。弟弟如愿留在了美国，成了一家艺术机构的签约画师。没多久，机构为他办了第一次个人画展，顾桃欣然前往。看着弟弟展出的二十几幅出色作品，以及人流涌动的展厅，他真为弟弟骄傲。可就在他上了个厕所的工夫，一群极端恐怖分子突然袭击了画展，他们抽出冲锋枪扫射人群。弟弟被几颗子弹洞穿，浑身是血地倒下。顾桃疯了般扑向他，也只能抱着他，看着他渐渐咽了气。

听到这里，李可浑身冰凉，这是什么样的悲痛呀。顾桃却没有落泪，接着说："我当时吓傻了，抱着弟弟不撒手。一个蒙着半张脸的恐怖分子用枪指着我的头，我以为他要连我一起打死，不知为何他放弃了。我记住了他那张残忍的脸，和他额头上一个奇怪的伤疤，那是标准的恶人的脸。后来美国政府批准我在美国多停留一年，因为配合警方处理这件事，需要家属常来。我请了一个长假，留在美国发愣，当时我真不想活了，我和弟弟相依为命这么多年……"

说到最伤心处，顾桃眼泪终于下来了。"老兄，要不你别说了，听得……太难受了，我不该和你说这个……"李可也要哭了，真的，换谁谁扛得住？

但顾桃坚持要把它说完："把弟弟埋在了纽约郊区，我留在美国天天喝酒，住在离墓园不是很远的地方，没事就去墓地看他。我自己去超市，去买菜，看电视，想待到签证结束就回去。突然有一天，我在超市里看见了拿枪指着我的那人，他穿着西装在买东西，我一眼就认定了这是那个恐怖分子，他额头上那个伤疤我记得清清楚楚。我当时真想抡起个酒瓶子干掉他，可我忍住了，也想过报警。但我那时突然萌生了一个念头，美国人抓了三个月都没抓住这帮歹徒，可他们还在纽约大摇大摆购物，我要亲手为我弟弟报仇，这不是美国人和他们的事，这是我和他们的事。"

顾桃慢慢地说着，杨彪在那边喝完了酒准备离开。顾桃说就让他走吧，咱们再坐坐。李可点头同意，又叫了点吃的。"我跟着那个家伙，跟着他来到一个高档的小区，记住了他进去的楼房，我很纳闷恐怖分子为何住在这里，敢玩灯下黑呀。看上去蛮体面的家伙为什么会干那种事？我盯着楼房，直到看见有一层楼的灯亮了，我就记住了他所在的楼层。"

顾桃见杨彪走了，四周看看并无异样，就摘下墨镜，点起了一支雪茄。李可踏实坐着，决定听他把这个故事讲完，这是和他与李进不太一样的故事，是另一对兄弟的纠葛情谊。

顾桃立刻决定搬到这个家伙的隔壁去住。碰巧的是，他正好在那层楼租下一间公寓，甚至和这个家伙坐过一部电梯，礼貌地打过招呼，而他当然认不出顾桃。弟弟和他说过，老外对中国人脸盲，根本就记不住谁是谁。顾桃知道了这人叫艾哈迈德……这帮孙子都叫这名字。他很快摸清了这人的行动规律，这家伙朝九晚五地在一个银行上着班呢。挑了个上午，顾桃悄悄撬开了他的房门，因为他研究这个锁已经个把月了。进去之后他到处找，找着一切和他们有关的东西，翻了大半天，终于在书架后面找到一个暗盒，里面有几个优盘和一本小册子。顾桃赶紧复制了它们，拍下了小册子里所有的内容，将屋子完全恢复原状。他当时非常激动，不知道掌握了什么。能肯定的一点是，他不会把它们交给警察，他决定自己完成这场复仇。

顾桃弹了弹烟灰，给李可倒上了一杯。优盘里是他们训练的视频，各种杀人技巧和行动训练。他在最后一个优盘里看到了他们戴的摄像头拍下的画面，看到了他弟弟被这个人的枪打倒。艾哈迈德管这个人叫艾荷法，这就是杀害他弟弟的人。顾桃在别的视频里看到了艾荷法的脸，记住了他。小册子里是一些号码和邮箱，还有一张简易的地图，他研究了好几天才找到地图上标示的地方，那是他们的地下训练中心。回去之后，顾桃开始给自己制订计划，练身体，练射击、格斗甚至爆破。美国什么都买得到，枪店里不行他就去唐人街，混了几次买了手枪，然后是霰弹枪、冲锋枪和手雷，有钱什么都买来了。那儿的黑帮不知道他要干什么，只知道这家伙花了几倍的钱买这些东西，还让他们保密。他用一两个月练成了神枪手，匕首也玩得利索，可正当他想跟踪艾哈迈德的时候，这家伙却不见了，悄悄搬家了。顾桃去了趟警局办材料，一上午的工夫这家伙就不见了，他那个急呀。

李可也替他着急。

“还好，地图还在。我自己开车找到了这地方，是个野营村，我没事就在那边转。半个月后，终于在这儿看到了艾哈迈德，也看到了艾荷法。我回家收拾好所有的武器，写好了遗书，开车上路，凌晨的时候回到了野营地。我给每一支枪都配了消音器，头上戴了夜视镜。天还没亮我就开始了，从把门的开始杀，当然第一个就是我跟你说杀错了的那个，这家伙刚好出来，被我一霰弹枪就轰掉了脑袋。我一个个干，霰弹枪噗嗤噗嗤的，我加了消音器的……打完了换冲锋枪，我踹进一个屋子，五六个人在那睡着呢，我一梭子过去就不动了。这支枪打完了我再换枪，一个屋子一个屋子杀，管他男的女的。艾哈迈德在第三间屋里，和一个女人光着屁股呢。我把他叫醒，冲他微笑了下，一霰弹枪把他肚子打烂了，稀里哗啦的，让他活活疼死。他们发现了我，十几个家伙拿着枪和我干。因为不知道我有多少人，并不敢向我冲。我开枪扔手雷地折腾，到处找着艾荷法，可我就是找不到他。真是急眼了，我肩膀和肋下这俩枪眼儿就是那时候的。子弹打完了，手雷扔完了，我流着血躺下了，然后就看到艾荷法站在我面前。他拿枪指着我的头，喊着我听不懂的话。我只能瞪着他，心里对弟弟抱歉，哥不能给你报仇了，只能做鬼去弄死他了。”

李可听得眼都不眨，他死死抓着凳子扶手，呼吸都快凝住了。

“艾荷法拿我的霰弹枪对着我的头，一抠扳机我就完了，可他的头倒先呼啦爆了。一串子弹把我身边的坏蛋们打得七零八落的。我看见几个中国人端着枪杀过来，一个家伙端着机枪呢。没多久，一个铁塔似的人站在了我面前，低身问我怎么样，还能不能动？我说还没死，你们是谁？他也不说话，让人架着我就走。我很快就晕过去了，醒来的时候已经三天过去。我挣着下了地，拉开窗帘，看到了外面热闹的唐人街。”

“是中国的黑帮救了你？”李可不由问道。

“是教授派人救了我，问我话的人，是二当家陈虎。”顾桃说。他在买枪支弹药的时候，陈虎的手下就盯上了他这个奇怪的人。他们不知道顾桃要干什么，又觉得很危险，就派人跟踪他、调查他。后来明白这人要去干掉一帮恐怖分子，很担心引火烧身。陈虎在犹豫要不要把我抓起来关着，教授正好从泰国打电话和陈虎商量事，听陈虎说了这事，教授发了话：“让这个人去报仇，但不能让他去送死。画展袭击事件死了好几个华人，警方至今也没有交代，这个仇要替他们报。”

“教授真是仗义呀……”李可惊叹道。

“所以你知道我和教授的渊源了。他那时候已经在泰国扎根了，还是纽约唐人街的老大。没有他的命令，我就死在美国了，也报不了弟弟的仇。那之后我就去泰国见了他。他问我未来有什么打算，如果没有，要不要和他一起做事？我站在他面前，说任何事，我都会为他做。”

这故事惊心动魄，撼人心肺，李可对顾桃肃然起敬，对吴右更心生敬意。这故事也令李可惭愧，甚至无地自容，同时又感到害怕。若有一天他暴露了，顾桃会毫不犹豫执行吴右的命令吗？

“现在你知道我的来历了，除了教授和元老们知道，我没和别人说过。”

“那为啥要告诉我？”李可微笑着说。

“因为呀，你并不觉得我是个喜欢杀人的坏人。”顾桃说完，杯中酒一饮而尽。

喝完了这瓶酒，他们分别回了各自的酒店。躺在床上，李可心绪起伏。顾桃的故事震撼着他，与他的经历相比，九死一生这个词，自己再也不好意思去念了。

一个懒觉之后，李可在房间里吃了早餐，又去健身房出了身汗。跑步中他和马旭通话，确定今晚不会出什么岔子。空包弹下午会放在酒店前台，装在一个雪茄盒子里，马旭提醒李可不要忘了拿走。

“如果出现意外怎么办？比如……比如顾桃伤了别人或者……”李可突然有了顾虑，虽然这事好像万无一失了，他总觉得哪里不妥。

“老大说了，如果这样，我们会放你们走。只要你行动干脆利索，出问题的几率不大。你们开枪杀人，满场子都会趴下，这年头没人管闲事的。”马旭说。

晚上八点半，李可和顾桃在酒吧附近的西餐厅吃完了晚饭。让服务员拿走盘子碗的，顾桃摊开两张纸，竟是精确的酒吧建筑平面草图和设施布局图示，包括两个安全门和窗户的位置，都在图上标了出来。几个摄像头和角度也画得清清楚楚，他甚至把保安的基本站位都标了出来，他说会提前去破坏摄像头的连接线。天哪，昨晚他可是在给李可讲故事呀！他讲着那伤心故事的同时，竟然观察了地形，还回去画了图纸？这般精细和职业让李可怕到了骨头里。一想又在情理之中，拿过手术刀的人自然如此，更别说他还有那么一番经历。顾桃指着图纸对他提出建议：连着两天杨彪都坐在这一个人喝酒，想必是有心事，如果今天他还在这个位置，你就可以到他眼前开枪了。

“这家伙也够晕乎的，就这么一声不吭跑回大陆销声匿迹、手机停机，也不怕我们来找他？”李可故意问。

“他可能还没想明白是走是留，也没想到我们这么快查出了他……今天给你带了另一把枪，我试了咱俩的保莱塔，一把弹簧有点问题，一把枪身晃晃悠悠的像是摔过，就临时换了两把M1911A1，美军标配的……”顾桃说着从包里掏出个大信封，“还有三个弹夹，应该够用了。”

李可接过，看看周围没人，头顶也没有摄像头。当枪和弹夹拿在手里，李可的脑袋里嗡的一声，完了！

他身上只有保莱塔手枪的9.62毫米空包弹，而现在顾桃给了他一把新的手枪，口径明显大了一号。“它配的是11.43毫米子弹，挨上两枪，野猪也活不了。”顾桃说。

李可揣起了枪，飞快盘算起来。联系王干已经来不及，也不允许，从现在到完成假刺杀，他不可能离开顾桃的视线，就是有空溜掉去打个电话，他们也难立刻找到11.43毫米的空包弹，做出来了也来不及给他。李可要用一把弹头奇大的手枪射击杨彪。他的枪法这么臭，就是瞄着旁边打，也有可能打中杨彪。就算打不到他，子弹也会把旁边的桌子椅子杯子什么的打个稀里哗啦……

这简直要命，李可几乎想把枪丢到水里去。可他还要装作若无其事的样子，和顾桃商量开枪之后的逃离线路。枪怎么扔掉、人藏去哪里、从哪儿坐火车离开、从哪儿坐飞机回泰国、什么时候向吴右汇报？顾桃说一句他“嗯”一句，因为他的脑子里全是该死的空包弹。如果人少，他可以朝着杨彪头顶后的包棉墙面开枪，但是，这能混过去吗？还是三枪打塌了墙？

“事情完了你就离开，还是从广西出去。”李可说，“我还有别的事，办完了才能走。”

空包弹，空包弹，空包弹！算了，实在不行把顾桃打死吧，然后跳到桌子上喊出藏在酒水间的王干，我不干了，没得干了……不行，王干会气得向他开枪的。

对了，为什么不上网查查？

李可悄悄打开浏览器，输入“如何拔出手枪子弹的弹头”。呼啦一下，十几个帖子蹦到眼前。他意外地开始浏览，怎么还有人问同样的问题呢？哦，用个钳子就差不多了，只是操作中要小心，别触发底火。看明白后，他说要去趟厕所。顾桃却说同去，他也想顺便拉干净，说他有一次要行动了闹了肚子，干活的时候就拉在裤子里。李可心里发毛，不知他是故意的还是真的。李可骂他恶心，二人进了厕所。蹲在马桶上，李可肚子倒真的疼起来，泄得惊天动地中，他掏出弹匣，悄悄卸了一颗子弹琢磨着。子弹头又黑又钝，似乎不太一样，也许这大口径枪就是如此吧？没有钳子，用什么搞下来呢？顾桃在旁边马桶间吹着口哨，好像还看着电视剧。李可满身掏着，找出了兜里的Zippo打火机。他用机盖儿夹住子弹头，另一边用牙咬住，费力而小心地拧着、拔着。

“老兄，你看过这电视剧吗？《父亲的身份》，陈建斌演的。”顾桃敲着隔板说。

李可吓了一跳，说：“看过呀，挺好的。我喜欢那首主题歌，听说歌词是出品人老板写的，那是个酒鬼，还特喜欢打架。”

“国内这些编剧怎么这么不靠谱？陈建斌被狙击步枪当胸打了一枪，也就一二十米的距离，画面上明明穿透了，特务对上司汇报也说是贯穿伤。可是镜头一换，医生就从他的伤口里取出了一颗子弹丢进盘子里……靠，还是手枪子弹。”

“这哪是编剧的事？可能是导演，可能是剪辑。镜头都是分开拍的，不凑一块看不出的。”李可边说边咬着弹头。这弹头好像不硬，都被他咬出一个槽了。终于噗嗤一下，黑火药洒了他一嘴，拧下来了！弹壳差点蹦到地板上，李可闪电般在空中握住了它。

吓死个人。

“回头我去给他们当顾问，太不专业了……”顾桃说着，哗啦啦地冲着水。

多大点事儿呀，你至于吗？李可故作得意地喘着气。他小心地把洒出来的火药塞回去一些，用牙齿咬合了弹壳。一颗成功，他蹑手蹑脚、照猫画虎地又做了两颗。在手里看了看，三颗丑陋的空包弹做成了，塞进弹夹，简直完美无缺。

晚上九点半，二人按计划绕到酒吧后面，剪断了墙上两根电源线。里面的摄像头和台灯一下就黑了，没人发觉。他们走进了酒吧，戴上了墨镜，李可还压了顶帽子。这是顾桃的主意，换头套的时候再摘帽子。一进去吓一跳，里面竟然人头攒动。这怎么回事？今晚这是怎么了？他看见鹏宇在吧台站着，马旭在给人端酒，剑夫在擦着桌子。杨彪坐在他该坐的位置，端着杯酒若有所思。看来一切正常，只是人多了些，而这个大家并没有准备。

李可和顾桃对视一眼。顾桃点头，停在原地看着四周，掏出了头罩。李可摘下帽子和墨镜放在一边的凳子上，也掏出了头罩，准备边走边戴上。他只须走前十步，就可以掏枪朝着杨彪胸前连开三枪，一切将会按计划进行。

“我操，冤家路窄呀！”刚走了五步，猛然间旁边座位上蹿过来一个醉醺醺的家伙。他一把揪住了李可的脖子，李可惊恐地站住了，揪住他的是刘浪，几天前差点让他穿帮的制片人刘浪。

真是操他大爷！

李可下意识地塞回了头罩，右手按在兜里的枪上。他吓得手足无措，左手投降一样举着，浑身抖得像见了鬼。“戴个墨镜压个帽子，你以为我就认不出你来了？你那八字步一进来我就知道是你！你妈逼的，再给爷装一个！”刘浪挥拳就要打他。

打我？他疯了吗？李可无法计算这会带来什么后果，也不知该如何回应。余光瞥到杨彪和几个警察，他们都在一脸诧异地看向这边，岂止是他们，全场都在看呀。这变化也会让几个警察全然失措，甚至露出马脚。也许王干正在监视器里操他大爷。李可没有任何办法，只能看着刘浪转动肩膀，扬起胳膊，拳头霍霍地来到了眼前。

一支粗大的手枪从左边入画，顶在刘浪的右额头。它抖动了一下，枪口喷出一团闪亮的火。火光和脑浆从刘浪的后脑喷出来，刘浪的后半个脑袋都飞了。当刘浪倒去，李可的左耳才听到这声巨响，耳朵嗡嗡作响。他听不到全场惊慌的尖叫。杨彪傻傻地站在那里，像在等候李可开枪，也像是和他一样吓呆了。

顾桃一枪将刘浪爆了头。在李可的惊愕中，顾桃的枪口在空中移动着，瞄向了站着的杨彪。他只戴着墨镜，没来得及戴上头罩。情况陡变。这个医生杀手见他懵了，当即击毙了碍事的刘浪。而之后，他要击毙杨彪！

他俩离杨彪只有十步。

李可惊觉过来，他闪电般掏出了手枪，对着杨彪连开三枪。变幻的灯影里，巨大的后坐力中，杨彪身上如期爆出了血浆。操纵爆点的是鹏宇，他该在吧台后按着一个遥控器，还好他没有忘了这个。李可还没来得及喘气，第三颗弹壳还在空中飞着，杨彪还没来得及倒下去，顾桃的枪口喷出了一颗子弹，血花四溅中，它击穿了杨彪的脖子。一片血肉从杨彪的颈后喷了出去，染红了射灯照亮的砖墙。

杨彪大睁着眼捂着脖子，血在指缝里喷着，他转了个圈，一头砸在了面前的玻璃茶几上。顾桃举着枪，有些发愣。李可已经吓傻。全场人趴了一片，鹏宇露着半个头，剑夫抱着头蹲在不远处的花盆后，马旭不见踪影。顾桃拉了李可一把道：“快走。”

他们迅速向外跑去。出门之前，顾桃朝房顶胡乱打了两枪，提醒人们不要乱动。

跑出酒吧，他们立刻钻进不远处顾桃偷来的车。顾桃的车技也很了得，三拐两拐开上了一条街道，只开出去五分钟，就在一个没有探头的街角找到了他准备的第二辆车。再换了这辆车，警察就没办法追踪他们的路线了。开上了环城高速，他们只是绕了半个城，就从另一边回到了城市。顾桃一路都沉默不语，李可的右手始终按着兜里的枪。如果顾桃想明白了什么，李可想先发制人。当顾桃递给他一支烟的时候，李可犹豫了下，伸手接了。

“这几枪够他受的，神仙也活不了。你打了身体，我就打了脖子。”顾桃说。

李可问他为什么打的是脖子而不是头。顾桃说瞄着头很容易打不着，脖子上下都是致命的。打中脖子，那里全是神经和大动脉，以他的经验存活率很低。

车来到了城市另一边的江边，一个空旷的无人之处。他俩下来，开始做扫尾工作。

“枪和子弹都给我。”顾桃伸出手。李可一愣，递了过去。顾桃麻利地拆了他的枪，都扔进了江里。李可松了口气，幸好只做了三颗空包弹……

“那孙子是谁呀？叫你什么？”顾桃和李可推着车说。

“我也不知道，认错人了吧？”李可紧张地说，“我当时都懵了，还以为是警察。”

“你杀过警察吗？”

“没有。”李可说。李进不知道他去年奉命干掉的那个是卧底，那“我”就以前没有杀过警察。

“我也没有。”他说，“这是第一个。”

汽车推进了江里，冒着泡消失了。他俩将朝不同的方向走出一公里，到两个不同的地铁站去坐车。顾桃明天就会坐动车去广西，而李可说要潜伏几天再去香港。顾桃走后，他一人坐在江边，望着涌动的江水，痛苦猛然席卷而来。行动失败了。他万万想不到，刘浪会再次出现在这节骨眼上，天底下竟然会有这么倒霉的巧合。无论如何，是他向王干出的这个馊主意，还大包大揽了此事，才导致这么惨重的后果。他没有杀人，但因为他，两个人被杀，一个是警察的线人，一个是他还欠着钱的制片人……刘浪兄弟，真是对不起！

李可给王干去了电话。“他死了，没救过来。”王干说。

李可无比痛苦和自责，正要请罪。王干又说：“我命令放走了你们，因为已经无法挽回，不能再有损失……你不要这么内疚，卧底工作就是这样，永远会有突发情况，你做得已经很好了。这边的责任由我来承担，我不会向组织和领导说出你是谁。你可以放心回泰国，我们暂时先不见了，除非毒枭大会有了消息。”

“我明白。”李可说，“对不起，王队！我会完成任务……”

“我相信你，大家也相信你。对了李可，我们为你做了疏通工作，二审判你无罪没问题了。”王干说。

“你确定吗？”李可问。

“我们也没动用什么关系，二审法院也确实觉得你这是屁大的事，听说你都植物人了，他们犯不着非等你醒来再关。还有，我们在为你补办专案特勤手续，不然你的身份会有瑕疵。”

“有其他人知道我的存在吗？”

“只有一个省厅领导知道李进的存在，但不知道你的存在。除非一种极端情况发生，否则你的事只有我们四个知道……”

“可你们经我的同意了吗？我不想当警察，也不想当特勤，还办什么手续？”李可又忍不住恼了。

王干停顿了一会，淡淡地说：“这其实是为你好，如果你出了什么事，我们可以调动国家资源保护你。就算你犯点错，做点不得已的事，我们也兜得住。”

“你们要是又能保护又能兜住，李进就不该出事，你们肯定他是车祸而不是有人暗杀吗？”李可狠狠地说。

王干沉默着，又说：“任务完成后，我们会抹掉你这些档案，我保证。”王干说完就挂了电话。他也许还在处理后事，省厅领导弄不好想要了他的命。

江月冰冷，李可周身已如冻僵，不知道该怎么办。他双手在颤抖，似乎染满了鲜血。恐惧和痛苦刺穿了他，令他悔恨着自己所做的一切。

元老的计划

第十五章

此后几天，李可继续到仓库训练。王干没有出现，估计麻烦缠身，有很多事要汇报、要检讨、要接受审查和批评。兄弟们劝李可宽心，继续辅助他高强度地训练。枪法终是越来越准了，竟然可以打出十环，抽枪抬手射击已经能够上靶。鹏宇对此惊讶，因为李可做到这一点的时间远远短于李进。他的格斗渐渐可以和鹏宇抗衡，力量和灵活度也在痛苦的训练中倍增。而他镜子里的样子，开始有了比李进更像李进的东西，甚至还多了些什么。

“如果李进醒来看到你今天的样子，他会非常高兴的。”剑夫说。

会吗？李可不觉得。

离开江城的前一天下午，他提前结束了训练。几个兄弟陪他喝茶，一个个少言寡语。如今出了事，老大去上面扛雷，他们也难受，各自还有烦心事。剑夫眼睛红肿，说最近女儿生了重病，半个月了每天上吐下泻高烧反复，检查做遍了医生还说不能确诊。鹏宇的父亲心梗再发住院，幸亏抢救及时脱离生命危险了，他很少有时间去医院陪伴，靠他妈妈医院酒吧两头照应着。马旭是个孤儿，三十好几还没女朋友，谈一个吹一个，一听说他还没房子，女孩子们扭头就跑了。李可觉得蛮对不住他们，他们每天没日没夜地琢磨他的事，平时还有本职工作内的事务，真是不易。他也越来越喜欢他们，好警察大抵就是他们这样的吧？他因此更不明白李进，到底是什么原因让他对吴右透了底？这不可能是酒后失言，也不可能是一时激动表了忠心，更不像是被吴右查了出来……难道就是因为安娜？

剑夫收到了美国方面发来的重要信息，是吴右的一些新的档案。吴右当年偷渡到美国，来到纽约曼哈顿下城的唐人街后，并没有像其他人那样开设餐厅，而是开了一个为纽约华人的孩子提供教育的小学校，传授中文和其他中国知识。这个学校至今还在，只不过早已华丽丽地变身为纽约西区的一个精英学校，有着从幼儿园到中学的完善体系，资质甚好，是燧石集团属下的产业。唐人街在1988年有过一次对外战争，几大中国帮派联手对布鲁克林区的“Tiger-bullet”黑帮发动了攻击，为的是清除以唐人街为核心的广大区域的毒品。吴右是那次战争的核心指挥人员之一，经过数月的血战，中国帮派联盟打赢了那场地下战争，布鲁克林的黑帮再不会来唐人街周边贩毒和做生意。警方希望看到这样的结果，因此放任，甚至支持了中国帮派这次行动。

这让他们万分惊讶，这么厉害的一个大毒枭，发家之时竟然是反毒志愿军？

战斗之中，中国帮派的领袖童愷被来历不明的组织刺杀，吴右成了新任唐人街领袖之一。没过多久，中国帮派联盟内部又生罅隙，为的还是毒品，清退了美国本地黑帮的中国黑帮们都想自己干了。吴右只能又开始一轮内战，在众多想做贩毒生意的中国黑帮的联手进攻下，吴右遭遇惨败，几乎被赶出纽约。关键时期，一支神秘的力量帮助了吴右，不知来历的武装队伍将进攻方杀得丢盔卸甲，他们甚至驱动了政界的力量。警方将这些黑社会头目一个个抓捕，再由法院将他们关进牢房。没多久，吴右走向了一百八十度的转变，开始在纽约经销毒品，并迅速向其他城市扩张。他为什么有这个转变，又为什么坚定了做成大毒枭的信念，都不得而知。

他们非常震惊，眼下却没有精力去深究奥秘。王干焦头烂额，而李可马上就要去香港，执行吴右的另一个任务。

吴右让他去调查徐森，并没有提醒事项，也许他对李进根本无须提醒。

思虑再三，李可没有通知徐森迎接，按资历和辈分，徐森远在龙久之上。为了保险起见，他让小庄先从曼谷飞香港等他。小庄未必参与他的事，但身边有个狠角色，至少觉得安全些。诸葛亮去见周瑜，身边不是因为站着关羽才免受其害吗?

得知李可到了公司，徐森穿着高尔夫鞋就回来了，笑说正在和几个朋友打球，闻听钦差大臣闪电驾到，就赶紧收杆回来了。李可笑着和他握手，徐森便给他倒茶。李可说要去趟吉隆坡，顺道经过这里拜访您。

徐森显然不信，摇着头说："你别忽悠我了，定是教授让你来的。老弟呀，上次没和你把话说透，既然你来了，我就把天窗打开。先告诉你，胡狼帮不会找你了。我一听说你和安娜遇险那事，就找他们老大水王谈过了。他们终归还是因为你把货给了他的死对头白江。这之前我不知道，不然肯定会阻止他们找你。"

哦，原来如此。李可点了点头，表示感谢。"您和教授说了这事吗？"他问。

徐森摇了摇头："说不说，他都会对我有误会的……教授是有了想法。我们最近是在帮越南帮走些货，其实是为了反过来利用他们的渠道走我们的货。打打杀杀谁也不愿意，越南人你也杀不光，合作是避免战争再起的最好办法。这是毒品世界本来的样子，没有永远的朋友，也没有永远的敌人，只有永远的生意。"

李可呆住了，徐森一下子掀开了锅盖，竟敢告诉他和胡狼帮合作的事……怎么办？他喝下一杯茶，纠结再三，深知不能表态，只好说这个你最好和教授私下说的好。

徐森叹了口气："龙久呀，广东不说，港澳市场竞争激烈，新崛起的混蛋们目中无人，我也是没办法。要顺应潮流，就得借助一切能借助的力量，各路神仙小鬼都要照应到，难啊。集团原本在港澳并无根基，陈虎走后，我来这儿折腾的这些年，能干到这个样子也算不易……我历来都是干净的，没拿过集团一分钱私利，还自己搭进去不少。我是最早跟着教授的人，可是，集团里我越来越靠边儿站，你们一个个抬脚就能见他，我给他五个电话他能接一个，见他一面还得通过何翰预约，你说我这心里呀……”

李可听出了问题，竟出了一身冷汗。这可不是一般的罅隙，这是一个同打江山的老将的怨气，自古以来，这样的重臣对皇权都有巨大的危害。吴右真是明察秋毫，仅从货款的突然增多就觉察到徐森背后的严重问题。港澳市场竞争激烈也不是今天才这样，徐森并没有寻求集团的强力支持，而是擅自建立新的渠道，与敌人合作营造新的格局，要悄然坐大成一方诸侯，并随时可能分崩出去另立江湖。

在封建王朝时代，这是谋逆！连他这个演员都懂的道理，徐森这个元老不可能不知，而他竟然觉得没事，还敢告诉他？而且，胡狼帮对自己的刺杀，真的和他没关系吗？

“龙久呀，我那天和你说过，干我们这一行的，千万不要有什么信仰。”徐森又给他倒上茶。

“您说的这些，我没法传话，也不能评论。”李可谨慎地说，“我资历尚浅，可只想问您一句，您这么做，值得吗？”

李可开始明白，李进除了在集团是拼杀干将，还是个聪明的参谋、集团的主巡视员，他会发现很多老板发现不了的问题，并给吴右提供处理方案。而李可在不自觉地进入这个角色，并没人教过他这个，他只不过看了不计其数的黑帮片，天天在琢磨李进会怎么做。莫非这就是人们平常说的“兄弟连心”？

“龙久，你能不能别和我装了？”徐森突然冷笑起来。

李可僵住了，哪一句说错了吗？

“老弟，虽然我不知道你的企图是什么，但我知道你和我在同一边，不是吗？”徐森冷冷地说。李可瞪着他，不知该如何应对。“你瞒过了吴右，瞒过了陈虎，瞒过了何翰，却瞒不过我。”

李可死绷着脖子，不能说知道，也不能说不知道，不管怎么回答，都等于承认了徐森的质疑。李可很久没有被吓出尿意，而现在前列腺又感酸麻。李进的情报说徐森在求田问舍，沉湎享乐，凭着老资历坐在今天的位子上，可这显然不是。能戳破龙久的假身份，句句刀，字字血，哪里是个吃素的？

徐森打开一个柜子，拿出一个信封，抽出了一张照片，轻轻放在他的眼前：“你认识这个人吗？”

李可心跳如鼓，摇摇头，他看过的材料里没这个人。

“他就是龙久，我找来的老白说十年前就认识他。那天他见了你，一口咬定没见过你。八年前这个龙久失踪了，说是金矿出了事，在当地的一场矿地纷争里被打成重伤，死在医院里了。”徐森看着李可说，“有趣的是，这个龙久还有一套完整的材料，说他没有死，还跑到泰国来了……老弟，你不是龙久，我并不想问你是谁。我今天只是想告诉你，你是警察也好，你是别的组织派来的也好，我不是你的敌人。这一年来我没有向任何人说过你的事，那么今天，你正好来了，择日不如撞日，能和我说两句实话吗？”

清茶滚烫，入口却暖不了李可。他没有枪，害怕地看了看身后的门口。门外站着徐森的保镖，一动不动。小庄在楼下大厅里，估计也被人悄悄盯着，没任何机会。原以为这是一次轻松的巡视，谁知竟落入一个可怕的虎口。虽然吴右知道他这个“龙久”的真实身份，徐森就算告诉吴右，他也没事。徐森以为吴右不知，可能也调查出了李进其他的情况，但他以为这个冒充龙久的人和他有着共同的目的。

想到此他喘了口气，飞快盘算着。他必须说些什么，对徐森装糊涂，可能就回不去了。若说错了什么让徐森更加警觉，看出新的漏洞，可能也回不去了。

“徐总，您和教授在一起最早，几十年的交情，想散了？”以问作答，反客为主，这是一个牛逼的编剧告诉李可的台词套路。

徐森一怔，盯着他喝了口茶，放下杯子说：“我和吴右出生入死，以前从没失过信任，我也没质疑过他。自打玛丽死后，他越来越不一样了，他走得越来越偏。拿着大家拼死拼活挣来的钱，非要去搞那些没谱的事情，这是走火入魔呀。集团看上去是越来越强大了，其实我们离悬崖也越来越近了。这么下去，我们兄弟几个，别说善终，大半辈子拼杀打下的江山，早晚灰飞烟灭！龙久……我就先叫你龙久吧……吴右要做圣人，却让我们兄弟做祭坛上的牺牲，做他的信仰之路上的替死鬼……以前年轻的时候还可以将就，如今我都这把年纪了，再也奉陪不起。”

徐森的脸暗淡下来，他放下茶杯，瞪了李可片刻，拉开抽屉，掏出来一把枪。

李可魂飞天外，猛地挣了起来。可徐森只是把枪放在了桌子上，说：“你别怕，这把枪是给你的。”徐森把枪推到他的面前。李可两腿打飘，慢慢坐下，当然不敢去碰那把枪。

“教授对我戒备已深，由来已久，我没有时间了。如果我判断错了，你已经完全是他的人，你现在就可以打死我，我不会等着教授再派你或者顾桃，甚至何翰来杀我。如果我判断对了，你就回去，下次开集团会议的时候，我做事，你别阻拦。”徐森的从容让李可感到震惊，他说出的话令他毛骨悚然——他要政变？

李可决定闭着嘴，继续听。

“如果我们可以合作，你可以提前一天告诉我开会的地址，只要不是在巴拉根大厦，别管是几号别墅，我的人就会进攻那里。捉了吴右、何翰、戈萨之后，我们可以联手把集团继续做好。除不除掉顾桃你看着办，毕竟你们关系好。有我的支持，你可以理直气壮地继任教授的位子，娶了安娜，你是钦定的接班人嘛。但是大家拼死拼活挣回来的钱，就不要满世界去撒了，你想要多少，到时候你说了算。我一个半老头子，够我的退休金就好了。”徐森拿过纸笔，在便签上写了一个号码，“如果你是警察，不管是大陆的还是香港的还是哪里的，我帮你们除掉了吴右，我希望你们留给我一年的时间。我会退出江湖，远走高飞，你们不要追我。你好好想想？我等你的电话。”徐森将写有电话号码的便签递给他。

李可知道不需要回答他的问题，他接过便签揣进兜里，轻轻推回手枪，起身，慢慢系上西服的扣子。

他什么都没说，只是认真鞠了一躬，准备转身而去。

“老弟，不管我赢了还是输了，你我缘分一场，我都不会说出你的秘密。”徐森说罢，拱手送客。

李可安全地下楼，叫上小庄离开此处。他竟有些惊喜，这是天上掉下来的机会，任由徐森带人干掉吴右，或许还会干掉其他人，他的任务将会终结……他不能告诉王干这一切，这毫无必要。徐森会连自己一起干掉吗？可能性不大。如果徐森只是有着生意企图，那么他需要这个假龙久接替吴右的位子，以掏空燧石集团的财富和权力。而干掉了他，徐森获得这一切就名不正言不顺。如果徐森认定他是警察，也要通过自己要下警方的条件。没有万全之策，可是这个，李可决定孤注一掷。

他和小庄次日回了曼谷。这天中午，他突然想起李进存在银行的钱，决定去试一试。午饭后小庄载他去了这家银行，找到值班经理说卡丢了、来补卡并重设密码。值班经理看了护照，查了信息，知道这是大客户，让他在贵宾室等候服务。一会儿值班经理过来，说仅有龙久的护照是不够的，还需要指纹和签字。来之前，李可已经给右手五指贴好了指纹薄膜。令双方惊讶的是，李可的指纹和练了上千次的“龙久”签名竟然通不过。值班经理告诉李可：不是这个签名，也不是这个指纹。

李可的脸红白相间，想不通这是怎么回事，又怕银行报警抓人，便找个理由匆匆离去。难道李进这笔钱是让他人代管的？那为何还用龙久的护照、指纹和签名？眼睁睁的九百多万美金竟然动不得。王干给的经费已经用完，这成了自掏腰包。Lisa的钱就要付了，去哪儿找？李可本想先提出几十万美金，换成人民币给琪琪和妈妈用，眼下“他”的工资竟然取不出，还要去找卫风华换个账号，这就容易引起怀疑。

真是活见鬼。

出了银行，他让小庄直奔1号别墅，重要的事不能隔夜。走进别墅，吴右又在酒窖看书。在路上他已经掂量好了该说什么，也想好了吴右可能怎么问。

“听说杨彪的事儿有点小意外？”吴右放下书问。李可没想到他会先问这件事，还以为这对他是个鸡毛小事呢。

“嗯，吓了我一跳。顾桃反应很快，把麻烦处理了。杨彪挨了我俩四枪，死掉了。”李可故意说“麻烦”这两个字。

“你怎么知道他死了？”

“王干问我了，问我知不知道集团里杨彪这事。我说不知道，也许是别人做的。他说人没到医院就死了。我的三枪都打在前胸，顾桃那一枪打碎了脖子，这人活不了。”他故意说得略微沉重，毕竟他“杀”了警察。

“难为你了。”吴右说，“本来我还想只让顾桃去做，但是以后你要继续提升，有些事就要现在做。”

“我明白，您这是苦心。”李可微笑道。

“我不相信王干不知道杨彪的存在，这是警察的后手。你来这里卧底，其实他们就不再相信你了。”

李可点头称是……这一关过了。这件杀了两个人的大事，在吴右的书桌上只能占五分钟的时间。他不想再描述过程，说多错多，吴右不问了，他就不必再说。顾桃想必也有汇报，万一他和顾桃说的有出入，反倒容易招疑。

接着又去别墅吃晚餐。安娜一顿饭都看着李可，好像他丢了一块什么似的。李可猜她想让他今晚留下来，便推脱要回去弄材料。吴右点头，安娜没有勉强，脸上满是不快。饭后吴右让李可去陪陪她，他还要看会儿书，想想集团会议的事。李可只能从命，和安娜来到了她的房间。安娜并没有上来就扑，而是让他坐下，递来一杯酒。

“你又去杀人了？”安娜问。

他不说话，看着她，应该说是吗？

“你和顾桃同时不在，一定是去干这事了。”安娜给自己倒了一杯，“上次车祸之后，我每天都很担心你的安全。”

他一愣，逼着自己笑了：“只是为集团处理点事。”看来，安娜知道龙久杀过一些人，而且感觉到他并不精于此道。

安娜的脸色黯淡下来：“如果爸爸派你的任务让你很难受、不想做，你一定要告诉他。”

李可看着酒杯道："我会遵从他的命令的。"

安娜摇头："别再杀人了……我还是觉得，将来我们俩一起把基金做好，引领集团走向坦途，就比一切都值了。"

"皮之不存，毛将焉附？现在还没到时机吧？"他抬起眼说。他觉得只能这么说。

安娜叹了口气，放下杯，靠近他。"你知道你多久没要我了吗？"她摸着他的身体，"以前你一两天就会要我一次的……"

她一边摸着一边说着，好折磨人。如今李可更不愿意迈过这道坎，他强忍着身体的反应，吻着她。"没怎么的，只是最近发生了很多事，它还受了伤。"他指着弟弟说。

"哼，它早好了，你骗不了我。"安娜说着揪了它一下。它猛然一跳，支起了帐篷。李可赶紧起身倒茶，深呼吸，这有点生硬，就又坐回来抱着她。"今天不行了，你爸爸在我也不好意思，带你去我那儿，我又怕不安全。"这话还挺有道理的。

"我不怕，上次差点出事，我更想天天和你在一起了。我和爸爸大吵了一架，希望你和我一起去做基金业务，可他就是不表态。"安娜摸着他的胸说，"看你，身上那么多伤疤，我也生怕再多一个要命的。"说着，安娜解开了他的扣子，摸着他的胸膛。李可无法拒绝，只能吻她。电话突然响起，他赶忙接听。

"我回来了，要不要来我这儿喝一杯？"顾桃说。

那是必须的！你真会挑时候。李可连忙穿衣，说顾桃有重要的事要说，现在就要走。安娜撅起小嘴，一面埋怨多事的顾桃，一面帮他整理衬衫。"明天我去找你，你休想跑了。"

好吧，他至少还有二十四小时琢磨怎么办。

老家是什么？

第十六章

轻松上路，李可问了小庄和他女友的情况，一切都按着他的设定在进行，天衣无缝。白江恰好是那帮越南老鸨的供应商，一个电话就搞定了。小庄说得神采飞扬，说哪天希望能和女朋友一起请龙哥吃饭。当老大的感觉真好……对了，这事欠了白江一个人情，最好早点还。

顾桃住在离龙久住处不远的另一个河边独栋公寓。车穿过人声鼎沸的河边公路，拐进一条绿树成荫的小路，三拐两拐就到了小区。根据李进留下的情报，他俩经常在顾桃家里喝酒。小庄带他下车，来到顾桃院门口，按门铃。一个泰国女子出来迎接，说乍伦医生和助手们正在视频，谈术前规划，是个临时的活，让他们进屋稍等十几分钟。小庄说老顾最近病人有点多，攒了好几个，前一阵子他每天晚上收拾一个，有点忙不过来。

“什么手术？这姑娘又是谁？”李可想起自己有“间歇失忆”功能，忙一脸茫然地问小庄。小庄并不惊讶，说您可能忘了这事儿，顾桃是曼谷一骨科医院的义务医师，有执照的。他通过医院发来的病历考察病人情况，来决定是否给他们做手术，主要是脊柱微创，忙的时候一周总有那么几台，都安排在晚上。他医术好，泰语好，还能用三维软件做术前规划，很受医院的重视。只是顾桃的手术时间很不确定，他也不收费，一般要提前半个月预约。所以他一去医院就要做个几台。他虽然医术精湛，却从来不和医生和病人们交朋友，去了戴着口罩，下了手术台就离开。“姑娘叫玛尼，是顾桃的助理，帮他安排手术的，医学院毕业的本地华人，其实也算他半个女朋友。”

“他……悄悄地还在干医生？”李可吃惊不小。白天杀人，晚上救人，这是多么分裂的生活呀？

小庄继续补充。顾桃的医生身份叫乍伦，工作证、医师执业证都是教授让人办的。几年前顾桃就想在集团工作之外有点消遣，就挑了这个。教授很支持，强调他不能张扬，永远不要说出真实身份。顾桃悄悄干了一年，一串手术处理下来，医院就不敢小觑了。大陆的骨科专家一周的手术量几乎是泰国医生一个月的量，顾桃手术经验非常丰富，医院如获至宝，已聘他为专家顾问。集团元老们都知道顾桃的事，都为他保密着。

没多久，顾桃出来了。他夹着一根雪茄，穿着那件皱巴巴的西装，站那的样子还真的有点像医生。见李可来了他忙拉他进屋，问他是不是被安娜一顿臭骂，毕竟走得那么急。李可苦笑，先问了他回来是否顺利，得知顾桃差点被查身份证的捉走，他故意笑得合不拢嘴。

小庄识趣地在门外抽烟，顾桃带李可来到后面的小花园。穿过屋子的时候，李可惊讶看到这里摆满了骨头架子和各种关节，墙上也贴着各种医学示意图。这家伙在大陆没干过瘾，在这儿白天当贩毒集团的杀手，晚上穿上白大褂救死扶伤……了不起的人呀。

“最近公司的事太忙了，还是要少接点活儿。”顾桃坐下拿出酒来，晃着瓶子问，“高地威士忌？”

李可点头。“你在香港见了徐总？”坐下后，顾桃换了话题。

“是，教授让我去看看。”李可说。

“徐总上午给我来了电话，问这次会议是哪天。他要给大家准备鱼翅燕窝，掐着时间带来。”顾桃给他倒着酒说。

李可一言不发，看着顾桃。徐森不可能只说这些吧？

“他还问你回来没有。”顾桃说，“这有点反常，他不该问我的。”

“你怎么说的？”

“我今天才回来，什么也不知道呀。”顾桃手一摊，“你去香港是不是吓着他了？”

“我没说什么，说实话也没看出什么。我告诉他有什么事直接和教授说，就别让我传话了。”李可掂量着字句说。

“你还记不记得我几个月前和你说的那段话，关于忠诚和朋友的。”顾桃说。

李可最怕这种问题。你说过那么多，都是对李进的！“我哪记得？你别忘了我还是个脑震荡失忆患者。”他和顾桃碰了下杯说。

“我那次问你，如果忠诚和朋友成了生死矛盾，你怎么办？你说让朋友生，自己死。我越来越能理解你这句话。龙久，我敬你。”顾桃又举起了杯。

李可赶忙举杯微笑：“干吗说这个？”他的确纳闷，最近的经历足以让人精神错乱。

“如果有一天我和你之间出了这种情况，希望你信任我。”顾桃说。

说实话，他这句话吓得他要死。顾桃的电话突然响了。“明白，我来告诉龙久，我俩喝酒呢。”他挂了电话，看着李可说，“教授以为你和安娜在一起。他让我告诉你，后天一早九点在5号别墅开会，他让我们先去准备。其他人明天通知，后天早晨再告诉他们开会地址。”

李可点了点头，5号别墅还从没去过，李进在地图上标出过它的位置，而他……忘了。

那么，他要今晚就告诉徐森会议地址吗？

顾桃和他一杯杯喝着，他们说着各种趣事。聊着聊着他叫过来小庄，让他说那次去看人妖表演的糗事。而李可的心思全不在此，他已经卷入了毒贩内部的厮杀，却不知能否全身而退。

“你这个免费专家医生还要干多久？”李可对这个很好奇。

“多久？”顾桃沉思片刻，起身道，“走，让你俩开开眼。”

顾桃端着杯子，带他俩来到二楼的一间房子。屋子里有两台大电脑，舒服的单人皮沙发，一面墙挂满了骨科器具，锤子斧子锯子的，看着也很吓人。另一面墙上挂着一幅挂毯，顾桃将之掀开，只见墙面左边刻了很多八叉，右边刻了很多勾号，刻的勾号比左边的八叉多出不少。

“左边是我杀掉的人数，右边是我治过的人数。别看右边的挺多，杀一个治两个，才将就追上呀，估计我会一直干下去，希望早日这个比例追到1:10。”顾桃说，“要是我哪天从集团退休了，就可以天天干这个了……”

原来这是他赎罪的一种方式。李可欣慰地看着顾桃，难怪李进和他成了朋友。他略微数了下，顾桃杀掉的竟然已经有五十多人，不知是不是把美国的也算上了。李可心中发冷，说顾桃是个刽子手真的不冤枉……小庄却对此羡慕不已，说自己干掉的人还没有过两位数。龙哥和桃哥要多让他去趟趟场子，再有老捎帮这样的废柴让他去干。

“龙久你知道吗？有的时候我觉得，杀人的感觉和我做手术的感觉其实很像。”顾桃说。

李可很是纳闷，这怎么能一样呢？顾桃嘿嘿笑着：“教授说过，我在手术台上是治一个人的病，在集团里却是在治人类的病。”

他故意和顾桃喝到很晚，然后给安娜去留言：太晚了，就不方便过去了。

安娜没有回复。

带着一肚子疑惑回到家中，李可刚想坐下歇会儿，客厅角落里一动不动地坐着个人。真是吓他一跳，还能是谁？李可叫唤起来，他对秦朗这样随意进出颇有意见。秦朗毫不在意，说对李进就是如此，你有危险的时候就恨不得我就在你床底下了。秦朗很关心李进的状况，李可也据实告知。他又很关心他和安娜的关系，有没有乱来？这显然是他最想知道的。

“没有，我想尽了办法，可要绷不住了。”他说。

“要不然我给你大腿来一枪，躲她几个月没问题。”秦朗说。

“你想要我的命吗？”李可叫道，“现在不是我的问题，是安娜想睡我呀。”

“她想睡的是龙久，是李进。”秦朗说，“你要不想挨这一枪，我就打安娜。”

“你是来帮我的，还是来毁我的？打大毒枭的独生女儿，你想过后果吗？”李可生气了。

“最近有什么麻烦吗？”秦朗这才换了话题。他不经意低头弹烟灰的时候，李可发觉这个家伙其实很帅，周身有难言的魅力。他让李可紧张，却也让他放心，这是个难以捉摸的人……因为李进。

李可说了杨彪的事。秦朗摇了摇头说他胆肥，怎能不考虑突发情况呢？秦朗建议他还是在他的教导下认真训练几个月枪法，关键时刻可以救命。

“那我也可以像你一样一枪一个？”李可惊喜道。

“打人不难，杀人才难。”秦朗说，“你看着人的眼睛能扣下扳机，那才算数。”

见李可发愣，秦朗又问有什么对他有危险的人，如果有，又觉得很有危险，他可以帮他除掉。李可犹豫着，他决定不告诉秦朗后天一早的事，这样的一场毒贩内部厮杀，他帮不上忙，可能还有危险。明天之后，如果徐森得手，他也不会有机会再睡安娜，所有的事一了百了，可以画上句号。不过，考虑到李进那笔钱，也可以再等等。徐森说了，龙久可以继承吴右的江湖地位。

“李进是怎么救了安娜的，你知道吗？”想起安娜看着自己的眼神，李可问。

秦朗颇感意外，但还是告诉他了。两年前的一天，安娜要去泰国靠近老挝的一个小城参加一次野外射击比赛。这让吴右头疼，因为老挝帮残余尚存，可他还是答应了女儿前去。何翰领命，派出了他的侄子何雄带领的一支行动队前去护卫。谨慎起见，吴右建议何翰命令该区域的负责人龙久协同保卫。

龙久接到何翰的命令，也做了相应安排。而何雄为了争功，竟将龙久和他带去的队员排斥在外，还故意让龙久当了安娜的司机。比赛之后，为了让安娜欣赏山野风光，何雄没有让车队走龙久安排的路线，而让他绕去一条湖边风景路。李进当即停车，认为这有危险，而且何翰老大的命令不是这样。陪着安娜的何雄嘲笑龙久的资历，让他服从自己的命令。安娜也想看看这边风景，同意了何雄的安排。车队果然遭到不明来历者的袭击，何雄手下死伤过半。车胎被打爆，龙久将车扎进了丛林，与何雄等人保卫着安娜逃离。面对重重围兵，弹雨横飞，何雄要带着大家硬冲出去。龙久觉得完全不可能，这对安娜太危险，而且他已经通知了援兵，可以利用地形坚守。何雄急了，拿枪指着他的头，说他怕死。安娜不知谁说得对，危急时刻，龙久猛然夺了何雄的枪，将他当场打晕。他将何雄的枪递给了安娜，让剩下的四个人和他一起，利用岩石、高坡和树木分布成有效的阻击线，用高度灵活的小运动战相互掩护，互为策应，还收集起被打死的敌人的弹药。袭击者的进攻屡屡失败，人越死越多。战斗中龙久挨了两颗子弹，却击毙了六七个敌人，而剩下的保镖们一个没死。安娜第一次参加战斗，一出手竟然也打伤一个。没多久，龙久的援兵赶到，敌人撤退了。李进失血过多，晕倒在安娜身边。

吴右和何翰知道了事情原委，何雄的手下也认为龙久救了所有人。何翰对吴右表示了歉意，对龙久冷静、灵活的做法表示认可，何雄被调走。龙久伤愈后，在安娜的陪同下第一次得到了吴右的接见，接受了新的任命。他替代了何雄的职务，成为集团第三层干部中最重要的干将，负责集团核心人员和整个集团的行动队。为了让他参与业务，他还接管了徐森去香港后留下的业务。从那天起，龙久仍向何翰汇报工作，同时也要每周一次向吴右本人汇报工作进展。不久，升职的龙久完成了对发动这次袭击的老挝帮的围剿，老挝帮彻底消失在泰老边境，失去了最后的据点。

“不管李进怎么想，安娜肯定爱上了他，这个不会错。”秦朗说。

秦朗走后，李可瘫进沙发喘着气，脑海里翻滚着李进保护安娜的画面，觉得自己无论如何也做不到。超水平发挥的成就感和步步杀机的紧张感让他日渐分裂。入戏是好事，入戏过深则会精神分裂，自己这卧底演员要是入戏过深还拔不出来，早晚横尸他乡。李可惴惴不安，起身在屋里来回踱步，不知不觉已凌晨两点，他做了决定。他翻出徐森给他的号码，用另一个手机装了张新卡，给徐森发去短信，告诉了他后天一早的开会地点。虽然徐森后天一早也会知道开会地点，临时调动他的进攻部队可来不及。提前一天哪怕一个晚上，徐森让进攻者悄然埋伏过去，这完全不一样。

“谢谢老弟，虽然我已经知道了，还是要感谢你。事成之后，我很希望你告诉我你是谁，让我们成为真正的朋友。”徐森回复。

李可冷笑着拆了电话，揪出电话卡扔进马桶。看着水流冲走，他又觉得不对。徐森说他已经知道了，这是怎么回事？难道除了自己，还有人在和徐森串通？

躺在床上也睡不着，李可翻着琪琪的微博，看着她既往的视频，心安起来。柔软的味道在覆盖着他，他想起在酒吧的那个夜晚，他多想抱抱她啊。李可闭上眼，眼前全是琪琪的脸，这是爱上她了？但愿后天一切顺利，管他谁死谁活，只要尸横遍野，他可能是最大的赢家……

这是一次临时的核心议事会。上次在巴拉根大厦顶层，这次却选在吴右在北榄南部靠近芭提雅的5号别墅，离市中心较远。小庄拉着李可一大早出发，一路上并无异常。林荫道又弯又长，路上还有一道关卡。从大门到别墅楼前将近百米的路上遮了天蓬，小庄说这是为了防止警方高空无人机的侦察。李可观察着这里的环境，一面靠海，如果有人从门口进攻，竟没有退路。而且此地偏远，救兵或者警察赶过来可得花些时候……

元老们纷纷坐车来到。李可早到片刻，和吴右站在门口迎接大家。吴右一个个点头，李可一个个握手。这是和谐的场面，也许每次都是如此。徐森带着老白来了，他和吴右罕见地拥抱，像十多年没见了似的。戈萨调侃他的肥胖，说这是自带防弹衣呢。徐森说自己是心宽体胖，天天琢磨吃喝。何翰冷脸依旧，不迎不拒。卫风华四处溜达，闲瞅着各处风景。李可抽了个空，和他说换银行账号的事。卫风华说这是小事，他建议李可去另一家银行开个户。集团高管的薪资账户有点分散，他在建议老大统一管理。徐森高声唤着李可，全然无尴尬。李可也演得到位，说他大老远带来鱼翅燕窝，真是有心。徐森得意地说这是他的业余爱好，香港的大厨也不见得比他做得好。

众人鱼贯进入别墅，来到靠海的一间会议室。屋里角落架着一具香案，香气绕梁，是最好的伽楠香。元老们继续开着玩笑。徐森说最近前列腺出了问题，一撒尿就疼。何翰调侃起来也是一脸的冷，说那你那几房漂亮小老婆怎么办？徐森夸张摇头，说老婆以为他在外面搞得没精力了，真是冤枉。何翰说你呀三高缠身，还是悠着点吧。何翰的定力让李可佩服，他和顾桃刚干掉何翰用了两年的杨彪，就算是个卧底，那也是他的人。而何翰此刻谈笑风生，像没有这事儿一样。

会议就要在这间房子开始，大家纷纷就座，等候教授开口。吴右却没有坐，见关了门，他转身推开了会议室另一边的门，说天气这么好，大家换个地儿吧。说罢吴右向外走去。门外赫然出现一条枕木长桥，弯曲着延伸去码头。吴右走在前面，大家纷纷跟上去。阿俊拢着手站在码头边，身边都是他的人，身后岸边停靠着一艘双层大游艇。

李可傻了。会议并未要求行动队保卫，他也乐得如此。但全是阿俊的人，这让他万分不安。李可本能地看向徐森，徐森脸色陡暗，也只能跟着吴右走向前去。

皮鞋踩在枕木上又闷又响，每一步都让李可提心吊胆。阿俊在船前收起了大家的手机，再用一个探测器扫描每一个人。李可兜里的Zippo打火机被他没收，阿俊抱歉地说船上该有的都有。徐森带了一盒好雪茄，拎着那篮子新鲜的鱼翅燕窝，神似一个胖乎乎的大厨。阿俊放行，还开玩笑般扣了一盅。

众人上了游艇。保镖们松开了缆绳，船离了港，飞快驶向大海。5号别墅眨眼变成了海边一个小点。戈萨和吴右说笑着，背着手看着大海。何翰坐在船舷边一言不发。顾桃揪着徐森说个不停。徐森虽然强颜堆笑，额头已然见汗。他的参谋老白有没有看到游艇离岸？别墅前长长的天篷长廊会不会挡住老白的视线？如果老白没有看到，他很快就会下令徐森的人进攻别墅。

要出事。

李可想走近徐森，和他商量几句应对之策，但这非常愚蠢。吴右的安排是出于谨慎，还是他已经知道了徐森的计划？阿俊和他的人可不是吃素的，徐森绝不敢单独在海上对吴右出手。游艇飞快，李可似乎有些晕船，恐惧像大海般深不见底。海岸都要看不见的时候，周围变得风平浪静。海水清澈碧绿，海底的珊瑚幽幽可见。吴右招呼大家坐去蒙着白布的桌边，先吃徐森带来的好东西。这是李可尝过的最好吃的鱼翅燕窝，却吃出一股胆战心惊的味儿。戈萨让徐森给大家发他的雪茄，徐森又笑起来，说这是他存的最好的雪茄，再不抽就没了。他一根根发着，众人一一接过。李可也真佩服这个徐森，此刻还能笑得出来。

收走了鱼翅燕窝盅，吴右接过雪茄，闻了闻，却放在了桌面上。何翰把玩了两圈儿，也没有用钳子去剪它，看了眼吴右，放下了。顾桃潇洒地咬掉了雪茄屁股，正要拿喷枪点烟，似乎感到了气氛的不同，也放下了。戈萨虽然起哄，却是个不抽烟的。而卫风华碰都没碰，只是插着手看着面前的雪茄在眼前滚动。李可将雪茄在手里转了转，看着这一桌情况，忐忑地放在了桌面上。

徐森举着喷枪，脸上的笑凝固了。

桌面上，七支雪茄随着游艇微微的起伏滚动着。

游艇沉了锚，引擎关了。海浪轻拍着船身，声音悦耳。阳光猛烈，而船上的气氛将入冰点。李可看了眼徐森，徐森看着桌上滚动的雪茄……他的事败露了。

那我呢？李可觉得要瘫在座位里了。不远处一团乌云正在卷来，里面有隐约的闪电。保镖们钉子般站在船的四周，都带着耳机背朝这边。阿俊在吴右身后不远处站着，戴着墨镜的那张脸绷出深深的沟壑。李可掐了掐腿，缓过一口气来……回头无岸，听天由命吧。

吴右慢慢站起，走去船头的一尊雕塑前点香，拜了拜，插上。李可刚才还以为这是关公，此刻仔细看，却像是个西方的牧师。吴右看着雕像，不说话，也不施礼，这奇怪的氛围让李可不安，而徐森已经面如白纸。

“能和大家走到一起，而且一直走到今天，我非常欣慰。自打被麦克法兰牧师点化，我坚持至今，也全靠大家的支持。”吴右慢慢说着，转过了身，“这些年，我们岂止如履薄冰？那是步步生死。集团有今天，不知是多少兄弟用尸骨铺出来的，用命搏出来的。有时候想起来，真觉得愧对大家。”

李可一愣，麦克法兰牧师？这是谁？与吴右的“信仰”、“老家”有关吗？

众人悄无声息，徐森紧绷着嘴唇。吴右慢慢坐下，喝了口水，让大家说说各自的工作中的问题。李可已经熟悉集团议事会的特点，和他看到的很多国内大公司的会议不同，集团的会只说在下面不能解决的问题，会议可以形成解决方案。能够在下面协调和解决的问题不允许在会上说，因此他根本没有什么好说的。戈萨说泰国警方加强了打击力度，一些固定的直销客户进货量大减。卫风华说了说集团财务状况依然很好，只是毒品原材料的成本在变高，要注意一下。大家言简意赅，很快也说完了。

李可知道，吴右并不想听这些。

轮到徐森了，他说的都是港澳和广东市场冠冕堂皇的东西。吴右耐心地问了他很多问题，也都是在具体业务之内的。徐森说他本来该前天就来的，提前和教授交代一些头疼的问题，可是那边事多，实在是走不开，一会开完了会，他想再和教授单独说说。吴右点头，又摇摇头，然后看着李可，看得李可一身鸡皮疙瘩。吴右看着李可，所有人就都看向李可。顾桃也叼着烟瞪着他，眼皮眨都不眨。这什么意思？李可低下头，摸着腕子上的伤疤——这是李进的标准习惯动作，李可已经把它变成了自己的。尴尬中，李可慢慢明白了。吴右已经决定控制徐森，也许他前晚就已经告诉了顾桃今天的安排。吴右说过，对一个内部人的怀疑有七成把握就可以干掉。而徐森已在香港做了那些事，又在今日自证了百分百。

吴右并没有提醒去香港的李可，顾桃也没有，这说明了什么？

李可微微哆嗦起来。吴右在等他说些什么。不管徐森对他说了什么，这并不影响吴右对徐森的判断和处置他的决定。吴右派他去见徐森既是幌子，也是考验。而在这个场合，吴右可以看出更多想看到的问题。李可真不知道该说什么。说实话，会被扔进大海喂鲨鱼。说假话，徐森会怎么想？他可以完全否认和他说的一切。李可正要咬牙胡说几句的时候，阿俊拿着卫星电话走了过来，趴在吴右耳边说着。吴右点头，又抬头，对阿俊说：“先留下活口。”这句话吓坏了一桌人，而吴右眼都不抬。阿俊点头，拿着电话去了。保镖们转过身，纷纷掏出了枪，在桌子后垂手而立。何翰一动不动盯着徐森，眼神像海里的鲨鱼。

徐森叹了口气，拿起滚来滚去的一支雪茄，点着抽起来。

李可必须说点什么了，否则祸不旋踵。“徐总，我早跟您说过，您有想法一定要和教授直接沟通，我一句也传不了。”李可这话是带风险的，两害相权取其轻，只能这样了。神仙打架，小鬼不敢掺乎，李可这话很适合夹在吴右和徐森之间的状况。徐森和其他元老不同，毕竟他是和吴右当年一起偷渡去美国的。

“老徐，我不说什么了，你自己看着办。”吴右颇疲惫地说，“你的人死了不少，你那参谋也被活捉了。”

徐森的脸好像塌了下去，夹着雪茄的手也抖起来。他一口口抽着，瞬间苍老了。“吴右啊，跟你最早打天下的兄弟，也就我和陈虎还活着了。陈虎伤了人，我伤了心。来了五六年的人，都一个个蹿到我上面去了，你有没有为兄弟我想过？”徐森说完，看着吴右。他这“开场白”令李可惊讶，怎么说的是这个？

“你这叫什么话？教授难道没这个权力吗？”何翰倒先发了火，肯定是徐森那句托大的话伤了他的心。何翰也就比徐森晚来四五年，就被徐森扒拉到元老之外去了。

“何总，让他说话。”吴右平静地摆了摆手。李可诧异地看着他们，突然意识到徐森是故意这么说。他在摘除他和自己的事，故意说了一句也在得罪龙久的话。

徐森晃着脑袋，用悲凉的语气说着。大家几十年出生入死为什么？只是为了善的虚名？为了虚无缥缈的信仰？李可不由看着其他人的脸。徐森竟然兜起了底，发出令人揪心的质问。可是船上没有一个被徐森这话打动的。

“这就是你和胡狼帮合作，要干掉我、刺杀龙久和安娜，还要在今日干掉大家的理由吗？”吴右冷冷地说。

真要命，吴右是怎么知道的？李可的心就要跳出喉咙了。吴右果然认为胡狼帮对自己的刺杀与徐森有关。想到此李可意识到，他还是安全的，因为刺杀龙久的徐森，不可能在这条船上和龙久是一伙。

“由来已久啦……”徐森无所谓道。他说并没有想干掉大家，只是想请大家表决，一起选掉教授，他觉得这么搞下去，集团休矣，而且会害死大家的。胡狼帮刺杀龙久和安娜的事他事前并不知道，事后他验证了，还找了水王让他立刻收手。显然，他的话没人信。

但李可信。

船上沉默着，船在吱吱呀呀地起伏。锚链扣在船舷，发出古怪的声响。

“你还是觉得……我是在沽名钓誉？”吴右似乎很失望，“那我真看错了你，你不该和我走这一路。不管你怎么想，你都可以和我明说，不该在背后搞那些勾当。你以前的事我忍下来，可今天，再说不过去。”

徐森纳闷起来，说今天的事儿他认，以前的事儿？还请明示。

“五年前，要不是你故意泄露陈虎的行踪，他能被两个小警察开枪打成这样？”吴右眉毛一挑，眼中杀气四溢，“你为了顶替陈虎的位置，竟然干出这样的事！”

在座各位除了何翰，包括元老戈萨，都和李可一样震惊，看来都不知道这事。徐森脸如死灰，显然吴右说的是事实。李可看着何翰那狠绝的脸，估计这事八成又是他查出来的。李可终于猜透徐森为什么要干掉吴右，他知道吴右早晚会查清这件事的真相。陈虎是集团二当家，令人生畏的元帅，在纽约唐人街和其他帮派火并中，若不是该人的反击力挽狂澜，吴右早就被黑人和华人帮派联手诛杀。这样一号人物，却在五年前的曼谷街头，被两个小警察两枪打断了脊梁骨，至今仍在美国养病。

吴右叹了口气：“我一直没说，就是等着你自己说，和我说，和陈虎说，甚至和何翰说都可以，可你没有……”吴右手里捻着一根雪茄。咔吧一下，断了。迈克和阿俊一左一右站去徐森身后，这是明白无误的信息，他回不去了。

徐森放下了雪茄，长出了一口气：“我的参谋劝我这次不要来，说可能是鸿门宴，可我还是来了。这么多年，上刀山下火海，教授你只要说了，我从没有不去的。你让我来曼谷，我也没有一次不来的。活到这把年纪，不想低三下四了……我只请求你能留老白和其他手下们一命，他们只是执行命令。”

吴右冷冷地看着他，未置可否：“你背弃的不止是我，还有你自己的誓言，老规矩，我们表决吧。”吴右说完看着大家。

这真令李可诧异，他从没在电影上见过黑社会还搞民主表决的。不都是独裁吗？不都是黑老大一个暗示就杀人吗？该举手吗？举和不举有什么区别？顾桃先举起了手，然后是戈萨和卫风华，这已经三票了，再多一票，徐森就要被处死？何翰像一尊石像般不动，他是不会举手的，虽然这事是他查出来的，出于老将情义，他可以不举。顾桃望着李可，而李可看着徐森。徐森眼神淡定，对李可微微点了下头。李可明白，他并不准备说出自己。他就要死了，他要留下这个龙久，因为这人可能会要吴右的命。

李可举起了右手。徐森低下了头。吴右面朝那个牧师雕像，背着手说：“老徐，你想怎么走，说说吧。”

什么？这就要动手？椅子里的徐森像一座石像，并没有李可想象的惊慌。他抽着雪茄，似乎陷入沉思，肥胖的身躯微微起伏。“吴右，还记得我们到美国的第一天吗？”

吴右一愣，脸色黯淡了下来。

“咱俩到了纽约，身上只剩十美金，刨掉去唐人街的路费，在那个小摊子只能买一个汉堡包或者一杯芒果汁。你饿我渴，我要你买汉堡包，你还是给我买了芒果汁。三十三年过去，那杯芒果汁的味道我到现在还记得……”

吴右眼圈红了，他缓缓起身，走向游艇后面，不知去干什么。徐森抽着雪茄，看着大海沉默着。没多久吴右回来了，端着一大杯芒果汁，插着一根吸管。

“我自己给你做的……”吴右放在了徐森面前。徐森拿了过来，慢慢吸了几口，推给了吴右。吴右接过来，在他用过的吸管上吸了几口，又推回给了徐森。他们就这样一来一往，吸管发出呼噜噜的声音。时间好像停止了，海浪的起伏中，两个同渡西洋的难兄弟，好像又回到了上岸时的日子。这一杯芒果汁终于见底，徐森满意地抬起头，站起来，他对吴右伸出了双手。吴右也郑重站起，伸过去握住了。他们紧紧地握着，手像焊在了一起，二人瞬间泪如雨下。

何翰显然并不想替他向吴右求情，他站起来伸出双手，鞠躬，探身握住了徐森。徐森挺着肚子，何翰老弟，看在咱们一起玩儿过命的交情，每年给我敬杯酒吧？何翰重重点了点头，那双残忍的眼睛也红了。戈萨走了过来，和徐森拥抱了一下，然后对他双手合十。然后是李可，他赶紧起身，深深鞠了一躬。他握徐森的手软弱无力，他都不敢看徐森的眼睛，浑身锥刺般难受。和其他人看来不用客套了。徐森坐下，抽了口未熄的雪茄道："别用枪了，我害怕。龙久，还是你来吧，你扭脖子利索，给我快点儿。"

扭脖子？他让我扭断他的脖子？众人纷纷看着李可，都没有坐。他们的眼神里，李可明白，"他"应该对此非常擅长。李进一定将这事玩得干净利索，而徐森可能亲眼目睹过。但他不是呀，李可连活鸡脖子都没有扭过。可以推掉吗？吴右那决然的眼光告诉他，不行，这非但是处死徐森的方式，也是让"他"在大家面前立威的仪式。他的脑海中飘过无数个电影里扭脖子的桥段，史泰龙的、施瓦辛格的、斯坦森的、史蒂芬·辛格的，他甚至想起了做大保健时按摩小姐扭脖子的手活儿，各种咔咔响。可是，这里面有一款适合他吗？适合脖子比大腿还粗的徐森？他的确演过拧鬼子脖子的戏，可那是戏呀，还拍了七八遍才过，那鬼子演员总是没等他做样子就把脖子扭一边去了，两人都被导演骂死。

徐森淡淡地看着他，抽着烟。吴右双手支着桌面，谁也不看。他不坐，就没人坐下。他们在等，等李可去拧断徐森的脖子。虽然李可已经适应得可以不再飙尿，却没有适应出当着这么多人徒手杀人的本事。

李可喝了口水，让自己平静下来。分镜头一一飘过，不拧不行了……他隔三岔五练射击，却没想到亲手要杀的第一个人，竟是用的这等手段……就用施瓦辛格的吧。李可慢慢走去，在徐森身边鞠躬。徐森将手摊开在桌面，闭上了眼。李可从他身后伸出左手，环过他的脖子放去右肩，扳住了。再将右手放在他的下巴上，暗自运气，扳住徐森的下巴。他牛逼地扫了大家一眼，然后猛地一扳，只听咔嚓一声，徐森的脖子拧去了一边。

好像没那么难……李可扶着徐森的头，准备把他慢慢放倒在桌面上。可是他并没有倒，脖子虽然歪着，眼珠子还在转着瞪着李可。李可僵住了……戏演砸了。

众人不安地扭动着。吴右紧皱眉头。顾桃张着嘴。何翰死死地盯着他。那一声咔嚓说明拧出了些状况，看来并没有拧到位。在众人的注视下，李可只能慢慢扶好他的头，摆好姿势，绷足了力气，摧枯拉朽般狠狠地又来了一下，还大喊了一声，像从别人怀里掏出个橄榄球似的。徐森闷哼一声，脖子哗啦倒去一边，扑在了桌面上。

看着他不动了，李可起身，慢慢走到一边。看着徐森紧闭的双眼，他鞠躬，保持不动。日本人的电影里就是这样的。“龙久……”顾桃轻轻地说。李可回头，只见顾桃冲他努嘴。他纳闷回头，吓得天灵盖都要飞了。徐森慢慢用双臂支起身体，脖子显然回不去了，梗在半空怪吓人的。他没死，呼呼喘气儿呢。

“龙久你什么意思！”何翰愤怒地拍着桌子，一双眼要喷出火来。

“老弟，难为……你了。”徐森艰难地说。

李可呆呆站着，满脸的羞愧、委屈和害怕，可他不知该怎么办。阿俊掏出了枪，轻轻拉了枪栓。吴右一脸苍白，面露痛苦。何翰鲨鱼般的眼瞪着他，恨不得要吃了他了。“让大家……见笑了，我太胖了，自己……来吧。”徐森说着，推着桌沿儿艰难后退，他把脑袋平放在桌面上，双手抱头，按住了，猛地扭动了他庞大的身躯。掰棒子般的声音响起，他倒下了桌子，重重砸在船板上，不动了。顾桃上去摸了摸，示意这次是真的了。吴右闭着眼，久久方才站起，他走去徐森身边，对他鞠躬。

何翰猛然起身，走去了船边，默默站在船舷。大家都在鞠躬，船上静得像坟墓。李可的心凉得像冰疙瘩，但松了口气，心里满是侥幸和对徐森的感激。徐森遵守了对他的承诺，至死没有说出他的秘密。他俩默契的计划失败了。徐森送了命，而李可不知道自己是否过了关。阿俊和迈克将徐森庞大的身躯抛进了大海，“扑通”一声，他眨眼就不见了。

吴右背着手看着众人，海风吹着他稀疏的头发。

“这件事儿到此为止……何总，别忘了给徐总在老家报个位置。”

众人沉默，李可低眉。到此为止，就是不追查了？

老家，李可的脑子里全是这两个字。

噩耗

第十七章

会议仍要继续。

吴右说出李可最为期待的话，开始筹备亚太会议，也就是王干所说的毒枭大会。吴右做了细致的安排，大家要和吴右去拜访一些重要的本地伙伴。据王干说，东南亚的毒枭们也开年度会议，每一次都和警方捉迷藏或者对着干。几年前有一次是泰国警方单独行动的，因为内有奸细，几十个警察扑空中套，被一颗定时炸弹炸死七八个。没有证据证明这是吴右干的，但这事八成和他有关系。从那以后，大陆几个省的警方便开始独立行动，不再和泰国警察走得那么近。

吴右仍没有说出开会的具体地点和时间，只让大家分头联络和行动，地点时间待定。李可不明白他为何在这个时候宣布大会的事，而之前吴右并没有与他沟通，孙和尚的事也还没有执行。徐森之死，会让他改变一些决定吗？

“返航吧。”吴右说。

李可都忘了那天怎么回来的，只记得吴右拍着他的肩膀说：“知道你下不了手，徐总毕竟不是别人。你不说徐森和胡狼帮的事我也可以理解，徐森跟我最早，你是真的难做。”

徐森的死需要一个说法，公开的理由是他出海钓鱼时心脏病发作，摔进了大海。没有人会质疑这个理由，他的家人不会，警方也不会。走之前顾桃告诉李可，徐森的参谋老白，以及十多个被活捉的杀手都被何翰的人绑着手脚扔进了大海。

徐森的事给了李可巨大的教训，没有人能算计吴右。除非被逼到绝境，他再也不会如此冒险。不然，要么被喂了老虎，要么被喂了鲨鱼。

安娜拉着他又去练习射击，还穿了一身短款运动服。看着有备而来的她，李可吞吞吐吐。安娜说李可的脸色白得像死人。当得知徐森发了心脏病掉海里死了，安娜立刻哭了。那是抱着她长大的伯伯，她不相信这么容易就死了。安娜要立刻给吴右打电话，说最痛苦的一定是她父亲，那是他生死与共的兄弟。李可看着安娜打电话时抽搐的背影，感到深深的寒意。也许他被吴右弄死的那一天，安娜也只会知道这么多吧。吴右对自己的那些温情暖意，不可能比过他和徐森这样的兄弟情谊。徐森的结局尚且如此，他又如何？安娜也做不了他的挡箭牌，她甚至不会知道。

不对，李可呀，你的脑子坏掉了吗？你是卧底，你的任务是干掉吴右和这些帮凶，你真的把自己当李进了？回到寓所，他抱着她坐在沙发里，说徐总就是太胖了，又三高，难免会出事。安娜说小时候有一次徐伯伯带她到野外玩，来了两只恶狗要扑她，徐伯伯赤手空拳打死了两只狗，他自己身上被咬得全是血。徐伯伯对她一直很好，想不到就这么去了，他和爸爸在一起那么多年，爸爸会多伤心呀！

李可沉默着。

这一晚，安娜并没有和李可温存，只在他怀里轻轻睡去。看她睡着了，李可突然流下了泪，也不知道为什么。也许是为自己这狗血又身不由己的卧底命，也许是太害怕了，也许是……曼谷的夜空异常美丽，不知哪里在放着烟花，花朵在空中绽开，夹杂着孩子的笑声和好听的音乐。它们从打开的窗户里涌进来，像天堂的召唤。一墙之隔，一心之外，世界在黑与白的两端。在黑夜里走得太久，白天的影子也会令你害怕。李可看着安娜美丽的脸，抚摸着她的身体，就像她是自己的女人。

也不知妈妈怎么样了？爸爸离开之后，这名老教师在住了三十年的老房子里继续她的日子。她也从不催着他们结婚要孩子，甚至不要求和他们一起生活。她不知道李进的工作内容，对李可的行当知之甚少，当然李可也不好意思让她看他演的那些烂剧，还有点怕她把自己认出来。六十多岁的妈妈虽然一身毛病，生命却强韧无比。有时候他不知道她的希望是什么，也许根本没有，也许这样才是对的。

后面几天，安娜去新加坡开一个重要的投资会议。李可如蒙大赦，却在疑惑和反省中度过。虽然李可总觉得自己演技高超，哪怕真的比李进还像李进，穿帮的危险仍丝毫不减。若觉得这就算过关了，那就是在给自己挖坑。吴右、何翰、顾桃、安娜，甚至小庄，都随时可能将他轻轻戳破。而王千等警察朋友根本救不了他，甚至连他的尸体都找不到。但是不行，在没搞清楚这个“老家”之前，在没搞清楚李进为何变节之前，在他卧底工作取得像样成果之前，他不能放弃。他需要耐心，需要鼓足勇气，等待和创造时机。

这天晚上，安娜赶晚班机回来了，因她明天还要飞赴伦敦。她说累得腿肚子转筋，还被飞机上的空调冻得有点伤风，连澡也没洗倒头便睡。李可看着呼呼睡去的安娜，正想给她冲一杯感冒冲剂喝下去，一条短信钻了进来，是秦朗，两个字：出来。

要命！安娜在屋里睡着，这可说不清了。李可悄悄起身穿衣，想了想要不要带枪，还是作罢，有枪你能干得过他？看了看表，这是半夜三点。李可悄悄出门，望见秦朗在路对面的灯影下抽烟，他不由得看了下秦朗的右手，还好，没掏枪。李可踮着脚走过去，演出一副心里没鬼的样子。“我没睡她！”李可赶紧摆明态度。

秦朗表示相信，却问他怎么做到的？莫非你是阳痿？李可说了徐森的事，说安娜这样找他，总不能踹她出去，也不能忍着不硬，再有两次，李可不能保证不出事。我绷得住，我那小兄弟不行呀。

“我还是打她一枪吧。”秦朗说，“李进会明白的……”

“你疯了！她明天下午去英国，这次是长差，没有个把月回不来。”他赶紧堵着秦朗的嘴。

秦朗扔下烟头，踩灭了，一脸狐疑看着他。

我睡不睡她你管得着吗？我真睡了你能知道吗？在性都曼谷，还有秦朗这样的保守奇葩。李可不想在这大半夜的和他吵架，忙转移话题：

“李进和你提过一个什么老家吗？”

“没有，这是什么？”秦朗纳闷道。

李可摇摇头，不再问了。秦朗看着他，黑夜中的脸发着吓人的光。

秦朗走了，李可悄悄回屋上楼，爬到床上，轻轻睡去安娜旁边，慢慢关灯，生怕把她吵醒。躺下后他喘了口气，像躲过一劫似的。看着安娜沉睡的脸，李可轻轻咬着嘴唇。钻在李进的名字之内、皮囊之下，他早晚会杀人，早晚会出事，早晚会和安娜发生这一切，否则他就不是李进，不是龙久，也就不再是自己。

安娜翻了个身，捉住了他一只手。深夜的风掠过屋里，月光里的安娜美若女神，身体像荡漾的湖波。她的黑发散在他的胸口，像正在钻进他的身体。年少时的他装作李进睡了那个李进喜欢的姑娘，而今天的他又装作李进被他爱着的安娜抱着。李可开始怨恨这个世界，怎么会用这样的方式收拾他，报复他一贯的轻浮？既然如此，他索性抱着安娜沉沉入梦。天总会亮，明天一早，他还要继续绷起十分精神活下去，完成属于李进的、也是他的卧底使命。

一条公众号信息进来了。李可急忙打开，是警察们发来的，问天亮后是否可以见面。他们一定听到了什么。李可在下面的一个旅游期望目的地选了C，说明他可以。

他在安娜醒来之前离去。跑向那个小超市，见面之后，他想买些早餐回来遮掩。秦朗照例在他身后一两百米跑着，这个奇怪的家伙，他前世欠了李进什么吗，可以这样忠诚地护卫？秦朗并没有追过来问他，他看着李可进了小超市，就进了对面的咖啡馆。

李可买了早餐，走去超市最里面的小桌子，一个男人正在喝着粥，他戴着墨镜，穿着一件皱巴巴的夏西装，竟是王干。

“徐森是怎么回事？”见他在一旁坐下，王干当即开口，果然是这个。

“吴右发现他和敌对的越南胡狼帮勾结、走货，也怀疑是他让胡狼帮刺杀我。最根本的理由是他出卖了陈虎，导致陈虎现在还在美国养伤。徐森担心自己这一切败露，组织了人马要干掉吴右，没成功……吴右在船上处死了他。”李可低着头边吃边说。

王干点着头，喝着红茶说他被降职了，他没有说出李可和李进的事。

“你特意来一趟，就为告诉我这个？”李可纳闷，他用后脚跟都想得到王干被降职了，没开除就不错了。

“我来，是觉得这件事必须亲口告诉你。”王干扭过身看着他说，“李进走了，他大前天晚上突发呼吸衰竭，医生尽了力也没能抢救回来。”

李可的眼前一黑，手里的面包掉进盘子里。“不要哭，等没人的时候再哭。”王干说。

他的心像是被一只手攥住了，呼吸都困难起来。“我们都很悲痛，战胜悲痛的唯一办法，是完成李进的任务，将这些毒贩们铲除干净。”

李可闭着眼咬着牙，虽然早有预知，他还是被悲伤击垮。我的哥哥呀，你真的这么走了？你让我怎么办？我在满是羞愧的早晨醒来，一路都在想着将来与你如何面对，可你竟然就这么走了？他咬着嘴唇，看着咖啡在手里摇晃，但他真的哭不出来，他的眼睛像被冻住了一样。“他现在在哪？”他颤抖着声音问。

“按照规定，烧掉了。”王干说。

“我操你妈！”李可怒极，一把揪住了他的衣领。小超市里买菜的人吓了一跳。王干平静地看着他，就那么看着他，直到李可放开。李可慢慢坐下，咬着牙说：“你如此残忍，和毒贩有什么区别？”

“我们当然和他们有分别！”

李可抱着头，自言自语般低声说着。既然李进走了，他的任务已经不存在了。我已经不是在为他卧底，而是为你们，为你们这些没人性的警察。男一号没了，这个替身不需要再演戏了，你们另想办法吧。

李可起身要走，王干一把抓住他，说李进出事的那辆车的详细检测报告出来了。车被人动了手脚，转向系统被破坏了，那不是事故，李进是被谋杀的！李可傻了，他颤抖着慢慢坐下，问道：“知道谁干的吗？”

“目前还不知道，不知道是燧石集团内的人还是其他人。李进那辆车是租来的，你要查查燧石集团里谁在那个时候去过江城。这事关重大，也许有人知道他不是龙久，不搞清楚这个，你就是不干了，也会被人追杀到天涯海角。”

“骨灰呢？”李可坐下问。

“留下了，暂时就安放在我们的仓库里。”

“别让我妈知道。”

“放心吧。”

“我能不能找机会干掉吴右和其他人？”

“不行！”王干扭过头来说，“你虽然不是在编警察，只是专案特勤，也不能用非法的手段，而且这么做没用，很快东南亚就会出现第二个吴右。”

“也就是说我没得选，对吗？”李可喝完了咖啡。

“你仔细想想，如果你是李进，你会怎么选择？”王干说罢起身，走了。

李进？他已经叛变了，而你们还蒙在鼓里！李可轻叹了口气，把脸埋进双手，决定不告诉王干关于“老家”的事，还是先把它弄清楚再说。超市里人声渐杂，他起身离去，又回来，给安娜买了早餐。结账时他颇觉恍惚，我在做什么？我到底在做什么？有个大导演和他说过，最成功的演员会人戏不分，最失败的演员却是人戏难辨，前者说的是演技境界，后者说的是失败人生，而他是哪一种呢？

他跑回了家，一路无泪，一会儿他还要扮出笑脸，去吻可能还没起床的安娜。

吴右来了电话，问安娜心情怎么样。李可据实汇报，说安娜从新加坡回来受了点凉，徐总的离世仍让她很难过。吴右说她下午又要飞伦敦，让他好好陪她。他停顿了一下，又说本来想让他一起去见个当地的警官。李可说如果需要他就过来。吴右说没关系，不差这一天两天。

安娜果然还没起，趴在床上睡得像个孩子。看着她，李可的心又软了起来，这世界再无情冷酷，也不是她的错。他难过起来。他钻进浴室，揪下毛巾想哭一场，可竟哭不出来，干呕了几下摔倒在地。他抱住自己，用头撞着地板。真正的悲痛无泪可流，他的孪生兄弟啊，陌生了这么多年，竟还是心脉相通。他站起来看着镜子里的自己，那张脸因为痛楚扭曲着，抽搐着，眼里升起他自己都害怕的杀气。也许从他和李进出生的那一刻，这一天就命中注定。李进终归是他们杀死的，不管是谁，他们都属于这个邪恶的江湖。他不想再被假象蒙蔽，不想再被自己欺骗，甚至不想被安娜软化。与吴右有关的一切都是邪恶的，他不该有半点怜惜。

李可出了浴室，见安娜翻过身来，仰面继续着她的梦。她的睡衣撩在腰间，一只乳房挂在睡衣外。他克制着内心的柔软，慢慢脱去衣服，爬上了床。愤怒和悲伤让他坚硬起来，他在她还没有醒来时蛮横进入，用最猛烈的动作翻腾起来。醒来的安娜异常惊诧，却没有拒绝，而是抱着他，迎合着他。他并没有达到他的目的，安娜的叫声是另一个意思，激烈得令他惊讶。“爱我吧！爱我吧！”安娜又轻轻地喊着。当终于到了尽头，他们抱着瘫在一起。他的泪水夺眶而出，在她的肩上大哭起来。安娜吃惊地转过来抱着他、吻着他，不知道他到底怎么了，但她什么也没问，只是紧抱着他。没多久，她也哭了。一样的泪水，不同的缘由，此刻却融化着彼此。他把头扎在她的胸前，哭得像丢了糖果的孩子。

“笨久，亲爱的，我们结婚吧！”安娜抱着他说。他抬起头，看着她哭肿的眼，告诉她只是一时害怕，已经没事了。安娜心疼地抱住他，说她明白。你明白什么呢？李可退却欲望的身体萎缩起来。惭愧和自责冲击着他，他擦泪起身去卫生间，在喷头下久久沉默着，痛苦着……

吴右又来了电话，安娜不让他接。铃声响个不停，他拿起电话走去窗边。“龙久，有人要杀我，我被包围了。”吴右声音急切，手机里传来了枪声。

“你在哪儿，我立刻过来，谁和你在一起？”李可本能地做出了该有的反应。演戏多了，台词可以自然流露。

“我和何总、迈克被困在泰芒街逐鹿茶楼的顶楼包间，其他保镖都死了。有一群人在暗处围着我们，不要报警，你告诉顾桃，我不能接电话了……”吴右快速清楚地命令着。

李可挂了电话，立刻电告小庄到楼下等。他装作无事，穿着衣服对安娜说：“你爸爸让我去开个重要的会，你再睡一会儿。”

他吻别了她，下楼时小庄已经在了。“带了几把枪？”李可开口就问。

“哦，我身上一把，车里有三把，还有一个大家伙。”小庄说。

车开往泰芒街，路上他给顾桃去了电话。顾桃也接到了何翰的电话，正在飞奔而去。李可问他是什么人在包围教授，顾桃说还不清楚。何翰担心是警察，所以也不能报警，说不定怎么回事呢。李可吃了一惊，这是怎么回事？警察还要用这种方式？“我们在东南亚混得这么好，一些警察觉得好处不够，教授对他们也不大买账……不管这些了，一会见。我还叫了十几个人，但他们估计没那么快。”

李可穿上了防弹衣，小庄飞快地开车，告诉他泰芒街逐鹿茶楼的空间特点，他在那里喝过茶。小庄判断教授是在顶楼最大的雅间里，因为四壁都是石头砌的。靠北面有两个窗户，他负责清掉下面，可以考虑让教授他们从那里用根绳子下来。

“车的备胎位置有一挺mini机枪，子弹足够。”小庄说着，按着喇叭闯过一个红灯，撞飞了路边一个隔离桩。他递给李可一个对讲机，挂上耳塞，说已经和顾桃调好了。毒枭们现在打仗都会这个了？

逐鹿茶楼很快到了。顾桃的车刚好从另一条路来，毫不犹豫地撞向路边停着的一辆轿车，将这车撞扁在墙上。顾桃跳下了车，对着车里就是两枪。小庄则开车撞向另一辆七座商务车，G55势大力沉，一下把它撞进了路边的沟里。翻了两个跟头后，车上两个人看样子晕了，小庄两颗子弹干掉了他们。顾桃和小庄的默契令李可害怕，一言不发，这俩人就搞定了敌人的车辆和接应者。他们怎么知道那是敌人的车？李可很快明白，这八成都是李进教的。敌人的撤退车辆和撤离人员被干掉，楼上这些家伙们会方寸大乱。

“当心窗户。”小庄说着向门口扔出个烟幕弹。烟雾笼罩过来，顾桃贴近了门口，对李可招手。这家伙连防弹衣都不穿，还穿着他难看的西装，拎着枪松松垮垮，就像个不合格的演员。一个窗口露出了一颗头，顾桃一抬手那家伙脑袋就穿了。“按你的老规矩，我在前你在侧，小庄你绕着房子走，出来一个收拾一个，后面来的上来一半，其他的守在下面，我们撤的时候你们断后。”顾桃说完就走向了茶楼的大门。

李可深吸了一口气，并没有想象中的害怕。李进这一走，好像揭掉了他身上的一层恐惧。不知为何，他现在很想杀人，也不怕杀人，而他手里有枪。看着这幢满含杀气的茶楼，李可知道他此刻最想杀谁。

一楼尸体横陈，也分不清都是什么人。店员早已不见踪影，何翰的两个保镖死在地上。他们身后中枪，这是突然的暗算。他和顾桃躬身前行，互为掩护。楼梯边有人闪过，手枪射来的子弹划过了李可耳边，打碎了旁边的一盏壁灯。玻璃渣子刺痛了李可的脸，他本能地双手托枪打去，一股脑射出四颗子弹。两颗打在墙上，两颗击中了对方。他惊讶地看到那人中弹倒地，走近一看，这人的眼睛里冒出汩汩的血，还没死。李可愣了片刻，一枪打穿了他的头。

这是李可亲手杀死的第一个人。

杀人原来这么容易？李可看着尸体发怔。他们素不相识，一颗子弹就夺走了他的命。“当心死角。”顾桃说着，朝着楼梯拐角处的木板连开三枪，两秒钟后，一个人从楼梯上滚了下来。顾桃只是判断那里有人，果然就有人，他的大口径钢芯弹直接射穿了木板和这人的防弹衣。见此情形，李可信心大增，想起各种枪战片里的桥段。他和顾桃默契前行，交替射击。他惊讶地看到自己枪法的进步，十米之内相当靠谱，也许并不是枪法有多大提升，而是心里不再害怕。李可还打中了一个飞奔中的人，一枪打穿了他的脖子……这个是蒙的，这叫甩狙，CS以前打得多，习惯了。

“教授，你不要出声，我们来了十几个人！”顾桃大声喊着。这是让吴右放心，让敌人害怕，其实他们现在就仨人，还包括李可这个生瓜蛋子。小庄的机枪在屋外时而响起，无人敢从窗户逃离。他明白顾桃的意思，不放走一个杀手。顾桃的眼神充满了战友般的信任，李进对燧石集团所有人的危险评估中，顾桃竟然排到了第三位。杀到二楼的时候，楼梯拐弯处有两个杀手向下射击，有一挺冲锋枪。李可第一次被冲锋枪扫射，一串子弹从脚边划过，在木地板上啃出一串窟窿。他的两腿有些打晃，顾桃却叼着根烟，时不时探头打上一枪。硬冲显然有问题，他拿起对讲机和小庄说了几句。很快，小庄的机枪在楼下响了，那两人藏身之处的木墙被打得千疮百孔，他们先后从楼梯滚了下来。小庄在房子外面机枪仰射，打穿了木墙，要了这俩人的命。

“你看小庄多靠谱。”顾桃说着给地上的两人一人补了一枪。继续向上，他们的强悍让李可信心大增，只要灵活躲开对方的射击，他的表现不会太差。李可看见屏风后人影闪动，立刻几枪打过去，那人倒地乱滚，他忙补了一枪。顾桃对着三楼用泰语喊起来，他让对方放下枪，否则全杀。没有回复，几颗子弹循声打来，差点捎着李可的脑袋。对方枪法很好，守得严丝合缝。李可无策，但靠墙持枪的造型摆出了吴镇宇般酷毙的样子，嘴里再多根火柴棍就是小马哥了。顾桃靠着墙，对李可做了几个手势。李可点头，其实没看懂，这可能是他和李进时常用的手势吧？顾桃突然低身滚了过去，子弹追着他就去了。李可本能地立刻探身举枪，朝着里面可能有人的地方疯狂射击。顾桃滚到了一张长条桌下面，吸引了敌人的火力，子弹把桌面打得碎屑乱飞。李可明白了，赶紧几个箭步藏去了一根柱子后面。左边一晃，却换到右边射击，这是剑夫教他的。李可的子弹果然射中了一个露出半个身子的家伙，他在盯着越来越近的顾桃，在李可这儿留了破绽，被打得歪出了柱子。顾桃的两颗子弹追去，打穿了他的头。

三楼中间是各种假山，将散座分隔开来，周围是木质推拉门隔出来的包间，门窗紧闭，不知里面有没有人。李可和顾桃故伎重演，声东击西又干掉了一个人。来不及检查每个房间了，他们冲向四楼，刚一上楼梯，两支枪就射了过来，一颗子弹捎过，李可肩膀一麻。“有三个人。”顾桃对他喊，又对他做手势，这个李可看得懂。顾桃说左边那个归你，右边那俩给他。可是，怎么给呢？这时顾桃掏出了个东西，这东西李可认得，CS里叫烟儿雷，就是闪光弹，爆炸时还有些次声波，人要是中招会暂时发懵失明那么几秒。他赶紧手捂耳朵准备闭眼。顾桃拉了线，扔了出去。

闷闷的一声响起，李可感到“嗡”的一下，和游戏里感觉不一样。抬眼间顾桃已经冲了出去，李可立刻沿着左边低身前进。一个家伙在桌子后面傻傻地冲着前方举着枪，他果然没看见李可，也就在两米的距离。李可一枪击穿了他的脑袋，保莱塔手枪在近距离的停止作用非常大，竟轰掉这人半个脑壳。顾桃打死了另外两个，背对着李可检查着。这一层楼似乎没人了。

看着手里的枪、被他打死的那个人和顾桃的背影，李可突然陷入巨大的紧张。他看见手里的枪慢慢抬起，对着顾桃的后背，一个声音告诉他，打死这个人，再打死包间里的吴右、何翰和迈克并非难事，他们不会想到自己会开枪。他可以告诉王干，这几位都死于杀手的围攻。集团里和安娜那边也可以利索交代，甚至一夜成为燧石集团的老大……你傻呀，还卧什么底？

手扣在扳机上，他听见自己剧烈的心跳。手在颤抖，这一枪出去，命运会完全改变，是不是也算给李进报了仇？警方的任务去他大爷的吧。神不知鬼不觉，顾桃，对不起了。他慢慢在扳机上加力……

“顾桃、龙久，是你们吗？”何翰的声音在里面的包厢响起。这声音吓坏了李可，像洗着热水澡被泼了一盆凉水，差点软倒在地。手放下了，他心跳如雷，汗如雨下。

顾桃举枪回身，看着李可，李可明白了，顾桃定是觉得这句话应该由他来回答。“是我们，你们先别动，等我们确认安全了再出来。”李可说。

顾桃检查着地上的尸体，给有没断气嫌疑的补上一枪。很快，顾桃做了个没问题的手势。李可走向最大的包厢，贴在旁边敲了敲：“教授，没事了。”

“嗯，进来吧。”吴右说。李可慢慢推开了门，只见迈克浑身是血靠在椅子上，但没有死，他身边站着脸色苍白的何翰和一脸关切的吴右。何翰单手握枪靠在门口，双眼炯炯，头部似乎被子弹擦过，流了不少血。吴右注意力只在迈克身上，竟没注意李可进了屋。

“教授走吧，我怕还有人来。”李可说。

“没事，不会了。”吴右说罢起身，“外面那挺机枪是谁？”

李可说是小庄，他点头，慢慢出来。吴右脸上只有平静，好像刚才一直在与人喝茶。倒是何翰脸如死灰，好像挨了几枪似的。李可要为何翰看看伤势，他摆摆手拒绝了。“很久没人敢这么做了。”何翰咬牙切齿说。

顾桃背起了迈克，李可在后，保护着吴右和何翰下楼。走在他们身后，李可又有了那个念头，弹匣是满的，而他们毫无防备。他有信心把他们全部干掉。半死的迈克不用管，先是顾桃，然后何翰，最后是吴右，这事一样结了。

每走一级台阶，李可都在心里纠结一下，干？不干？干？不干？眨眼就二楼了，枪越来越重，机会在一格格地消失。他的手又抖起来。“你没和安娜说吧？”吴右突然回头对李可说。李可吓得一抖，脚底险些踩空，这突如其来的紧张险些让他扣下扳机。可怕的是，吴右猛地向他扑了过来。李可毛孔倒竖，可他已经来不及抬起枪，就被吴右生生地扑倒了。

一声枪响，吴右的肩膀冒出了血花，他应声倒去一边。又是一枪响起，何翰打飞了暗算者手里的枪。那是个受伤的人，躺在地上偷袭。

“教授。”李可不由喊道。众人紧张地四处警戒。他和顾桃冲上来得太猛，被击倒的人有的并没有咽气，三楼的包间里可能也藏着别人。吴右没有大碍，子弹穿过了肩部肌肉，血流不止。他按着伤口，对走过去的何翰说：“不要杀他。”

李可惊恐不已，搞明白了情况：刚才在他琢磨要不要在他们后背开枪时，吴右在回身说话的瞬间发现了向李可瞄准的杀手，吴右舍命救了他。李可立刻一脸愧意，仔细查看他的伤口。“没事的。”吴右按着伤口走向开枪的人。这人胸口中枪，贯穿伤，一咳嗽一口血，只是死不了。何翰那一枪打穿了他的手，也是好枪法呀。吴右对那杀手低头说了些什么，对方点头，吴右抬起身来，对顾桃说：“别杀他，我答应留他一条命。”

顾桃点头，一脚将此人踹趴下，他踩着这人的背抬手连开四枪，枪枪都在关节处。“人废了，活下去没问题。”顾桃对李可说。

一个骨科大夫成了杀手，就是这么可怕。

一出门吓李可一跳，门口满是端枪的警察，还有举着冲锋枪和盾牌的冲锋队。小庄举着手，机枪已被拿走。李可慌忙要举枪，吴右却把他压住了。何翰一脸疑惑地看着李可。幸好刚才没有动手，否则出来就被警察活捉了。李可想。

吴右慢慢走向前去。一个警官从盾牌后钻出来，让众人不要射击。他们默契地走去一边，用泰语缓慢交谈起来。顾桃对李可耳语，巴猜不是还请你和教授喝过酒吗？你怎么忘了？脑袋还没好呀？李可浑身一紧，天哪，险些弄出事来。这个巴猜警官是泰国警方的实权派人物，也是吴右的朋友。他看过材料，竟忘了他的脸。何翰看着李可，这个多疑的人时刻都盯着他，没准他完全不信自己的脑震荡。

吴右和巴猜警官缓慢交谈着，没多久转过身来，吴右对顾桃说："顾桃你和一个兄弟留下说明情况。"顾桃点头，对一个兄弟示意，他们扔了枪，走向了警察。李可明白这是套路，必须有一两个人对现场负责，顾桃看来早已习惯了。

李可和吴右上了小庄的车，何翰带走了迈克，几辆车迅速离去。他用领带给吴右简单止血，吴右半天不说话。他对小庄抬了抬下巴："小庄，很好。"

小庄在后视镜点头示意："谢谢教授。"

"到底是什么人敢这么干？"李可问。

"龙久，不对劲。"吴右低着头说。

局中局

第十八章

吴右沉默着，从他的眼神里，李可看不到恐惧，只有愤怒和伤心。他不知吴右在想什么，也不敢乱问，而且不知道问题在哪。吴右说谁安排的这会面，谁就有问题。

会面是戈萨安排的。

李可异常震惊，但还是故意躲开这个话题。吴右会怀疑戈萨吗？那还有谁不会怀疑？这是忠心耿耿的元老，吴右的大舅子。刚弄死一个元老徐森，莫非又要弄死个元老戈萨？他不敢插半句话，元老之间关系时好时坏也正常，说多了连回旋的余地都没有。李可问吴右最后那个人为什么不干掉？吴右说是故意让他活下来，把话转述给要杀他的人。今日要见的是巴猜的上级洪坦——泰国禁毒管制委员会扫毒署署长，但是他没有来，巴猜说他临时被叫去开会了。洪坦没有干掉他的必要，而且不会用这种手段，他很可能知道这件事，却没有阻止，没来是借口。

“戈萨不会有问题。”吴右像看透了李可的心思一样，“他虽然安排了今天的会面，但出卖我的人，不是他。”

“那是谁呢？”李可脱口而出。

吴右摇了摇头：“让我想想。不要关注暗杀我的人，而要注意洪坦为何要配合此事。”吴右叹了口气。

李可点头，心里茅草疯长，他感觉说了一句非常不该说的话，但想不明白问题在哪。小庄在后视镜一个劲看李可，李可觉出了什么。“小庄，有什么问题？”他问。

“我刚才在楼下防卫的时候，四楼的包间窗户扔下来一部手机，我觉得奇怪就捡起来了，虽然摔坏了，也许还能查出些什么。”小庄说着递过来一部屏幕摔碎的手机。

“你确定是那个窗户扔出来的？”吴右问。

小庄很肯定，说它差点砸了他的脑袋，而那一面墙只有吴右在的屋子窗户开着。这是极重要的线索，它或许可以立刻证明谁有问题。吴右不会，迈克已经躺在那了，还能有谁呢？不就是何翰？吴右让阿俊去琢磨这个手机，单独向他汇报。吴右说完拍了拍小庄的肩膀：“做得好。”小庄受宠若惊，脸都红了。李可让吴右闭目养神，车队驶去1号别墅。迈克虽然严重，仍无须去医院，1号别墅有很好的医务组，而且还有顾桃。李可告诉阿俊刚才的事，现在教授要回来，注意大本营的防卫。他没有让阿俊注意戈萨的人，吴右没说，他就不能安排。

“安娜不能总去你那儿了，不安全。”吴右说。李可点头，知道这是命令，不是商量。最近恶事频出，也不知是不是吴右水逆。他是个水瓶座，据说是李可这种天蝎座的克星。李可满以为打死他们就是睁眼闭眼的事儿，但显然不是，这是个可怕的地下君王，不会被他这样一个演员轻巧干掉。“安娜毕竟是好日子里长大的，不像她妈妈，什么人都见过，什么事儿都经历过，看人见事一眼就透，做决定又准又狠，难得呀。”吴右说起去世的妻子，一脸怀念的样子。

在李可新掌握的材料中，吴右的妻子育塔雅年轻时是泰国著名的红歌星，后来跑去美国东岸经营地下赌场。她美颜强悍，经营有方，很快成为当地少见的女赌王，绰号“血腥玛丽”真不是浪得虚名。她大气爽落，不少当地的黑帮老大很快成了她的朋友，吴右和她也是这时期认识的。玛丽虽然在江湖中令人生畏，吴右却喜欢叫她“公主”，对她非常之珍爱。玛丽和吴右结婚后，他们这一“赌”一“毒”的结合爆发出惊人的力量，集团生意蒸蒸日上。1997年东南亚金融危机爆发，泰国经济惨遭重创，这年年底，玛丽陪吴右回泰国及周边国家考察了一趟，两人从危机中嗅到了大机会。玛丽先回泰国打前站，在她哥哥戈萨的协助下开了地下赌场。吴右安排好美国的生意后，也来到了泰国。在玛丽的支持下，吴右在半年内就获得了泰国本地黑帮的尊重和认可。这时他们又判断危机已见底，抄底优质资产的机会多多，这才决定将集团总部迁往曼谷。这对夫妇联手铲除了当时泰国最大的毒品集团后，吴右率陈虎、徐森、何翰、戈萨等大举扩张，东征西讨，在东南亚成就了燧石帝国的雏形。但代价也很大，玛丽在去开一个会的路上遭遇伏击，三辆车、十几个保镖，只活下剩半口气的戈萨，而玛丽在车里被打了二十多枪。那是2005年，当时在美国读书的安娜才十五岁。王干给李可看过那时的材料，那一年被称作东南亚毒品世界的“肉馅之年”。愤怒的吴右带领干将们全线出击，将泰国毒品界杀得血雨腥风，对手一个个消失。杀害玛丽的人最终在日本被吴右找到，泳池里的他被几支冲锋枪打成了肉酱。何翰说游泳池里血肉混杂，器官零碎，就像一锅加了红辣椒油的卤煮汤。

吴右就站在旁边看着。

为纪念玛丽，吴右专门成立了玛丽基金。自此，吴右个人和燧石集团的对外投资和公益捐赠，都通过玛丽基金进行。吴右还将玛丽的骨灰做成了一颗人工钻石，就是安娜脖子上常戴的那一颗，吴右说玛丽的灵魂会保佑安娜不受伤害。吴右从那以后再无迎娶，除了业务和女儿，最大的爱好就是读书。

在别墅里，吴右包扎好了，并无大碍。迈克失血过多晕了过去，集团里挑了几个A型血给他输血，吴右也是其中之一。虽然他也失血不少，他坚持给迈克输了一袋子。李可看着吴右抽血的样子，不禁百感交集。影视圈有这样的大哥吗？他们不吸干你的血就不错了。大家站在吴右周围，看着闭目养神的吴右。何翰包扎了头，脸都疼得歪了，子弹捎头骨，那也是够受的，他坚持坐在吴右不远处静静守候。阿俊进了门，一个个看了一眼，冲李可示意。李可见吴右一时片刻还缓不过来，走了出去。

“手机是迈克的，教授出事前一个小时他发过一个信息，说吴右准时到。”阿俊说。

天哪，叛徒竟然不是戈萨，而是迈克，一个跟了吴右多年的死士、保镖、司机？他为了吴右至少挨过三颗子弹，今天又是两颗，为什么会是他？既然是他，为何今天他仍舍命保护吴右？吴右判断得真准，莫非那个时候，他已经在怀疑迈克了？

吴右脸色惨白，喝着阿俊让人做的元气汤。李可和阿俊商量今天要不要告诉他这事。吴右刚给迈克输了200毫升的血呀。“告诉他，他受得了。”阿俊说。

说不清是惭愧、丧气，还是恼怒，李可突然浑身乏力，找了一把椅子坐下来。他开始渐渐明白李进为何叛变，人心都是肉长的，有些事很难扛得住。“当你凝视深渊，深渊也在凝视着你，你若深陷其中，将看不清天堂与地狱的界限。”这是李可背过的一句台词，它轻轻划过脑际，让他不知何去何从。不知这场戏何时才是尽头，会以什么样的方式收场。

何翰说警方知道了这次事件。巴猜保证不再会出现这样的危险，新来的洪坦警官接受了巴猜的建议，愿意对此事冷处理，以换取燧石集团不再对此事追究报复。巴猜同时要求调查吴右被陷害的警方情报，洪坦没有同意，这证实了洪坦对此事知情。李可犹豫了下，告诉了顾桃迈克手机的事。顾桃也没想到，说看看吧，看巴猜提供的是不是同一个人。

不管是谁，吴右都足够伤心，这伤心远比那一枪要痛。

李可向缓过来的吴右汇报。吴右惊讶地看着他，又看着昏迷的迈克，点了点头让大家离去，他需要休息，也需要思考。“龙久，你要保护好安娜……”吴右说着，眼眶竟然湿润起来，满是皱纹的脸抖动起来。

何翰慢慢走过来，站在吴右面前，二人都一脸戚戚。吴右伸出手，何翰轻轻握住，两人无言对望了片刻。“何总您也休息去吧，这里有我们在，行动队也都过来了。”顾桃说。

李可安排好一切后离开了1号别墅。一上午发生的事儿情节量过大，他也需要好好消化一下。小庄便和他开聊，说下次还是让他带着手枪一起战斗吧，用机枪杀人其实不过瘾。李可笑他应该去叙利亚，他也笑起来，说那样女朋友会先杀了他的。他说女朋友在香港过得不错，怀着宝宝还准备开一个泰式SPA，也不那么靠谱，但她高兴就行。李可问他还有什么需要帮助的，小庄微笑摇头，说您已经做得够多了，他感激不尽。

做老大感觉真好。

安娜来电，让李可去帕巴登河边的一个中餐厅吃午饭。她并不知集团发生了什么，还以为他真的只是开了个会。李可让小庄和两个保镖与他一辆车。安娜还有两个保镖，应该没有什么危险。他开始理解毒枭世界的规则，刚杀完这一场，暂时不会有人再下手，更别说他们干掉了那些杀手，听到消息的人不会轻举妄动，他们知道吴右的手段。

十月的湄南河边阳光如水，天空透彻到了心里去。一路车行，李可看到孩子们在河边嬉戏追逐，微风吹着椰树丛，下面走着衣着靓丽的女郎。多么美的地方，而李可竟从无消受，他很想和琪琪在这里自由地生活一段日子，但是不可以，那只是隔岸的天堂，他只能隔着车窗看它的美好。李可想起带琪琪去过一次海南，想起在海边第一次要她的样子。那时的她只是自己一个随意的猎物，都忘了她在耳边说了什么。而此时，李可对她无比地想念，想和她重新开始。

这家中餐厅一半餐位在户外。李可没告诉安娜上午发生的事，她没有任何防范之心。他看到她开心的样子，实在不忍心再换回屋里。她穿着露出单肩的长裙，戴着一顶蓝色的宽檐帽，她漂亮的肩膀上还有他今早的咬痕，而她显然毫不在意。她坐在那里看着阳光下的湄南河，清风掀动着她的裙摆，露出修长的美腿。李可羞愧地攥了攥拳头，刚才想的还是琪琪，现在又被安娜打动。被爱点燃的女人无坚不摧，而他只是个经不起爱意磕碰的赝品。“老大，换上我的西装。”小庄突然拉住了他。李可这才想起西装肩部被子弹穿了个洞。他欣慰于小庄的细心，真希望永远有这么个靠谱小弟。这不可能，还是不要妄想了，知道你是警察，还是个替身，他会一枪打死你的。

“还以为你不来了，你不来我就把这些好吃的全吃了。”安娜扑过来抱住李可，像很久没见了似的。她这样的热情并不多见，平时的她比较矜持，很少有这样热辣的举动。他吻她，习惯性四周看着，不远处的保镖向他点头致意。小庄和另外两个保镖坐在了其他位置，围着他们成一个环。他们都是高手，自动走到了最该在的位置。李可放心坐下，握着安娜的手，眼睛在她的周身游走，最后停在她美丽的眼睛上。“你要对她好……”一个声音在脑海里说。

“爸爸死不接电话，就知道他不想放你来和我吃饭。”安娜噘起嘴，可爱得像要开花一样。

“没有啦，开完会他就让我来找你了，没想到你会来这里。”李可微笑道。

“今早你怎么了？怎么像个斗牛犬似的？都把我弄疼了……”

“我兄弟伤好了，又憋了那么久，我可管不住它。”

“谁让你管它了吗？”安娜羞红了脸。

菜上了桌，每一道都是美味，他们说笑着吃起来。李可给她讲起剧组里听来的一些笑话，却并没有逗笑她。他很快发现安娜要和他说正事。安娜说很想和他尽快结婚，希望他们的婚姻不要跟爸爸的理想有太多关联。安娜说想明白了，龙久不可能只以爱人的身份存在，因为他就不是这么来的。她只是希望龙久和她结婚之后，能够和她一起投入基金业务，那一块才是长久之计，更是集团阳光化转型之希望所在。

“你觉得爸爸的理想何时可以实现？”李可抓住安娜话头。他真没想到安娜有如此抱负，以前还以为她只是说说而已。

“我觉得永远不会，那是妄想，是代替上帝在思考的妄想。”安娜说，“我和爸爸聊过无数次，都聊不出结果，谁也说不服谁。早上你说害怕，这感觉我明白……这十年来，我无时无刻不在想我妈妈，我不能再失去爸爸。我将来必须拉爸爸走出这个白色泥沼，但爸爸太强大太顽固，很难改变。以前我没有信心，现在我又有了，因为有你。”

李可不知如何接话，只说他能理解，不过这是大事还要从长计议。他忙换了话题，问她今天高兴吗？安娜却沉下了脸，说明天就是妈妈的十周年祭日了。李可一怔，心里一哆嗦。这是非常重要的日子，他不该不知道。

“一晃十年了，那天早晨她出事的时候，正在车上给美国的我打电话，叮嘱我不要被男生勾搭，不要总不吃蔬菜，不要整天打游戏……然后我就听到枪声。”安娜眼圈红了，李可赶紧抓住了她的手。

“妈妈那天还说，你喜欢的男人不会在你身边天天晃悠，他就像你爸爸那样，会一下子蹦出来的。”

“我可不是一下子蹦出来的，我帮你开车的时候你连正眼都不看我呢。”李可故意活跃起话题，他不想看到安娜难过，“需要我做什么吗？明天教授有没有什么安排？”

“不用的，你又不是不知道，这个日子爸爸都是一个人过，为我妈妈彻夜祈祷。将来我们结婚了，就可以一起陪着他守夜了。今年，我只能在伦敦为妈妈祈祷了。”安娜说着，摩挲着李可的手。

李可吻了吻她的手，说他下午尽量送她去机场。安娜满眼爱意地看着他，说道：“昨天陈叔叔打电话给我，他说想见见我们，希望你近期有空的时候我们一起去趟纽约。他们几个好兄弟里，陈叔叔其实对我最好，但他很少表露，他总能明白我和爸爸在想什么。他听上去很乐观，丝毫不像在轮椅上瘫了那么久的人。他知道徐伯伯的意外了，让我注意爸爸的身体，让他少熬夜……你看这些话他还要让我转告，有时候真不懂他们这些长辈。”

李进加入集团那会儿，正是燧石集团在东南亚的第二次扩张之时。面对多家新老毒贩的联手进攻，燧石集团竟然战战不输，打得对方四散奔逃。吴右运筹帷幄，陈虎是战斗总指挥，何翰、戈萨、顾桃和李进都在那几场战斗中表现出色，敌人的夜总会被摧毁，头目被击毙，毒品工厂被付之一炬。这场战争奠定了吴右在整个东南亚毒品界的强势地位，战争结束时，燧石集团的力量空前壮大。遗憾的是，庆功会后的陈虎在街上被警察开枪打伤了脊梁骨。以前一直以为是误会，现在查清楚了，那件事和徐森有关，应该也和想干掉他的警方人员有关。李可突然明白了为什么吴右非要在中泰等多国警方盯得这么紧的时候召开大会，吴右早就意识到集团内部出了问题，这种内耗会严重损害集团的利益。他要一方面肃清内部，一方面尽早和世界范围内的毒品集团建立深度合作，东南亚市场对他而言，已经有点小了。人们说不进则退，吴右说进得慢即是退。

一支拍摄组在河边拍戏，看他们咋咋呼呼的样子，一看就是大陆来的。这像是一场爱情告白戏，男女主演在被导演摆弄着。亲一次，不行。再热吻，不行。啃得俩人嘴唇都咬肿了，还是不行。两个都是新演员，都是还有几分青涩的生瓜蛋子……李可看着他们，就像看着之前的自己，仿佛已是遥远的从前。他眼下虽然步步生死，却有一种前所未有的成就感。他嫁接在李进的身份之上，凭演技走到了今天。同样是演戏，两者却有天壤之别。李可又看着周围随意吃喝、四处警戒的小庄和保镖们，又有了令他激动的念头。李进走了，而他的替身卧底似乎还算成功，一关关都过来了。如果就这样做下去呢？不回去了，王干他们会拿他怎样呢？

这念头让他自己都害怕起来。

小庄起身，向他示意去卫生间。李可点头，河边上只有孩子和卖风筝、气球的，餐厅里人也不多，不用太过紧张。“我们到河边走走吧？”李可指着河边说。这是刚才还在梦乡的画面，而这一刻李可觉得唾手可得。最好的表演是没有表演，他要活得像个毒枭的接班人。

李可让保镖们留在原地抽烟喝茶，他拉着安娜的手走去近在咫尺的河滩。她笑李可穿着西装皮鞋走在这里很不协调，他就脱去了鞋和袜子。赤脚走在浅浅的河水中，李可有些激动，看着脚面上没过的水，感到无比的放松。安娜依偎着他，而他依偎着这真实的感觉。一群中外各色的孩子从身边跑过，他们的小脚丫踩出一串脚印，很快就被浪抹去了。李可满心温暖，正想说也许我们的孩子也会像他们这样跑在河边，抬眼却看到迎面不远处那个卖气球的人。

是秦朗。

虽然戴着帽子和墨镜，穿着奇怪的小贩衣服，李可还是一眼认出了他。他不可能是在保护自己，小庄和其他四个保镖在，秦朗没有走到这么近保护他的必要。李可一下子眼黑起来，秦朗定是知道早上他和安娜发生了什么，可他显然还不知道李进的事……但此刻李可没法和他说，也不能拉着安娜扭头就跑。李可呆呆地看着秦朗，微微摇头，而秦朗看也不看。安娜拉住了他的双手，一只手摸着他的脸，看着他，一脸幸福和期待——她的后背正好对着秦朗！李可吻住了她，抱着她停在河水河风里，轻轻转了半圈，将安娜挡在了自己身前。如果非要打这一枪，还是打他吧。李可吻着她，用心进入角色，演着演着，他竟不愿把安娜放开。她柔软的嘴唇让他沉浸其中，富有弹性的身体令他迷醉着，让他想起与她做爱的早晨，像脚舒服地没入沙滩，像河水拂过身体。这罕有的“演出来的柔情”，消灭着他报复的疯狂。过了许久，李可扭头寻找秦朗，发现他已经不在了，河岸滩上只有一串气球飘着飞着，一群孩子在追逐着它们。

“我爱你笨久！”安娜说。他忍住了说爱她的话，吻了下她的额头，微笑看着她，眼前却浮现起了琪琪的脸。“有我为你祈祷，你永远不会有事的。”她说。

吴右觉得恢复过来了，打电话让龙久、顾桃回1号别墅商议事情。安娜要去和吴右告别，就和李可分车一同前去。小庄拉着他飞奔在路上，李可又紧张起来，摸了摸怀里的枪。吴右刚给出卖他的迈克输了200毫升的血，不知道会对迈克做出什么？“老大，有什么棘手的事你一定要告诉我。”小庄说。李可点头：“你做得很好，别担心。”

“其实呀，我一直觉得您以前不像是挖矿的，更像是一个警察。”小庄说。

李可吓得差点掏枪，这兔崽子什么意思？

“您知道吗？第一面我就觉得你应该在警察局或是军队里待过的，你身上有一种派，我说不清楚，你和公司其他人不同……也难怪呢，教授的千金唯独看上你。”

李可松了口气，那其实是小庄对李进的感觉。小庄本是香港长乐帮的杀手，据说干得很出色。后来他无端惹了祸，老大喜欢的一个女人勾引他，而他并不知这是老大的女人。没多久老大带他与龙久谈事，龙久从对方老大看小庄的眼神里就判断出小庄的命运，感到小庄厄运难逃，又觉得这小伙子值得栽培。龙久询问了元老徐森，验证了此事后，于是提出了一个长乐帮老大不能拒绝的条件，要下了小庄。小庄得知原委后感激得一塌糊涂，就跟定了龙久。

“上次告诉你这些的时候你喝醉了，今天就再和您说一遍，其实我一直想问，您为什么会救我？”小庄回头说。

李可有点头大，说这个嘛，就是一时动念吧。

“听说今早是教授救了你？”小庄问。

“是的，他不推我那一下，我凶多吉少。”这是李可的真心话。

“我特别喜欢咱们集团，从上到下的老大都这样，还记得你救我那次吗？”小庄面露感激地说。又来了，李进没提这事呀。

“别那么多废话。”李可赶紧用万金油答案。

“怎么是废话呢，那次端老挝毒龙帮的窝点儿，你们都撤了，后来你发现我被堵在里面，硬是一个人杀回来。也就是老大你，能回来舍命救我一个小弟，一般人可做不出来。”

“我不把你救出来，谁给我开车？”李可哈哈笑着。

“您腰上那一枪吓死我了，要是出了事，教授肯定不会放过我，安娜姐也得毙了我。”小庄说。

原来李进腰上那一枪是这么来的。“我们有这缘分，你要听我的话，也为你好。”李可突然动了这个念头，要让小庄成为第二个秦朗，不管自己是谁，不管是什么身份，必须唯他马首是瞻，这也的确是为了小庄好。万一警方围剿了燧石集团，这个孩子得救，关键时候也许他能帮自己。

“记得了。”小庄说。

李可想起了顾桃。顾桃和小庄是截然不同的两类人，又有些特点完全一样。顾桃和“他”关系再好，也不会对他有小庄这种认可。虽然顾桃只向自己吐露过他弟弟的事，也说过“他”和他是一样的人，但要是吴右命令他向自己开枪，十有八九他会的。

在别墅的大阳台上，吴右坐靠在舒适的沙发椅里，面色已好了很多。李可和安娜到来之前，他又在看一本《巨人的陨落》，可真是书痴，这个时候还看得下去。何翰也回来了，在旁边为他倒着茶。顾桃站在阳台的角上抽烟，可能是故意躲开吴右与何翰的交谈，也可能是在观察四周。安娜见何翰脑袋上贴着胶布，忙问出了什么事。何翰微笑，说中午吃饭在洗手间滑了一下，脑袋撞在了洗手池上。

安娜拥抱了吴右，拥抱了李可，就回房间收拾行李去了。

大家开始说正事。何翰已经查明，这事竟还是胡狼帮头目水王指使的。胡狼帮抓住了迈克的弟弟，迈克不做的话，他的弟弟就会被干掉。徐森死了，水王害怕燧石集团对他们下手，提前启动了这次刺杀。这个胡狼帮简直是疯了，这是和燧石集团开战呀？他们虽然是越南帮里实力最大的，却还不是燧石集团的对手。

“徐总死了，胡狼帮没了内应，他们敢和我们开战？”李可表示疑问。

“有什么奇怪？我们当年在唐人街也是光脚的，不也和当地美国黑帮开了战？”吴右看着李可说，“我不担心这伙亡命徒，但如果其他人和警方在支持他们，我们会很不利。”

令李可惊讶的是，吴右并没有下令大举反击，而是让何翰去和水王谈了。燧石集团接受了他们在泰缅边境走货的条件，也承诺按照一级代理的价格给他们供货。再说好之前的事一笔勾销后，何翰要回了迈克的弟弟。大家暂时打消了担心，可以既往不咎、相安无事。

李可似乎懂了，迈克为了救弟弟晕了头，做了错事。杀手们杀过来他又不忍心，玩命保护吴右，其实是想以死谢罪。而吴右对这件事的处理令人敬佩，只是据说何翰和龙久用了一年多才把胡狼帮赶出泰国，这一下对方会喘过气来，将来又是个麻烦。看吴右的意思，他原谅了迈克。李可不敢乱讲话，就问起吴右后面的安排。吴右叫过顾桃，让他和何翰、戈萨聚拢在四周。吴右让李可开始启动对付孙和尚的行动，他认为这事很可能与孙和尚有关。徐森的反意不是一天两天，和我们的敌人八成都有接触，孙和尚这个人不能再留了。

“徐总走了，但我听进去他一些话。江湖在变，世界就是这样。十多年前，谁能想到我们会变成今天这个样子？”吴右说。

阿俊走来，说迈克醒了。得知他能说话，吴右建议大家一起去看他，反正事情说得差不多了。

迈克戴着氧气罩，脸上血色全无。见吴右来了，迈克流下了眼泪，撑着胳膊竟然想坐起来。吴右按住了他，说道：“你弟弟你别担心，他已经没事了，何总把他要回来了。”吴右摸了摸他的额头，迈克呜呜地哭着，什么也说不出。吴右看了李可一眼，又把眼睛挪开。

“我明白你的心了，你早点告诉我就好，我不怪你，大家也不会怪你，你弟弟已经没事了。”吴右安慰道。

迈克哭着点头，握着吴右的手，嘟囔着嘴。吴右示意众人到门口等他，他俯下身子，探头到迈克嘴边，频频点头。迈克很快又昏睡了过去，吴右随即出门，对候在门外的阿俊用泰语嘱咐了几句。

又回到阳台，吴右来回走了这么段路，已经满头大汗，毕竟快六十的人了。他们开始谈每件事具体的落实时间表、执行人员、配合人员和新闻准备，就像一部电影准备上线一样缜密。李可集中精力进入他的思维节奏，你是龙久，不能在这个时候无所建议。他提出做戏欺骗孙和尚的方式，和吴右上次说的一样，让外界认为吴右对自己因为一件事失去了信任，甚至走向对立。吴右微微一笑，说今天上午这件事就可以，你本来该去，但你没去，你们放出风去，就说没去的人都在被我怀疑。戈萨说这件事他去办，他是泰国人，当地人会相信他。但他还是需要一个铁板钉钉的理由，让人既愿意前来联络，又不会胡乱猜疑。吴右点了点头，让大家离去，留下了李可。李可拿过他的黑铁木烟斗，收拾干净了，填好烟丝，连打火机递给吴右。吴右抽了几口，吐出的青烟飘飘不散。

“龙久，你去给迈克两枪。”吴右面无表情地说。

什么？李可心里咯噔一下。吴右不是原谅了他吗？正当他要说点什么，阿俊急步走了过来，对吴右说："迈克自杀了。"

吴右面露戚色，却并不意外，缓缓道："我太了解他了，迈克绝不会让自己活下来……你去打迈克两枪，然后离开，江湖会知道我们因为迈克这件事翻了脸，你成了被怀疑的对象。后面几天你不用回来，也不要陪安娜。最好找些道上的朋友放放风，再静观其变。"李可愣了，阿俊也僵着脸。吴右在众人面前原谅了迈克，搞得大家唏嘘不已，却又让自己去打这两枪，还要背这个黑锅？迈克已死，打这两枪是假的，传出去却是真的。吴右不给他解套，自己就要永远背着打死迈克的这口大黑锅。

这是更深的默契？还是更深的圈套？

"外面情况明朗后，我会告诉大家这是我的安排。何翰刚才说不管怎样，我们需要干掉孙和尚、胡狼帮周围的一些小混混和小组织头目，给他们传递个信息。"吴右说，"我同意了，一边打，一边谈，是可以的。这次行动你躲开，顾桃和阿俊保护我就够了。"李可知道别无选择，就像只有吴右知道"他"是个警察一样。他掌握你的秘密，还要利用你的秘密，用这个秘密制造你的新问题。这是极致的信任，是只有你知我知的信任。这也是极致的控制，就像"他"是个警察只有吴右知道一样，他"保护"着你，又随时可以致你于死地。因此这种信任需要外部误会你，误会得越深，对你怀疑越甚，这种信任才显得更重要。吴右在这样的情况下迅速作出了判断，精准得严丝合缝，他猜到了迈克会自杀而没有制止，也许就是那时候想好了利用迈克的死来做这局。李可没见过这样的人，做梦都没梦出来过。

一阵热风吹过，李可却一身冷汗。

"委屈你一阵子。"吴右拍了拍他的手，"敌人觉得我们内部在分崩离析，警察觉得我们已经穷途末路，那就让他们都相信这一点，我们才有最大的机会。迈克这件事其实是小事，后面的才是大事。"

李可表示理解。见吴右又拿起了书，他便起身离去，走向迈克的房间。阿俊跟在他的后面，不远不近——他在整个集团都和人保持这样的距离。李可进了门，血腥气依然未散。迈克戴着氧气罩，斜斜地靠在床边，血从脖子正浓浓流下，在床上和地板上凝固着。他用碎玻璃割断了动脉，并没有人救他。这令李可双腿发抖，他真的是自杀的吗？李可深吸一口气，掏出枪，在迈克胸前连开两枪。枪声震耳，而李可竟不觉得。他擦去指纹，扔下枪走向门外。阿俊对他微微点头。惊恐的小庄站在门外，手在腰间停着，李可知道他在准备保护自己。小庄听到吴右房间里开枪却不知道发生了什么，他一定有巨大的恐惧，以为龙久和吴右火并，而他要迅速决定站在哪一边？。

看来是自己这边。李可对他点头："我们走。"

小庄为他拉开了车门，开回住处。小庄欲言又止，脸憋得要炸似的。李可告诉他自己打死了迈克，因为他出卖了教授，教授显然会不高兴的。小庄不敢多问，闷头开车。李可让小庄离去，不要太紧张，叫他时再过来。

小庄怯怯地说："要不要我找些朋友来护卫？"

他摇头："不要这么做，没有那么严重。"

做戏要做像，未来几天李可要刻意保持与集团的距离。集团内外的人很快会发现这个问题，嗅出奇怪的味道，他需要为此做好准备，并保护自己的安全。他相信吴右的判断，事发如此突然，他一时难以适应，不能预料这会给他带来什么。吴右安排了一个陷阱，搅动了一个漩涡，而他是漩涡中心的鱼饵……要赶紧和王干等人取得联系。

不对，联系他们干吗？又没有人要杀自己，也没准吴右还派人盯着他呢。李可心里盘算着，吴右的敌对势力如果上当了，该是悄悄来找自己，掏你的话、挖你的脚、试探你的虚实，这时候和王干等人见面，太容易暴露了。要有耐心，当孙和尚上了钩，李可可以告知吴右，光明正大地跑回江城去见王干。

顾桃第一个打来电话，气冲冲地说："什么情况，教授说你把迈克打死了？"

"是，我觉得迈克不能原谅，留着他不知道会有什么事。教授不忍心，但我必须做。"李可在路上想好了这理由，听着也挺合理的。

"你真是的……你不杀他，迈克也活不了多久，何必呢？"顾桃话里都是关切的意思，这让李可很感动。如果这事是真的，他这么联系自己，是冒着犯吴右大忌的风险，顾桃对龙久真是没说的。

“你保护好教授，我也反省一下。”李可故作沉重地说。

“好，本来这几天还想和你喝酒聊点事儿，缓几天吧，有什么事你叫我。教授不会真生气，你是为他好，他会明白的。”

李可放下电话，想起来今天出了几身臭汗，他放了水，泡进浴池。点上一支烟，让自己放松下来，他要等待鱼儿上钩，等待吴右的计划实现。高温的水让心跳有些加速，他的眼前也恍惚起来，想起李进刚走，而自己其实没有为他做任何事。左右看看，屋里只有他一个人，李可抱着头难过起来，气都喘不过来，眼泪落进浴缸，一点声音都没有。他恨自己没在逐鹿茶楼当机立断，乱枪干掉这些毒贩们，还被吴右救了性命，搞得自己人不人鬼不鬼。他捶着头，揪着头发，不知如何排解这痛苦。李进，接受我的歉意吧，原谅我所做的事，一切事。

太虐了，李可从没有演过这么虐的戏。

水在渐渐凉去，他听见手机在响，就慢慢爬出了浴池。电话是安娜打来的，他想了想，没有接。他准备给自己泡一杯热茶，回身时吓了一跳，秦朗不知何时站在了后面，拎着枪。他静静地看着李可，想必刚才的样子他都知道了。

“我听见你哭，是李进走了吗？”他问。

李可点点头。秦朗深吸了口气，闭上眼，又睁开。他拎着枪在屋子里走了几步，又走回来。他刚才肯定是来拎着枪要收拾李可的，李可和安娜在河滩上相拥的那一幕，显然让他确定了一切。

“我答应过他，一定会保护他安全离开这里……”秦朗动了情，坐了下来，而他还握着枪，枪口指着李可。李可知道他不是故意的，还是挪开了几步，离开了枪口的方向。

“事发突然，他们今早才告诉我。”李可坐下抽烟，一时不知如何说起，“当时我懵了，想告诉你，又想一个人消化下。后来一早就有事，发生了很多事，我还差点被打死……”

“你碰了安娜？”秦朗头也不抬地问。他对李可的遭遇看来一点也不感兴趣。

“是，在我知道李进走了后……”李可拿捏着说。

秦朗猛然拉了枪栓，枪口硬硬地顶在他的脑门上。李可竟不害怕，也不抬头，仍旧抽着烟。“你是我你怎么办？李进走了，已经没有李进了，我就是李进！”他大喊起来。

秦朗瞪着他，眼珠子红红的。他放下了枪，叹了口气，慢慢走去屋角，坐下点烟。“我也不知李进是真喜欢她，还是为了他的任务。你看着办吧。可是他不在了，你还要继续留在这儿？”

李可松了口气：“今天上午我带人去解救吴右，曾一度想把他们都杀光，在警察面前扯个谎就过去了，去他妈的任务……但是我没有。王干说李进的车被人动过手脚，他是被害死的。”

“怎么，你想给李进报仇？这是你留下的理由吗？”秦朗歪头看着李可，显然他不太信。

“不管是谁，害死他的终究是这些毒贩子。”李可说着这话，心里却不舒服。若李进已经变节，害死他的是毒贩子，还是他自己呢？

“你再好好想想，告诉我一个决定，你还不知道你未来要面对的危险，也不知道吴右到底在做什么。我没想到李进会在江城被人暗算，而我不在那里……”秦朗说着，又走到李可眼前，“你要是还要待下去，要时刻准备最坏的结果，最好想象自己绝无生还的可能。你要是留下，我可以告诉你一些李进其他的事，否则你也不要问了……”

李可呆呆地站着，对他的话似懂非懂，还在纳闷时，秦朗要走了。“我会继续保护你，直到你离开。”他说。

李可很感激这个忠诚到古怪的人。秦朗说的“最坏的结果”是什么？他没有家人吗？他为何对李进如此在意？自己的生命里为何没有这样的人？李可坐在秦朗刚才的位置，喝着一罐冰凉的啤酒，他也需要思考，后面的事错综复杂，不能出错。为李进报仇最好的方式，是按照王干的期望将敌人一网打尽，修正李进的身份，给他以荣誉。李可虽然知道自己已经卧出了感觉，却仍是个演员，要清醒地认识到这一点。

Lisa先来了电话，说孙和尚在找你，问要不要见个面。李可说可以，之前可以通个电话。Lisa说声明白就挂了，这职业女子什么事都拎得清，真是难得。李可惊讶，外部的外应这么快，似乎洞悉燧石集团的一切似的。

电话又响起，竟是何翰，他纳闷接起。何翰先是感谢了李可上午赶去救场，然后问到迈克的事："你是为教授好，他会明白的。有几年没人敢动教授了，情况特殊，他的情绪你要理解，你毕竟跟他的时间短。"

这是一个坑。李可心头一跳，何翰定是要跟他说些有料的话。"嗯，您要多告诉我些经验。"他说。

"喝一杯吗？我俩有半年没一块聊天了。"看来他要见面说。

"您的伤？"李可诧异道。

"这算什么伤？不碍事的。"何翰说。

李可看了看表，说那可以。他们定在晚上八点在一个酒吧大厅里见面，李可查了一下，那是个并不高档的地方。想了想，他给吴右去了电话，汇报孙和尚的事。这一切变化和吴右估计的一样，当迈克被证实是出卖者，他对其他人的怀疑并没有因此消除。吴右对孙和尚的消息既不惊讶，也不愤怒，只是告诉李可该如何应对。只要说服孙和尚去到江城，这边对他的舆论攻击就会开始，让他不敢再回来，然后让江城公安将他和他的渠道人赃并获，他后半辈子就在牢里了。李可又说了何翰要见他的事。吴右说："那你就去吧，何总心思重，出了这事睡不着觉的，他只是想看看你和这件事有什么关系，不想我们之间出现裂痕。你最好多听少问不表态，他一直觉得你身上有很多疑点，还猜过你是大陆警方的人。我还不想让他知道。"

李可一一记下，问他还有什么叮嘱。

"我们很快得去趟香港。徐森不在了，这样的真空状态不能太久。"吴右第一次在龙久面前直呼"徐森"，以前都说"徐总"，这有点儿奇怪。

“澳门的郭老大已经在散布消息，说我们港澳地区的货品价格太高，要趁机占地盘了。”

郭老大？这又是谁？想必又是个狠角色，敢这样趁机放横抢吴右地盘的，确实不多。

吴右说：“这个郭老大曾经和我们干过一仗，被陈虎打了回去。双方都没死人，结怨不深。后来我们主动修复关系，给了郭老大很好的货和客气的价格，让徐森维护，多年来关系良好。这是健康的关系，也很脆弱，因为没有交情。徐森和胡狼帮的合作损害了这层关系，又将郭老大推向了集团的敌对面。”

“大会我想安排在11月14日，你知道就行了。”吴右突然说，“我已经通知了几个最重要的海外朋友，他们都认同这个日子。”

“他们都会来吗？”李可问。

“他们本人未必，代表人会到……李进，你要做好准备。”

“嗯，什么准备？”听他又说李进这个名字，李可心头狂跳起来。

“徐森走了，你来接管他负责的粤港澳区域，并取代他进入集团核心议事会，你的位置由顾桃顶上来。”

公主的祭日

第十九章

李可的脑袋一声轰响，半天没有说话。徐森之死将他成就为集团元老，而且，这个大会终于定了日子！李可故作冷静地感谢了吴右，然后问会议地址。吴右说地方让他来找，三个要求：好防卫，不扎眼，靠海边。太好了，李可想，这地点就让王干他们去挑吧，他会高兴死的。掐指一算，还有半个月，他的任务就可以结束了吗？就可以给李进报仇了吗？

可是他成了集团元老……吴右、陈虎、何翰、戈萨之后的第五人，位置还在卫风华之上？这似乎很诱人。

这点小惊喜一闪而过，他立刻觉得不对。这么重要的事情，吴右等于把身家性命和事业前途都放在了他的手上，放在一个明知是警察的卧底身上。吴右思虑周全，深不可测，不会这么轻率。挂了电话，他带着忐忑坐下，冲了杯红茶慢慢喝着，冷静地分析着各种可能。这份工作太锻炼人的智商，就像把一个人扔进原始丛林，为了活下去，他必须用最短的时间学会各种技能，躲避猛兽，生火做饭，御寒睡觉，并时刻准备找到救援。以前的他甚至没有过这样边思考边喝茶的时刻，大多时刻疲于奔命，挖坑补坑。而现在他必须安静坐着，穷尽全部的心智，才能让他在戏里戏外都深深进入吴右的思维。他已经在外形和习惯上成了龙久，还要在脑力和魄力上成为龙久，甚至要超越他。李可抽丝剥茧般将各种事情的可能未来反复推演，想得脑袋瓜子滚烫，想得眼前发黑。确切的答案是没有的，他只想到各种坏结果的应对之法。但愿它们行得通，但愿那些坏结果不要发生。

他将面对的一切，将不是表演。

李可就这么坐着，喝着，一根根烟地抽着，坐到了和何翰喝酒的时间。小庄送他到何翰指定的地点，下车前李可犹豫半天带不带枪……还是带上吧，可以不用，别在想用的时候没有。这个决定又让他有些害怕。何翰会干掉他吗？哪一种可能会让他下手？李可闪电般思考了一圈，觉得没有任何可能，至少他的经验里没有，他现在是吴右的敌对势力和潜在敌人拉拢的对象。可也不一定，《教父》第一集里，路加·布拉西装作和教父失和，以图诱出潜在的敌人，而巴茨尼还是在会面时干掉他。这些老辣的人趁机干掉教父身边最可怕的杀手，宁不犯错，决不冒险。路加再厉害，一根钢丝也要了他的命。

“要我陪你去吗？”小庄撸着袖子问。李可忙说不用，知道这是自己吓自己。看黑帮片太多了，对卧底工作其实没什么好处。

李可带了支短小的枪，轻松放在西装口袋里。他习惯性地看了看周围，果然，秦朗的车并不太远，这家伙给的定位仪一定是和他手机APP关联在一起的。秦朗到了这里，会尽快摸清楚这个酒吧的一切情况，在他需要的时候出现。李可摸了摸兜里的“紧急纽扣”，它在。

这个酒吧和江城娱乐街的并无不同，透光的玻璃地板，逼仄的走道，热情过分的招待，推销啤酒的姑娘，中间是一台钢琴，男钢琴师戴着面具，正在弹着舒缓的一曲。何翰坐在黑黢黢的角落里，竟穿着一身休闲装。他已经摘去裹头的纱布，贴了一点医用胶带。他让李可坐在对面，李可说很少听说您来这种地方。何翰微笑，说这里还真是第一次来。坐下点了酒，李可问他脑袋怎么样。何翰拿两个指头掐出半厘米的长短，差这么一点，命就没了。他习惯了，半辈子枪林弹雨，这不算邪乎的。李可饥肠辘辘，就要了碗面。何翰说早知道这样就让他们先做点东西，这个酒吧别看小，烤牛肉和烤内脏却是曼谷很出名的。李可哈哈一笑，说现在也不晚，先来两盘。一入了局，李可就像在片场入了戏，浑身自如起来。脱衣服的时候还故意哎哟了一声，以示肩膀那一枪的存在。何翰眼帘一垂，显然不以为然。

“你进入集团这五六年，可谓功勋卓著、无坚不摧。有了你，是集团和元老们的幸事。”何翰说着给他倒上了酒。他很少这样恭维李可，李可甚至没听过他这样恭维任何人，这很反常。何翰还是摆出了元老的架子……看来他还不知道吴右对自己的提拔。

“您过奖了，我只是尽力而为，毕竟资历浅，很多事儿还不懂。这不今天就冲动办了错事、惹教授生气了。”这叫诱敌深入，李可觉得措辞尚可。

“不，我觉得你今天做得很对，既然知道了迈克的事，不能不处置，否则还会有人走这条路。教授伤心，但是下不去手。你做了该做的事，而教授不能说你干得好，也不能说你干得不好。该说的话可以不说，该演的戏却要演完，你别往心里去。别人不明白，我跟教授到明年就三十年了，我看得懂。”何翰给他倒上酒，举杯碰了，喝了。

这话说得真好，李可心里啪啪点赞，脸上却故作自责。“我没想那么多，念头一起，觉得这事不能没有结果，就干了。”他说。

“所以说你委屈了，出发点是为他和集团好，却又惹祸上身。这事给集团别的人，真做不出来。”何翰又给他倒酒。

李可仔细听着何翰的每一句，要听清楚，还要装糊涂。要是被他搞晕，弄不好自己会被翻个底儿掉。李可满上酒敬了一杯，叹了口气道：“其实这些年呀，我绷足了气力，觉得每一件事都做得问心无愧。我没想过要怎么上位，只是觉得教授、您和徐总有恩于我，我要尽心尽力完成你们嘱咐的任务。和安娜在一起时间久了，也有点忘了身份和位置，松懈了，这对我是个教训……”他说着又给何翰倒上了酒。

何翰微微一笑，说你想多了，迈克这事明天就过去了。钢琴师的演奏似乎引起了何翰的注意，他歪头听了一段，说这钢琴师水平还行，就是这曲子不适合他。李可才不敢和绰号“钢琴家”的何翰聊这个，幸好李进也不懂这个，不然对李可又是个穿帮大坑。何翰写了个字条，招过服务员来，递给她一张美金，说请钢琴师下一曲演奏这个，不要说是谁点的。李可不明所以，又喝了两口，他问起何翰和吴右当年打天下的事儿。聊这个安全无害，离自己远远的，不会把话题兜回自己身上。何翰果然来劲，说起他们当年横蹚唐人街的事，颇有些眉飞色舞。李可很快听出了问题，在他的故事里，他这个参谋的作用显然过于决定性。他是故意的，还是真这么想？教授的运筹帷幄呢？陈虎的横刀立马呢？李可从他的话里一点都听不出来，只能不住点点头。转眼一瓶红酒已尽，一曲也将终结，李可知道何翰还没说正题。

“龙久，有句话我要告诉你。”何翰果然开始了，“虽然你来的时间还不算久，却已经得到教授如此的信任。他从来没有这样信任一个来历不明的人，而且还把女儿交给了他。对此，我很担心。”

李可竖着汗毛听着，挺直身体的时候，他感到那支枪在怀里支棱着。“如果你出卖了他，或者是辜负了他，不管吴右怎么想，我都会像你干掉迈克一样干掉你。”何翰的眼里又露出杀气，和吴右那种不同，何翰的杀气毫不掩饰，而且说来就来。

“说实话我不明白教授为什么这么信任你，我也不想去弄明白，这是他的事。我有自己的一条底线，谁敢算计教授、坑害集团、破坏教授的计划，我一定会要他的命，因为这是我的职责所在。龙久你知道，和教授在一起这么多年，我还没有失过手，你不要铤而走险。如果你有问题，趁我还没发现，你最好先离开。如果你没问题，最好别让我查出问题。如果不是因为你救了安娜，你没有机会进入教授的视野，因为我对你的来历至今存疑。你的档案太完美，查不出任何问题。而我考量一个人，没有问题就是最大的问题。就像曼谷街头的女人，那些太漂亮的，十有八九是人妖。”

何翰给脸色发白的李可又倒了酒，眼皮都不眨地瞪着他道：“我知道你有点怕我，这是对的。没有人不怕我，集团内外，我只有一个朋友，那就是吴右。不是我不想交别的朋友，而是不能，这会扰乱我的判断力，让我在该下手的时候找不到方寸。所以我很少弹琴给别人听，观众多了也会影响我。你要是想让我完全信任，最好不要让我发现你的问题，最好不要让我发现你和外面的人有什么猫腻，甚至不要在安娜之外有什么别的女人。”

李可低头听着，头都不敢抬一下。何翰话里有话、句句如锥，竟是把他逼得无处躲藏。莫非何翰已经发现了什么？莫非他一直派人在跟踪自己，知道他是警察，或者是李进？只是因为忌惮吴右的感觉暂时没有下手？何翰的城府如一汪老潭，深不见底。李可觉得无法呼吸，真想掏出枪来干掉他。“我听懂了，我会都记着。”他轻轻地说。

钢琴师弹完一曲，起身对周围宾客们致意。他接过了服务员递来的字条，看了看，坐下放在一边。然后环视着周围，似乎在找寻点曲子的人，只是他在聚光灯下，看不清台下暗处的人。过了一阵他在iPad上翻出了曲谱，开始演奏何翰点的这一曲。李可觉得何翰的脸色柔和了些，也许是音乐让他如此吧。他仰头闭目听着，半天不说话。这切换得太快了。这老家伙才说过这么多狠话，就又听起音乐了？李可也不敢打搅他，干脆喝着酒喘一口气。琴声庄重而温柔，带着浓浓的怀旧和忧伤，不知这又是何翰喜欢的哪一曲？

过了好一阵，何翰睁开眼，摇了摇头。他抬起身对李可说：“和你说这番话，我思虑很久，今天比较合适，这个地方也很合适。龙久，我这也是一番赤诚，你若将来真的成了教授的接班人、集团的新掌门，我对你也会像对教授一样。我今天信不过你，你才能在将来信得过我。”

李可惊讶抬头，看着何翰，真想问他个清楚。他举起杯，对何翰表示钦佩和尊重。他可以肯定四件事情：第一，何翰还没查出龙久或者自己的什么要命的事。第二，何翰不知道吴右和他关于迈克这事情的安排。第三，何翰绝不会出卖或者背弃吴右。第四，何翰依然怀疑着他的背景，还会继续盯着他。

“自古以来，皇帝在朝，接班人都是最危险的位子。”何翰说，“未来几天，我会教训外面算计我们的人。龙久，你要习惯真正的血雨腥风，这才是正常的江湖。不经历这一遭，你永远担不起教授接班人的担子，也进不了老家的门。”

又是“老家”……李可犹豫片刻，终不敢问这是什么。

钢琴师奏完了这一曲，在一片掌声中起身对大家致意。服务员给他端过来一杯红酒，他举起杯向大家敬酒，喝下了。李可正要说点什么，钢琴师的酒杯突然摔在了地板上。只见钢琴师一头倒了下去，在地上剧烈地抽搐着。

全场大惊，李可也吓得要站起来。何翰轻轻按着他的手，让他坐下，缓缓说道："我们查了他十年，他以前是玛丽的助手，音乐学院的高才生，还为玛丽的歌谱过曲。玛丽出事后，我们干掉了联合制造暗杀的敌人们，但也一直觉得这事有内奸。玛丽走后，他就离开了，我们却从没有放弃对他的调查。直到几个月前一个无意的机会，我才查清楚他曾对敌人透露了玛丽那天的行踪，为此拿了十万美金的好处。本来那天教授要亲自去和一个黑帮老大开那个会，玛丽总觉得有些不对劲，觉得路上会有危险，不去又不行，就代替教授去了。教授因此躲过一劫，也因此痛憾至今，再没找过别的女人。"

钢琴师被抬了出去。酒吧经理出来打着圆场，说钢琴师癫痫发作，已经送去医院了。

"他后来自谋生路，做了钢琴师，在各个夜场、酒吧和咖啡厅演奏。他也许就做过这么一件出卖玛丽的事，而且事隔多年还混得这么惨。我们不会放过他，两滴氰化钾就够了……可惜了，他的水平真的不错，可能他刚才感觉到了什么，前半段还可以，后半段就弹得慌乱了。龙久，你知道他弹的是什么曲子吗？"

说实话，李可被他前半句话吓得差点儿也倒地抽搐。后半句话都来不及思考，他差点儿慌张地摇头，但一串铃铛猛然在脑袋里响起，这是要命的时刻。龙久应该知道这曲子吗？安娜中午的话钻进脑海，他找到了答案。

"是献给教授夫人玛丽的吧，明天是她十周年的祭日……"

何翰看着他，像看透了他每个细胞一样。何翰喝了口酒道："是呀，这是拉威尔的帕凡舞曲，叫《悼念公主的帕凡舞曲》。大多数人喜欢福雷的那首帕凡舞曲，可教授只听拉威尔的这一首，因为它有着更深切的忧伤和怀念。"何翰说罢停顿了几秒，突然起身，"今天就到这儿吧，我还要去向教授交代这事儿，然后为他再弹一遍这个曲子。再过几个小时，就是玛丽公主的祭日了。"

他们离开了酒吧，握手告别。看着何翰坐车离去，李可在畏惧中百感交集。这恐怖而又震惊的一幕，活生生地在他的眼前发生了。何翰当着他的面处死了十年前出卖吴右老婆玛丽的人，还特意选在玛丽祭日到来的前一刻。而此时的吴右想必在沐浴更衣，他会在零时守候于玛丽的灵位之前，看香烛静燃，回忆着他故去的“公主”，等候着何翰的消息。这是他们的忧思之时，却是李可的噩梦之夜。

门外人声喧哗，他抱着肩膀慢慢躲去一边的灯影下，见无人注意，趴在垃圾桶上开吐。红酒裹着面条、牛肉倾泻而出，沉甸甸砸进垃圾堆里。

他在街边大口喘着气。各种三蹦子满街嗷嗷乱窜。皮肤黝黑的男人们抡着膀子迈着大脚板走着。街边的酒吧里坐满纹身的俄罗斯壮汉。一个中国旅行团正和导游在街边撕逼，认为他们安排的人妖表演货不对板。小庄的车到了，见他站在街边看热闹，开玩笑说要不要带你随便逛逛，认识你几年了，从不见你去逛泰国的好玩之处。

李可明白他说的好玩之处是什么，知道李进从来不去这些地方。李可看着自己的影子发呆，在发动机的轻颤里，一只猫从他的影子里跑过，拐进了一条小巷。电话响起，是个本地陌生号码。李可疑惑地接听，是孙和尚。“龙久，有没有空呀，请你喝一杯？”电话里的孙和尚声音醇厚，很像某位导演。他这么快要见自己，真是出乎意料。Lisa刚传递了他希望和自己见面的话，孙和尚却连一天都不想等。李可下午才“打死”了迈克，而这事已经一阵风样传遍了泰国毒品界。他知道不能犹豫过久，要迅速从何翰给他的震撼中摆脱出来，投入到下一场表演之中。

“多谢孙先生，是不是晚了点？”他说。

“这算什么晚？曼谷的夜生活还没开始呢。你平时做事勤力，吴右教授又是个只爱看书的，你肯定没见识过泰国本地的风貌呀。”孙和尚呵呵笑着。

我一个影视圈混了这么久的人，什么东西没见过？李可心想。作为李进或龙久，他应该是没见过什么。那么，去不去呢？李可很想找个理由挂了电话，说一会儿给他答复……可这太明显了，他肯定猜想龙久是要和吴右再商量，吴右费心做的局可能就破了。“行啊，今天确实挺累的，就听您的放松一下吧。”他说。他们都不提Lisa传话的事，也许见了面都不用说。

孙和尚说了地点，说今晚就他们俩，他会安排最过瘾的表演。放下电话，李可决定暂不向吴右汇报，事事都要汇报，反而显得自己不够担当。他问小庄这是个什么去处，小庄很惊讶，说这是他女朋友很熟的一个地方，她也曾经在这里做过事。“这地方很出名，场子不大，人也不多，规格很高，没出过什么事，应该还算安全。”

说实话，李可并不担心孙和尚会拿他怎么样，想到安娜，他觉得去这么个地方不大合适……但他想一件件事快速落听，不要都等得遥遥无期，他所有的焦虑都源于此。如果今晚跟孙和尚聊得还好，引诱他去江城就变得非常可行。本地风情他并无兴趣，有朋友指着胸口发过誓，全世界的色情花样和国内夜总会相比都是小意思。车钻进小街，开得风驰电掣。小庄这家伙肯定没事就往这里钻，完全轻车熟路呢。小街两边的风景让李可感到新鲜，他的记忆里没有这种风景，各种有关泰国的电影里表现得也似是而非。他竟然兴奋起来，像一个久居斗室的人看到了窗外的大千世界。风从车窗灌进车里，他克制着爬上脸庞的笑，那不合适。今晚最好不要再大喝。孙和尚是老江湖，你玩不过他。

他想了想，给秦朗发了信息：我现在去“兰香阁”见个人，有点担心。

秦朗回复：我就在你后面。

车停在一个窄小玲珑的门口，两边挂着藤编的小灯笼。门口站着两个岁数不小的泰国女子，看着还算舒服。怎么是这么小一个地方？一个颇好看的姑娘迎了出来，长发长腿大眼高鼻，模样很看得过，只是略显风尘。她和他们打着招呼，问是不是来见孙先生的。这让李可震惊，来往这么多车，为什么姑娘一上来就用英文问是不是找孙先生？莫非自己的车号早被他们熟悉了？

姑娘冲李可微笑，让他脸红起来。他这混演艺圈多年的流氓竟被一个小姐搞脸红了，这真难堪。这个泰国窑姐知道他是中国人，怕鸡同鸭讲，唯一可沟通的语言是英语。姑娘噼里啪啦说着，李可流利的回应让她有些惊讶。他犹豫了下，还是让小庄留在外面。

一进门，浓烈的精油味道扑面而来。外边招牌很小，里边却别有洞天。泰国民间木雕贴了满墙，是罗摩王子和神猴抢救昆提诃公主的故事。小乘佛教特点的音乐无处不在，从藏在各个角落的扬声器发出来……这不是国内泰式桑拿的路子吗？姑娘带他拐进一条细窄长廊，屁股扭得很是好看。细碎的珠帘隔开了昏暗的客厅，像屋顶垂下的水帘。李可低头猫腰，做贼一样跟着她钻进了最里面的房间。房间很怪，中间是红木软垫组合的沙发，四壁昏暗，沙发对面的墙是一面垂地黑窗帘。一男一女各站两边，穿得都松垮随意，薄薄的一层衣衫下，应该是啥都没有。

“萨瓦迪卡……孙先生呢？”李可坐下问那姑娘。

“萨瓦迪卡……他马上到。大哥换一下衣服吧，不然一会儿难受。”姑娘答道。他纳闷，为什么会难受？她冲李可一笑，说从没有客人不难受的。

李可摇摇头，觉得没有必要，再难受的经历都受过，还怕这个？孙和尚进来了，果然还是那副大师样子，挂一串大佛珠就像鲁智深了。

他哈哈笑着握住李可的手，说出去亲自安排节目，有失远迎。李可忙说大师辛苦了，还要您亲自费心？孙和尚问李可有没有来过类似的地方？李可微笑摇头，说没有人引路，不敢来呀。孙和尚摸着他的胳膊，摸得李可麻飕飕的，说道：“这地方就是我开的，以后你来不用打招呼，Amanda已经认识你了。”

服务员端上了Singha Beer和一些小吃，这是泰国最著名的啤酒，这里的有钱人好像不是很喜欢喝红酒和威士忌，却好喝啤酒。它的口味比同类啤酒重些，酒精浓度也高，要当心。李可赶紧说今晚已经喝了酒。孙和尚倒不强劝，让人换了很淡的啤酒，说他平时也不怎么喝，还以为大陆来的朋友无酒不欢呢。说话间，两对男女拉开了黑帘子，竟是一面通透的落地玻璃。此屋居高临下，是舞台上位置最好、离得最近的一间房，透过明亮宽敞的玻璃，大厅里的一切历历在目了。是的，李可一下子难受起来了。舞台上灯光昏黄，暧昧古怪，一群女人只挂着一块小布，在探灯下做着各种风骚的动作。

孙和尚说：“你能分清哪些是真女人，哪些是人妖吗？”

李可正发懵时，一群男人裸体上阵，或瘦或猛的，那块小布下面都峰峦叠嶂。大厅里的观众们尖叫起来。李可跷着二郎腿看着，朝着孙和尚的耳朵一直竖着，等着他要说的话。

“他们在下面都热过场子了，都带着劲儿呢。”孙和尚对李可说，“开始了，开始了。”

场下的男女们扯去了小布，那些乳房丰满的女孩子里有一半竟是男人，下面多了一截。男子们面前都放了一面大鼓，手里、身上的棒槌敲起来。他们动作划一，鼓点精确，女孩子和人妖们纷纷爬上半高的床，用各式姿势真刀真枪地折腾起来。好恶心，李可真不太适应这个，淫声四起中，观众们疯了一样地尖叫。孙和尚哈哈笑着，和他碰着瓶子。李可不明白孙和尚到底卖的什么药，只是聊聊天、看毛片直播？这怎么可能？不能先开口。眼前的事污秽不堪，而李可胸口憋闷，没有丝毫反应。Amanda乖乖地坐在另一边，等着他们的召唤。

“泰国就是这么个地方，饱暖思淫欲，念佛求心安，多来几次你也就习惯了。”孙和尚说，“人这一辈子，其实也就这么点事儿，是我们自己搞迷糊了。”李可再次点头，不知这老家伙要说什么。“龙久，今天的事我听说了。”孙和尚看着他说。

“哦，您消息够快的，没什么事儿。”他说。开始了，这才是正经的。

“你干掉迈克是对的。”孙和尚凑在他耳边说，“他没和吴右说什么吧？”

李可一哆嗦。什么？这几个意思？他看着孙和尚，等着下面的话。“你要是不动手，我们也会让别人动手，就怕迈克被吴右感动几下就把事儿说出去了。你说得对，逼着迈克参与这事儿，还是不成。”

李可眼前一阵发黑。

“但是龙久呀，你让我越来越迷糊了。几个月前你说要私下找我好好聊聊，我没等到你。铁头的事儿你和我说没问题了，可你却杀了他。而这些之后，你和我联系还要通过那个Lisa，还说要在江城好好谈。老哥我搞不懂了，我岁数大了，玩不了捉迷藏的游戏。老弟呀，你给我交个实底儿，你到底怎么想的？”孙和尚靠近他的脸轻轻说着，眼睛里精光闪烁。他这些话让李可紧张成要活着下锅的鱼，比吴右点出王干的那句话还要吓人。李进和孙和尚也有着这样的接触和密谋？今早对吴右的刺杀，竟然和李进有关？而王干和吴右对此全不知晓？

天呀，难道“我”才是吴右说的集团内奸细？李可明白了为什么一下飞机就被顾桃接上去和铁头谈判，还得到命令干掉铁头。吴右也许早就猜到了什么，就是要让他在回来那一刻表明态度，干掉杨彪和孙和尚的任务自然也放在他身上。原来还以为这是出于吴右对他的信任，莫非这一切竟全是出于怀疑？“我”还睡着他的女儿呀，吴右竟然方寸不乱地考验着“我”，这到底是怎么回事？吴右上午还为他挡了一枪呀，这又是怎么回事？李进到底和孙和尚说了什么？他到底想干什么？成了吴右在警方的反卧底，他竟然还跟孙和尚暗度陈仓？这到底是个什么鬼？

“该做的事我还是要做，还请老兄体谅。”李可精挑细选着台词，希望一个字都不要说错。他走在深渊的两头，而哪一边都深不见底。

“洪坦今天中午找过我，他也不太明白你。龙久呀，你要是有了新想法，可以和我明说，你这么云山雾罩的，让我们这些混了几十年江湖的人都摸不清你在想什么，这对你很危险啊。”孙和尚的声音不能再低了，却像闪电一样击穿了李可的脑袋。洪坦？新任泰国毒品管制委员会扫毒署负责人？李进竟然也和他串通着？这场刺杀莫非是李进在出车祸之前和洪坦、孙和尚早就密谋好的？

还以为迈克是奸细，戈萨有嫌疑，原来李进才是！

李可的脑袋彻底乱套了，根本无法处理这么复杂的情况。原本以为孙和尚是吴右挖坑要埋的一条废柴，谁知道自己竟是孙和尚等人挖坑的一把铲子？李进到底是王干的人、吴右的人、孙和尚的人，还是洪坦的人？为何混乱成这个样子？这个状况击碎了李可几度生死才建立起来的自信，让他觉得自己是个彻头彻尾的傻瓜。

他让自己尽量平静下来，他的手离开了兜里秦朗给的那个呼叫器。孙和尚不可能知道他是个冒牌货，因此他不可能用这些话来测试他。李进如果与孙和尚甚至洪坦曾有密谋，最近的举动足以让他们觉得匪夷所思。孙和尚说他会陷入危险，这危险定是孙和尚他们在考虑要不要干掉他。这简直是自投罗网，而他就这么懵懂地来了，还没有提前向吴右汇报。又一个念头飞快钻进他的脑海：吴右在监视着他，一定知道他来见孙和尚了。

李可喝了口酒，僵硬的脸松弛下来。玻璃墙外的十几对男女人妖开始了各式自由组合，满场狂乱如沉醉的瘾君子。他感到一阵剧烈的窒息，像被恐惧勒着脖子。

“很多事还要从长计议，我也是为了大家好。”李可千挑万选出了一句话。

孙和尚疑惑地看着他，喝了口酒说：“我知道你是不舍得，你觉得吴右对你很好，把女儿交给你，上午他还帮你挡了一枪。但我和你说过的事你也要记得，他要杀你的时候，这一切全都不算什么。你看我这把岁数了，按说也该有个接班的，为什么我就没有呢？因为我不给人这样的机会，给了谁，谁就会觉得我可能要干掉他了。老弟呀，我们这一行你还是道行浅，吴右要是真把集团交给你，陈虎怎么办？何翰怎么办？戈萨怎么办？你真相信他那一套疯狂的想法？这是一条路走到黑、一个人干到底的事情，可不像你们大陆电视剧那样代代相传的，更不可能洗得干干净净。”

李可只能点头，心里却乌糟一片。孙和尚句句如刀，他说的或许是对的。“我还需要些时间，明白你的意思。”他说。

“你约我去江城谈是不是吴右的意思？他想让你在那边干掉我？还是想把我举报给大陆的警方？”孙和尚抓住了他的胳膊。

“那倒没有，这是我的意思。今天要不是有那件事，我不能来见你。”李可的头上已经出汗，不能和他再聊下去了。

孙和尚略感失望，他身体朝后退去，说道：“算了，今晚不聊这些了，继续看演出吧。我说过的都算数，还是要看你了。”孙和尚对Amanda示意。没多久，舞台上一对女子和人妖组合下来了。奇怪的味道钻进屋里，他们来到了包间。

“老弟，你可能见过泰国的人妖，这么近距离干活的，肯定没见过吧？”孙和尚指着眼前那个乳房坚挺的人妖说。李可点了点头。光看上半身，这人妖和个妙龄女子一样，但下面那个东西比他的还大……真是搞不懂为何有人喜欢这个？他的搭档是个很好看的姑娘，可能因为熬夜和纵欲过度而显得眼圈儿乌黑。孙和尚说起了泰语，看那样子是让这俩人开始现场干活儿。可这有什么好看的呢？李可一脸恐慌，好像人妖那根东西要冲着他来似的。他们没说二话就开始了，动作节奏像机关枪那么快，这是怎么做到的？李可看着这人妖“姣好”的脸，好像哪个女演员，一时又想不起来。这人妖也看着他，眼神里颇觉惊讶。那女孩子已被他收拾得尖叫不已，要不是两边有女孩子扶着，就要瘫倒在地板上了。她抽搐着，两腿开始痉挛，没多久她竟翻着白眼晕了过去。李可惊得合不拢嘴时，又一个女孩子进来了。李可明白了，这个人妖在表演一夜七次郎。

“老弟你看，这人妖上半身是人，下半身也是人，单看上下半拉，都可以说完美，但合在一起就成了妖。所以说呀，有些事是人还是妖，其实关键是让人看你的哪一部分，要是被人全看到了，你可就是人妖了。比如我，我做着正经生意，做慈善办教育，那是人的样子，可我的下半身不能给人看见，只能给同行们知道。同行们看我的下半身是人，其他人却会辨为妖。你要是让同行们朋友们看到你遮遮掩掩的下半身，那他们就觉得你是妖了。”

孙和尚说得意味深长，傻子都听得出来是在劝他。李可看了看他，微笑举杯：“多谢老兄指点，我记下了。”

“是凡哥吗？好久不见了。”人妖突然冲着李可说了话，还是国语。

人妖的问候

第二十章

今天的李可经历的真是够他妈多了。得知哥哥死了，痛苦的他报复性地扑了安娜。难过还来不及，又去逐鹿茶楼救了吴右，还差点被一颗子弹要了命，救他的人竟然是吴右。然后他和安娜吃午饭，秦朗险些打了安娜一枪。他又回来和吴右开会，吴右制订了把他当作鱼饵的“决裂计划”，让他“击毙”已死的迈克，对外却说是他干的。何翰见他，对他说出吓死人的话，当面处死了一个调查了十年的叛徒。刚才孙和尚又捅出毛发倒竖的真相，原来这场对吴右的刺杀竟然和“他”有关系。而此刻，一个人妖在他面前干得热火朝天的时候，却突然冲他来了一句国语，叫的还是凡哥，而那是他在影视圈的称呼。

卧底之前他从没来过泰国，也没有人妖和他称兄道弟，他确实觉得这个人妖有些面熟。他留了女人的长发，一张俏脸堪比女演员，李可实在想不起来他是谁。人妖冲李可笑着，猛地摆出了一个造型，是左手持剑、右手二指放在眉前的武侠动作。哦，想起来了，他叫康迟，三年前在一部武侠电视剧里演过一个一集死的角色，和演男五号的李可还喝过一顿酒。这小子那时候才二十出头，怎么会出现在这里？那么一个英俊帅气的小鲜肉，虽然没什么星途未来，怎么就在泰国变成了人妖，干起这寡廉鲜耻的营生？看着他上下矛盾的身体，真不敢相信这是真的。

电光石火间，李可明白了眼前的危机。这个康迟是孙和尚特意安排在这的，要在孙和尚说完这一番话的时候给他猛然一击。这是一个刻意制造的“刘浪”，一个能够辨别出他真身的要命证人。只要李可的脸上带出一点惊讶、认同或意外，他十有八九走不出这夜总会的门。他的手又摸在了秦朗给的按钮上……

若是在以前，李可必然被这一击戳个透穿，就像刘浪喊他时的本能回头。但今天的李可已经不是那个李可，他只轻轻皱起眉头，脸上堆满了迷惑和不解，甚至还带着一丝愤怒：“你是谁，谁是凡哥？”

“您忘了我吗？我跟您演过同一部戏呢？去年看见您和孙总喝酒就觉得眼熟，今天终于见到了。”康迟嘴里说个不停，身子也没停下忙活。

李可主意已定，他冷下脸看着孙和尚：“老兄，这是你安排的？是在消遣我吗？”

孙和尚一直在看着他，见他如此，赶忙挥起蒲扇般的手掌道：“哪里哪里，凑巧了，凑巧了。去年咱俩在另一个地方吃饭的时候，台下的小康看见了你，后来和我说认识你，还和你一起演过戏。我说这他妈哪跟哪呀？一对时间，他和他说的那个人在横店拍戏的那几天，你在曼谷和我喝酒呀，咱还一起收拾了老挝帮呢，那俩月你根本就在泰国呀。你和那人除了脸像，其他的全不像，那就是个小痞子演员，哪有你这么英武沉稳的？”

“真有个人和我长得一样？”李可歪着头，“那我倒要去瞧瞧。有条件把他收了，我也弄个替身什么的挡挡子弹。”

“那你可来不及了，那个演员在横店打了人，已经坐牢了。”孙和尚说得眉飞色舞，却让李可头皮发麻。他查得如此之细，想必是感到这一个月来龙久的异常，又派人去了解那个演员的情况。他们显然还不知道“孟凡”在去看守所的路上出了“车祸”的事，没有捋着这条线死查到底。因为孙和尚还从没想过这一点，一个月前的龙久和眼前的龙久是两个人，而且是孪生兄弟。

“老兄，我今天受得够多的了，你就别给我开这样的玩笑了。”李可低下头去，演出一脸愤怒和厌恶，“让这人滚蛋吧，他是嗑了药吗？”

孙和尚一怔，见他如此，对康迟说：“你认错人了，认真干你的活儿吧。”

康迟遵命，继续折腾。“干这一行的都离不开毒品，要不然哪来这么大劲头。”孙和尚对Amanda说了几句泰语，Amanda领命招手，两个小碟子端到了康迟和姑娘面前。两人感激地接过，利索地吸了。缓了十几秒后，又开始了翻江倒海的折腾。看着康迟high起来的样子，猜他留在这里可能真的是为了毒品。至于一个不入流的小演员为什么会出现在泰国这个色情夜总会里，呵呵，这没什么奇怪的，他这个四五线演员不也在这儿吗？

这个康迟，不能留在这里……

“你要是这样查我，试探我，老兄呀，以前的话当我没说过。”李可举起了杯。他是龙久，要说出符合这个身份和力量的话。孙和尚已经排除了他可能是个滥竽充数的演员的看法，他必须趁热打铁。肚子里一个清晰的声音在告诉他：夜长梦多，要处理掉这个康迟。

孙和尚摇着手说：“龙久你多虑了，我哪敢呀，以后还指望着和你发财呢。”

“你让一个人妖见到我们在一起，还要怀疑我的身份，我怎么敢信你？”李可咄咄逼人。

孙和尚的脸也沉了下去，沉思片刻，他看着已经high起来的康迟，和Amanda耳语了几句。没多久来了几个男的，他们给投入忘我的康迟和那女孩又都吸了什么，然后在他们头上裹上了薄膜，一层层的，他俩竟没有拒绝。他们极速呼吸着，继续着疯狂的动作。孙和尚说这是最过瘾的玩法：窒息式性爱。在高纯度的冰毒刺激下，那一刻的快感登峰造极，他们会觉得进了天堂。

终于，他们倒下了。头上的薄膜仍未松开，他们在抽搐中渐渐停止了挣扎。李可静静地看着，拿出十二分演技挤出一脸的冷酷和不屑。看着康迟的身体慢慢瘫成一团泥，他明白这个危险消除了，一个无干的人却死去了，而他袖手旁观，还感到一丝庆幸。

“交给外面，就说这俩吸多了，干死了。”孙和尚对Amanda说。

尸体抬出去了。孙和尚一脸歉意地又举起杯说：“龙久老弟，今天是我不对，确实没考虑你的感受。我这杯酒赔罪，希望你还拿我当朋友。今天招待不周，多有冒犯，不谈事了，咱们来日方长。”孙和尚喝完酒，对李可双手合十，李可低头回敬。

“老兄言重了，世界之大，无奇不有。本是一件趣事，我只是今天心情不好，你别介意。我们的事，还是从长计议。”李可知道这一场戏过了，他要赶紧离去，散一散这周身的冷汗。有人跪在地上擦着，抹去了康迟和那女孩存在过的痕迹。

与孙和尚告别之后，李可在街边恍惚，觉得自己也成了鬼。闷热的风迎面扑来，却让他倍感冷意，抱紧了身体。秦朗的车在不远处的灯影里停着，不见人影。李可抽了根烟才走向灯下，对着自己的车招了招手。满天的星星如此亲切，他看了看表，今天终于要过去了。

秦朗的车在眼前慢慢驶过，他对李可微微点头，就加着油门离去了。

回到公寓，他拿出冰箱里最烈的一瓶酒，对着镜子里的自己倒酒，又像对着李进。他一杯杯举起，只想慢慢将它喝掉，在烈酒中和镜子里虚幻的那个人对看生死。一晚喝了三场酒的李可渐渐耳鸣头晕，脚底发飘，不知是夜太深，还是黎明将至，他依然周身冰冷，像生命就要离开。他将自己再度泡进滚烫的浴缸，让晕眩感将他扑在水中。李可知道那是要死去的感觉，而他像正在进入高潮的康迟那样迎接着它的到来。他今天看到何翰在他眼前毒死了钢琴师，然后无动于衷地看着一个演员同行死在眼前。他曾那么怕死，如今才觉得这样活着是如此可怕。

水面有一张好看的脸，它模糊着，又慢慢清晰，一个声音喊起来：“李进，我要去看你。”

李可从水里猛然惊醒，喘息如将死的犀牛。另一个电话在震动，只有琪琪知道这个号码。他从浴缸里爬出，跌跌撞撞拿出手机，果然是她。“是你吗，哥哥？”她说。

“是我，是我……”李可一下子哭了，赶紧挪开话筒，抓过毛巾捂住了脸。

“我找不到李可了。”琪琪哭着说，“医院说他又转院了，却不知道是哪个医院。我问了十几个医院的病房，就是不知道他在哪里。”

李可赶紧劝她别急，谁也不会把他偷了，肯定是有关部门把他送去更好的医院了。琪琪好像信了他的鬼话，呜咽着半天没说话。“我总觉得再也见不到他了。”她说。李可说不会的，不管治得好还是治不好，他总会回来的，但可能要几个月或者更长。他说着又用毛巾捂着脸。妈的，怎么这么没出息，哭得比琪琪还要过分。琪琪停了哭，擤鼻涕喝水的，她的声音一下子近了很多：“哥哥，你要保重。”

酒好像醒了，李可看着镜子里的自己，沉默着，听着电话那边她的声音、她的呼吸。这天使般善良的姑娘，让他又一次泪流满面……

吴右的电话来了，声音疲惫：“安娜下午打你电话你不接，她在机场还对我发了顿火，现在该快到了。”

李可知道吴右意不在此，忙把刚才的经历对他说明。当然，他隐去了孙和尚说的那些可怕的事。“孙和尚不太想去江城和我谈，得想别的办法。”他说。

“他什么态度。”吴右淡淡地说。

“他们发现了裂痕，在劝我和他们合作。”李可觉得必须这么说。

“嗯，也别太当真，也许还是烟幕弹。洪坦毕竟刚来负责禁毒部门，跟孙和尚不可能是什么朋友。”吴右说完，咳嗽了几下，似乎点着了烟。

“干脆在曼谷干掉孙和尚？”说出这话李可有点后悔，吴右应该不会这么莽撞。

“不行，这个时候他就是出车祸死了，所有人都会认为是我们干的。要干掉他，必须和我们摘干净。”

“我要不要来公司？”

“不要，等我消息吧，可能还会有人找你。”吴右沉吟着说道。

李可喘了口气，但紧张未消。他有巨大的忐忑，李进和孙和尚以及洪坦的事，绝不可能就这样瞒天过海。

“顾桃这几天有点不对劲，精力不够集中，肚子里有事，又不说。你和他聊聊，看是怎么回事。”吴右这话从何说起，李可完全没看出来呀？哦对了，顾桃确实说过想和他聊点事儿，他要是说想聊点事儿，那就一定有麻烦事，不然他不会聊。李可告诉吴右他会尽快约顾桃，他认为顾桃的事不会事关忠诚，可能只是有自己的事儿。

“他的事儿你能处理就处理，处理不了再告诉我。”吴右说完挂了电话。

李可揪着头发，这个角色真不好当，卧底不说，还要做集团内务部的事。吴右让他去处理此事，是把面子给他，听上去合理无害，是管理智慧。可是，为什么他还是觉得不对劲呢？李可晃了晃脑袋，想从刚才的害怕中摆脱。想得越多越害怕，做起事来就不怕了。他一个一问三不知的替身卧底，不也脚踩西瓜皮滑溜到了今天？

李可忙给安娜去了电话，告诉她下午实在太忙，抱歉没能去送她去机场……

“我就没指望你送，而你连句话也没有，你就把我当空气吧！”安娜话里带火，噎得他没法再编，安娜摔了电话。

大小姐你生气就生气吧，我已经七魂少了六魄，还一大堆狗血事要应付呢。

第二天早上醒来，李可胡乱吃了早餐，将自己收拾干净，打扮利索。眼泡有点肿，这是一夜大酒的祸，以后严禁这样喝酒，量小胆儿肥死得快，影视圈的谚语全行业通用的。他看着西装衬衫武装起来的自己，思考他作为龙久，这两天可以做些什么。对了，可以去和白江叙叙旧，感谢一下。然后和顾桃联系，下午或晚上约一下。他还应该约一下Lisa，仅仅是出于沟通，他隐约觉得她将来可以大用，却不是在床上。

白江在湄南河西岸的写字楼也有办公室。这就是今天的毒品江湖，真正的话语权者都在城市里生活，只有低端走货的才钻在丛林里每天与蚊虫作伴。

人们只见过南美的毒贩们端着冲锋枪杀来杀去，哪里见过美国的毒贩们如此？他们都西装革履和参议员喝酒、打高尔夫、走在奥斯卡的红毯之上的。李可选择和白江在一个咖啡馆见面，上门去见显得目的性太强，不要给他不必要的错觉。

久不见白江，这小子和变了个人一样，西装领带一上身，发型一变，眼镜一换，弄得和北京金融街的基金经理似的。他感谢白江帮助小庄的事，问他最近有没有什么麻烦。白江倒也不客气，说最近资金的回流有些障碍。李可记下了他这个问题，并不敢胡说有解决方案，这个要去问吴右或者卫风华。白江说最近听说你这边遇到了点麻烦，李可微笑说："不能算麻烦，不然怎么有闲心和你喝咖啡呢。"看他欲言又止，总像有什么话，李可便开始旁敲侧击让他说出来。

"你们又允许胡狼帮在老地盘上走货了。"白江说，"他们在威胁我，窥伺着你们给我的地盘。"

"相信我，这是暂时的。"

"我也这么想，本来不想和您说的，这不是关键……"白江靠近他说，"黑鱼在背后搞鬼，他总是想卡死我。在这之前，越南帮一直和我们保持默契，最近突然全变了。"白江说着挠头，"我听说了教授昨天的事，很久没有人敢对他这样。他不稳，我们都不稳。"

李可听明白了，白江虽然还没有成气候，却已经在担心吴右的权力崩塌，老挝帮的举动和对吴右的攻击是明确的信号。他意识到吓人的问题，一个毒枭的权力垮塌不像一个普通企业那样，大不了破产清算走人，这可是关联着毒品世界的稳定，会引起必然的动荡。原本效忠于你的势力会背叛，窥伺你位置的人会发难，这和古代君王势弱就会招致藩王篡位一样要命。对此吴右必然清楚万分。这些问题拎不清，处理不好，开这个大会就是给自己挖坑，这个坑会连李可一起埋了。白江的话其实很清楚，他的事如果你们做不了主，他就不会再唯李可或吴右马首是瞻。

李可不能说得再多，只告诉他知道了，并谢谢他说的一切。然后他们聊起别的，得知白江真的搞了一个产业基金，还在琢磨投资中国内地的医药企业，李可打从心里由衷佩服。这是他在泰国见过的最有潜力的年轻毒贩，他早晚会把自己洗得纯洁如处女。未来的毒贩，个个都会隐藏在光鲜的社会身份之下，这才是真正可怕之处。

“我永远会是您忠实的朋友，只要能有您的庇护。”白江起身，对着坐着的李可合十鞠躬。李可面无表情地点头，看着他转身离去，知道这是有条件的效忠。送出那一堆毒品，集团也好，他也好，只是获得了白江暂时的忠诚，他曾给白江的面子，已经被他用主动分利、小庄的事，以及今天这番对话抹平了。在毒贩的江湖里，没有什么是恒久的。

李进也许在某个阶段和吴右发生了足以袒露身份的理解，没多久却又发现了这其实是让他滑落更深的陷阱，于是他走出更险的棋，联合吴右的敌人们要除掉吴右。李进可能已经活在一种巨大的分裂中，而这一切，吴右不可能毫无察觉。那么，想害死李进的人到底是谁？是吴右、陈虎、何翰、孙和尚，还是洪坦？在找到可能的答案方向之前，他必须明白李进在哪一边是人，在哪一边是妖，又在哪一边是人妖。李可曾以为蒙混过了吴右和安娜的考验，剩下的就是把戏拍完，拿钱回家，岂料之前的都是彩排，真正的表演还未开始。

对了，顾桃？

吴右说顾桃有点不对劲，这是什么意思？是哪一种不对劲？吴右并没有道明。经验告诉他，吴右很多命令是直接下给顾桃的，原因只有他知道。而顾桃也曾向他表态，他永远不会背弃吴右。在影视作品中，这样的人最有可能背叛吴右，因为这才有反转的人物张力。最不可能的人干了最不可能的事儿，这是用了千年的戏剧套路，观众就是喜欢。可顾桃不会，李可不相信他会背弃吴右，自己和他的关系也不可能超过他和吴右的。顾桃为什么说自己是和他一样的人呢？为什么把有关他弟弟的一切告诉他，难道仅仅是出于对他的战斗情谊吗？

在李可还没想好的时候，顾桃先来了电话，约他一见。李可虽然忐忑，却不能拒绝。吃惊的是，他约李可在实弹射击场见面，练练枪，聊聊事儿。李可咽了口唾沫，比枪法？为什么挑这个时候？

小庄按他说的地址来到城南一处，在车上小庄说：“你们俩曾经几次比试枪法，还是老大你略胜一筹。”李可听得脑袋发麻，虽然自己的枪法有不小的进步，但绝不会到这个水平。不过没关系，就说手腕昨天弄伤了，打不准很正常。车停在一个射击场门口，小门脸上全是做的枪眼儿。进去没多远，他就听见里面枪声大作，什么枪都有。顾桃在前台边的座位上等他，拿着一本杂志在看。见李可来了，他扔下杂志，说：“已经定了位子，下午没什么事，爱打多久都可以。”李可赶紧说了手腕的事。顾桃毫不在意：“你的左手不也可以？”

左手？李进会左手开枪？为什么没人说过？马旭他们为什么没提过？

顾桃挑了四把手枪，有两把是李可用过的，其中一把就是假刺杀杨彪的美军M1911A1式手枪。子弹头是铜的，好像比原来用的尖了点。李可还记得它可怕的后坐力，这两把家伙让李可想起死去的杨彪，心里一沉。

“这几把都是你用过的。今天我让他们换了复合软木人靶，感觉爽一点。怎么着，你先来我先来？设个赌注？”顾桃检查着枪支说。这地方看来他是常客，都没有人在一边伺候枪支。

“你先来吧，我喝口水，才不要今天和你赌。”李可忐忑道，觉得他有话要说。

顾桃也不谦让，抬手就是两枪。两颗子弹一颗在人靶的脖子上，一颗在脑门上。木屑飞溅，子弹打穿了靶子，真是吓人。这是他的招牌射击方式，二连发。第一枪瞄的是脖子，正中。第二枪瞄的也是脖子，因为枪口微微抬起，子弹刚好击中面门。

该李可了。他犹豫了下，也拿起了保莱塔，按照李进的姿势举起枪，瞄着人靶的胸口，连着两枪出去，一枪打在心脏部位，第二枪正中鼻子，两枪都击穿了靶子。顾桃鼓掌赞叹，而李可惊呆了，因为他……是蒙的。

“你什么时候分开打了，一枪心脏一枪头，这不是你的路子呀。”顾桃说。

李可夸张地攥着手腕，说钻心地疼，让他继续。顾桃看着他放下枪，慢慢拿起了那把M1911A1。他拉着枪栓，感受着弹簧，举枪，瞄了好一阵……他很少瞄这么久的。三枪之后，子弹在人靶身上打出斜直的三个洞，都在心脏周围。他慢慢放下，朝李可走来，拿起烟来抽。李可怕他让自己再打，就说手腕生疼，很不舒服。顾桃也不勉强，递烟给他。

“和教授没事了吧？”顾桃问。

“没什么事吧。”他只能这么说，“你这些天不太说话，有什么事情吗？”

顾桃抽烟，看着远处的人靶。

“你要是不问呢，我也就不说了，最近确实挺烦的。”

“女人？还是手术？”李可本能问道，又立刻后悔。

“不是……”顾桃犹豫道，“小事情，还是不说了。”

李可一愣，心里有点发毛，有点把不准顾桃的脉。

顾桃说：“你就要修成正果了。一个管金矿干赌场的，跑来东南亚阴差阳错干了毒品，还要娶他的女儿，这是传奇呀。要是把你的故事拍成电影，肯定好看。”

李可嘿嘿笑着，说他话里有话。

顾桃微笑，说道：“你想好了吗？这是好事，也是不能回头的坏事。”

顾桃的话让李可错愕，这是警告，还是劝告？如果我就是龙久，他的话不无道理，上了这条船，永远没有岸。如果我是李进，他的话依然成立，因为李进已经向吴右效忠，这也是回不了头的。可我是李可，我既不想被动上船，也不想回头是岸，我只想赶紧完成任务，回去做我的演员。

“我已经不去想这个问题了，这对我已经不是一份工作，也不是钱的事，我觉得我离不开你们了。”李可这话说得真假。顾桃又是一笑，拍了拍他，再次祝贺了他。

顾桃让人抱走那个人靶，说以后说不定用得着。

卫风华突然给李可来了电话，让他现在去银行，现场办理大额转款业务。

教授说集团高管们的钱都要存去另一家跨国转账更安全的银行。林苏具体负责这件事，他联系来这家银行的人就在现场办公。顾桃也接到了卫风华的电话，原来顾桃的钱也在同一家银行。顾桃说和龙久在一块儿，二人可以同去。

完蛋了，这不要命吗？

明知自己过不了银行的指纹和签名这一关，身上也没带着李进的指纹薄膜，李可却想不出推脱的理由，懵头懵脑间已经上了顾桃的车。银行竟然近在咫尺，一下车他们就看见穿着西装的林苏在银行门口毕恭毕敬地站着。“这么热的天，干吗站这儿？”顾桃明知故问。

“办事在里面的办公室，我怕你们找不到。”林苏擦着汗说。

“听说安娜老拿你当出气筒，你这个哥哥不容易呢。”顾桃拍着他的肩膀说。

“她从小就这样，我习惯了。”高大的林苏笑得单纯，像刚毕业的大学生。李可便说要是没有你，她全冲我来了，那可头大了，我还打不过她，她用的可是双筒猎枪呀。寒暄之后，林苏带他们走进了银行内部的一间办公室。李可一路在盘算着如何找个理由离开，却死活想不出来。银行的值班经理换了一位，引着他们三人进了贵宾室，银行的人拎着个大机器箱子等在这里。这边办好转账手续，另一边就开好账户接受这笔钱。

顾桃让李可先办，他要在旁边喝会儿茶。林苏和银行值班经理交涉着，拿着他们的护照去登记，没多久又回来，拿着一套机器，和李可上次通不过验证的那台不一样。银行经理让他在上面按指纹。机器像个iPad，屏幕显示着一个手掌的轮廓，五个指纹处发着光。林苏看着李可，顾桃端着茶杯也看着他，眼珠子都不转地看着，让他心里直发毛。这是怎么了？李可攥了攥拳头，觉得还是自己心里有鬼。指纹肯定过不去，签名也是，只能说他们银行出问题了，没有别的招了。李可咬牙将五指按上去，等着它跳出那个红框验证失败。

绿框跳出，验证通过了。

李可大吃一惊，下意识看了看自己的右手掌，想不通这是怎么回事。值班经理又递过来另一个平板电脑，让他在空白处签名。电光石火间，他似乎明白了。他犹豫了一下，签下了自己龙飞凤舞的“李可”二字。签名也通过了。李可深深出了口气，李进竟然用他的指纹和密码做了开户和验证。他是警察，既然剑夫能造出李进的指纹薄膜，那么李进也能造出李可的。李进想和他说的事，这必然是一件。这一刻他才发现，他的“李可”签名和李进写过的“龙久”签名，竟然是那么的相似。除非李进一开始用龙久这个名字的时候，就把这个签名签成了李可自己名字的样子，否则绝不可能如此一致……难道他那个时候就想好了今天？可为何李进对自己是那个屌样？

可操作转账的金额一共是九百一十六万美金。

李可的眼眶湿润起来，他相信这笔钱是李进时刻准备着让他来取的。也许他去看守所见自己的时候，想说的就是这件事。卧底的日子步步生死，李进一定是做好了最坏的打算，在开户初期就用了李可的指纹，然后模仿了李可的签名。难怪好几年前年李进让他签一个红十字会的义务献血协议，还预留了五指手印，还说是为了将来拍戏万一有什么事输血可以免费，原来这是他设计的。

李进呀，不把事情做到死，你永远不会和弟弟我说吗？李可走去一边，和银行的人开始办理新账户。后面的事他机械般执行着，没有人问他的签名为什么如此龙飞凤舞，到底签的是个什么鬼。

顾桃很快也办完了，他们向林苏道谢，三人在银行门口分开。李可走向自己的车，脑子里全是那个庞大的数字，这是五六千多万人民币，是李进留给他和妈妈的钱。李可眼睛发酸，他赶紧走向旁边的垃圾桶，装作擤鼻涕掩饰着。妈的，最近怎么这么能哭呢，没出息。他又抽了根烟，回头看着银行的大门，想象着李进走进这幢大楼时的样子。他越来越琢磨不透李进到底在做什么，又到底是怎么想的。

小庄开车来接他。他和顾桃等人分开上了车。“老大。”小庄回身说道。李可嗯了一声，睁开了眼。“老大，你注意到了吗？顾桃哥西服的后摆上有两个枪眼儿。”

“是吗？”李可惊讶起身，倒真没注意，“你怎么确定是枪眼儿？”

“衣服上的枪眼儿和勾出来的窟窿有明显区别，那颗子弹是迎面向他射击的，他这个枪眼儿前天还没有。”小庄说。

李可相信小庄的判断，顾桃很少换外套，自打见到他，顾桃就这么两件宽大西服。李可意识到吴右察觉顾桃的问题，顾桃没跟他说，这是严重的问题。在这个节骨眼儿上，谁会向燧石集团的一员干将开枪，而顾桃又不想告诉集团呢？这让李可非常担忧。

要告诉吴右吗？

订阅号又出现了信息，警察们希望可以和他立刻会面，在喜来登酒店。估计也是因为昨天的事吧？

“去喜来登酒店。”他对小庄说。

李可在车上闭目养神，盘算着一件件大事，给它们排序分级别。孙和尚的事看似不急，却是要命的事，不知他和李进密谋到了什么程度，这是一颗定时炸弹。大会的事，是一劳永逸的大事，处理不好也可能一步坠崖。这场警方行动也不能有任何漏网之鱼，不能让任何一个人逃脱，不然他就有生命危险。

与这些既定的大事相比，燧石集团以及吴右本人的“信仰”与“理想”，更让李可感到惴惴不安。这不是一般的毒品集团，也不是一般的犯罪分子，他甚至不知道它到底是什么。电影《现代启示录》中的主角，就遇到了一个带有宗教性质的上校，去杀他的人都成了他的信徒和追随者，直到他自己希望被杀掉。

安娜打来电话，充满了歉意：“笨久，我看到了新闻，知道你们昨天的事了，谢谢你救了爸爸。”

“我今天还在处理各种事，最近不敢松懈。”他说，“你知道，很久没人敢这么对教授了。”

安娜听出他身边有人，说回来后再向他道歉。李可“大度”地让她别放在心上。“告诉你个好消息，你不许告诉别人。”安娜笑着说。李可忙问是什么，安娜说她投资的以色列那家医学公司，已经研制出了神经阻滞型戒毒药物，在小白鼠身上试验已经成功，效果很好，她觉得很快就可以用于临床试验。

“这……教授知道会不高兴吗？”李可说。

“所以你不能告诉他，这家公司是我三年前投的，投资额度不大，爸爸只知道我投过这么一家公司，并不了解公司的具体业务，林苏也不会说。”安娜喜悦地说，“到时候我们推向市场，全世界的毒瘾者就有救了。毒品销量减少，爸爸也就不会坚持他那个疯狂的妄想了。”

“好，我替你守住这个秘密。”李可说。放下电话，李可靠着车窗看着。安娜竟然在研发戒毒药物？这太离奇了！老子在拼命贩毒，女儿在投资戒毒，这是演的哪一出啊？想不明白，先走着瞧吧。经过一个十字路口时，街上如织的人潮里有个姑娘长得很像康迟。李可闭上了眼，想起这个可怜的演员离去的样子。

“在泰国祭奠死者一般怎么做？”李可问小庄。

“哦？”小庄一愣，“和香港差不多吧，也是烧香拜佛做法事的，年轻人不太在乎这个，很多上年纪的人会这样。”

“回头帮我买点香吧。”李可说着，酒店已经到了。下车的时候他吓了一跳，酒店门口站着一个抽烟的人，正是鹏宇。他也看见了李可，在吸烟处熄灭了烟头，随手将个烟盒扔在了垃圾桶上，转身进了酒店。李可慢慢走去，掏出烟来抽，见没人注意，慢慢揣起了那个烟盒。走进电梯打开烟盒，上面有个号码：5401。李可径直上楼，敲了5401的门。鹏宇开了门，这是一间套房。走到里面，李可赫然看到王干坐在屋里抽烟。他竟然也到了？再往里走，马旭正在倒茶，剑夫在敲电脑。怎么都来了？还安排在酒店房间里见？

李可呆呆坐下，问王干：“为什么如此兴师动众？”

王干说：“不是和你说过了吗？我国领导人要来访问泰国，几个城市分局的禁毒大队负责人都悄悄来了，正和泰国警方进行密切的接触。怎么，吴右竟然没提醒你这个？”

李可一呆，摇摇头。

王干瞪着他说：“最近发生了什么，吴右这个样子不正常？”

李可掏出根烟慢慢点着，将所有的事在脑子里飞快地滤了一遍，挑出可以说的和可以说一部分的，拣着轻重开始汇报。他说了孙和尚的事，但隐去了李进和他那奇怪的默契的事。说了关于这次洪坦、徐森和胡狼帮要干掉吴右的计划，以及如果被吴右识破和如何脱身。说了他现在处于吴右设计的鱼饵状态。说了何翰盯着他的事，觉得早晚会被这人找出破绽。最后他说了吴右决定在11月14号开毒枭大会的事，以及吴右希望龙久来挑选这次大会的地址。

王干听着，马旭等人在旁边一一记下。当李可说到听来的“老家”的事，描述了吴右等人在船上的情况时，王干面露疑惑，李进从来没有说过这些。在燧石集团这些年，他从来没有汇报过吴右等人还有什么信仰存在。“这个吴右，他要上天吗？”王干皱着眉，掐掉烟头站起来，拍了拍李可的肩膀，“不管吴右要干什么，江城警方的计划不变。昨天几个分局和泰国当地警方达成了一致行动案，这次突击会联手出击，公安部技术中心将为他们提供卫星监控。不管吴右下了多大一盘棋，这一次也要灭了他。”

李可总觉得哪里不对，可一时又说不清楚。吴右云山雾罩，李进又是怎么回事？卧底卧成了毒枭女婿也就罢了，吴右的信仰他也接受了？他图什么呢？李可看着王干和他的兄弟们，不相信李进会这样背弃他的兄弟们。李进不是贪钱的人，不然当初就不会选择警察这行当，也不会几次放过和大学同学拉他一起经商发财的机会。李可纵然讨厌他，可完全相信他这方面的操守。那么，李进还是因为安娜？

不得不承认，安娜是让人着迷的。李可才和安娜处了几天就开始沦陷，李进与她可是两年。但这也解释不通他为何把自己的警察身份向吴右和盘托出，这不合情理。如果不想干警察了，辞职就是。如果不想干卧底了，找个理由申请回国就是，何必在吴右面前暴露身份，自找死路？几年来人不人鬼不鬼的，最后送了命，还把个弟弟兜进来？

李可猛然吸了口冷气。吴右不可能不知道最近中国领导人访问泰国，他会不知道中国警方在和泰国警方密谈吗？怎么可能？巴猜警官不都和吴右有联系吗？泰国警方的内线情报必然每天都在吴右那里更新，那他为什么还要让自己……难道这仍是考验、是测试？测试我会不会在曼谷私会王干。会不会告诉王干情报，将成为他判断自己的重要内容。什么大会让我定日子，这是幌子。

李可抱着头，像掉在冰窟窿里一样，自知太幼稚了。而王干他们也如此胆儿肥，认为自己是黄雀在后。乱套了。

“我不能待在这里了，必须马上离开，吴右很可能派人监视着我，我可能又被他算计了……”他迅速起身，紧张地望向窗外。

“这你不用担心，这栋大楼都在中国警方的监视之下。每一个出入者都被监控，目前这里没有人监视你。”王干一脸轻松，说这力量远远超出江城警方的单方防控能力，因为这次领导人来访，国家有关部门给予了大力协助。

“那我也得走，不然说不清楚。”李可还是决定离开。他所经历的复杂局面，是王干等人不能理解的，也是他不能向他们道明的。李可看着王干和他的警察兄弟们，突然有种浓浓的羡慕。他们彼此信任，心性相通，生死与共。他身边没有这样的人，秦朗和小庄都是李进的搭档，而顾桃是一个随时可以受命干掉他的人。

“吴右到底要干什么，我觉得你们要调查清楚。”李可本能地说。

“来不及了，管它是什么，把他们一锅烩了，也就什么都干不成了。”王干掐灭了烟头说。

李可下了楼才叫小庄出来，开回公寓。路过一个十字路口时，前方突然大乱，枪声和爆炸声不绝于耳。李可让小庄赶紧靠边，从座位底下掏出了手枪。前方的混乱和他们并无关系，警察在朝街角一栋二层楼的建筑开枪。楼下有一辆被炸弹炸毁的汽车。小庄问一个跑来的泰国人出了什么事，那人说好像是一车人被炸死了。李可按捺住紧张，和小庄在车上等着可以通过放行，但他等来了吴右的电话。吴右告诉他何翰已经出手，干掉了洪坦庇护的一个黑帮头目。这让李可非常震惊，在这么个多国警方来联合行动的时候，吴右竟然命令何翰反击，在大街上炸死了一车的人。不对胡狼帮反击，却直接针对洪坦？

“我刚才见了王干。他在曼谷，中国领导人访问泰国，警方顺便用各种身份跟来了很多人。”他赶紧先把这些话说出来。

“我知道，他们在商议联合办案，也有人是冲大会来的。”吴右说，“你下个月再告诉他们大会在哪里举行，不然王干不会信的。”

“我觉得地点还是您来定的好，而且最好也不要提前告诉我。”不知为何，李可竟没有管住自己的嘴，说出了这么一句。吴右果然知道他和王干的见面，真可怕。

“没关系，李进，我既然说过我信任你，我就会信任你。你最近有些担忧，我能理解，但不要瞻前顾后，也不要受他人的影响。”吴右说。

中泰警方正在联手，泰国方面想必是洪坦在主导。而巴猜刚被任命为泰国毒品管制委员会扫毒署北方分部的负责人，成了金三角出口的门神，上任一周就破获了一起麻古和海洛因的集中运毒案。这些家伙成了泰国政府向各方来客的一次献礼，也是给洪坦的一记耳光。李可有理由相信，巴猜的上位也许是吴右背后施加影响的结果。在泰国经营十几年，燧石集团已经渗透到政界的纵深，有传说上次泰国的军方政变都有吴右的插手，甚至暗中支持着军方的负责人推动着毒品合法化的提案。

李可一直惦记着顾桃的枪眼儿，却并没有能力调查此事。日子一天天过去，周围似乎又风平浪静，而李可新的忐忑与日俱增，看明白的越多，越是睡不着觉。在家里慢慢等候的日子里，他像写剧本一样推演着人物关系、利害关系、矛盾冲突，以及各种处理带来的可能后果。不管他怎么画，孙和尚这一关都圆不过去，这是个随时能要他命的人。他第一次开始非常明确地想干掉一个人，而且不能不干，哪怕违背吴右的命令，甚至引起毒品江湖和黑社会的剧烈震荡。他也不能让王干他们在泰国出手。孙和尚不会去大陆，他和李进密谋的一切，早晚会发酵成可怕的灾难。迈克死之前对吴右到底说了什么？这像一把刀那样悬在李可的头上。如果孙和尚说的是真的，他将成为孙和尚与吴右妥协的最重要的、最有效的一个砝码。毒贩之间关系微妙，为了生意，再好的兄弟说杀就杀，再恨的仇敌却能一夜修好。他必须干掉这个孙和尚，且不能让吴右知道是他干的，最好还能嫁祸给一个人。要想活着完成这次卧底，就要尽快地排掉这个炸弹。

既然决定了，李可便开始拟定第一次真正杀人的计划。纸上谈兵，思来想去，他只有一个兵可用——秦朗。李可约秦朗见面，秦朗问他："你已经决定留下来了是吗？"李可说是，但是他有很多问题想问秦朗，也有事情和他商量。秦朗让他到一个餐厅见面，他稍后就到。

"你知道杀了这个人的后果吗？"秦朗听他说了孙和尚的事，抽着烟问他。

"很多人会对吴右失去信任，因为都会猜是他干的，毒贩们可能开始一轮新的厮杀。"李可说，这是他想了一晚上的结果。

"如果你想看到这个结果，那完全没问题，但千万不要让人怀疑到你身上，也最好不要影响这伙毒贩开会，不然你的卧底就没头了，还会被卷入没完没了的厮杀……你虽然做得很不错了，只是还没到那火候。"

秦朗说得很对，可李可一时还想不好怎样顾此及彼。王干想沉住气一劳永逸，而他想赶紧引爆、早日脱身。大会就是不开，吴右等人因为毒贩厮杀也被搞掉了，对李可来说并无什么不同。但他要脱离王干的安排干一件只利于自己和李进的事，这首先违反卧底的初衷和目的，有以私废公之嫌。秦朗似乎看出了他的顾虑，说李进如果想干这样的事，一定会深思熟虑，做到万无一失。他只知道吴右不是一般的毒贩，也知道李进的卧底已经超出了警方的任务范围。李进有自己的打算，具体是什么秦朗并不知道，他也不便问，省得成为李进的负担。

秦朗叉起双臂，歪头看着李可："你拿到李进的钱了对吗？"

"是的。"李可略微惊讶，"我没想到有那么多。"

"所以你糊涂了，不知道李进在做什么？"

李可挠着头，说吴右知道李进是警察，显然是李进告诉他的，这到底为什么？秦朗皱眉不知，他觉得李进这么做一定有他的理由，而且他相信这么做不会带来更大的危险。"那你觉得……"李可犹豫着，"我来之前，李进到底是警察，还是已经变成了毒贩？"

秦朗低头沉思，摇头，又抬头，说这个只能李可去弄明白了。秦朗笃定一点——李进这么做不是为了钱。有可能是因为安娜，但也不一定。李进非常深沉，他俩很少交流这些。秦朗得走了，提醒李可别忘了给警报纽扣换电池。孙和尚的事他来做些准备工作，把握孙和尚的行踪。秦朗一个人干不了这事，他们需要配合。

“戏要是演砸了，你会害了所有的人。”秦朗说。

看着秦朗在门口消失，李可喘了口气。迷雾重重，只能步步小心了。

剑夫传来消息。王干等人仔细研究了吴右可以开会的地盘，认为在帕巴登的4号别墅最有利于联合行动，为了不让吴右怀疑，他们挑选了与5号别墅同在北榄的6号别墅作为建议地址。此处背朝大海，有两条大路可以到达。别墅在一个山坡之上，周围有两道铁丝网和无人能藏的空旷地带，理论上警察无法接近。剑夫说这次行动中泰两国警方会联手进行，泰国警方会调动海陆空的力量共同参与，什么屏障也拦不住，海上也跑不了。只是中国警方不能参与执法，只能以观察组名义配合。王干估计不管李可如何推荐，吴右都会选择一处自己的地方。王干要求李可一定要发现真正的开会之处。李可对此认同，只是这谈何容易。

李可回到了巴拉根大厦办公室，继续自己的工作。诧异的是，吴右让他和何翰一起确定开会的地址。李可不敢详问，只说他认为可以在6号别墅——这是王干他们给李可的建议。吴右未置可否，说何翰有些想法，你们好好交流一下。已经有七家亚太地区同行会派代表来，本地有分量的毒品集团代表也会参加。这次会议要办得低调，却也要体面点，而且吴右并不担心警方能怎么样，因为经过多番谈判，洪坦和燧石集团已进入平衡状态。刚上任的洪坦想要坐住这个位子，马上就针对燧石集团做动作是不明智的。洪坦所代表的泰国警方只要不出手，他国警方也没有机会。这个会开得看上去与毒品无关，更像一次简单的商务会议。为了安全起见，还是要在偏僻一点的私宅，而且要做好外围防备。

李可暗自震惊，这可是王干他们认为最重要的能将吴右等毒贩们一网打尽的机会，也是李进说的卧底中最重要的目标。如果泰国警方视而不见，王干的计划就会完全落空。这太不靠谱了。中国政府和警方不是已经和泰国方面沟通好了吗？联合行动计划不是已经在制订了吗？王干难道不知道泰国警方的状况吗？

还是乱。

与魔共舞

第二十一章

“你知道我们为什么要开这个会吗？”吴右坐在阳光花园的沙滩椅中，摆弄着他的烟斗。

“您说过我们已经有了全球化经营的能力，货品也是一流的，可以和其他区域的渠道商们谈条件了。”李可谨慎回答，略感紧张。

吴右塞好了烟丝，让李可点着了，抽了几口后说：“毒品和其他商品其实一样，你的货好，就有竞争力。中国造的纺织品、家电、汽车为什么横扫全球，就是因为物美价廉，人是非常现实的动物，在消费产品方面，完全没有忠诚度可言。”

李可静静听着，不知吴右在琢磨什么。吴右抬头，阳光透过玻璃拱顶洒在脸上，鬓角有些银亮的白发。“毒品是人类制造出的最有忠实度的产品，可是目前的毒品作为产品，还远远不够好，品质还有很大的提升空间。人类的文明进步相当程度上取决于技术的进步，毒品也是。”吴右说着起身，走向阳台边上，“我和何总认真商量了下，他觉得大会还是不要在警察密布的曼谷召开，就放去无人岛吧，离得远一点。开会的嘉宾都已经通知到了，一共二十多位，包括我们六人，你、我、何总、戈萨、卫风华和顾桃。阿俊带人去，但是不参加会议。你告诉王干，大会上只谈交情，不谈生意，警方不需要盯着……就是盯着也没用，泰国警方已经开过会了，倾向于不轻举妄动。”

“你确定泰国警方不会乱来？”李可问。他并不知无人岛是哪个，好像王干他们标示的地图上并没有这个地方。

“乱来还是不乱来，总不能让我不请朋友吃饭吧？”吴右笑着说，“对了，安娜和你说了她投资的以色列公司的事了吗？”

李可慌乱摇头，还是不要承认为好。吴右微微一笑，说那家公司研发高效的神经阻滞戒毒药物，好像接近成功了……这个傻丫头，只学了点药理和病理，就不知道什么东西都有两面性，高效的神经阻滞药物，稍加调整，可就是更高效的成瘾药物。别去管她了，让她自己去高兴好了。李可吃了一惊，不明白吴右是什么意思。他发现自己进入了一个新的“反应呆滞期”，还有太多的事情不了解，还有太多的凶险看不到。

“保卫工作您有什么考虑？”李可问。这是很核心的问题，虽然上次开会吴右就强调让他负责大会的保卫，这不可当真。开会地点最终是吴右定，保卫工作也会是。

令他吃惊的是，吴右认为不需要特殊保卫，他觉得并没有什么危险。大张旗鼓地调动集团行动队，反倒引人注目，给警方以口舌……吴右突然看着他：“你不知道无人岛在哪儿，对吗？”

李可脑袋一涨，终归被他看出来了……该如何回答？吴右告诉过李进吗？李可加速思考，寻找着该说的话。“这个肯定是没有记，要么就是我忘了。”

吴右微笑起来：“你当然没有忘，因为还没带你去过，去和何总对应吧，让他告诉你。”

李可正要走，吴右又叫住了他，说他已经告诉了何翰和顾桃，孙和尚不要动了。开会那天，吴右想和孙和尚好好聊聊。

李可点头离去，一路默不作声，觉得自己提前刺杀孙和尚的计划很是英明。小庄看出他有心事，又不好问，就说要不要回去休息一下。李可闭目沉思，大会既定，如果泰国警方没有动作，不开展行动，王干为代表的中国警方是没办法参与抓捕的，而下一次这样的机会不知还要多久。李可最担心的并不是时间，而是他开始不相信警方能够再找到这样的机会。端掉几个仓库，打掉几条渠道，抓住一堆铁头、黑鱼、胡狼帮这类成色的小毒枭，并不能创造将东南亚贩毒团伙打掉、毁掉整个市场对中国的威胁的机会。王干所设想的一锅端，只是他们不切实际的幻想，更别说还隔着一条边境线，必须得到泰国政府的配合。

李进肯定明白了这一点。

李可睁开眼，又闭上眼，想第二个问题。吴右想和孙和尚好好谈谈，这个变化他始料未及，前不久还在筹划干掉他，下周就要和他来一次促膝相谈，这个转变竟毫无迹象。李可被当作“鱼饵”离开集团没两天，局面已天翻地覆。这是吴右刻意制造的吗？让他“杀掉”迈克，高调离开集团，钓出环伺的仇敌，摸清对手的底牌，看清内外的勾结，然后重新布局、制订出周密的应对计划，这岂止是一箭双雕？

不行，必须干掉孙和尚，不能让他和吴右冰释前嫌，这是噩梦。他哪怕开玩笑般说出孟凡的事，也足以让吴右开始对自己的新一轮调查，那可太要命了。李进定是有着自己的节奏和计划的，不管什么情景都可能在李进计划之中的。但是李可没有，他就像一桌台球里莫名其妙挨撞的黑球，不知什么时候会被撞入袋中。

龙久不知道无人岛，何翰并不奇怪。他摊开地图，指着攀牙岛西边五十公里处的一个小小的岛，告诉李可这是一处非常特殊的所在。它在泰国湾的西南部，早就被集团买下，上面有一处几十年的法式建筑。小岛上森林环绕，海滩布满礁石，只在南边有狭窄的浅滩。这是极其私密之地，它远在离曼谷八百公里的普吉岛附近，来开会的人得飞到普吉岛。这个安排躲开了警方监控力最强的曼谷地区，给警方在此行动制造了巨大的障碍。但这不是他考虑的问题，他相信警方会有办法。只要干掉了孙和尚，泰国警方就无法再隔岸观火，王干等人的目标才能顺利实现。

悄悄朝紧张对峙的两方军队各轰一炮，战争就会爆发。

“你已经拿到李进的钱了，可以完全消失。警方也要抓人了，你必须离开吴右和警方的视线，否则会送命的。你还要这么做，又是为什么？”又见面时，秦朗瞪着他，问他最后的选择。

“我不这么做，吴右他们早晚会找到我……我相信李进会这么做的。”李可说。

秦朗起身，将烟头插进烟灰缸，表示他会带几个人一起干，都是可以信任的朋友，费用要李可出。“没问题，不管多少。”李可诧异，原来他也有人。

“这次行动之后，我会告诉你我的来历。”秦朗冲他微笑，“你真的越来越像李进了。”

得知大会要在普吉岛附近的无人岛上召开，王干等人也很意外。泰国警方明确表态，鉴于现在国内气氛还算祥和，老国王身体欠安，不希望开展这么大规模的警方行动，万一失手，会影响政府和警方的形象，引起社会震荡。马旭向李可转达了王干的失望，却劝他不要灰心，不要着急，卧底工作就是这么样，随时都会有变化的。李可明白他们的意思，仍建议王干做好准备。毒贩们的世界也和男女过日子一样，今天如漆似胶，明天说不定就菜刀相向。只要有机会，一定要咬住不放。中国警方也会悄悄了解这个岛的地形和特点，掌握最近发生的情况。悄悄派人登岛侦察很容易出乱子，只能申请调用卫星琢磨它了。

顾桃的确和之前大不一样，医院都不去了。李可总觉得他心里有事儿，离开公司，就会不由自主地前后观察。李可不想询问仔细，就是有事儿，也要给他的事情让路。何翰和戈萨消失在公司，一定是提前去普吉那边筹备去了。得知何翰让人去安排众多车辆和豪华游艇，准备在那一天接送四方来客，李可很好奇来的都是哪些人。他仔细研究了这个无人岛，警方以及任何外来者要在这个岛上潜伏有难度，放个屁都可能被人听见，对它的侦察或许只能在天上想办法。

离大会时间越来越近，李可督促秦朗赶紧开始行动。秦朗说孙和尚深居简出，但会在后天与黑鱼会面，很奇怪，这个情报竟是泰国警方的朋友告诉秦朗的。防卫该是森严的，办法也是有的，要不要一起干掉？大过年捉了个兔子，没它就不过年了？

李可说，黑鱼和孙和尚非常密切，干掉他绝无坏处。黑鱼可能也知道龙久的秘密，干掉了他们，洪坦就不会和吴右再有任何默契。洪坦或许会来找龙久，但不会再去找吴右。

“你要参加这次行动吗？”

“我会参加，我已经杀过人了。”李可说，“我们怎么干掉他们？”

“我们会在孙和尚他们旁边的包间里喝茶。”秦朗说。

夜晚，李可独自来到射击场，要了十几匣子弹，一枪枪射击着。打过枪战、杀过人之后，李可明白了射击的奥秘，抬枪的手已经沉稳，枪靶之处他可以想象出那个人。子弹也开始听话地上靶，虽然没有李进传说中的精准，却都能够打在靶上。他开始喜欢这种感觉，就摘去了隔音耳罩，一枪、两枪、两连发、三连发地打着，直到打完了全部子弹。夜色浓重，他感到一阵轻松，右手食指还在不自觉地勾动着。开始吧，真正的江湖。

这天下午，秦朗带着李可来到了刺杀地点。下午茶时间，大厅和包间里人并不多。他们径直走进一个包间，三个人已经坐在那里，一个个精瘦黑条眼窝深的，显然是泰国人。见秦朗进来，他们站起了身。秦朗和他们说起泰语，几个人与他一一回复。

“监控房的电脑下放了燃烧弹，走的时候会引爆。”秦朗塞给李可配套的消音器，“颂奇和阿威会在大厅喝茶，我们出来时他们会用刀干掉楼道里的，然后一个守住楼梯口，一个守好后门。我和你进去开枪，干完就从后门撤。坤达古听到枪响就会开车到后门等着。”

“他们是……”李可还是想问下。

“他们都信得过。”

三人点头。李可对他们点头，不由攥起了拳头。秦朗等人看来极其精于此道，不知干了多少回。他们也不检查枪支，想必早就都弄好了。秦朗看了看表，让坤达古下去，等孙和尚到了之后发信息给他。坤达古去了，秦朗给大家倒茶。颂奇和阿威低头拧着消音器，试着枪栓，没有丝毫紧张。他们都穿着笔挺的西装，衣服之下都是腱子肉。李可很想问问他们为什么参与进来，到底是什么人。秦朗闷声不语，他也不好再问。

秦朗收到了信息，他和李可走到窗前，推开一条缝向下看去。孙和尚和黑鱼下了不同的车，正在走向餐厅，各跟着两三个保镖。秦朗用耳麦轻声说了几句，回身告诉李可："六个保镖，楼道里应该是两个，楼梯口是两个，房子里两个。"颂奇和阿威挂上耳机出去了，秦朗让李可检查武器。

"进去之后，我打左边你打右边，交叉射击，先干掉站着的保镖，再打坐着的人。别看他们的眼睛，他们没穿防弹衣，你盯着胸口开枪，每个人两连发，像警察教你的那样。撤退时换弹夹，上膛，上车前先关保险，再卸消音器。"

"知道了……"李可打开了保险，拉了枪栓。之前的经验只是偶遇突发的战斗，或者假刺杀，而这一次，李可清楚看到了一次真刺杀的由来，他害怕，也兴奋。秦朗四人显然是老手，手指头就长着开枪的样，这让他心里有底。他也怕行动出现意外，毕竟子弹不长眼，对方也不省油。"如果他们都坐着呢？"他紧张地问。

"那就先打年轻的，他们是保镖。孙和尚身上应该是没枪的，可以留在最后，黑鱼不好说。你不要怕，任何人被枪指住的时候，都会愣那么一秒，一秒钟可以打倒三个人了。"秦朗说着，推开了手枪的保险。他拿出两个头套，递了一个给他。

门外脚步咚咚，孙和尚的木鞋发出特殊的声响。他们说笑着进了房间，关上了门。"再等三分钟。"秦朗说。

正要行动，秦朗摸着耳麦停下了，扭头对李可说又来了两个人。

李可一惊，对方已经有八个人了，行动还要继续吗？秦朗面无表情，只背靠着门边听着。两串脚步声走过，推门，进了同一个房间。秦朗靠着门继续听着，静静地站了有两分钟，轻轻对着耳麦说了句泰语，李可听得懂，是“行动”。

他俩戴上了头套。秦朗对李可点了下头，就拎枪拉开了门。颂奇正懒洋洋地走到楼梯口两个人旁边，一副上厕所的样子。但是他手腕一抖，刀光闪过，一个人的脖子就开了，又一闪，刀尖扎进了另一个人的心脏。与其同时，空中飞过一个闪亮的东西，噗地扎进了走廊里一个人的胸膛。阿威扔完了飞刀，掏出枪走向了后门。李可还在目瞪口呆，秦朗已经几步走到了被飞刀扎中的人身边，轻轻抓住他的胳膊，让他不会轰然倒下。他拉了下发愣的李可，他们并肩推门，冲进了旁边的房间。

秦朗的动作如此之快，李可刚抬起枪，秦朗已经连开两枪。噗噗的枪声里，右边两个站着的人的脑袋开了花。李可在右边位置，赶紧举枪瞄向左边，却一下子蒙了，左边竟然有四个人——孙和尚和一个中年男子挨着坐，身后站着一个，旁边是黑鱼。他们都瞠目看着门口的他俩。站着的人正在掏枪。李可不假思索地开枪，两颗子弹击中他的胸口位置。李可本能地知道他完蛋了，把枪口迅速转向了黑鱼和孙和尚。那个中年人一脸惊诧，怒火在眼里燃烧。李可举着枪，突然不敢开火。

黑鱼举着双手喊起来，是泰语。

秦朗的第三枪给了他，子弹穿过了黑鱼的眉心。一串脑浆洒在桌面上，黑鱼倒了，脑袋砸碎了桌上的玻璃烟灰缸。李可再不犹豫，对着孙和尚就是两枪。两颗子弹都穿过了孙和尚的脑袋，那么小的两声儿，却掀飞了孙和尚的天灵盖。中年男子高叫起来，也是泰国话，他似乎不是在求饶，而是在怒斥。李可正要将他打死，秦朗突然托起了他的胳膊，子弹擦着中年男子的头飞过，打碎了他身后的花瓶。秦朗箭步上前，一枪托砸晕了这个人。

确认躺下的都死了之后，秦朗拉着李可出了门。戴着头套的颂奇在后门举着枪，大厅里的闲人都趴在地上了。他们快步走出后门，阿威与他们汇合，一起上了车。摘下头套，关上保险，李可问前座的秦朗：“为什么不杀这个人？”

“他是洪坦，不能杀。”秦朗头也不回地说。

车高速驶离了这个区域，路上不断有人下车，秦朗将李可放在一个无人的路口，告诉他走到对面去打车走，枪留给他们销毁。“杀了洪坦，整个泰国警方就疯了。他不是好警察，也不是坏警察，不杀他更好，而且他不会再和吴右会谈了。”秦朗说。

“那他怎么知道这事是燧石集团干的？”

“我让颂奇故意在外面的桌子上留下了一支签字笔，是燧石集团的。”秦朗说完，犹豫了片刻，“从今天起，你再没有退路，毒贩的世界又会开始一场血雨腥风。不管是吴右还是你，都不会置身事外，你准备好了迎接一场真正的厮杀吗？”

李可怔怔地看着他，嘴唇哆嗦着：“你们到底为什么帮我做这件事？”

秦朗微笑：“因为我们是警察，一群泰国好警察。”

李可又是一愣，正要再问点什么，秦朗已经关了门，扬长而去。李可站在路边，回望来时的路，遥遥不见尽头。他摸了摸心脏的位置，它平静得令自己害怕。刚才那番脑浆四溅的屠杀，竟没有给他留下一丝惊惧。晚霞又在远方涌起，而李可的眼里竟是一片黑白。他在路口恍然四顾，周围空荡如梦里的末日。世界仿佛留给了他一个人，没有起点和终点，没有时间和爱情，只有曼谷渐亮的灯火，慢慢地映亮着他的眼泪。

孙和尚与黑鱼被刺杀的消息，瞬间让东南亚地下毒品世界陷入极度的紧张。曼谷街警四出，会所关门，军方的兵车守在了重要的路口。回到家中，李可喝了一口水，害怕地盯着面前的手机。铃声响了，是吴右。

“孙和尚和黑鱼被人杀了，你知道吗？”吴右问。李可表示震惊，并问谁会这么干。这是他思虑了一路的回答。“所有的人都会认为是我们干的。”吴右轻轻说，没有半点慌乱。“速回大本营开会，大家也都快到了。”

李可攥了攥拳头，出了门。小庄飞车来到门口，对李可喊道：“老大，你听说消息了吗？”

李可点头，上车。

“顾桃哥刚才来电话，让我们接上他一起去大本营，他的车坏了。”小庄说，“老大，是要打仗了吗？”

李可揣摩小庄的话……他知道孙和尚和黑鱼的事了，他本能地理解为这是吴右的命令，因此敌人会开始反击，警方也会打击，全面的战争将开始。李可告诉他此事与集团无关，是有人陷害教授，小庄惊讶回头道：“那这是谁干的？”

是的，谁都会这样想的。吴右现在面临的问题不是对江湖如何解释，而是先保住集团不被敌人攻击，让自己不被人杀掉。不处理好这个问题，大会开不了。李可知道，吴右必然不会慌了方寸，这个经历过无数场厮杀的高智商头目，必然会找出应对的办法。那他会不会怀疑自己呢？李可拿不准。后面的事，吴右需要他和顾桃等人鼎力合作，保卫集团的安全。孙和尚已经被干掉了，知道李进一些底细的人，可能只剩下了洪坦。那么，洪坦会来找他吗？应该来找他吗？李可对这推理有些害怕，虽然干掉了孙和尚，引起了毒品江湖的热战，但他并没有离开漩涡的核心。这不成了《琅琊榜》中的梅长苏吗？每天活在阴谋和算计之中，周旋于各方势力之间，挑拨离间，玩坑点火……最后还是病累而死了。

顾桃在路口抽烟等着他们。车停了，李可向他走去，想和他先抽根烟，聊几分钟再走。顾桃并没有看见他，夹着烟看着地面、若有所思。李可正要唤他，突然看见一辆路虎飞奔而来，越来越快，径直撞向了顾桃。李可大惊，知道喊他已来不及。他不假思索地掏枪、开保险、举枪，对着路虎就是三连发。两颗子弹击中了驾驶员的位置，玻璃上血花飞溅，车仍然撞向了顾桃。顾桃惊讶扭头，看的却是开枪的李可。李可又是两连发，子弹击爆了左轮胎。路虎猛地打偏，横过来瞬间翻了。这团笨重的钢铁翻滚着从顾桃身边掠过，撞在路中间的公共汽车上，不动了。

顾桃惊魂未定，也明白了怎么回事。他快步走向这辆路虎，朝车内开了几枪后向李可跑来。“是什么人？”李可问道。顾桃摇了摇头，和他一起上了车。小庄收枪上车，迅速驶离，经过那辆路虎时看了一眼道：“怎么是外国人？”

顾桃脸色苍白，拍了拍李可：“龙久，没有你，我命休矣。”

“你是命好，我慢五秒钟你就没了。”李可说，“你不能住这儿了，我们很可能都要住进大本营，然后再换地方住。”

“龙久，今天的事能不能别说出去？”顾桃很认真地说。

李可纳闷地看着他。小庄在后视镜里看着李可。李可说：“小庄你听见了吗？”

“听到了老大，遵命。”

顾桃点了点头：“谢谢二位，处理完集团的事，我再和你们说原因。”

巴拉根大本营如临大敌，几个路口都停着防弹的越野车，保镖们环立，前面是荷枪的士兵。车慢慢驶进地库，地库里的士兵端着枪，牵着狗，夹出一条单行通道，这是政府担心杀戮四起做的保卫措施。顾桃刚才也以为这场刺杀是吴右的命令，还在纳闷是何翰还是龙久干的。得知与集团无关，他也陷入巨大的困惑，想不明白是怎么回事。

钻过阿俊设置的层层保卫，众人来到顶层，进了吴右的顶层花园。门口封闭，玻璃穹顶内圈滑下了钢板，以防无人机的攻击。吴右穿着素色的对襟衬衫，叼着细细的铁木烟斗，坐在他精心养护的那片兰花丛中，安静地看着那本《巨人的陨落》。吴右看上去并不憔悴，甚至有些刚睡醒的慵懒，嘴边的烟斗冒着微微的烟，有朗姆酒的味道。

李可和顾桃走到不远处停了下来，不知该不该上前去惊扰吴右。正犹豫中，何翰到了。他见此场景，将顾桃和李可叫去一边。“孙和尚被杀的时候你们俩在哪？都遇到了什么事？”何翰当头问道。

顾桃欲言又止，看了眼李可。李可心思如电，脱口而出：“听到消息时，我和顾桃在他家不远处正准备吃午饭。”

顾桃沉默点头。何翰盯着李可：“不管这事儿是谁干的，这是冲我们来的，现在全泰国的同行都在准备和我们打仗，警方也开始二十四小时监控我们。从今天起，没有教授的命令，大家都不要离开这座大楼。”

得知他们前来，吴右让大家进去。他给大家一一倒茶，何翰说戈萨与卫风华在和客户公司开结算会议。吴右让他们尽早回来，免出意外。他给大家分好了茶，烟斗续了烟丝，指着怒放的兰花说起闲话。兰花好看，却不好养，要养这么多同时开，更是难上加难。它们容易得病，容易招虫，温度和湿度都要适中。这些都做到了，它们就会开出最好的花，发出这样的清香……吴右吐了口烟，摸着桌上一盆叶子发黄的兰花，拔掉了它。

众人沉默听着，看着，李可的腿又在抖。“你们觉得这事儿是谁干的？”吴右转入了正题。大家都没说话。“而且据说洪坦也在，杀手竟然放过了他。”

“会是洪坦安排的吗？”顾桃问。

“不可能，洪坦要想做这事，有的是办法，不需要公开这么做。”吴右摇头道，“而且有什么必要呢？孙和尚怎么会针对他？至少在这一年，他们是穿一条裤子的人。”

“其他几伙人呢？”李可继续放烟幕弹。

“也不应该，在这个时候干掉孙和尚和黑鱼，对谁都不好。”何翰说。

吴右点头：“我和巴猜通了电话，他也很震惊。我告诉他不是我们做的，他难以置信，说洪坦已经下了命令调查此事，并打掉一些丛林里的毒品基地，其中有我们的两处。何总你通知下面，各生产基地暂时关闭，货物暂时转移封存，停止发货和运货，”

“已经通知了……他这是让所有同行受损，逼各集团自行找出是谁干的这事儿。”何翰点头道。

“我们要想洗清，就得找出来是谁干的。这个事儿，何总和龙久去查。”吴右看着他们说。

“是。”李可才松了口气，又噎了口气。让始作俑者去追查凶手，这是戏剧老梗，不好干。

“安娜到了英国，要不要也加强保护？”李可问。

“那边有人照顾他，林苏前两日也飞过去帮忙了，安娜是安全的。”吴右说。不知为何，听到林苏也在，李可竟有些嫉妒。

“那大会呢？”李可又问。

“大会照开，不能受影响，所以……你们要尽快，只剩四天时间了。”吴右盯着何翰和李可说。

当天下午，集团下属的一家结算公司遭到炸弹袭击。当时正是集团公司和几个客户公司月终结算的时候。公司的一层楼被炸毁，死了五六个员工。正在开会的戈萨和卫风华被炸得脸焦头破，背后扎满了玻璃碴子。攻击不知来自于谁家，吴右也并不愤怒，只是让他们回到1号别墅去医治，并督促何翰和龙久尽快调查。

何翰放出了一片密探，四处去打听。李可也只能行动起来，让顾桃召集行动队队长们开会，他必须和顾桃带着手下到一线去调查，样子要做到位，最重要的是要趁这机会和王干等人取得联系。这不免担惊受怕，出来干这个活儿，极易成为对手的攻击目标。连小庄在内，顾桃安排了七八个行动队员保护龙久，每天如影随形，晚上也在大本营沙发相伴，这让李可都没法和王干做任何接触。马旭发来了要求见面的隐秘信息，他只能回复不便。王干显然看到曼谷这里乱了套，不知道吴右在做什么，他也会觉得这场战争是吴右发动的。李可煞有介事地联系李进名册上的帮派首领，让他们帮忙打听。再联系Lisa，让她问问孙和尚的搭档们怎么回事。顾桃在发动他的力量，询问江湖中的各色朋友，同时释放出这事与燧石集团无干的信息。他和李可商议之后，放出十万美金悬赏，能够提供有效信息者，立即支付。

这一招很好使。两天之后，信息来自一个毫不起眼的江湖渠道。袭击集团结算公司的是孙和尚集团的人，下令的人是他弟弟——绰号“阎魔”的孙阎。李可向吴右作了汇报。杀死孙和尚的人查不到，因为酒楼的闭路电视系统被烧毁，现场也没有什么证据，在外面的桌子上发现了一支燧石集团的签字笔。

“这是刻意的栽赃，不要信。”吴右毫不犹豫地说，“不能让杀戮继续下去，我们更不能反击，否则会更危险。”

“那我们的人白死了？”李可问。他带出一副此仇必报的样子。

“不会的，这笔账要算在真凶的头上，当务之急，要让整个江湖知道我们也是受害者。”吴右说。

“和很多人说过了，但是他们不信。”何翰说。

吴右站了起来，背过手说：“我出面，他们就信了。”

第二天一早，一支车队驶出了巴拉根大本营的停车场。阿俊开车载着吴右和李可，顾桃和何翰各乘车辆在前，几辆保镖车前后护驾。车队奔向城内，直奔皇宫边上一处高楼大厦间的寺庙，孙和尚的法事在那里办理。李可看着前后的车，忧心忡忡。吴右的胆魄令人震惊，这样冒险去孙和尚的法事，不怕当场被乱枪打死吗？这一路都有警车驻停路边，想必是巴猜特意的保卫。但做法事之处人山人海，警察又能怎么样？听说孙和尚的弟弟孙阎凶残无比，亲哥哥被人干了，什么事都干得出来，要是燧石集团从老大到干将都稀里糊涂给一个毒枭陪葬了，这算什么事呀？

“这一关不过，非但大会开不了，又一场地下战争会在明天开始。”吴右闭着眼说。

“就是开战，我们未必输。”李可自认这是个好回答，这是一个元老该有的考虑。

“也赢不了，大家会两败俱伤，到时候，不管是洪坦还是巴猜，甚至是大陆警方，都会趁机将我们全部干掉。我们最好的伙伴，会成为他们的帮凶。”吴右说。

“教授，你有把握能说服这个孙阎吗？他……”李可确实害怕。

“《九三年》里，朗德纳克侯爵一个人去旺代，要发动十万忠于国王的农民军队伍，迎接英国人的登陆，把法兰西大革命扼杀在摇篮中。一路千难万险，他乘坐的炮舰被共和军的舰队层层阻截，而他毫不慌乱，用智慧和魅力将这仅有的一艘炮舰上害怕的水手们变成了热血的战士，又让要出卖他的人跪倒在他的眼前、心悦诚服。龙久，越是艰难的情况下，越要有必胜的决心，越要能看清楚问题的关键。”

李可被说得一脸羞愧，这真不是表演。

“你要记住，枪林弹雨不可怕，只怕小人。”吴右说完，又靠进座位里闭目养神了。

吴右这句话让李可寒毛倒竖、如坐针毡。他觉得这到了王干说的必须申请警方保护的时刻，但这太不现实了，而且……这祸是他故意闯的，这就是他想要的局面。秦朗能来暗中保护他吗？他想发出紧急呼叫的信号，手已经在按钮上，却还是作罢，真要有事，秦朗也必死无疑。

车队一路畅通，快到寺庙的时候慢了下来。孙和尚的法事是件轰动的事，庙前人山人海，剩下的五百米只能步行进入。顾桃说明情况后，吴右决定下车。李可忙跳下来，和顾桃带着行动队员们展开防卫。吴右摆了摆手，说不必太过紧张，诸葛亮吊孝，人越少越好。李可只能将队员们打散在人群中，夹着吴右缓慢前进。李可吓到了极点，人山人海里，鬼知道谁会射来一枪？戴着墨镜的阿俊跟在吴右身后，慢慢摆着两条胳膊，没事儿人一样。顾桃、李可在前分开人流，中间填着三四个膀大腰圆的队员，夹着两位老大钻进了人流。每双看过来的眼都似乎充满敌意。这么多人来祈福，这孙和尚把自己经营得真是到位，世人觉得他是个大善人，却不知这家伙干了那么多龌龊可怕的事。李可又觉得一阵轻松，干掉孙和尚，围绕着他的最大的危机过去了，这也是为民除害。

一路无险，在咿咿呀呀的佛音里，他们慢慢进入了寺庙。一些身着劲装、眼神不善的人发现了他们。有人在对讲机里说着什么，十几个人慢慢从人流中围拢过来。大家知道来者不善，立刻缩小了保护圈，将吴右和何翰夹在中间。吴右让阿俊走上前去，用泰语说着什么。对方面露疑惑，不知道该怎么办。里面来了个管事的，对讲机汇报之后，他示意众人分开，让他们过去。略一计算，此处有几十个人都可能向他们开枪。李可心跳加速，吴右全无惧色，双臂轻垂，真的像来吊唁。其他人也是如此，手都不在枪的位置。李可心里赞叹，这帮家伙简直息息相通，这是多年厮杀里形成的默契。刚才还时刻准备抽枪，被孙家的人围起来之后，他们反倒故意让人看到来此的善意。这是出发前吴右的命令，不要让对方紧张，不管发生了什么，他和龙久都要去向孙和尚祭拜，上香。

迈过第三进寺门，寺外的人潮已不能进入。严密的保卫之下，里面是停放孙和尚尸身的内庭。堆在前面的保镖越来越多，一个个怒目圆睁，却没有人掏出枪来。李可见一些警察夹在人群中，内庭里甚至还有士兵，算是松了口气。吴右示意顾桃等人留在这里，何翰和龙久跟他进去。吴右举步迈进了门槛，站去庭前，对着躺在花堆和一堆念经和尚间的孙和尚，合十双手，深深鞠躬。见何翰也是如此，李可忙照猫画虎，却心中有鬼，生怕一颗子弹从带了消音器的枪口飞来，将自己头颅透穿。

三个鞠躬之后，吴右向前走去，从长条香案上拾起一捧香，从容点燃，双手合十，鞠躬，插上香，再双手合十，鞠躬。孙和尚遗体边站着个身着黑色长衣的男子，恶煞般的长相，居高临下盯着吴右，一言不发，一动不动。李可猜这就是孙和尚的弟弟——“阎魔”孙阎，真是人如其名。吴右遥望了一下孙和尚，缓步走向了孙阎。李可不知该不该跟过去，见何翰抬步，就赶紧跟了过去。吴右在孙阎眼前站定，气色从容。孙阎站在台阶上，令吴右三人只能仰视。吴右再次双手合十致意，孙阎毫无表示。“请接受我对令兄的哀悼。”吴右说，“我们一起素衣前来，是为了对你诚恳表明，此事与我们无关，也是对我们的陷害。有人杀害孙总，并嫁祸给我们。我们已经在调查凶手，你命令手下做的事，出于误会，我将不予追究。”

这几句话说得不徐不疾，分寸精当。既说明来意，表达了尊重；又发出威胁，提供了和解建议。李可赞叹地看着吴右。孙阎长出了口气：“都说教授胸襟坦荡，你既然敢来，我就信你。此事蹊跷，还望教授主持公道。给您造成的损失，必将如数赔偿。”

李可倒真没看出来，孙阎长成这个样子，竟是个明事理的人，还出口成章，三言两语就化解了一场即将开始的江湖仇杀。说到底，还是吴右胆魄惊人。吴右上车前告诉他：“孙阎与他哥哥素来不和，看不惯孙和尚那副伪善之相和淫靡之身。孙阎绝不会因此和我们展开一场杀戮，因为他还要和我们做生意。

他们握了手，一起走去孙和尚旁边，为他祈祷诵经。周围所有人也都双手合十，与他们一起齐声诵念。

最伟大的演员

第二十二章

危机化解。杀害孙和尚的凶手当然没有下落。李可正暗自庆幸时，曼谷警察局凶杀调查科在电视上公布了此案的一些细节。经法医鉴定，大厅里两个人中，一个被杀手挥刀破颈，另一个被一刀刺入心脏，用的是五年前警方标配的匕首，挥刀的动作和方向也像是警方训练出来的。警方怀疑此事与退役的警员有关，因为前两年也发生过类似的案件，用刀者都是这个手法。警方将清查退役警员，尽早破案，给市民一个交代。

太好了，矛头转向了这里。李可自觉无忧，遂申请将精力转向大会，因为各方毒贩已经发来信息，会继续参加大会。吴右同意，并让大家对此轻描淡写，别让四方来客觉得紧张。公布这些细节的警方负责人是巴猜的人，最紧张的人已经变成了洪坦，因为退役警员的管理曾是他职权之下的事。总算松了口气，李可和伦敦的安娜通了电话，得知她一切安好，捐款顺利。李可颇感欣慰，希望她大会后就回来，早日相见。

在保镖二十四小时保护下，李可睡了个好觉，醒来后神清气爽。雨后初晴的曼谷十分动人，李可觉得一阵庆幸。他换上便装，决定跑步去吃早餐。他让行动队的“兄弟们”离去，回家休息。这次大会看来将波澜不惊，吴右不会露出破绽，警方也不会进攻。虽然除掉了孙和尚，他搅动江湖厮杀的计划却因为吴右睿智的危机处理而失败了。这个过程却足以让李可树立信心，机会还是有的，只是要耐心等候。李进的钱他已经可以支配，他决定抽空去一下香港，找一个隐秘的地下钱庄，将钱通过他们转给妈妈，给琪琪，给自己……

那个小超市就要到了。李可刚慢下来，突然脑袋一晃，觉得一声闷雷在头颅炸起，后脑勺剧痛难忍，天旋地转中，地面向他猛扑过来……

再醒来时，灯光刺眼，李可头疼欲裂。视线渐渐对焦，面前坐着一个警官——泰国的警官，李可认出了那张吓人的脸，这是差点被他一枪爆头的洪坦。李可慌乱地挣起来，手腕折痛，双手被拷在一个铁凳子上。再举目四看，大门紧锁，铁条冰冷，和他与王干见面的那间审讯室大同小异。

洪坦说了话，是泰语，李可只能摇头不知。洪坦并没有急，换成了英语，很流利的英语："你为什么要杀孙和尚和黑鱼？"

李可浑身发凉，完了，这下真完了……洪坦怎么知道是他杀了孙和尚和黑鱼？李可差点高喊"我坦白！"他还是让自己冷静下来，又是命悬一线，别忘了自己是龙久。他很想否认洪坦的问题，可这家伙的眼神笃定狠绝，看似不容置疑。他低头酝酿，找着最适合的戏。冰冷的手铐映着灯光，令他心神难安。于是他咬舌头，眨眼睛，紧紧地叩着牙关。在哪呢？在哪呢？那些伟大的表演和经典的桥段，都在哪呢？有了，斯皮尔伯格的电影《逍遥法外》，迪卡普里奥对汤姆·汉克斯那一场……

"您为什么觉得这事是我干的？"他用英文回复道。找到了戏，李可便找到了龙久。他提醒自己，别忘了龙久见过孙和尚和洪坦，他们有过奇怪的默契。

洪坦冷冷地看着他，掏出手机，播放了一段视频。这是街道上的探头录像，画面中，李可戴着墨镜溜着墙边儿，走向了那个酒楼。李可暗叹了一口气，摄像头，又是摄像头，怎么和江城一样多？怎么秦朗他们没破坏掉？"说吧，不然我公布出去，再把你交给孙阎。"洪坦沉稳老辣，不怒自威，李可瞬间觉得走投无路。这是在泰国的一个看守所，或者监狱里，眼前是泰国实权派的涉黑高级警官，杀人估计和拔根草似的。龙久与他和孙和尚前有默契，而龙久先是“动作变形”，搞晕了这俩，又随即杀了孙和尚和黑鱼，这足以令洪坦起了杀心。但他竟然只是把自己捉来，冷静地要问个究竟——这说明还有机会。李可心知，如果不能给他一个合理的解释，就不用再担心卧底的事，他绝不会活着出去。琪琪，安娜，妈妈，那九百一十六万美金，就都永别了。

看着洪坦灰暗的双眼，李可暗提了一口气，眼前时刻，非但考验演技，还要考验智商。这是生死关头，也是新的转机。“洪坦警官，事已至此，我只能和盘托出。不瞒您说，我是大陆警察，来自江城公安局禁毒大队，领导是王干。我受命卧底在燧石集团已经五年，我的真名叫李进。”李可说。

洪坦皱起了眉头，眼睛却一眨不眨，瞳孔都大起来，像见了鬼一样。

“之前没有告诉您我的真实身份，是因为组织不允许。现在我可以告诉您，一是因为组织的允许，二是因为我必须要完成后面的任务。您是泰国警方举足轻重的领导者，但却是最近才成为禁毒管制委员会的负责人，所以之前我不能和您说，现在却可以和您说了。”李可的脑袋飞转着，摆明了警察的身份，而且说明是组织让他告诉洪坦的，洪坦就不敢轻易对自己下黑手。还有一个潜台词就是，以前和你与孙和尚说的，你大可以不信了。

“我的任务是打入以泰国为核心的毒品网络，查明吴右及其集团的犯罪事实，寻找其毒品犯罪和上层核心人员之间的直接关系证据，并寻找机会让中泰警方联手，将燧石集团一网打尽。因为泰国贩毒集团非常复杂，勾连紧密，虽然已经在吴右身边，我总是找不到最佳的机会，这是我为什么在燧石集团待了这么多年的原因。而在最近，孙和尚威胁我，要将我与你们合作的细节告诉吴右，以逼迫我答应他的合作条件。这显然不是您的意思，而是他自己的私心，用牺牲我为代价实现他和燧石集团更深的媾和，以获取更大的市场和地下权力。经组织同意，我不得不除掉他，因为他这样做会毁掉我们多年来的计划，其次对洪坦警官您也有巨大的伤害。而江城警方要将吴右和燧石集团一举打掉，重创东南亚贩毒集团，必须有您的配合和支持。为了不出意外，我只能冒险提前行动，将孙和尚干掉。那天我确实不知道您也在，因此在同事准备向您开枪时，我拦住了。当然，很对不起，我也打晕了您。”

李可捎带手地将秦朗的事揽到了自己身上，没办法，为了活命嘛。

洪坦眨了眨眼，似乎心有余悸、将信将疑，仍一言不发。这家伙真沉得住气，他听进去了吗？

“您想必已经知道了，吴右在后天会召开亚太区伙伴会议，相信您和我们大陆警方一样，面对这个大会束手无策。进攻无名，因为他们只是要吃饭聊天而已，会上的事什么也捉不到。而您又不甘心，江湖传出去，影响会很差，政府对警方会颇有微词。刺杀孙和尚是基于这两点的综合考虑。中国警方没有和您事前沟通，其实也是为了让您和此事脱离干系，很快他们就会和您接洽。因为要趁这次大会将这帮毒枭一网打尽，我们必须得到您的支持。因为只有泰国警方才能本地执法，执行这个抓捕计划，中国警方只能有限参与。您刚出任反毒机构的负责人，也需要一次行动树立威信，并尽量将各毒品集团控制在您的控制边界之内，而不是任其胡作非为。所以，我的任务以及中国警方的目的，和你的初衷与职责并无矛盾。我们做的事，以及我单独做的事，都是对您有利的。”

洪坦听完，抿嘴沉思，又抬头说：“你告诉我这些，是怕我杀你，对吗？”

李可一笑：“我不是怕您杀我，而是怕您误杀我。您如果有怀疑，请打王干队长的电话，号码相信您自己有，可以现在就问他。”李可深信，如果洪坦打了王干的电话，王干为了保证他的安全，一定会一兜到底，洪坦想听啥他就会说啥。李可又相信他不会打这个电话，因为“李进”知道洪坦和毒贩们有些勾连，而王干并不知道，虽然都是警察，其实并不一样。

洪坦盯着李可，像要看穿他的脑袋似的。李可咽了口唾沫，觉得说得够多了，他绷起一脸的从容自信，不再说话。“回头我再去验证你说的话……孙和尚的确有些过分，我不在乎他的死，只是在乎他为什么死……但你想让我就这样放了你，并让你继续卧底下去，仅仅这些是不够的。”洪坦说。

“那您说。”李可情知小命保住了，心落回了肚子。

“你作为中国警察，在我国做的事违反了泰国法律。就是毒贩不干掉你，我也可以收拾你。你不能在我的眼皮底下胡来，你要动什么人，做什么事，最好都告诉我。你们想干掉谁，没有我的准许，我就抓人，或者当罪犯干掉。就算不干掉，你们也得不到我的配合。你的卧底工作除了要对你们警方的行动有利，还必须对我的计划有益，否则我也会收拾你，明白吗？”洪坦说。

李可装出一脸纠结，最终点了点头，肚子里却心花怒放。这突如其来的兴奋刺激着他的智商提升，每个脑细胞都闪亮起来。看着洪坦的脸，看着他的警帽、警徽、警衔，他突然明白了什么。一个念头在他脑中闪过。

“洪坦警官，燧石集团根深蒂固，盘根错节，我相信您是很希望将他打掉的，也希望能在任上整肃泰国和东南亚毒品世界的。我卧底这么多年，等的就是这个机会。如果我可以让你抓住吴右和这次大会上的所有人，并搜集好足以给他们定罪的直接证据，您会实施行动吗？”李可说。

“说说看。”洪坦探身过来。

“捉住他们不难，关键要能定罪，证明他们虚假的社会身份之下，实际上是毒品世界的头目。我已经受命参加会议，负责大会外来嘉宾的保卫，并且可以带枪。因为开会地点隐秘，我的级别又高，很有机会携带录音设备，将开会的过程全部录音，甚至录像。你可以等会议开得差不多的时候发动进攻，将他们全部抓获。这样的话，我完成了领导的任务，领导完成了警方的任务，您也可以达到您的目的，完成您的功勋。”李可慢悠悠地说。

这是疯狂的计划，也是聪明的计划，既能让他全身而退，又可以漂亮地完成王干的任务。洪坦干掉吴右和王干干掉吴右，结果上又有什么区别？不管怎样，他的卧底工作可以光荣结束了。

还能爽爽地带走那九百一十六万美金。

“你的条件是什么？”洪坦果然感兴趣。

“第一，您保证我的安全，但不要公开我的警察身份，让我在事后安全回到大陆。第二，让江城警方参与行动，对外发布这是中泰警方的联合行动，给我的领导以荣誉。第三，我曾在江城被人刺杀，有人在我车上动了手脚，险些要了我的命，我希望您帮我查出是谁。第四，请您不要动吴右的女儿安娜，她与集团的犯罪无关，也是我未来的妻子。”李可不假思索地说。

洪坦看着他，腰坐得笔直，眉毛在微微颤动。“你是吴右未来的女婿，大好的前程，你确定要这么做？仅仅是为了……任务？”

李可微微一笑，脑海里浮现出一套经典老戏：“洪坦警官，我是警察。”

洪坦站起身来，背手踱步，边走边说：“东南亚和你们大陆不同，毒品已经渗入这里的一切，打掉一批，重生一片。我们能做的事，只是要将这个毒品世界遏制在合适的范围内，不让他们膨胀和深化，不要动摇这个国家的体制和根基，不要让我们的国王失去爱戴。泰国警方内部千疮百孔，腐败横行，我们的计划毫无秘密可言。我不得不和毒贩们接触，掌握真实的情况，甚至培养自己听话的嫡系，给他们一定的宽松空间，但也树立他们必须遵守的规则，让他们明白警方和政府的底线。吴右和其他毒贩又不一样，他兵强马壮，盘根错节，燧石集团正在破坏泰国反毒力量用十年功夫建立的平衡，眼看要变成一只巨大的怪物。这个怪物四处撒钱，到处投资，我不知道他到底在做什么。你既然露出了真身，我们也知道了彼此的目的，希望我们合作愉快。你要记住我说的话，如果触了我的底线，你知道后果。不用我动手，吴右就能干掉你。吴右不干掉你，我也可以让其他毒贩干掉你，你躲过了胡狼帮的刺杀，下一次你的运气不一定这么好。到了这一步，中国政府也救不了你。”

李可微微一笑：“我只想完成任务，回家过年。”

洪坦第一次露出微笑。他回头叫来警卫，给他打开了手铐。

饱餐一顿之后，李可对洪坦详细说了会议的安排和岛上的基本防卫，标出了无人岛的位置，写下了开去无人岛的豪华游艇的编号。警方的无人机会盯着这艘游艇，确定毒贩们登上了无人岛之后再行动。当会议进行至尾声、“李进”录完了会议的内容之后，警方便登岛展开围剿。留下秘密联系方式后，李可被安全送回了住处。

恍然一场大梦，简直是绝处逢生。庆幸之余，他也觉得有些得意。李进啊，我是不是比你更适合这个卧底呢？他用街边电话和王干通了电话，告诉他与洪坦已经悄然会面，他的身份被识破，但洪坦愿意和中国警方合作。他说了与洪坦的口头协议，却说刺杀孙和尚一事其实是吴右命令何翰和他去干的。为了掩人耳目，这事是交由一伙被收买的离职警察完成。而李可在这件事中只是观察和望风。他相信洪坦和王干不会精细地对质这件事。他们分属不同的警察体系，彼此摸不到对方的底，不会推心置腹。这是一招险棋，却救了他的命，也足以支撑他完成该做的事，完成这该死的卧底任务，干掉想干掉的人。王干对此异常震惊，半天没说出话来。当他听到龙久与洪坦的约定，以及关于这次联合行动的计划，王干大为赞叹，巴掌拍得都震了李可的耳朵。

“真是没看错你，你这是绝处逢生、力挽狂澜呀。李可，你已经超越了李进！”王干激动地说，“我会带小组过去，完事后接你回来。”

这一切完美极了，李可甚至开始想象回去之后的美好生活。他将回到江城，和琪琪开始新的认识与交往。大钱在手，他大可以成立一家影视公司，雇来最牛逼的导演和编剧，为他自己量身打造一部一跃成为胡歌、邓超、黄晓明的当红大戏，让他的片酬直奔一线。遗憾也是巨大的，这件事做完了，他这段“辉煌的表演”将关机谢幕，而且和安娜将永远再见。

大戏落幕，却意犹未尽。

宿命难违，惜恋恋不舍。

在1号别墅召开的准备会议上，吴右给大家强调了分工。会议愉快轻松，就像要请老朋友们开个party一样。参加会议的外来嘉宾将全部直飞普吉岛，集团骨干们提前一天到达，住在燧石集团控股的一个度假酒店。除了吴右，大家都要去普吉岛机场迎接外地来的毒枭和代表们，将人拉到特定的码头，登上一艘豪华游艇。去无人岛只需一个小时，上岛之后直接开会，开完会就把人送走。他们去哪玩，做什么，全部集团安排。吴右要求大家各司其职，要把本次大会开出满意的效果。嗯，听着很正儿八经的。李可点头，他的任务是和顾桃一起保护外来嘉宾的安全，这正中李可的下怀，因为可以带枪。

领完任务，大家各自去忙，吴右让李可陪自己待一会。他带李可走进酒窖，阿俊给他们开了好酒。酒窖深处的木门开着，老虎笼子还在，老虎却不见了。李可害怕地四处张望，生怕这畜生在地窖里遛弯儿。吴右拿起酒杯，走去了老虎笼子前。李可忐忑地跟着，他看了眼阿俊，这煞星远远站着，并未跟来。走进了老虎笼子，吴右回头说：“你看多奇怪，老虎已经拉走了好几天，这笼子还有一股杀气。”

李可不知该说什么。老虎吃掉卡卢拉的声音仍历历在耳，那是他来卧底的第一天……吓得尿裤子加呕吐的第一天。

“您把它拉哪去了？”李可好奇地问。不是拉到岛上去了吧？

“本是森林之王，笼子里根本待不住，撞得鼻青脸肿的。老虎就是老虎，怎么养也成不了猫，我让人提前送去放了。”吴右喝了口酒，“放虎归山，善莫大焉……你进来。”

李可紧张地迈进虎笼，血腥和臊臭扑鼻而来。这就是杀气？他觉得吴右话里有话。“教授，我和王干说了，这次大会没有什么特殊之处，王干很失望。从他那里得知，泰国警方也没有什么动作，你是对的。”李可尽量带出些敬佩的味道。

“嗯，这不奇怪，但总这样也不行，你还是要给王干些有价值的情报，不然会招致怀疑。”

“你是说我们的情报？”李可纳闷。

吴右点头称是，给他们提供几个集团在大陆的货物中转站，比如四川的几个，留千把万的货在里面，让他们立一功。为什么要留这么多？李可不敢相信。“和你的价值相比，一两千万算什么？”吴右笑道，“我连安娜都给了你，还在乎这点儿？”

“四川好像是孔雀佬在代理……”李可提醒他说。

吴右点点头，说这是计划的一部分。集团的货发过去，让王干他们在孔雀佬的人接货的时候出手。这家伙手太快了，黑鱼一死，趁我们没空对付这件事，他立刻过去吞了黑鱼的地盘，这不行。不能让他得寸进尺，要给他点颜色。看着他阴冷的脸，李可心中一寒。吴右出手，屡屡一箭双雕，这次也不例外。

“放虎归山有两种结果。有的老虎会饿死，有的老虎会称王，可绝不会有老虎回来的。”吴右说着，对李可微微一笑，“过两天的大会，你准备好了吗？”

李可怔怔地看着笼子里的吴右：“您是说准备工作？”

“不，那一天，所有来开会的人都会知道你是我未来的女婿……如果以前你还心存疑虑，还可以选择；这以后，你再也没有回头路。”吴右一脸严肃地说。

铁笼子阴气森森，笼门似乎会戛然合上。李可耳边又响起卡卢拉可怕的惨叫声。“教授，你的理想究竟是什么？我们在这条路上吗？”李可斗胆问出了终极的疑惑。种种迹象呈现出，李进和吴右并未深度交流这个问题，再不问就没机会了。吴右看着李可，却只神秘一笑：“这理想不是一个答案，而是一个过程。开完会之后，如果一切顺利，我们一起去趟老家，我会告诉你这理想是什么，究竟为什么值得去实现。”

开完会之后？对不起，明天之后，你的理想只能在监狱里去实现了，还能是什么？无非干成全球最大的毒贩。念至此，李可也有浓烈的纠结。除却吴右贩毒行当天然的罪恶，这是个令人敬畏的领袖。吴右就算和徐森走到了尽头，彼此之间那份尊重仍然令人动容。从内心里他并不讨厌这帮毒贩，甚至有一点留恋。他们聪明，勤奋，有个性魅力。但是，他们也残忍，无情，杀人如麻。

李可在黑夜中纠结忐忑，辗转难眠。

出发去普吉岛前的下午，李可按照洪坦的安排去一家指定商店买了一套西装。镜子里的他干净利索，李可摸了摸左袖口三颗镀金扣子中间的一颗，它看上去并无异样，只要中间按一下，感受到“咔哒”的一下，它就会开始录像和录音，时长达十小时。没有人能带手机上岛，洪坦的人也无法登陆上去提前准备。李可提出的方案他接受了，这个高清晰的微型摄影机将录下一切，成为洪坦抓住他们之后的证据。但愿这件西装上的金属纽扣可以逃过阿俊的检验。吴右决定不对客人进行搜身和电子扫描，也就不准备检验设备了。

李可终于等到了和警察们联系的时机。在商场的洗手间里，李可和马旭见了面。得知王干等人都到了攀牙岛，已经和洪坦达成参与行动的合作，李可非常欣慰。联合行动组今晚就会在攀牙岛悄悄集结，洪坦调来了另一个城市的一百多名警察，还有军方三架武装直升机和十几艘冲锋快艇的支持。他们会从攀牙岛一个隐秘码头出发，到达无人岛后就发起进攻。

“李可，我们都为你骄傲。”马旭握着他的手说。

一切似乎完美，李可却总觉得大成若缺，好像哪儿不对？这件大事的顺利超出了他的想象。某位名导演曾和他说，太顺利的剧情就是噩梦。而眼前这场卧底大戏的结局，全然不见该有的危机四伏。是真的如此，还是有什么没有想到？李可把枪擦了又擦，看着满桌亮晶晶的子弹，他忧心忡忡。

开会前一天，集团骨干们分别乘坐几趟航班到了普吉岛。李可和顾桃一趟飞机，这个“医生”睡得猪一样，而李可完全没法合眼。集团在岛上的酒店风光旖旎，李可亦无心享受，除了安排事情，就只在酒店房间里踱来踱去。不管如何紧张，这一夜过去了。李可起床，刷牙，洗脸，吃早餐，穿衣服，戴领带，佩枪，在沉默和奇怪的淡定中做完了这一切。小庄和各组行动队员们在门口等他们，拉上诸位干将和元老便直奔普吉岛机场。他们分别接上了来自于亚太地区的十个毒枭或者他们派来的重要代表，本地的毒枭将自行到达码头。这些家伙一个个衣冠随意、体面温和，都像来度假的。大家只知道他们的姓名或化名、以及一次性的联系方式，却并不知他们来自哪里、生意多大、拥有什么样的实力。所有的这些，只有吴右、何翰和远在美国的陈虎知道。

李可接上的是一个美国人安德森。他身高体壮，自称来自迈阿密，穿得像一位正当年的银行家。安德森带着一位金发美女，腿又长又细，脖子白得像萝卜。李可不敢和他们攀谈过多，生怕露出马脚。好在路程并不算长，嘉宾也舟车劳顿，都在车上迷糊着。一路无风无浪，每辆车分头出发，先后到了码头。本地和缅甸的几个重要毒枭已经到了，孔雀佬、血蛇和缅刀帮的二当家贲隆等人之外，李可惊讶地看到孙阎和白江也在船上。吴右的面子大，心胸也大，由此可见一斑。吴右在船边和大家一一握手、拥抱，和几个老外看上去很熟。孙阎和白江对他十分尊重，握手后上了船，后面跟着一串李可并不熟悉的，八成也是江湖老大级别的。海外毒贩们带来的金发美女让船上显得生气勃勃，他们看来都好这一口。

所有人自动交出了手机，大家都知道这东西是活GPS。顾桃站在栏杆边抽烟，咳嗽，显然心事重重。李可过去拍了拍他，提醒他船马上就要到岸。顾桃点头抱歉，指着前方说："你看，其实住在这些岛上也不错，不用担心有人追杀。"

前方群岛错落，绿油油的岛屿之上，云雾正在被炙热的阳光驱散，一丝丝飘向空中，像岛屿长出了银发，真是景色优美。客人们三三两两地交谈着，吴右和何翰还替本土的毒枭们做着翻译。吴右叫过李可，将他介绍给宾客们。李可与他们握手，碰杯，随意交流着，没有人在说和毒品有关的事。李可不自觉地看向天空，虽然什么也看不到，他相信警方的无人机就在上面如影随形，锁定着这艘游艇。

到岸了，在码头迎接的却是一伙陌生人。李可纳闷中，何翰走来告诉他，他们是日本玄宏组来帮忙的护卫队。玄宏组声名显赫，和燧石集团间有很好的信任。李可暗自惊讶，吴右在开会和私下从没说过还有这些安排，他们是从天上跳下来的吗？可这又是为什么？不是说了不要行动队特别防卫吗？怎么倒用了一伙日本鬼子来站岗？

嘉宾们先后上岛，岛上果然没有再设电子检查。岛上人丁稀少，日本保镖们看来都在外围，会议室的周围仍是阿俊和他的手下。

各方嘉宾们只在别墅的阳台上眺望了一下岛屿，就进入了会议室准备开会。吴右、何翰、戈萨、李可和顾桃走进了会议室。李可悄悄按动了微型摄影机的按钮，小小的"咔哒"一声后，他坐在了吴右旁边。他将双手颇随意地交叉放在桌面上，这间会议室的一切定可录得清清楚楚。吴右做了开场白，欢迎了远方来的客人，感谢了本地来的同行，大家能够在燧石集团拥有的海岛上这样见面，他无比荣幸……

孔雀佬热烈地拍着手。听说孙和尚死后才几天，他就让手下去抢夺孙和尚的几处仓库，要不是孙阎顶了上来要和他玩命，黑鱼的地盘之外，这贪婪的家伙能把孙和尚的生意也吞了。孙阎冷冰冰地瞪着孔雀佬，一副回头再和你算账的神情。缅刀帮的赉隆笑嘻嘻的，好像是来喝茶的。白江坐在他身边，衬衫袖口比海洛因还白，斯文如一个青年学者。上船时李可握着他的手，祝贺他江湖地位进展神速。白江谦虚地对他点头，说都是龙哥和教授照顾得好。可惜，他的未来，一会儿也就结束了。

想到这里，李可忍不住又看顾桃。顾桃抽着烟，有点目光呆滞。他到底遭遇了什么？是什么人要杀他？又为什么不想让别人知道？这虽然是个杀人不眨眼的，但李可真不想让这个骨科专家落入法网，否则等候他的必是牢底坐穿，甚至死刑。

事已至此，管不了这么多了。各方代表都在发言，聊起了区域合作的问题。他们越聊越深入，敏感词汇不断蹦出。迈阿密的安德森认为东南亚这边同行的各类货品质量较差，你们的冰毒最好不要到美国西海岸去搞倾销，这已经搅乱他们几十年培育的海洛因、可卡因和大麻市场。孙阎听着不爽，强调说你们那边货品虽好，却有些过时了，产品没有多样化，我们不去，早晚俄罗斯黑帮也会用阿富汗弄来的次品占据这个市场。冰毒怎么了？配方还是你们给的呢。血蛇耸着肩膀补充，你们那边经济不好，海洛因的销量肯定比不过冰毒，我们不去，你们下面的那些小集团也会干这个，墨西哥佬去得还少吗？美国东部的纽特家族代表听了摇头，他并不认为东南亚的货品质量有那么低，燧石集团旗下的3号和4号海洛因质量非常好。整个亚太地区也有美国同行的市场，别管是海洛因、冰毒还是别的，他建议大家统一货品的质量标准和定价区间，在公平的竞争态势下划定相应的势力范围，不然大家早晚会起冲突，毁了生意不说，还会被各国政府利用。

见火药味渐浓，吴右起身，温和地圆着场。他指出货品的质量标准仍是核心问题，全球十多类主要毒品的质量参差不齐，对人的影响也不同，传播渠道更是千差万别，在终端基本属于失控状态。受过警察们培训的李可对毒品世界的状况也算了解，知道全球范围内，海洛因越来越让位于冰毒等纯化学产品。冰毒是纯化学毒品，工艺简单粗暴，产量可大可小。这种毒品劲头虽然猛烈，却不像海洛因那样难以戒掉，因此圈了天下大量的“溜冰者”。它的兴盛其实是在毁掉海洛因、鸦片、可卡因的传统市场，不对冰毒的生产进行限制和改良，海洛因市场仍将继续下滑。

“那你们就少生产点这些东西吧。”南美的卡多索家族代表挥舞着双臂说，“海洛因对人的毒害大，对社会的危害却小。吸食海洛因和鸦片的人都躺着做梦，吸食冰毒的人却出门胡作非为。这会导致政府对整个毒品行业的全面打击，若不是日本人造出了冰毒这东西，全球的海洛因市场怎么会有这样的动荡？你们金三角的冰毒贩子已经在挤占我们在美洲的市场……当然我没有说吴先生，您并没有这样做，我们对您非常尊重，能够得到您集团每年十吨的高纯度海洛因供应，我们深感荣幸。”

李可听得目眩神迷。他知道燧石集团向南美供应高纯度海洛因，却不知每年竟然有这样可怕的量，那燧石集团全年的总产量到底是多少？海外供应线是谁负责？陈虎吗？

吴右对卡多索家族代表表示感谢，又对所有参加这次会议的人再次感谢。他说这就是他邀请大家前来的原因，为了预先解决诸位意识到的未来危机，燧石集团已经造出了融合海洛因和冰毒二者优点的超级复合产品。

此言一出，众人皆哗，李可也是呆了。他倒不是为这个新毒品的出现而惊讶，而是从没听吴右和其他人提过这么件事，也不知道吴右要在会上推出这个东西。会议室的侧门悄悄开了，一面贴着金属网的落地玻璃之后，几个身着淡蓝色医学服装的人正在忙活。这里竟藏着个实验室？他们摆弄着捆在椅子上的三只猴子。猴子都迷迷糊糊的，身上连满了各种管线和电子设备。“这是单面玻璃，技术人员看不到大家。他们将给三只猴子分别注射三种毒品，一是我们生产的4号海洛因，一是孙阎先生公司生产的高纯度冰毒，还有我们刚研发成功的超级产品。注射之后，大家可以从数据上看出不同。”吴右说。

三只猴子目光游移，一身慵懒，想必早就培养出了毒瘾。李可赶紧将袖子纽扣悄然对准那边，确认角度无误。实验开始了，注射之后，猴子头顶的大屏幕上呈现出猴子身体的生理数据变化，吸毒后的特征开始出现。注射4号海洛因的猴子昏睡着，时不时晃动一下，伸个懒腰。注射冰毒的猴子清醒了，疯了一样挣扎着，重复着一个奇怪的动作。而注射了超级毒品的猴子，却拿过旁边的一个iPad，在技术人员指导下玩着游戏，一边玩，一边兴奋地蹦着。注射超级毒品的猴子数据远远优于另外两只的，尤其是脑电波、心跳和多巴胺分泌量之间的比率。这说明该猴子注射了超级毒品之后，感受到明显不亚于冰毒的兴奋，却能够有效控制自己的行为。宾客们目瞪口呆，交头接耳。血蛇的眼睛一眨不眨，一对眼睛真的像充了血似的。孙阎大张着嘴，像看到了天方夜谭。白江贪婪地盯着那几只猴子，就像在看一座金山。

李可兴奋起来，这是铁证！他看了看表，这些证据只要交给警方，燧石集团和这帮毒贩将遭受彻底的覆灭。真没看出来，吴右竟然还有这一手，难怪他到处投资和收购医学实验室，难道是用来干这个？

吴右继续讲解着。五年来，燧石集团投资的一家实验室一直在研发这款超级毒品，经过了几千次临床试验之后，它从配方到药效终于成熟了。它以高纯度海洛因为基础原料，以从香蕉、胡萝卜、杏仁、天麻、槟榔和毒蘑菇中提取的天然元素为辅料，再配以传统冰毒中的拟交感胺类中枢兴奋剂，通过科学的比例合成之后，它具有极好的药效感、兴奋度和性价比，成瘾度却在海洛因和冰毒之间，单位成本只是4号海洛因的三分之一，大批量生产成本甚至低于冰毒，其市场价格和药效感还可以根据配方比重进行调整。吴右用颇具感染力的语调说出了他真正的计划：这款产品既可以拯救海洛因和可卡因市场，也可以有效替代冰毒，而现在，燧石集团正式把它推荐给大家。

“太好了，只是，您肯定这款超级毒品对于人有同样的效果吗？”迈阿密的安德森说。

吴右表示可以，安德森显然仍有顾虑。他和另外几位外国朋友商量了一下，竟让他们带来的几个姑娘去亲身体验。李可非常震惊，三个不同肤色的美女接受注射，真是暴殄天物。几个姑娘毫无惧色，纷纷伸出了漂亮的胳膊。注射几分钟后，她们一切正常，在玻璃那边热烈地交谈起来，一个个容光焕发，性感撩人。数据说明，她们一切正常。姑娘们对着玻璃表示，这是太奇妙的体验。美妙超过性爱，还能充分自控，请问这款产品的名字是什么？

“我们给它起名为HER。因为我们相信，可能女性对它的喜爱会超过男性，而且会劝自己的男人一起享用。”吴右说。

毒枭们举杯欢呼，起身碰杯。当吴右宣布将以低廉的价格向大家提供产品和融合设备时，毒贩们兴奋至极。吴右也提出了条件，希望东南亚的在座同行们能够获得亚太大区域和美洲一些地区的直销权，并获得该区域同行们的保护。各方的口头协议愉快地达成了，这果然是胜利的大会，没有一家不高兴。李可和他们碰杯后想上厕所，过度的紧张让他尿急。真见鬼，会议已经过了一个多小时，为何警察们还迟迟没有杀到？

何翰走向吴右，和他耳语。吴右点头，对他说了些什么，何翰便去了。李可看得心里发毛，不知发生了什么。吴右放下杯子，请大家先用茶点和美酒，他处理点小事就回来。说罢，吴右独自走去了别墅另一边的门，戈萨陪着屋子里的大家。李可起身，不知该不该去。他突然感到巨大的不安，因为何翰和顾桃都向他走了过来，阿俊的两个保镖也站起来看着他，手放在了腰间。

出事了。

李可眼前一黑，还没来得及想什么对策，何翰已经到了眼前，说道：“教授让我们过去一下。”

李可木然点头，随着何翰向前走去。顾桃走在他的身后，不吭不响。拐到了没人的地方，何翰回过身来。他这样的眼神李可见过，在酒吧里毒死钢琴师的那一刹那，何翰就是这个眼神。“枪拿出来。”何翰伸出手。

李可怔然，看了看顾桃，不得不问：“为什么？”顾桃的手在西装外兜里，对他点了点头：“是教授的意思。”李可只能掏出枪交给何翰。何翰又到处摸了下，确认没有别的武器。他退后一步，看着李可的眼说：“别怪我没有提醒过你。”

昏暗的走廊像没有尽头。李可步步艰难，心如死灰，情知自己在走向终点。一切都结束了，到底是哪里出了问题？他全无概念。难道是自己说错了开会的地方？这绝无可能，开筹备会的时候一直说的是无人岛，也没有换过。李可万念俱灰，末日迎面而来。他悄悄揪下了袖口的录音纽扣，拐弯时轻轻弹去了一边。他记住了这个地方，万一需要找回来，它还会在，只要他还活着。顾桃在身后悄无声息地跟着，偶尔咳嗽两下。他在身后，自己没有逃脱的可能。可是，顾桃会向他开枪吗？

一步一沉地走出了长廊，前方是一个巨大的露台。吴右背着手站在那儿，看着面前一组高亮平板电视。见他来了，他示意李可过去。李可并不敢问这是怎么了，只要还有一线生机，不要滥用演技。他在电视前站定，何翰和顾桃站在他的身边。屏幕上播放着一幅幅高清画面：一群警察在朝四面开着枪，一个快速的影子突然掠过镜头，扑倒了一个警察，然后又是一个。李可看清楚了，是一群野狗在进攻警察。而另一个电视里，两只老虎在撕扯一个警察的尸体，还有两个警察朝几条逼近的鳄鱼开着火，却并不能阻止它们……

"警方进攻了另一个岛，一百多个警察和冲锋队员，可能回去的不到一半儿。岛上只有几百只饿疯的野狗、十多只老虎、上千条鳄鱼和数不清的毒蛇、毒蜘蛛……这应该是洪坦的人。龙久，是你害死了他们。"吴右回过头来，死神一样看着李可。李可已经陷入极度的崩溃，只是强扮出不明所以的表情。电视中的画面残忍恐怖。警察们在被全岛的猛兽猎捕着。遮天蔽日的丛林之上，带着机枪的直升机没有什么用。一个身影从镜头前飞奔而过，朝后开了两枪后没了子弹，几只野狗扑了上去……他是剑夫。

李可痛苦地闭上了眼，觉得天要塌了。警察怎么会攻错了岛？他明明对洪坦说得清清楚楚。

"不对，我只和王干说了大会的事，他明确说不会行动的，泰国警方也对他们说不会行动的。"李可决定最后一搏，他想不出还有什么办法。

吴右未置可否，只是示意他坐在凳子上，让何翰和顾桃站远一些。马达声远远传来，远处的天空飞来了三架直升机，那一定是警方的。李可一阵激动，却也感到更深的绝望。

"现在他俩听不到了……李进，你并不知道，这里的七八个小岛都被我们买了下来，大小差不多，样子差不多，每一个都是无人岛。确定开会地之前何总告诉我，他总是觉得你不对劲，就算你因为车祸忘掉了很多事，他还是觉得不对劲。出于谨慎，他这个老参谋提出了这个建议。告诉每一个人开会所在的岛的时候，他对每个人说的都不一样。对顾桃说的是A岛，对戈萨说的是B岛，对你说的是C岛，对阿俊说的是D岛，而洪坦的警察只进攻了你记住的那个C岛。所以，警察是你找来的，你是出卖我们的人……运载客人的游艇也有七艘一模一样的，它们先后驶向了不同的岛。警方的无人机一开始就跟错了，这些岛长得大同小异，没人分得清的。你告诉警察的那个C岛离这里有十公里，是我们养动物做实验的基地。岛上的猛兽已经养了好几年，何翰又运过去一些野狗和鳄鱼，我们把它变成了一个无人的陷阱岛。”

作茧自缚，走投无路！这八个字浮上眼前，李可叹了口气。

两艘快艇飞速驶离了海滩，朝着直升机来的方向冲去。王干他们怎么样了，是在岛上还是在飞来的直升机上？李可不得而知，他只知道在这个无人岛上，他插翅难飞。两只快艇到了直升机眼前，船上似乎什么东西亮了一下，空中的直升机便摇晃起来，一个个东摇西摆。螺旋桨停转了，飞机在半空翻滚，它们一一栽进了大海。何翰冷笑着说，日本朋友准备了小型的电磁武器，专门对付飞机的……明天的新闻里，它们是因飞行事故而坠机。他认为王干应该会在这三架飞机中的一架上，也许还有洪坦。

吴右盯着李可的眼说：“李进，那天晚上在老虎笼子里，我一直在等你主动和我说些什么，因为我的确觉得你很不对劲，很多事解释不通。但是你没有，什么都没有说。现在，你要给我一个解释……我们在一起这么久了，相知不谓不深。你救过我，救过安娜，杀过杨彪。我也救过你，我把我的未来和安娜都交给了你……所以，我也有点糊涂了，你现在到底是我的人，还是王干的人，或者洪坦的人？还是你谁的人都不是，只是想尽早地替代我？”

“教授，你误会了，我如果是王干的人，你早就给了我足够的机会。如果我是洪坦的人，那天和顾桃去救你，你就不可能离开……”李可咬着牙说。生死一线，他反倒镇定下来，表演吧，表演吧，一句都不要错。“我还是对王干有些轻视了，我以为一直能瞒过他。如果他参与甚至筹划了这次进攻，用别的手段获知了开会的错误地址……对不起教授，我不知道。你刚才不也说警方的无人机跟错了船吗？如果这架飞机恰好跟对了船呢？如果有好几架无人机跟着不同的船呢？”

吴右看着李可，皱着眉，又摇摇头，走向了阳台边上。

“这样的进攻毫无用处，我们怎么会没有对付直升机的办法？况且有直升机又有什么用呢？除非知道我们在做什么，并可能记录下来，用充分的证据给我们定罪，才会发动这样的进攻……你不知道，李进，除了那个实验室，没有任何电子设备可以正常使用。日本朋友很细致，整个这个岛都做了电子干扰。就是警察冲进来，也只是看见一群五湖四海的朋友在聊天喝茶。那个实验室会沉到地下三十米处，烧成一堆灰烬，什么都不会留下。”

“对不起教授，让你失望了。”李可决定咬牙到底。洪坦绝不会和吴右去对质，他会认为自己是被吴右加李进一起算计了。犯了这样愚蠢的错误，洪坦再说出李进的存在和他们之间的约定，会让他成为彻底的笑话。也因此，洪坦绝不会放过这个“李进”，他已满盘皆输，这是死仇。

何翰与吴右耳语，吴右点头说：“带他来这里吧。”何翰又叮嘱顾桃几句就去了。顾桃掏出了枪，站在原地不动。

吴右走回李可身边，拍了拍他的肩膀道：“你知道为什么我一直没有带你去老家吗？因为我总对你心存疑虑。你虽然向我交了实底，却并没有完全变成我们。你有你自己的心思，自己的算盘，不到最后的考验时刻，我无法相信你的真诚。理解我们信仰的人少之又少，忠实的信徒更凤毛麟角……这么多年来，你是我认为最可能的一个，可你却让我……”

李可垂头发怔，却似乎听出了一线生机，只是并不敢多说一句，他知道自己的处境。

“我知道你是爱安娜的，你为她做的事我看到了。但是，这不能证明全部。”

李可慢慢抬起了头，不知吴右在说什么。门开了，两个日本人架着一个血葫芦样的人来到了露台，后面是瘟神般的何翰。这人被放在椅子里，瘫成了一团。他头破血流，一只眼血肉模糊，右腿断了，几根肋骨露在外面，李可还是马上认出了他。他半昏迷着，发出微弱的呻吟，那是难以忍受的剧痛。

是王干！

吴右摆了下手，两个日本保镖离去了。

“三架飞机就捞出他一个。”何翰说。

李可站了起来，浑身发抖，他想伸手去搀扶王干，却一步都挪不动。正惊愕间，旁边伸过来一支手枪，让他接住，是吴右。李可颤抖着拿过了枪，看了看周围。何翰、顾桃都对他举起了枪，凡有异动，他必先被击毙。吴右背着手站去一旁，一脸失望地看着李可。李可明白他的用意了，打死王干，证明你的忠诚。

王干在呻吟中渐渐醒转，疼得叫了起来。李可握枪的手抖动着，根本抬不起来。向王干开枪，他做不到，而做不到，他就是死。“王队……”李可忍不住叫出来，泪水倾泻而下，事已至此，他演不下去了。

王干看了看周围，又看着李可，用仅剩的一只眼瞪着他。他吐着血沫：“李进，你个畜生……”

“李进？”何翰惊讶着，想必第一次听到这个名字。顾桃也听见了，却什么都没说。

王干的话让李可目眩起来，感动、羞愧和痛苦同时涌上了头。王干仍然叫他李进，掩盖着他的身份，这位禁毒大队长是在用最后的生命保护他。

“王队……我告诉你了，你们这次不要行动。”

“你那点儿深浅，玩儿得过我？我早他妈知道你叛变了。”王干说着又吐了口血，“是你杀了陈明博，也是你……杀了杨彪，我们都知道。没抓你，就是为了今天。”王干艰难说完，又看向吴右，冷笑道，“吴教授，总算见到真人了。”

“久仰了，王队长。”吴右微微一躬。

王干的伤处血流如注，断腿之处白骨森森，身下的沙滩椅被鲜血染红。李可不忍去看，痛苦和自责席卷着他。“李进，我认栽了。你我也算兄弟一场……给我个痛快，我在下面……等着你。”王干咬牙切齿地说。

李可明白，王干要牺牲自己，以换取他活命的机会、完成该完成的任务。龙久这个身份遮不住了，而李进这个身份还完好无缺。王干没有埋怨他，也没有出卖他，在这必死的关头，他还希望李可继续战斗。李可抬起枪，又放下，再抬起，还是放下。何翰和顾桃的枪口指着李可，一支指着心脏，一支指着头颅。李可看看王干，又看看吴右，再看看面露纠结的顾桃，心里叹了口气。他无法承受这痛苦，更无法接受这残忍的结果……

一阵海风吹来，他觉得魂已经飘走了。算了，就演到这儿吧。没有导演一旁喊Cut，他却可以自己谢幕。

“教授，我的错我认，请放他回去。”李可说完，将枪抵在下颌，扣下了扳机。

“你干什么？”顾桃大喊。

妈妈、琪琪、安娜，再见了。秦朗说得没错，“戏要是演砸了，你会害了所有的人”。王干说得也没错，“李进如果有问题，我们都得死……”

手里一震，李可听到撞针击发的声音。子弹底火爆炸之后，一颗子弹将从下巴钻上来击穿他的头颅，搅碎他的大脑，再掀飞他的天灵盖……

“咔哒”一声，枪里没有子弹。

吴右叹了口气：“龙久，你忘了吗？我永远不会让你杀害自己的警察兄弟。”

李可在绝望中又睁开眼。泪眼朦胧中，他看到不可思议的一幕。王干在发着愣的顾桃裆里猛然一肘，又一把夺过了枪。而他并没有举枪射向吴右，而是射向了李可。

一声枪响，李可的胸口像被一柄大锤击中了，被一支长矛扎穿了，又像被火车一下子拽走了。飞走的那一瞬，他看见何翰的枪口喷出了火。王干硕大的头颅被击穿，脑浆喷出，而他并未倒下，只是用那只没碎的眼狠狠盯着李可，举着那只冒烟的枪。

“快救他，他没有出卖我们……”晕过去之前，李可听见吴右的高叫。

我是卧底

第二十三章

这一梦，仿佛比生命还长。

李可不知自己睡了多久，他梦见小时候和李进一起上学、一起打架的往事，梦见和李进一起走进中学的喜悦，梦见了高中时代那个美丽的姑娘，梦见了和李进第一次反目的鼻血，梦见了和琪琪的第一次做爱……他甚至梦见了李进在看守所里那副欲言又止的表情，说："有些话我想对你说……"

在这个漫长的梦里，王干、马旭、鹏宇、剑夫交错出现。那些变态的训练、耐心的指导，还有王干那张满是横肉的脸和胸口那吓人的枪眼儿。"为什么要把枪法练好？干我们这一行，有时候打敌人，而有时候要打兄弟……你看我胸前的这一枪，就是我的一个好兄弟打的，为了让那些毒贩信任我，他朝我打了要命的一枪，让这颗子弹从我心脏边儿擦过去，差一厘米都不行。唉，我躺了一个月活过来了，他自己却被毒贩们乱刀砍死了……"

我明白，王队长，这一枪你是为了救我，是为了让我活下去，继续完成任务。李可在梦里追着他们的身影，希望他们能原谅他。可是他们越走越远，在逆光里渐渐消失……李可哇哇地哭着，大喊着对不起，对不起！是我害了你们。他们没有回头，只是像烟雾一样消失在黑暗里了。

"李进！"

“李可！”

“龙久！”

“笨久！”

“孟凡！”

……

旷野中，不同的声音喊着他不同的名字。李可转着圈，却看不到一个人。

“李可，求你醒来吧，你知道已经睡了多久吗？”琪琪温柔的声音入耳，李可猛然睁开了眼。

“他醒了！”一个好听的声音从天空飘来。李可的眼前白茫茫一片，只看见影影绰绰的几个人。

“那就没事了，顾桃说他只要醒了就没危险了……”这是吴右。

“笨久，你睁开眼，我回来了……”这是安娜，“我知道你叫李进了……”

眼前渐渐清晰，李可不知身在何地，像沉在冰冷的沼泽地里，又像躺在李进的那张病床上。他试着动了动，却完全不能，费了很大的劲才能动一下手指。胸口像插了匕首那样疼，嘴上还罩着一个奇怪的东西。

“李进，你好好养伤，一切等伤好了再说。”吴右说。

“笨久……”安娜哭了起来。

再醒来时，又不知过了多久。李可先是听到悦耳的鸟叫，睁开眼，竟是一树红花，各色鸟儿在里面叽喳乱叫。树上面是蓝天，树下面是安娜，她穿着一袭白色长裙，正在给这棵不大不小的树浇水。李可试着唤了一声，安娜居然听见了。她扔下壶跑了过来，半张脸被阳光照亮，美丽如降临的女神。

“你终于醒了……”安娜抱着他的头亲着摸着，热乎乎的泪让他觉出暖意。

“你这一觉可睡够了，十几天呀，再不起来我就对你放枪了……”安娜抽泣着说。

此地陌生，安娜说是3号别墅，爸爸安排给我们俩住了。李可摸了摸胸口，回忆那颗子弹穿过身体的感觉。看着安娜的脸，他明白这是劫后余生。恐惧和悲伤随之而来，王干死了，剑夫也死了。马旭和鹏宇呢？他们有没有逃离那个无人岛？如果他们也没有，除了秦朗，没有人再知道李进这个卧底的存在，更没人知道李可替换了李进。如果大陆警方获知此事，他们也会通缉李进这个叛徒。洪坦？这个气疯的警官想必会将他碎尸万段，或者将这个“李进”的一切告诉孙和尚的弟弟孙阎。

他背弃了全世界，所有人都想干掉他。就连吴右，他也没有把握不会干掉他。吴右未必已经信任了自己，也许留着他只是为了安娜，只是为了搞明白那些疑惑。“我的手机呢？”李可第一时间要找到它。他中枪昏迷后，鬼知道何翰有没有拿去仔细研究。

“手机被顾桃拿回来了，他给了我。我一直帮你关机着。”安娜说着从床头柜里取出来给了李可。李可颇感意外，它真的没有被拿去破解、研究？何翰和吴右怎么会放过这样的机会？还是吴右没有让何翰这么做？

打开手机，输入密码，再打开微信。他的心跳加快起来。他失望地看到，王干等人和他联系的那个旅游公众号，再没有发来一个和他沟通的信息……他们都死了。悲痛和自责又一次席卷了李可，伤口在隐隐作痛。

“我和爸爸说了，以后不让你带行动队了。”安娜显然不知道发生了什么，以为只是一次和毒贩们的火并。他摸着安娜的脸，感觉未来茫然一片。这场戏真是演砸了，这么多人命搭进去，都是拜他所赐。而他其实是最可悲的一个，他只能要么死，要么做毒贩，他将背负着巨大的枷锁，在毒品江湖苟活成一个满身血债的僵尸。

“教授没事儿吧？”李可开始回到卧底思维。他没死，表演就还要继续，提该提的人，说该说的话，眼前只有安娜，可没准这间房子里就有着窃听器。

安娜说：“爸爸没事儿，就是挺忙的，爸爸什么时候不忙呢？其他人也是，也不知他们忙些什么？小庄一直带着保镖们陪着我们，就住在门口的那儿间房子里。安娜说着将他扶起，背后塞了两个枕头。“我和爸爸又认真地谈了一次，非常认真的一次。我已经失去了妈妈，不想再失去你和爸爸。我越来越觉得这是一条黑暗的路，像深渊一样没有尽头。只要你同意和我一起来做基金，爸爸一定不会反对的，我们把这个阳光的生意做好做大，对集团所有人都好。爸爸说等你醒来后和我们一起好好谈谈，这是他第一次这样表态。”

李可默不作声，心绪飞转。安娜的建议当然对他是好的，可是，真的要和安娜每天去做这个，他就会脱离吴右的贩毒体系核心，远离集团的罪恶之地，这笔血海深仇又如何能报？“不要勉强教授，大船掉头不易，他要考虑周全。”他说。

“不说这个了，就要过年了，我在想要不要去别处过年，比如大陆的哈尔滨，你不是也很想看那里的冰雕吗？”

过年？哦是的，很快就过年了。这让李可想起了严重的问题：妈妈怎么办？王干曾说，李进为了保护家人，曾告诉吴右和安娜父母早已过世。以前要么李进陪妈妈过年，要么李可陪她过年，可今年李进不在了，李可又要活在李进的名字下陪安娜过年。而且就算没有这一茬，他也不敢回大陆……

如何是好？

毕竟身体底子好，一个月后，李可的伤口基本痊愈，子弹造成的肺部伤和空腔损害还有待恢复，他可以下地走动了。落脚虚弱，力量在一丝丝恢复。他开始大吃，锻炼略微松弛的肌肉，他要迅速恢复到原来的样子，做好一切准备。他不知道后面会发生什么，反正没什么好事。

吴右和何翰、顾桃来了，看见站立的“李进”，都面露喜色。“这次受委屈了，怪我，险些害了你……”吴右语气真挚，摸了摸他的胳膊。

“都怪我太大意了，要不是您有准备，就是我害了大家……”李可说。这句话掂量了几天，必须说好。他不太敢看站着的他们，生怕眼睛里喷出难遏的怒火。而因为这样的怒火，未来的日子里，他演戏的难度更大了。

顾桃和他握手，又和他轻轻拥抱，说道：“我就说嘛，你不会的。”他罕见地瘦了一大圈，肚子都快看不见了。他说最近奔波不停，各方毒枭都想超级毒品早点生产出来。还要提防越南人、老挝帮使坏。

“顾桃帮你处理的伤，帮你插满了管子，还守了你好几天，生怕你一口气过去了。”何翰并没有表现出关爱，仍是怀疑一切的那张脸。他摸了摸李可的胸膛，“好悬呀，这一枪离心脏只差一厘米……”

吴右插了进来：“李进，美国、哥伦比亚和墨西哥、日本，还有中东的很多大客户，都已经接受了我们的HER，后面有你忙的。等你完全恢复了，我们去趟老家。”

“教授，老家是哪儿？”李可故意晕乎乎地问。

“你还晕乎着呢，当然在英国，去了你就知道了。”吴右说。

洪坦果然引咎辞职，中国政府也对泰国方面提出了严厉的质询。这次失误让中泰警方的合作陷入崩裂，而江城公安局没有任何信息传来。这一个多月，李可没有收到中国警方的任何秘密信息——他被遗忘了，在空气中消失了。也可以说，他从来没有存在过。没有王干的证明，他并不存在，专案特勤的手续也许被他锁在哪个秘密之处，永远不会面世了。洪坦也没有发来任何东西……他还是先别发来了。

李可禁不住胡思乱想。今天的他仍有几个选择：第一，伤好了就跑，坐拥九百一十六万美金，他藏去哪里都可以。这个念头让他羞愧无比，恨不得再给自己一枪……他发誓再也不这么想。第二，静悄悄地继续作为李进，等候新的时机，伺机和中国警方建立新的联系。王干不是说过吗，还有一个省厅领导知道李进的存在，但要等到一种特殊情况发生——现在这个情况是吗？第三，他还要弄清楚吴右的超级毒品研发基地在哪儿、谁干的、产量如何、什么时候上市。最后，“老家”在英国哪里？那是个什么鬼地方？吴右将来到底要干什么？

望着床头的一尊佛像，李可以妈妈的名义发誓：他会报仇，为李进，为王干和他的兄弟们，也为所有令他感到愧疚的人。

小庄对他挨的这一枪颇为纳闷。他一眼看出这是三米内距离直射的，什么人能在这么近的距离朝毫无防备的龙久开枪？他想去将这人大卸八块。李可知道元老们将岛上发生的事视为绝密，连安娜都不能告诉。他让小庄不要乱猜，协助自己锻炼一些简单的器械，恢复握力和臂力。饭量大增的李可恢复神速，日渐找回着当初的样子。他看着镜子里的自己，摸着胸前那块真实的伤疤，第一次觉得镜中那个人比李进还要李进。

日子在悄悄过去，枪伤接近痊愈，李可却觉得空荡荡的，有点脚不沾地。那一枪仿佛捎走了他的一些魂魄，在心里留了个空洞。安娜让他欣慰，是让他浮在海面的救生圈。终于，在一个李可觉得又能够坚硬如铁的夜晚，他轻轻地要着她，温柔地抱着她，觉得和她已经如此很久。

这一早，安娜在何翰的保护下去公司办事，李可则在屋里练身体。顾桃来了，见他周身已经无碍，面露喜色。他让小庄去买两瓶指定的好酒，说要和龙久喝上几杯。龙久到李进的转变，核心之外的人并不知晓。顾桃建议李可早点告诉小庄，省得他莫名其妙的。李可给顾桃倒茶，看着顾桃的脸还有点发怵，毕竟那天他用枪指着自己的头。

“李进，你真了不起。”顾桃端着茶杯说。

李可没有想到他会这样开始，一时不知如何回复。顾桃递了支烟给他点着：“那天我用枪指着你，并不确定会不会按照教授的命令向你开枪。你面对这个必死的警官，却能向自己开枪，能做到这份情义的人，你是我见到的第一个。”

“你才不会向我开枪……”李可故作自信道，“那天我也是没办法，人不人鬼不鬼的，只能自己了断，可我没想到枪是空的。”

“李进，其实……杀杨彪那天我就知道你是警察了。”顾桃说着，又是一串咳嗽。

“什么？”李可吓得一颤，胸口竟剧痛起来。他习惯性地摸去怀里，当然没有枪。

“你别害怕……知道为什么我只给了杨彪一枪吗？”顾桃喘着气说，“因为打完第一枪，我突然意识到这是一场假刺杀……”

李可不说话，只是看着顾桃。他的话虽然吓人，却不是来收拾他的。“有个细节你可能没注意。刺杀杨彪的那天，我给你的那把枪用的子弹，绝不可能三枪都打穿他的身体。”

李可的手在微微发抖，他继续听。

“杨彪那几天在酒吧出现都没穿防弹衣，我就给咱俩的枪配了达姆弹，就是开花弹。那枪初速高，弹头重，但这些开花弹在那个距离不会钻个洞，钻过去也是开花伤，而你那三枪打了三个透穿的眼儿。”顾桃看着他，双手放在膝上，“我曾经怀疑你为了射击精准而换了普通子弹，可还是想不通。别忘了我是骨科大夫，你那三枪在人体上半身骨骼最密集的地方，就算是普通弹，三颗都钻出去的概率也不是很大。杀他的那天我本来习惯地准备打两枪，第一枪是脖子，第二枪是头。我看到你那三枪之后懵了，因为这不可能。所以打完一枪后我停住了，觉得第二枪似乎不该打了。”

李可看着顾桃，情知此事完全败露，完全无法反驳，他的后背还是出了一层密密的汗。

“很抱歉，第一枪我打得太准了，那就是一颗达姆弹，你看到它把杨彪的脖子轰成啥样了。后来我想把这事搞清楚，就拉你去打靶，让人搬来那个复合软木的人靶，用你那把型号的枪和普通子弹打出了你那三枪。果然，有一颗子弹穿不透，有一颗子弹被骨骼弹偏，从胳肢窝出去了。我在家里又用达姆弹朝这个人靶射击，干脆整个儿轰碎了。那一刻我终于确定，这是一次假刺杀，是你和他人设计的。如果不是我着急开了一枪，你就保住杨彪的命了。”顾桃说罢望着他，“这说明，你是警察。”

“那你……”李可又觉得头晕起来，“开大会之前你为什么不告诉教授？”

“你是什么人都没用的。教授看一步算三步，还望出五步。我能看出你是警察，他必然早就会看出来，他留着你，必然有他的原因。”顾桃说，“我也说过，不管你是谁，你是我的朋友。你越是不愿意杀警察，其实我越把你看作是朋友。而且以后，你再也不可能是警察了，全世界都知道是你害了那些警察。”顾桃咳嗽着说，“你放心吧，杨彪这事儿烂在我肚子里了，你也为我守着秘密呢。”

李可喘了口气：“现在你可以告诉我是什么人要杀你了吧？”

顾桃弹了弹烟灰，点头，说是当年美国的那一伙恐怖分子找到了他，已经刺杀他两次了，第二次是被你救的。

“你怎么认为是他们？”这次轮到李可为顾桃吃惊了。

“第一次，刺杀我的人没能把我干掉，倒被我打死一个。我跟踪了逃跑的人，在他的住处干掉了他，看到了他们组织的符号。”顾桃说。

李可吸了一口冷气，这可是大麻烦，难怪顾桃这种杀人不眨眼的都会头大。这是来回报复的血海深仇，恐怖分子杀死了他的弟弟，顾桃用一年时间完成复仇，几乎干掉了对方所有人，就在要被对方弄死之前，吴右派人干掉了对方，又救了顾桃。而现在，恐怖分子的“后人”又找到了顾桃，要干掉他。这没完没了的劲，几乎就是影视行业最喜欢的美剧路子。

“事情太大，要不要告诉教授？”李可纳闷道。这事和吴右有重大关系，吴右也是对方的死敌，这伙恐怖分子十有八九也查到是纽约唐人街的黑帮救走了顾桃。顾桃不想让教授为这个事心烦，更担心会把吴右和集团全卷进来，何翰不会同意的。那帮恐怖分子也未必知道是教授带人救的他，只是从调查中找到了他。

“既然你被他们找到了、锁定了，这几个被你弄死，很快就会有新的刺杀者前来，早晚也会知道你在为集团做事，这是躲不过的事。”李可说出了顾虑，希望他还是去和吴右说一下。李可很怕顾桃拖着他去和恐怖分子战斗，有集团出面兜底，也就不是他一个人的事了。顾桃点头，说会好好想想，他让李可继续恢复，到时候再和他商量。小庄拿回了酒，顾桃却说让他陪着李可喝，他有事要走了。

“老兄……”看着顾桃略佝偻的背影，李可还想说点什么。他满心感激，却又满身紧张。“老兄，少抽点烟……”他说。

顾桃点了点头。

送走了顾桃，李可擦去一脑门子汗，伤口在隐隐作痛。又是一番死里逃生呀，要不是顾桃仗义，这条命早就没了，根本轮不着王干这一枪。这让他又心虚起来，和琪琪联系的电话还在住处，虽然藏着，难保不被何翰去搜出来。天虽然已经半黑，离安娜回来却还早。李可让小庄载他回去一趟，拿几件舒服的换洗衣服。

小庄没问什么，招呼保镖们前后两辆车就去了。李可打开车窗，让风吹着脑袋，活过来的感觉真好。这些日子，王干离去的样子在他脑海中挥之不去……王队长，你才是最伟大的演员，你用生命演了一场无懈可击的戏，救了我这个必死之人。

到了住处，小庄等人上去看了一圈，确认屋里安全，李可便进了房子。他慢悠悠爬到楼上卧室，俯身从床垫下一个口里摸进去，在乳胶床垫的夹缝中找到了那个手机。他正要开机，突然觉得屋角那张凳子上有个黑影。虽然这种事已经多次发生过，可这个影子仍然把他吓得一阵发晕。

“秦朗，是你吗？”李可本能地问道。

黑影没有回话，只是慢慢站起，走进了灯光之下。他举着一支枪，黑洞洞的枪口越来越近，顶住了李可的脑门。而李可已经吓得面无血色。那张走出来的脸拧满了愤怒，比额前的枪口还要可怕。

他是自己。

他是龙久。

他是李进。

（第一部完）

享讀者

WONDERLAND

使　徒